Hermann
Hesse

환상동화집

환상동화집
Die Märchen

헤르만 헤세 지음 | 홍성광 옮김

현대문학

차례

난쟁이 7

그림자 놀이 41

비밀스러운 산 51

시인 65

피리의 꿈 75

아우구스투스 87

신들에 관한 꿈 121

다른 별에서 온 이상한 소식 127

팔둠 151

험난한 길 181

아이리스 191

끝없는 꿈 219

유럽인 239

등나무 의자 이야기 251

제국 257

마법사의 유년 시절 265

픽토어의 변신 293

유왕 303

새 313

두 형제 339

해설 343

헤르만 헤세 연보 361

난쟁이

늙은 이야기꾼 체코는 어느 날 저녁 부둣가에서 다음과 같은 이야기를 시작했답니다.

여러분, 괜찮으시다면 오늘은 아주 오래된 이야기를 하나 들려드리겠습니다. 아름다운 귀족 처녀, 난쟁이와 사랑의 묘약, 신의와 배신, 사랑과 죽음에 관한 이야기입니다. 물론 옛날이든 요즈음이든 모험담이나 이야기에는 모두 그런 내용이 담겨 있지요.

마르게리타 카도린은 귀족 바티스타 카도린의 딸이었어요. 그녀는 당시 베네치아의 아름다운 귀족 처녀들 중에서도 가장 아름다운 여인이었습니다. 그녀를 찬미한 시나 노래는 대운하 옆에 늘어선 저택들의 아치형 창문들이나 봄날 저녁 폰테 델 빈과 도가나 사이를 오가는 곤돌라의 수보다도 많았습니다. 베네치아나 무라노는 물론이고 파도바의 수많은 귀족들은 젊은이든 늙은이든 밤에 눈을 감기만 하면 그녀의 꿈을 꾸었고, 아침에 눈을 뜨기가 무섭게 그녀의 얼굴을 보고 싶어 안달했지요. 그러니 온 도시의 젊은 귀족 처녀들은 거의 다 마르게리타 카도린을 질투했답니다. 그녀의 모습을 묘사하기란 쉬운 일이 아니랍니다. 그녀는 금발에, 마치 어린 실측백나무처럼 키가 크고 날씬했습니다. 바람이 그녀의 머리카락을 쓰다듬어 주고, 땅이 그녀의 발바닥을 어루만져 줄 정도였지요. 그녀를 보고 나서 티치아노는 1년 내내 그녀 이외에는 아무것도, 어느 누구도 그리고 싶지 않다는 소망을 피력했지요. 그녀에 대한 묘사는 이 정도로 그칠까 합니다.

아름다운 이 여인에게는 옷과 레이스, 비잔틴풍의 금빛 비단옷, 보석과 장신구가 충분했습니다. 그녀의 저택에도 온갖 화려한 것들이 많았지요. 방바닥에는 화려하고 두꺼운 소아시아산 융단이 깔려 있었고, 찬장에는 은그릇이 가득했습니다. 언제나 고급 문직물이 깔려 있는 식탁에는 근사한 도기들이 번쩍거렸고, 거실 바닥은 아름다운 모자이크 세공이 되어 있었습니다. 천장과 벽은 화려한 고블랭 태피스트리나 밝고 아름다운 그림으로 뒤덮여 있었지요. 또한 하인은 물론이고 곤돌라와 사공도 부족함이 없었답니다.

하지만 이러한 값비싸고 근사한 물건들은 다른 집에도 있었습니다. 그녀의 저택보다 더 크고 호화로운 저택도 있었으니까요.

더 많은 물건들로 채워진 찬장이나 더 값비싼 그릇들, 태피스트리나 장신구 등은 다른 집에도 있었습니다. 그 당시 베네치아는 매우 부유했거든요. 그런데 젊은 마르게리타만이 지닌 보물이 있었어요. 더 부유한 부자들도 탐을 내는 것이었지요. 바로 필리포라는 이름의 난쟁이였어요. 1미터 30센티미터가 채 안 되는 키에 두 개의 혹이 달린 조그만 녀석이었지요. 필리포는 키프로스 섬 출신으로 바티스타 카도린 씨가 여행을 갔다가 데려온 녀석이랍니다. 처음 베네치아에 왔을 때만 해도 녀석은 그리스어와 시리아어밖에 할 줄 몰랐지요. 하지만 이제는 베네치아 말에 어찌나 능숙한지 리바나 산 지오베 교구에서 태어난 게 아닌가 생각될 정도입니다.

여주인은 너무나 아름답고 날씬했지만, 난쟁이는 지독히 추했습니다. 그녀가 불구인 난쟁이와 함께 서 있으면 마치 교회의 높다란 첨탑과 어부의 움막이 나란히 서 있는 것처럼 두 배는 크고 당당해 보였습니다. 난쟁이의 손은 주름진 데다 갈색이었고, 손마디도 굽어 있었지요. 코는 지나치게 컸으며, 발은 넓적했고, 안짱다리인 데다 걸음걸이는 말할 수 없이 우스꽝스러웠습니다. 하지만 난쟁이는 온몸을 비단과 금붙이로 치장하고 왕족 같은 차림새로 걸어 다녔습니다.

이러한 외모부터가 난쟁이를 희귀한 보물처럼 보이게 했습니다. 아마 베네치아뿐만 아니라 밀라노를 비롯한 이탈리아 전역에서도 그보다 더 기묘하고 익살맞은 사람은 없었을 것입니다. 몇 몇 왕족이나 귀족들은 살 수만 있다면 많은 돈을 주고라도 그를 사려고 했을 겁니다.

왕궁이나 부유한 다른 도시들에도 작고 못생긴 데 있어서는 필리포에 필적할 만한 난쟁이가 몇 있었을지 몰라도, 지력이나 재능 면에서는 어느 누구도 그와 비교가 되지 않았습니다. 단순히 지혜로만 따지면 이 난쟁이는 족히 십 인 회의에 나가거나 외교 사절단을 통솔할 만한 능력을 지니고 있었지요. 그는 세 나라 말을 할 수 있는 것은 물론이고, 이야기를 들려주거나 꾸며 내고, 조언하는 일에도 뛰어났습니다. 그는 옛날이야기를 들려줄 수 있을 뿐만 아니라 새로운 이야기도 얼마든지 지어낼 수 있었습니다. 또한 묘안을 생각해 내는 것 못지않게 나쁜 장난을 하는 데도 능숙했습니다. 마음만 먹으면 누구든 쉽게 웃기는 것은 물론이고 절망에 빠뜨릴 수도 있었습니다.

맑게 갠 날, 여주인이 당시 유행하던 모양의 아름다운 머리카락을 햇살에 말리려고 발코니에 앉아 있을 때면, 으레 두 명의 하녀와 아프리카산 앵무새, 난쟁이 필리포가 그 자리에 함께했지요. 하녀들은 여주인의 긴 머리를 적셔서 빗어 올렸어요. 그리고 챙 넓은 모자 위에 펼쳐 놓고 말리면서 장미수나 그리스산 향수를 뿌렸답니다. 그러는 동안 그들은 도시에서 일어났거나 일어날 법한 온갖 이야기를 나누었지요. 이를테면 죽음과 축제, 결혼과 출생, 도둑질이나 우스꽝스러운 사건 같은 것들 말입니다.

앵무새는 아름다운 빛깔의 날개를 퍼덕이며 세 가지 재주를 부렸습니다. 즉 피리 부는 소리로 노래를 부르거나, 염소 울음소리를 내거나, '잘 자!' 하고 소리쳤지요. 난쟁이는 그 옆에 앉아 조용히 햇볕을 쬐었어요. 그는 아가씨들의 재잘거림이나 달려드는 파리 떼에는 그다지 신경 쓰지 않고 옛날 책들을 들여다보았습니다. 그러면 매번 그렇듯이 얼마 후 빛깔 고운 앵무새는 꼬박꼬박 졸며 하품을 하다가 잠에 곯아떨어졌습니다. 하녀들은 점점 말수가 줄어들다가 급기야는 잠잠해졌고, 피곤한 듯 손을 놀리며 말없이 할 일을 했습니다. 사실 베네치아에서 한낮의 태양이 가장 뜨겁고 나른하게 내리쬐는 곳이 바로 저택 옥상의 발코니였기 때문이지요. 그럴 때 하녀들이 머리를 너무 말렸거나 잘못 빗어 넘기면 여주인은 기분이 언짢아져서 발칵 화를 내곤 했지요. 그러다가 으레 이렇게 소리쳤지요.

"저 녀석한테서 책 좀 빼앗아."

하녀들은 필리포의 무릎에서 책을 빼앗았습니다. 난쟁이는 화가 나서 얼굴을 쳐들었지만 금세 마음을 누그러뜨리고는 공손히 물었답니다.

"아씨, 무엇을 원하시나요?"

여주인이 명령했습니다.

"이야기를 하나 들려 다오!"

그러면 난쟁이는 "생각해 보지요"라고 대답하고 곰곰 생각에 잠겼습니다.

그가 너무 오랫동안 미적거리는 바람에 여주인이 가끔 야단을

칠 때도 있었습니다. 그래도 난쟁이는 결코 서두르지 않고 몸집에 비해 엄청나게 큰 머리를 절레절레 흔들면서 태연히 대답했습니다.

"주인님, 조금만 더 기다려 주십시오. 좋은 이야기란 마치 고상한 야수와 같아 늘 숨어서 지낸답니다. 때로는 골짜기나 숲의 입구에 서서 그것들이 나타나기를 오래도록 기다려야 하지요. 그러니 좀 더 생각할 시간을 주십시오!"

그러나 그가 충분히 생각하고 나서 이야기보따리를 풀어내기 시작하면 그것이 끝날 때까진 결코 멈추지 않았습니다. 그의 이야기는 중간에 끊어지는 법이 없었지요. 마치 골짜기에서 흘러내리는 냇물 같았지요. 하찮은 풀잎에서부터 푸른 창공에 이르기까지 모든 것이 비치는 냇물 말입니다.

앵무새는 잠들어 있었습니다. 꿈결에 이따금 구부러진 부리를 딱딱 맞부딪칠 뿐이었지요. 조그만 운하는 움직임이 없었습니다. 그래서 물에 비친 집들은 진짜 담벼락처럼 꼼짝도 하지 않았습니다. 햇빛이 평평한 지붕에 내리쬐고, 하녀들은 졸음을 이기기 위해 무진 애를 썼지요. 그러나 난쟁이는 졸기는커녕 일단 이야기가 시작되면 마술사가 되거나 왕이 되었습니다. 그는 햇빛을 없애 버렸고, 조용히 귀 기울이고 있는 여주인을 때로는 컴컴하고 소름끼치는 숲 속으로, 때로는 퍼렇고 차가운 바다 밑으로, 때로는 낯설고 동화 같은 도시들로 끌고 다녔습니다. 그는 이야기 솜씨를 동방에서 배웠답니다. 그곳에서는 이야기꾼이 마술사처럼 높은 대우를 받으며, 마치 아이가 공을 가지고 놀듯이 듣는 사람의 마음을 마음대로 쥐고 흔든다고 합니다.

그는 이야기를 먼 나라에서 시작하는 법이 거의 없었습니다. 듣는 사람의 영혼이 스스로의 힘으로 쉽사리 날아갈 수 없는 곳이니까요. 그는 언제나 눈에 보이는 것을 가지고 이야기를 시작했습니다. 황금 팔찌든 비단 천이든 늘 가까이에 있는 것, 눈앞에 있는 것에서 이야기를 풀어 갔습니다. 그는 알게 모르게 여주인의 상상력을 자기가 원하는 곳으로 이끌었습니다. 보물의 예전 주인이나 그것을 만든 장인, 또는 상인들의 이야기를 하면서 말입니다. 그리하여 이야기는 자연스럽게, 유유히 물 흐르듯이 저택의 발코니에서 상인의 거룻배로, 거룻배에서 항구와 배 위로, 그리고 세상의 가장 외진 구석까지 넘나들었지요. 그의 이야기에 귀 기울이는 사람은 자신이 직접 항해를 하는 기분에 빠져들었지요. 가만히 베네치아에 앉아 있으면서도 즐겁고도 불안한 마음으로 먼 바다나 동화의 나라를 헤매고 다니는 기분을 느꼈답니다. 필리포는 이런 식으로 이야기를 이끌어 갔습니다.

그는 그처럼 놀라운 이야기, 대체로 동방의 이야기 외에도 옛날이나 요즈음 벌어진 실제 모험과 사건에 대해서도 이야기했지요. 예를 들어 아이네이아스 왕의 여정과 고난, 키프로스 왕국, 존 왕, 마술사 베르길리우스, 그리고 아메리고 베스푸치의 대담한 항해 이야기를 했습니다. 게다가 그는 대단히 색다른 이야기를 지어내 들려줄 줄도 알았습니다.

어느 날 여주인은 꾸벅꾸벅 조는 앵무새를 보고 이렇게 물었습니다.

"이봐, 만물박사, 저 새는 지금 무슨 꿈을 꾸고 있지?"

난쟁이는 잠시 생각하더니 즉시 긴 꿈 이야기를 들려주기 시작했습니다. 마치 자신이 앵무새인 것처럼 말입니다. 이야기가 끝나자 앵무새가 막 잠에서 깨어나 염소 울음소리를 내며 날갯짓을 했습니다.

한번은 여주인이 작은 돌멩이를 집어 들고 테라스 난간 너머 운하를 향해 던졌습니다. 돌이 운하에 떨어져 첨벙 하는 소리가 나자 여주인은 필리포에게 물었습니다.

"이봐, 필리포, 방금 내가 던진 돌멩이는 어디로 갈까?"

그러자 난쟁이는 이야기를 시작했습니다. 돌멩이가 물속에서 해파리나 물고기, 게나 조개, 익사한 선원이나 물의 정령, 요정이나 인어를 만나는 장면을 말입니다. 그는 그것들의 삶과 일어난 사건들을 속속들이 알고 있어서 정확하고 자세하게 설명할 수 있었지요.

부유하고 아름다운 귀족 처녀가 흔히 그렇듯이 마르게리타 아가씨도 오만하고 무정했지만, 자신의 난쟁이에겐 각별한 애정을 기울였고 모두들 호의와 존경으로 그를 대하도록 배려했습니다. 다만 그녀 자신만은 가끔 장난을 쳐 난쟁이를 약간 괴롭히기도 했어요. 아무튼 그는 소녀의 소유물이었습니다. 그녀는 때로는 그의 책을 모조리 빼앗아 버리거나, 때로는 그를 앵무새의 비

좁은 새장 속에 가두거나, 때로는 큰방의 널마루 바닥에 나뒹그러지게 했습니다. 그렇다고 악의가 있어서 그런 것은 아니었어요. 필리포 역시 한 번도 뭐라고 불평하지 않았어요. 하지만 그는 이런 장난을 잊지 않고 있다가 가끔 우화나 동화를 들려줄 때 넌지시 빗대어 이야기하거나 뼈 있는 말로 쿡 찌르곤 했답니다. 그러면 여주인도 조용히 감수하는 수밖에 없었지요. 그녀는 그를 너무 자극하지 않도록 조심했습니다. 모두들 난쟁이가 은밀한 지식과 금지된 약재를 지니고 있다고 믿었기 때문이지요. 사람들은 그가 갖가지 짐승과 대화를 나누는 재주를 가진 데다 날씨나 폭풍우를 예측할 줄 안다는 사실을 확실히 알고 있었지요. 그렇지만 그는 그런 문제에 대해 질문을 받으면 대체로 조용히 입을 다물고 있었습니다. 그럴 때 그가 비스듬한 어깨를 으쓱하거나 무겁고 단단한 머리를 흔들려고 하면, 질문한 사람은 순전히 너무 우스운 나머지 자신의 관심사를 잊고 말았습니다.

모든 인간이 살아 있는 어떤 존재를 좋아하고 그것에 애정을 쏟고 싶은 욕구가 있듯이, 필리포 역시 자신의 책 이외에 유별난 우정을 맺은 대상이 있었으니, 다시 말해 조그만 검은 강아지가 바로 그것이었습니다. 강아지는 그의 소유였으며 심지어 잠까지 그의 곁에서 잤습니다. 마르게리타 아가씨를 짝사랑한 구혼자가 선물한 것이었는데, 어쩌다가 난쟁이에게 넘어오게 되었지요. 물론 여기에는 특별한 사정이 있었습니다. 다름 아니라 집에 온 첫날 강아지는 운수 사납게도 닫히는 문틈에 끼어 버렸습니다. 다리가 부러졌으니 죽게 될 운명이었지요. 난쟁이는 그 강아지를 달라고 간청해 선물로 받았지요. 그의 정성스러운 간호로 상처가 나은 강아지는 너무 고마운 마음에 구원자 뒤를 졸졸 따라다녔습니다. 발이 구부러져 절뚝거렸기 때문에 불구인 주인과 더욱 잘 어울렸습니다. 그래서 필리포는 가끔 놀림을 받곤 했지요.

난쟁이와 강아지 사이의 이런 애정은 다른 이들에겐 우스꽝스럽게 보였을지도 모르지만, 그것은 대단히 솔직하고 진실한 것이었습니다. 어떤 부유한 귀족도 필리포의 다리가 굽은 볼로냐산 강아지만큼 가장 친한 친구로부터 진심 어린 사랑을 받지는 못했을 겁니다. 그는 강아지를 필리포노라고 불렀고, 그것이 줄어 피노라는 애칭이 되었습니다. 그는 강아지를 어린아이처럼 부드럽게 다루었지요. 함께 이야기를 나누고 맛있는 음식을 나누어 주었지요. 뿐만 아니라 자신의 조그만 난쟁이 침대에 재웠고, 가끔 오랫동안 함께 놀기도 했어요. 요컨대 난쟁이는 고향을 잃은 자신의 가련한 처지를 생각해서 그 영리한 동물에게 온갖 사랑을 쏟았습니다. 그 때문에 하녀나 여주인의 놀림감이 되곤 했지요. 하지만 여러분은 조만간 그러한 애정이 결코 우스꽝스럽지 않다는 것을 알게 될 겁니다. 왜냐하면 그 애정이 단지 강아지와 난쟁이에게뿐만 아니라 집안 전체에 더없이 큰 불행을 안겨 주기 때문입니다. 제가 다리를 저는 애완견 이야기를 너무 많이 한다고 여러분의 기분이 언짢아질지도 모르겠습니다. 그렇지만 이보다 훨씬 하찮은 일이 원인이 되어 중대한 운명을 야기하는 일은 드물지 않습니다.

지체 높고 부유하며 잘생긴 수많은 남성들이 마르게리타를 눈독 들이고 흠모했습니다. 하지만 정작 그녀는 이 세상에 남자 따위는 없다는 듯 도도하고 냉담하게 굴었지요. 그녀는 주스티니아니 가문 출신의 귀부인인 어머니가 돌아가실 때까지 몹시 엄격한 교육을 받았을 뿐 아니라, 천성적으로도 사랑을 거부하는 오만한 성품을 지니고 있었거든요. 그러니 베네치아에서 가장 냉혹한 미인으로 손꼽히는 것도 당연했습니다. 그녀 때문에 파도바의 젊은 귀족 하나가 밀라노의 한 장교와 결투를 벌이다 죽은 일도 있었지요. 그런데 그 소식을 들었을 때는 물론이고 죽은 젊은이가 그녀에게 남긴 유언을 전해 들었을 때도 그녀의 하얀 이마에는 조금도 그늘이 생기지 않았다고 합니다. 자기를 위해 지은 소네트를 듣고도 늘 코웃음만 쳤지요. 그 도시에서 가장 명망 있는 집안의 구혼자 두 사람이 거의 같은 시기에 격식을 차려 청혼을 해왔지만, 그녀는 아버지의 간곡한 권유와 설득에도 양쪽 모두에게 퇴짜를 놓았습니다. 그 때문에 집안 간에 오랫동안 알력이 생기게 되었지요.

하지만 날개 달린 꼬마 신 큐피드는 개구쟁이라서 걸려든 먹이를 결코 놓치는 법이 없습니다. 이토록 아름다운 미인은 더더욱 그렇답니다. 흔히 그렇듯이 접근하기 어려운 도도한 여성이 오히려 순식간에 격렬한 사랑에 빠지는 법이지요. 여느 때보다 혹독한 겨울이 지나고 나면 가장 따뜻하고 부드러운 봄이 찾아오듯이 말입니다.

그러던 어느 날 무라노의 정원에서 연회가 벌어졌습니다. 마르게리타는 소아시아의 해안 지방에서 막 돌아온 항해자에게 마음을 빼앗기고 말았습니다. 그의 이름은 발다사레 모로시니였어요. 그녀의 눈길을 사로잡은 이 젊은 기사는 출신 가문이나 당당한 체격 면에서 그녀에게 부족함이 없었습니다. 그녀가 모든 면에서 밝고 경쾌한 반면, 그에게는 어두우면서도 강인한 면이 있었습니다. 그가 오랫동안 바다와 낯선 나라들을 돌아다닌 모험의 친구였다는 것은 한눈에 알아볼 수 있었지요. 검게 그을린 이마 위에선 생각이 번개처럼 번뜩이는 듯했고, 다부지게 생긴 굽은 코 위에선 검은 눈동자가 뜨겁고 예리하게 이글거리고 있었지요.

그 역시 첫눈에 마르게리타를 주목했습니다. 그녀의 이름을 알아내자마자 그는 그녀의 아버지와 그녀에게 자신을 알릴 방법을 궁리했습니다. 그리고 정중히 예의를 갖춰 온갖 기분 좋은 말로 자신을 소개했습니다. 연회는 자정 무렵까지 계속되었습니다. 연회가 끝날 때까지 그는 예의에 어긋나지 않는 한 줄곧 그녀 곁에 머물렀습니다. 그녀는 복음을 들을 때보다 더 열심히 그의 말에 귀 기울였지요. 그가 다른 사람에게 말을 할 때도 말입니다. 당연히 짐작할 수 있는 일이지만, 발다사레 씨는 여행과 모험, 자신이 극복한 위험에 관해 여러 차례 이야기하지 않을 수 없었습니다. 그가 어찌나 정중하고 명랑하게 이야기하던지 누구나 그의 말을 즐거이 경청했지요. 사실 그의 이야기는 모두 한 여성에게

만 들려주는 것이었지요. 그녀도 한마디라도 놓칠세라 열심히 귀 기울였지요. 그는 극히 진기한 모험을 들려주면서도 마치 누구나 그 정도는 경험하는 일이라는 듯 대수롭지 않게 말했습니다. 그러면서도 보통 다른 항해자, 특히 젊은 항해자들과 달리 자신을 지나치게 내세우지는 않았지요. 딱 한 번, 아프리카의 해적과 싸운 이야기를 하면서 왼쪽 어깨에 중상을 입은 이야기를 했습니다. 그래서 지금도 왼쪽 어깨에 비스듬한 흉터가 남아 있다고 했지요. 마르게리타는 숨을 죽이고 그의 이야기에 귀 기울였습니다. 그녀는 황홀해하기도, 깜짝 놀라기도 했습니다.

연회가 끝난 뒤 그는 그녀의 아버지와 그녀를 곤돌라까지 바래다주었습니다. 그는 작별 인사를 나눈 뒤에도 오랫동안 그 자리에 서서 어두운 석호潟湖를 가르며 미끄러져 가는 곤돌라의 횃불을 지켜보았습니다. 그리고 곤돌라가 시야에서 완전히 사라지자 친구들이 있는 정자로 돌아왔습니다. 그곳에는 젊은 귀공자들과 서너 명의 아리따운 창녀들이 있었습니다. 그들은 그리스산 황포도주와 빨갛고 달콤한 알케르메스를 마시면서 따스한 밤의 일부를 더 즐겼습니다. 그중에는 베네치아에서 가장 부자이자 최고로 삶을 즐기는 젊은이들 가운데 하나인 잠바티스타 젠타리니도 있었습니다. 그가 발다사레에게 다가와 팔을 붙잡고 웃으며 말했습니다.

"나는 오늘 밤 자네가 여행 중에 겪은 연애 모험담을 들려주기를 얼마나 기대했는지 몰라! 그런데 아름다운 카도린이 자네의 마음을 사로잡았으니 그런 건 이제 아무것도 아니겠지. 하지만 그 아름다운 소녀가 영혼이 없는 냉정한 여자란 사실을 알고 있나? 그녀는 조르조네의 그림과 같아. 그가 그린 여인들은 정말 하나도 흠잡을 데가 없지. 다만 피와 살이 없고, 우리의 눈을 위해서만 존재한다는 점을 빼면 말이야. 진심으로 충고하는데, 그녀를 가까이하지 말게나. 아니면 세 번째로 퇴짜 맞아 카도린 집 하인들의 조롱거리가 될 셈인가?"

발다사레는 그저 웃기만 할 뿐 굳이 변명하려 들지는 않았습니다. 그는 기름 빛이 도는 달콤한 키프로스 포도주를 몇 잔 비운 뒤 다른 친구들보다 일찍 집으로 향했습니다.

이튿날 그는 알맞은 시간에 늙은 카도린 씨의 우아하고 아담한 저택을 찾아갔습니다. 그는 온갖 방법을 동원해 카도린 씨의 기분을 맞추고 환심을 사려고 애썼습니다. 저녁에는 가수와 악사들을 불러 젊고 아름다운 숙녀에게 세레나데를 바친 끝에 좋은 성과를 거두었고요. 그녀가 창가에 서서 귀를 기울였으며, 얼마 동안 발코니에 모습을 드러내기까지 했으니까요.

금세 온 도시에 소문이 파다하게 퍼졌습니다. 벌써 건달들과 수다쟁이 여자들은 약혼이나 결혼식 날짜에 대해 멋대로 추측들을 하며 입방아를 찧기 시작했습니다. 모로시니가 마르게리타의 부친에게 구혼하러 갈 때 입을 나들이옷을 장만하기도 전에 말입니다. 그는 자기가 직접 나서지 않고 한두 명의 친구를 보내 청혼하는 예법을 무시했습니다. 그렇지만 말 많고 뭐든지 아는 체하는 사람들은 자기들의 예측이 들어맞아 가는 것을 보고 기뻐했습니다.

발다사레 씨가 사위가 되고 싶다는 소망을 피력하자 카도린 씨는 적잖게 당황했습니다.

"경애하는 젊은이!" 그는 애원하듯 말했습니다. "자네의 청혼이 우리 가문에 영광이라는 사실을 결코 과소평가하는 것은 아닐세. 하지만 간곡히 부탁하건대, 뜻을 거두어 주었으면 하네. 그래야 자네와 나에게 큰 근심과 어려움이 덜어질 걸세. 자네는 오랫동안 베네치아를 떠나 여행을 하고 다녔기에 잘 모를 걸세. 불행한 내 딸이 명예로운 청혼을 두 번이나 아무런 이유 없이 거절해서 내가 큰 곤경에 처했던 일을 말이네. 내 딸은 사랑이니 남자니 하는 것은 아무것도 알려고 하지 않네. 솔직히 말하자면 내가 저 애를 좀 버릇없이 키웠다네. 새삼스레 엄격히 다뤄 저 애의 고집을 꺾기엔 내 힘이 너무 약하다네."

발다사레는 정중히 경청했지만 청혼을 철회하지는 않았어요. 오히려 갖은 애를 써서 걱정하는 노인을 격려하고 기분 좋게 해 주려고 했지요. 마침내 노인은 딸과 이야기를 나눠 보겠다고 약속하기에 이르렀습니다.

딸이 어떤 대답을 했을지는 상상하기 어렵지 않겠지요. 그녀는 자존심을 지키려고 몇 마디 사소한 이의를 달았지요. 다시 말해 아버지 앞에서 나름 숙녀 행세를 했던 겁니다. 하지만 마음속으로는 질문을 받기도 전에 승낙을 하고 있었지요. 그녀의 승낙을 받자마자 발다사레는 우아하고 값비싼 선물을 들고 나타났습니다. 약혼녀의 손가락에 금반지를 끼우고 아름답고 도도한 입술에 처음으로 입을 맞추었지요.

베네치아 사람들은 지켜보고 수다를 떨며 부러워할 거리가 생겨나게 되었지요. 일찍이 누구도 그토록 멋진 한 쌍을 본 적이 없었으니까요. 둘 다 체격이 좋고 키가 컸는데, 귀족 처녀의 키는 남자와 거의 엇비슷했답니다. 그녀는 금발이고, 남자는 흑발이었지요. 그리고 둘 다 고개를 꼿꼿이 들고 당당하게 다녔어요. 귀족 혈통이나 오만함에서 서로 조금도 뒤질 게 없었기 때문입니다.

단 한 가지, 눈부시게 아름다운 마르게리타의 마음에 들지 않는 일이 있었어요. 신랑이 조만간 또 한 번 키프로스에 다녀와야 했던 겁니다. 그곳에서 마무리를 지어야 할 중요한 일이 있었거든요. 그래서 온 도시 사람들이 공공연한 축제처럼 고대하고 있는 결혼식은 신랑이 키프로스에서 돌아온 뒤에 거행하기로 했습니다. 얼마 동안 그들은 아무 방해도 받지 않고 행복한 나날을 보냈지요. 발다사레는 갖가지 이벤트를 하고, 선물과 세레나데를 안기고, 뜻밖의 일을 벌였지요. 그런 일에 부족함이 없었지요. 그리고 그는 무슨 일에든 꼭 마르게리타를 데리고 다녔어요. 또한 엄격한 관례를 어기면서 덮개를 씌운 곤돌라를 타고 은밀히 둘만의 시간을 즐기기도 했지요.

버릇없이 자란 귀족 처녀가 으레 그렇듯 마르게리타는 오만하고 다소 냉혹했지요. 발다사레 또한 원래 거만함을 타고난 데다 남을 배려할 줄 몰랐고, 항해 생활과 이른 성공으로 성품이 부드 럽지 못했습니다. 구혼자로서 열성적으로 비위를 맞추고 예의를 갖추었지만, 목적을 달성하자 점점 본성과 충동대로 행동하기 시 작했습니다. 원래 거칠고 고압적인 기질인 데다, 뱃사람이자 부유 한 호상豪商으로 제멋대로 살면서 남을 배려할 줄 모르는 생활에 익숙해져 있었던 것이지요.

이상하게도 처음부터 신부 주변의 많은 것이 그의 눈에 거슬 렸어요. 그중에서도 앵무새와 강아지 피노, 난쟁이 필리포가 특 히 눈엣가시였지요. 그것들을 볼 때마다 화가 치민 나머지 괴롭 히거나 여주인에게서 떼어 놓기 위해 온갖 짓을 다 했습니다. 저 택에 들어서는 그의 쩌렁쩌렁한 목소리가 나선형 계단에 울려 퍼 지면 강아지는 낑낑거리며 도망쳤고, 새는 날개를 퍼덕이며 울부 짖었으며, 난쟁이는 입술을 삐쭉이며 고집스레 침묵을 지켰지요.

사실대로 말하자면 마르게리타는, 동물들은 몰라도 필리포를 위해서는 때때로 몇 마디 말을 곁들이며 옹호해 주려고 했습니 다. 하지만 물론 신랑을 감히 자극할 엄두는 내지 못했고, 그가 그들을 괴롭히거나 그들에게 잔인한 짓을 하는 것을 막을 수 없 었습니다. 막을 생각이 없었던 건지도 모르고요.

맨 먼저 앵무새가 신속한 최후를 맞았지요. 하루는 모로시니 가 앵무새를 괴롭히며 막대기로 찔러 댔어요. 화가 난 앵무새는 강하고 날카로운 주둥이로 그의 손을 쪼아 피가 나도록 상처를 입혔지요. 그러자 모로시니는 앵무새의 목을 비틀어 집 뒤편의

줍고 어두운 운하에 던져 버렸답니다. 그래도 아무도 슬퍼하는
사람이 없었어요.

그 직후 강아지 피노도 더 나을 바 없는 운명에 처했습니다. 한
번은 여주인의 신랑이 집에 들어오자 피노는 계단 어두운 구석에
몸을 숨겼습니다. 그자가 나타나기만 하면 으레 눈에 띄지 않는
곳에 숨는 버릇이 생겼기 때문이지요. 그런데 발다사레가 뜻하지
않게 곧장 되돌아서서 계단을 다시 내려오는 것이었습니다. 하인
에게 가져오라고 시켜서는 안 될 어떤 물건을 곤돌라에 그냥 두
고 내린 것처럼 말입니다. 놀란 피노가 갑자기 마구 짖어대며 길
길이 날뛰는 바람에 기겁을 한 발다사레는 하마터면 계단에서 굴
러떨어질 뻔했지요. 그자는 비틀거리며 현관에 이르렀지요. 강아
지와 동시에 말입니다. 겁에 질린 강아지는 저택 입구까지 내달렸
습니다. 그곳에는 넓은 돌층계가 아래쪽 운하까지 연결되어 있었
습니다. 발다사레는 지독한 욕설을 퍼부으며 강아지를 힘껏 걷어
찼고, 강아지는 멀리 물속으로 처박히고 말았습니다.

그 순간 피노가 울부짖고 끙끙거리는 소리를 들은 난쟁이가
대문에 나타나 발다사레 곁에 섰습니다. 다리를 저는 강아지는
공포에 질려 물에서 헤엄쳐 나오려고 했어요. 발다사레는 그 모
습을 지켜보며 큰 소리로 웃고 있었지요. 이와 동시에 무슨 소동
인가 하고 마르게리타가 이 층 발코니에 나타났습니다.

"제발 부탁입니다. 곤돌라를 띄워 주십시오." 필리포는 숨 가쁘
게 외쳤습니다. "피노를 구해 주세요, 아씨, 어서요! 피노가 물에

빠져 죽고 말 겁니다. 아, 피노, 피노……."

그러나 발다사레는 곤돌라를 강물에 띄우려고 줄을 풀고 있는 사공에게 웃으면서 그만두라고 명했습니다. 필리포는 또다시 여주인 쪽을 향해 몸을 돌리고 애걸하려 했습니다. 그러나 그 순간 마르게리타가 한마디 말도 없이 발코니를 떠났습니다. 그러자 난쟁이는 자기를 괴롭히는 자 앞에 무릎을 꿇고 강아지를 살려달라고 애걸했습니다. 주인은 언짢은 표정으로 고개를 돌리고는 집으로 들어가라고 필리포에게 엄명을 내렸습니다. 그리고 자신은 작은 피노가 헐떡거리며 물속으로 가라앉을 때까지 곤돌라를 매어 놓은 계단에 한참 서 있었습니다.

필리포는 가장 위층, 지붕 밑 다락방으로 올라갔습니다. 그리고 구석에 앉아 손으로 큰 머리를 괴고 멍하니 앞을 응시했습니다. 그때 하녀가 와서 여주인이 부른다고 전했습니다. 그다음엔 하인이 와서 불렀습니다. 하지만 그는 꼼짝도 하지 않았습니다. 그가 밤늦게까지 다락방에 앉아 있자 여주인이 손수 현등懸燈을 들고 그곳으로 올라왔습니다. 그녀는 난쟁이 앞에 서서 잠시 그를 내려다보았습니다.

"왜 일어나지 않는 거니?" 그녀가 물었습니다. 난쟁이는 아무 대답도 하지 않았습니다.

"왜 일어나질 않느냐고?" 그녀는 또다시 물었습니다.

그러자 작은 곱사등이는 그녀를 쳐다보면서 나직이 말했습니다.

"주인님은 왜 제 강아지를 죽이셨나요?"

"내가 죽인 게 아니지 않느냐." 그녀가 변명했습니다.

"주인님은 피노를 구할 수 있었는데 죽게 내버려 두셨잖아요." 난쟁이는 울음을 터뜨렸습니다. "오, 사랑하는 피노! 오, 피노, 오, 피노!"

그러자 마르게리타는 화를 내고 꾸짖으며, 일어나서 잠자리에 들라고 명령했습니다. 그는 한마디 말도 없이 명에 따랐습니다. 그리고 사흘 동안 마치 죽은 사람처럼 말도 하지 않고, 음식에도 거의 손대지 않았습니다. 뿐만 아니라 주위에서 무슨 일이 일어나건 무슨 말을 듣건 눈썹 하나 까딱하지 않았습니다.

그즈음 젊은 귀족 처녀는 커다란 불안에 휩싸여 있었습니다. 다시 말해 사방에서 신랑에 대한 소문이 들려오는 통에 심각한 근심에 빠지게 된 겁니다. 젊은 발다사레가 고약한 바람둥이로, 키프로스 섬을 비롯해 몇몇 곳에 애인을 수없이 두고 있다는 것이었습니다. 그건 사실이기도 했습니다. 마르게리타는 의심과 불안에 가득 차 코앞에 다가온 신랑의 새로운 여행을 생각하며 쓰디쓴 한숨만 내쉬었습니다. 결국 더 이상 참을 수 없게 된 그녀는 어느 날 아침 발다사레가 찾아오자 모든 것을 털어놓았고, 자신의 두려움마저 하나도 숨기지 않았습니다.

그는 빙긋이 미소를 지었습니다.

"더없이 사랑스럽고 아름다운 그대여, 그대가 들은 소문은 부분적으로는 거짓일지 모르지만, 대부분은 사실이오. 사랑이란 큰 파도와 같아서, 한 번 몰려와 우리를 들어 올리고는 휩쓸어

버리므로 저항할 수 없다오. 하지만 내 신부이자 고귀한 가문의 따님에게 은혜 입고 있음을 잘 알고 있으니, 전혀 걱정하지 않아도 되오. 나는 여기저기서 가끔 아름다운 여자를 보았고, 간간이 사랑에 빠지기도 했지만, 그대에게 견줄 만한 여자는 아무도 없었다오."

그의 힘 있고 대담한 말에서 풍기는 마력에 그녀는 마음의 안정을 얻었어요. 그래서 미소를 띠며 그의 거칠고 검게 그을린 손을 쓰다듬었습니다. 하지만 그가 곁을 떠나기 무섭게 온갖 두려움이 도로 밀려와 그녀를 불안하게 했습니다. 지나치게 도도하던 이 귀족 처녀는 이제 사랑과 질투의 은밀하고 굴욕적인 고뇌를 알게 되어, 비단 이불 속에서도 거의 뜬눈으로 밤을 보내게 되었습니다.

곤경에 처하자 그녀는 다시 난쟁이 필리포를 찾게 되었어요. 난쟁이는 그 사이 이전의 상태로 되돌아가, 강아지 피노의 굴욕적인 죽음은 깡그리 잊은 듯했습니다. 그는 예전처럼 다시 발코니에 앉아 있었어요. 마르게리타가 햇볕에 머리를 말리는 사이 그는 책을 읽거나 이야기를 들려주곤 했습니다. 딱 한 번 그녀에게 그날의 사건이 떠오른 적이 있었습니다. 그녀가 무슨 생각을 그리 골똘히 하느냐고 묻자 그는 이상한 목소리로 대답했습니다.

"제가 얼마 안 가 죽어서 또는 살아서 떠나게 될 이 집과 자비로운 아씨를 축복하소서."

"대체 무슨 소릴 하는 거냐?" 그녀가 다그쳐 물었습니다.

그러자 난쟁이는 우스꽝스럽게 어깨를 으쓱하며 말했습니다.

"그런 예감이 듭니다, 아씨. 앵무새도 떠나고, 강아지도 없어졌는데, 이 난쟁이가 여기서 무얼 한단 말인가요?"

그녀는 난쟁이에게 그런 말을 단호하게 금지시켰습니다. 그는 다시는 그 말을 입에 담지 않았어요. 귀족 처녀는 난쟁이가 더 이상 그 생각을 하지 않는 걸로 여기고, 다시 그를 완전히 신뢰하게 되었지요. 그녀가 걱정을 털어놓으면, 그는 오히려 발다사레 씨를 옹호해 주었지요. 아직 원한이 남아 있다는 것을 조금도 눈치채지 못하게 하기 위해서였어요. 그래서 그는 여주인의 신의를 상당한 정도로 다시 얻게 되었지요.

어느 여름날 저녁, 바다에서 서늘한 미풍이 불어올 때 마르게리타는 난쟁이와 함께 곤돌라를 타고 탁 트인 바다로 나갔습니다. 곤돌라가 무라노 근처에 가까워지자 도시의 모습이 저 멀리 잔잔하게 빛나는 석호 위에서 마치 꿈결처럼 희미하게 일렁였지요. 그녀는 검고 푹신한 안락의자에 몸을 쭉 뻗고 누워 필리포에게 이야기를 해달라고 명했습니다. 난쟁이는 곤돌라의 높다란 뱃머리를 등지고 맞은편 바닥에 웅크리고 있었지요.

태양은 장밋빛 노을 때문에 희미하게 보이는 먼 산자락에 걸려 있었습니다. 무라노에서 종소리가 서너 번 울려오기 시작했어요. 더위에 의식이 몽롱해진 사공은 나태하게 반쯤 졸면서 기다란 노를 젓고 있었어요. 구부정한 그의 모습이 곤돌라와 함께 해

조海藻로 뒤덮인 수면에 비쳤습니다. 이따금 화물선이나 삼각돛을 단 어선이 가까이 지나가곤 했지요. 그럴 때면 뾰족한 삼각돛이 도시의 먼 종탑들을 잠시 가렸습니다.

"어서 이야기를 해달라니까!" 마르게리타가 재촉했습니다. 필리포는 무거운 머리를 숙이고 비단옷의 금술을 만지작거리며 잠시 생각에 잠기더니 다음과 같은 이야기를 들려주었습니다.

"제 아버님께서 언젠가 비잔틴에서 살고 계실 때 특이하고 이례적인 일을 겪으셨지요. 그러니까 제가 태어나기 한참 전이었어요. 아버님은 당시 의사이자 어려운 사건의 조언자 역할을 하셨답니다. 스미르나 지방에 살던 한 페르시아인에게서 의술과 마술도 배우셔서 두 분야에 풍부한 지식을 갖추고 계셨지요. 정직한 성품이셔서 거짓이나 아첨은 멀리하고, 오로지 당신의 솜씨만 신뢰했지요. 그 때문에 사기꾼과 돌팔이 의사들의 시기에 시달려 오래전부터 고향으로 돌아갈 기회를 엿보고 계셨답니다. 그렇지만 불쌍한 아버지는 타향에서 적어도 얼마간의 재산을 모으기 전에는 결코 고향에 돌아갈 생각이 없었습니다. 고향의 가족들이 빈곤 속에서 허덕이는 것을 알고 있었기 때문이지요. 한데 많은 사기꾼과 무능력한 자들이 별로 힘들이지 않고 부자가 되는 반면, 선량한 아버님은 운이 트일 가망이 없다는 생각이 들수록 슬픔은 더욱 커져만 갔습니다. 사기 수법을 쓰지 않고는 곤궁에서 벗어날 가망이 없다는 것을 깨닫고는 거의 절망에 빠지셨지요. 아버님을 찾는 환자가 결코 적지는 않았습니다. 아버님은 극히 어려운 상황에 처한 수백 명의 환자들을 도와주셨지요. 그러나 그들 대부분이 가난하고 비천한 사람들이어서, 치료의 대가로 얼마 안 되는 사례비 이상을 받기가 부끄러웠을 겁니다.

이처럼 서글픈 처지에서 아버님은 돈 한 푼 없이 걸어서 도시를 떠나거나 배에서 일자리를 찾아보기로 결심했지요. 하지만 한 달만 더 기다려 보기로 마음먹었습니다. 점성술대로라면 한 달 안에 행운이 찾아올 것처럼 보였기 때문이지요. 그러나 이 기간도 별다른 일 없이 지나가고 말았습니다. 그래서 마지막 날 슬픈 심정으로 얼마 안 되는 짐을 꾸려 다음 날 아침에 길을 떠나기로 결심했습니다.

마지막 날 저녁, 아버님은 도시 외곽의 해변을 이리저리 거닐고 계셨습니다. 그때의 심정이 꽤나 절망적이었으리라는 건 짐작할 수 있겠지요. 해는 오래전에 저물었고, 어느새 별들이 잔잔한 수면에 하얀 빛을 뿌리고 있었습니다.

그때 갑자기 아주 가까운 곳에서 크게 탄식하는 소리가 들려왔습니다. 주위를 살펴보았지만 아무도 보이지 않아 아버님은 무척이나 놀랐습니다. 내일의 출발을 앞두고 불길한 전조가 아닐까 하는 생각이 들었기 때문이지요. 그러나 다시 탄식 소리가 더욱 크게 들려왔고, 아버님은 용기를 내어 소리쳤습니다.

'거기 누구요?'

그 즉시 바닷가에서 철벙거리는 물소리가 들렸습니다. 그쪽으로 눈을 돌리니 희미한 별빛에 밝게 빛나는 형상 하나가 누워 있었습니다. 아버님은 난파선에서 조난당한 사람이거나 멱을 감는 사람이겠거니 생각하고 도와줄 마음으로 그쪽으로 다가갔습니다. 그런데 놀랍게도 눈처럼 하얗고 늘씬한, 눈부시게 아름다운 물의 요정이 수면에 몸을 반쯤 드러내놓고 있는 것이었어요. 바다 요정이 애원하는 목소리로 말을 걸었을 때 아버님은 오죽 놀라셨겠습니까?

'댁은 황색 골목에 사는 그리스의 마술사가 아니신가요?'

'내가 그 사람입니다만, 댁이 원하는 게 뭐요?' 아버님은 무척 친절하게 대답했습니다.

그러자 어린 바다 요정은 다시 탄식을 하며 아름다운 양팔을 뻗었습니다. 그리고 계속 한숨을 내쉬며 자기의 그리움을 가엾게 여겨 달라고 간청했습니다. 애인에 대한 헛된 갈망으로 나날이 여위어 가고 있으니 강력한 사랑의 묘약을 만들어 달라는 것이었어요. 아름다운 눈망울이 너무 애절하고 슬퍼 보였기에 아버님은 마음이 흔들리셨고, 즉시 그녀를 도와주기로 마음먹었지요. 하지만 그 전에 어떤 식으로 보답할 것인지 물었습니다. 그러자 바다 요정은 여인의 목에 여덟 번이나 감을 수 있는 긴 진주 목걸이를 주겠다고 약속했어요.

'하지만 당신의 마법이 효력을 발휘하는 것을 직접 보기 전에는 드릴 수 없어요.'

아버님은 당신의 솜씨에 자신이 있었기에 그런 일은 걱정할 필요가 없었지요. 그래서 급히 시내로 돌아와 잘 꾸려 놓은 짐 보따리를 다시 풀고는 부탁받은 사랑의 묘약을 만들기 시작했지요. 서둘러 만들어서 자정이 지난 즉시 바다 요정이 기다리고 있는 해변으로 돌아갔습니다. 그러고는 귀중한 액체가 든 목이 긴 작은 병을 그녀에게 건넸습니다. 그녀는 생기에 넘쳐 연달아 감사의 말을 했고, 다음 날 밤에 약속한 보답을 할 테니 다시 이곳으로 와달라고 청했습니다. 아버님은 그곳을 떠나온 후 그날 밤과 다음 날 낮을 잔뜩 기대에 차서 보냈습니다. 당신이 만든 묘약의 힘과 효력은 조금도 의심하지 않았지만, 요정의 약속을 믿어도 될지 알 수 없어서였지요. 그런 생각을 하며 시간을 보내다가 다음 날 밤이 되자 다시 약속한 장소로 찾아갔습니다. 얼마 기다리지 않아 바다 요정이 근처의 물속에서 모습을 드러냈습니다.

아버님은 당신의 솜씨가 초래한 결과를 보고 얼마나 놀라셨는지! 바다 요정이 미소를 지으며 다가와 오른손에 든 묵직한 진주 목걸이를 건넬 때, 그녀의 팔에는 유난히 잘생긴 청년의 시체가 안겨 있었습니다. 옷차림으로 보아 그리스의 선원임을 알 수 있었지요. 그의 얼굴은 죽은 사람처럼 창백했고, 고수머리가 물결에 일렁이고 있었습니다. 요정은 그를 부드럽게 껴안고는 마치 어린애를 어르듯이 이리저리 흔들어 댔습니다.

아버님은 그 모습을 보자마자 큰 소리로 비명을 지르며 당신과 당신의 솜씨를 마구 저주했습니다. 그러자 바다 요정은 죽은 애인을 안은 채 갑자기 깊은 바닷속으로 사라졌습니다. 바닷가의 모래 위엔 진주 목걸이가 놓여 있었습니다. 그런데 이제 와서 이 불행한 일을 되돌릴 수는 없었기에, 아버님은 목걸이를 집어 들어 외투 주머니에 넣고 집으로 돌아왔습니다. 그러고서 진주를 낱개로 팔기 위해 목걸이의 끈을 풀었습니다. 진주를 판 돈으로 아버님은 키프로스로 가는 배를 탈 수 있었고, 이제 온갖 고난에서 영원히 벗어났다고 생각했지요. 그러나 돈에 달라붙은 죄 없는 젊은이의 피는 아버님을 잇달아 불행에 빠뜨렸습니다. 결국 아버님은 폭풍과 해적을 만나 지니고 있던 것을 죄다 털리고 말았습니다. 2년 후 비로소 고향에 돌아왔을 때는 조난당한 알거지 신세가 되어 있었습니다."

이야기가 계속되는 내내 여주인은 푹신한 안락의자에 누워 대단히 주의 깊게 이야기를 들었습니다. 난쟁이가 이야기를 끝내고 입을 다물자, 그녀 역시 한 마디 말도 없이 깊은 생각에 잠겼습니다. 사공은 노 젓기를 멈추고 돌아가자는 명령을 기다렸습니다. 불현듯 그녀는 마치 꿈에서 깨어난 듯 놀라며 벌떡 몸을 일으키더니 사공에게 돌아가자는 신호를 보내고 앞의 커튼을 내렸습니다. 사공은 급히 배를 돌렸고, 곤돌라는 검은 새처럼 날듯이 시내 쪽으로 내달렸습니다. 홀로 웅크리고 앉은 난쟁이는 새로운 이야기를 생각하기라도 하듯이 조용하고 진지하게 어두워지는 석호 위를 바라보았습니다. 금방 도시에 다다른 곤돌라는 리오 파나다와 몇 개의 작은 운하를 지나 급히 집으로 향했습니다.

그날 밤 마르게리타는 제대로 잠을 이루지 못했습니다. 난쟁이가 예상한 대로 그녀는 사랑의 묘약 이야기를 듣고 신랑의 마음을 확실히 붙들어 놓기 위해 그 약을 이용해야겠다는 생각을 하기에 이르렀습니다. 다음 날 그녀는 필리포에게 그 문제에 대해 말하기 시작했어요. 그러나 겁이 났는지 솔직히 털어놓지 않고 질문만 했지요. 대체 사랑의 묘약은 어떻게 만드는지, 지금도 그 조제 비밀을 아는 사람이 있는지, 유독 성분이나 해로운 액체가 포함되지는 않은지, 그리고 마시는 사람이 의심할 정도로 특이한 맛은 나지 않은지 등에 관해 궁금해했습니다. 교활한 필리포는 여주인의 은밀한 소원을 전혀 눈치채지 못한 척 시치미를 떼고 대답했습니다. 그래서 그녀는 점점 분명하게 이야기를 하지 않을 수 없었고, 결국은 이 베네치아에도 그런 묘약을 제조할 수 있는 사람이 있는지 솔직히 물어보기에 이르렀어요.

그러자 난쟁이는 웃으면서 소리쳤습니다.

"아씨께서는 제 능력을 그다지 신뢰하지 않으시는 것 같군요. 그처럼 위대한 현자셨던 아버님으로부터 저도 간단한 기초 마술 정도는 배웠답니다."

"그럼 너도 사랑의 묘약을 제조할 수 있단 말이냐?" 귀족 처녀는 너무 기쁜 나머지 소리를 질렀습니다.

"그보다 쉬운 일은 없지요." 필리포가 대꾸했습니다. "그런데 그게 왜 필요하신지 알다가도 모르겠군요. 아씨께서는 소원대로 가장 멋지고 부유한 분과 약혼을 하셨잖아요."

그러나 아름다운 여주인은 줄기차게 그를 졸라 댔어요. 결국 그는 짐짓 내키지 않는다는 표정을 지으며 그녀의 말에 따르기로 했습니다. 난쟁이는 필요한 향료와 은밀한 약재를 조달하기 위한 돈을 받았어요. 뿐만 아니라 모든 일이 잘되면 나중에 푸짐한 선물을 주겠다는 약속까지 받아 냈습니다.

난쟁이는 불과 이틀 만에 약을 완성했습니다. 그는 마법의 음료를 여주인의 화장대에서 가져온 작고 파란 유리병에 담아 지니고 다녔습니다. 발다사레가 키프로스로 떠날 날이 어느덧 코앞에 다가와서 서둘러야 했거든요. 그로부터 며칠 뒤 발다사레가 약혼녀에게 오후에 은밀한 뱃놀이를 즐기자고 제안해 왔습니다. 이 계절엔 더워서 보통 그 시각에 뱃놀이를 가는 사람이 아무도 없었거든요. 그래서 마르게리타와 난쟁이는 절호의 기회가 왔다고 생각했지요.

발다사레의 곤돌라가 약속한 시간에 그녀의 집 뒷문에 도착했을 때 마르게리타는 벌써 난쟁이를 데리고 기다리고 있었습니다. 난쟁이는 포도주 한 병과 복숭아가 담긴 조그만 바구니를 배 안에 갖다 놓았지요. 주인들이 배에 오르자 난쟁이 역시 뒤따라 올라 뒤쪽 사공의 발치에 자리를 잡았습니다. 발다사레는 필리포가 함께 탄 것이 내심 거슬렸지만 그에 대해 뭐라고 하지는 않았습니다. 여행을 떠나기 전 며칠 동안은 평소보다 애인이 원하는 대로 하게 두는 것이 좋다고 생각했기 때문이지요.

사공이 노를 저어 앞으로 나아가기 시작했습니다. 발다사레는 커튼을 내린 뒤 덮개가 달린 은밀한 공간에서 신부를 애무하며 밀어를 나누었습니다. 난쟁이는 곤돌라 뒤쪽에 조용히 앉아 지나쳐 가는 리오 데 바르카롤리의 오래되고 음침한, 높은 집들을 바라보고 있었습니다. 이윽고 곤돌라는 그 당시에 아직 작은 정원이 딸려 있던 오래된 주스티니아니 궁 부근에 있는 대운하 입구의 석호에 이르렀습니다. 아시다시피 지금은 그 궁의 귀퉁이에 아름다운 바로치 궁이 서 있지요.

때때로 닫힌 커튼 뒤에서 소리를 죽인 웃음소리나 가볍게 입 맞추는 소리, 또는 토막토막 끊어진 대화가 새어 나왔습니다. 필리포에게는 그런 것이 궁금하지 않았습니다. 그는 이따금 수면 너머 햇살을 받고 있는 리바, 산 조르조 마조레의 날씬한 탑, 뒤쪽에 있는 피아체타의 사자 기둥을 바라보았지요. 가끔은 열심히 노를 젓는 사공에게 눈짓을 보내거나, 가끔은 바닥에서 발견한 가는 버드나무 가지로 물장난을 치기도 했습니다. 그의 얼굴은 언제나처럼 추하고 무표정했으며, 생각을 전혀 드러내지 않았어요. 그는 물에 빠져 죽은 강아지 피노와 목이 비틀려 죽은 앵무새를 생각하고 있었습니다. 인간이든 동물이든 모든 존재에겐 늘 파멸이 가까이 있으며, 우리가 이 세상에서 확실하게 예견할 수 있는 건 오직 죽음밖에 없다는 생각에 골몰해 있었습니다. 그는 아버지와 고향, 자기의 한평생을 생각해 보았습니다. 거의 어디서든 대개 현자가 바보들의 시중이나 들고 있으며, 대부분 사람의 인생이란 한 편의 형편없는 희극 같다는 생각이 들자 얼굴에 어렴풋이 냉소가 떠올랐습니다. 그는 자신의 값비싼 비단옷을 내려다보며 빙그레 미소를 지었습니다.

그가 조용히 앉아 미소를 짓는 동안 내내 손꼽아 기다려 온 일이 일어났습니다. 곤돌라의 덮개 밑에서 발다사레의 목소리와 곧이어 필리포를 부르는 마르게리타의 목소리가 들려왔습니다.

"필리포, 포도주와 술잔을 어디에 두었지?"

발다사레가 목이 말랐던 것이지요. 이제 묘약을 탄 포도주를 그에게 가져갈 기회가 온 것이었습니다.

그는 작고 파란 병을 열어 그 안의 액체를 술잔에 부은 뒤 적 포도주를 따라서 채웠습니다. 마르게리타가 커튼을 열어젖혔습 니다. 난쟁이는 여주인에게는 복숭아를, 그녀의 신랑에게는 술잔 을 내밀면서 시중을 들었지요. 그녀는 그에게 뭔가 묻고 싶은 듯 한 눈초리를 보내며 불안한 표정을 짓고 있었습니다.

발다사레는 술잔을 들어 입으로 가져갔습니다. 그 순간 그의 시선이 앞에 서 있는 난쟁이에게 향했습니다. 갑자기 마음속에서 의구심이 일었던 것이지요.

"잠깐!" 그가 소리쳤습니다. "너 같은 녀석은 믿을 수 없어. 내 가 마시기 전에 네가 먼저 맛을 보도록 해."

필리포는 얼굴을 찡그리지 않고 공손히 말했습니다. "이건 좋 은 포도주입니다."

하지만 그는 의심을 풀지 못하고 화를 내며 물었습니다. "감히 마시지 않겠다는 거냐, 이 녀석아?"

"용서해 주십시오, 주인님. 포도주를 마시는 데 익숙하지 못해서요." 난쟁이는 그렇게 대꾸했습니다.

"그렇다면 내가 마시라고 명령하겠다. 네가 마시기 전에는 난 단 한 방울도 입에 대지 않겠어."

"염려 마십시오." 필리포는 빙긋이 미소를 지어 보였습니다. 그는 허리를 굽히고 발다사레의 손에서 술잔을 받아 한 모금 마시고는 돌려주었습니다. 발다사레는 그 모습을 지켜본 뒤에야 남은 포도주를 단숨에 꿀꺽꿀꺽 들이켰습니다.

무더운 날이었어요. 석호는 눈부신 빛을 받아 반짝였습니다. 두 연인은 다시 덮개 안 그늘 속으로 찾아들었습니다. 난쟁이는 곤돌라 바닥에 앉았습니다. 그러고는 넓은 이마에 손을 갖다 대고는 고통스러운 듯 못생긴 입을 꼭 다물었습니다.

그는 자신이 한 시간 정도밖에 살지 못하리란 것을 알고 있었습니다. 그 묘약은 독약이었거든요. 죽음의 문턱에 가까이 선 그의 마음은 기대감에 사로잡혔습니다. 그는 도시 쪽을 돌아보고, 조금 전까지 골몰했던 생각을 떠올려 보았습니다. 그는 반짝이는 수면을 말없이 응시하며 자신의 인생을 곰곰 생각해 보았습니다. 단조롭고 가련한 삶이었지요. 바보들의 시중이나 드는 현자의 삶, 한 편의 공허한 희극 같은 삶이었습니다. 그때 심장의 고동이 불규칙해지고 이마에 땀이 흥건히 맺히는 것이 느껴지자 그는 쓰디쓴 웃음을 터뜨렸습니다.

그러나 아무도 그 소리를 듣지 못했어요. 사공은 반쯤 졸며 서 있었지요. 커튼 뒤에서는 아름다운 마르게리타가 갑작스레 몸 상태가 나빠진 신랑을 보고 깜짝 놀라 어쩔 줄 몰라 했어요. 그가 그녀의 품에 안겨 싸늘하게 죽어 갔거든요. 큰 소리로 비명을 지르며 그녀는 밖으로 뛰쳐나왔지요. 곤돌라 바닥에는 난쟁이가 화려한 비단옷을 입은 채 죽어 있었어요. 마치 잠이 든 것처럼 말입니다.

강아지를 죽인 데 대한 필리포의 복수였어요. 불행한 곤돌라가 두 사람의 시체를 싣고 돌아오자 온 베네치아는 경악을 금치 못했지요.

그 일로 마르게리타 아가씨는 미쳐 버렸지만, 그래도 몇 년을 더 살았지요. 그녀는 이따금 발코니 난간에 앉아 곤돌라나 거룻배가 지나갈 때마다 이렇게 소리쳤다고 합니다.

"구해 주세요! 강아지 좀 구해 주세요! 작은 피노를 구해 주세요!"

하지만 사람들은 그녀라는 것을 알아보고 아무도 거들떠보지 않았다고 합니다.

(1903)

그림자 놀이

그 성의 널찍한 정면은 밝은색 돌로 되어 있었다. 커다란 창에서 내려다보면 라인 강과 갈대숲, 그리고 멀리 강물과 갈대, 버드나무가 어우러진 밝고 시원한 풍경이 눈에 들어왔다. 더 먼 곳에는 숲이 우거진 푸른 산들이 활 모양으로 부드럽게 휘어 있었고, 산 위로 구름이 흘러가고 있었다. 푄*이 부는 날에는 그곳의 밝은 성과 농가들이 멀리서 조그맣고 하얗게 반짝였다. 성은 조용히 흐르는 강물에 비쳐 명랑한 젊은 여인처럼 즐거워 보였다. 관상수에서 뻗어 나온 연녹색 가지들은 물속까지 드리워 있었고,

---

✦ 산을 넘어서 불어 내리는 고온 건조한 공기. 흔히 산맥을 경계로 기압 차가 있을 때 일어난다.

하얀색으로 칠해진 유람용 곤돌라들이 성벽을 따라 물 위에서 흔들리고 있었다. 이 성의 양지바른 쪽에는 사람이 살고 있지 않았다. 남작 부인이 사라진 뒤 이쪽 방들은 비어 있었다. 그러나 가장 작은 방만은 그렇지 않았다. 그 방에는 시인 플로리베르트가 예전대로 살고 있었다. 성주의 부인이 남편과 성의 명예를 더럽히자 명랑한 궁신들이 모두 자취를 감추어 버렸고, 남은 것이라곤 하얀 곤돌라와 조용한 시인밖에 없었다.

불행한 그 일이 일어난 이후로 성주는 건물 뒤편에서 살았다. 그곳의 작은 뜰은 로마 시대에 지어진 거대한 텅 빈 탑에 가려 어두웠다. 성벽은 어둠침침하고 축축했으며, 창들은 좁고 낮았다. 그늘진 뜰 바로 곁에는 해묵은 단풍나무와 포플러 나무, 너도밤나무가 크게 무리 지어 자라는 컴컴한 공원이 있었다.

시인은 외롭지만 아무 방해도 받지 않고 양지바른 방에서 지냈다. 그는 부엌에서 식사를 했고, 가끔은 하루 종일 남작을 보지 못할 때도 있었다.

"우리는 이 성에서 그림자처럼 살고 있네."

그는 언젠가 자신을 찾아온 젊은 시절의 친구에게 그렇게 말했다. 친구는 머무르고 싶은 기분이 들지 않는 죽은 듯한 저택에서 단 하루를 버티고 돌아갔다. 플로리베르트는 예전에 남작 부인의 사교 모임을 위해 우화와 우아한 시들을 지어 바쳤었다. 가정의 즐거운 분위기가 사라진 뒤에도 그는 스스로의 결단으로 그곳에 남았다. 소박한 그로서는 빵을 얻기 위한 세상 사람들과의 싸움이 처량한 성의 고독보다 더 두려웠던 것이다. 그가 시를 쓰지 않은 지는 이미 오래였다. 서풍이 부는 날 강물과 노란 갈대숲 위로 멀리 푸르스름한 산들과 흘러가는 구름 떼를 바라볼 때나, 밤에 오래된 공원에서 키 큰 나무들이 흔들리는 소리를 들을 때면 그는 오랫동안 시들을 생각했다. 그러나 단어가 떠오르지 않아 결코 글로 쓸 수 없었다. 〈신의 입김〉이라는 따뜻한 남풍에 관한 시도 있었고, 〈영혼의 위안〉이라는 꽃이 만발한 봄날의 초원을 관찰한 시도 있었다.

플로리베르트는 단어가 떠오르지 않아 시를 읊지도, 노래할 수도 없었다. 하지만 그는 때때로, 특히 저녁에 이 시들을 꿈꾸고 느꼈다. 그는 낮 시간은 대체로 마을에서 보냈다. 금발의 꼬마들과 함께 놀거나, 마치 귀부인을 대할 때처럼 모자를 벗어 보이며 부인과 처녀들을 웃기곤 했다. 아그네스 부인을 만날 때가 그에게는 가장 행복했다. 아름다운 아그네스 부인, 소녀처럼 얼굴이 작은 그녀는 유명한 여자였다. 그녀를 만날 때 시인은 고개를 깊이 숙여 인사했고, 아름다운 여인은 고개를 끄덕이며 소리 내어 웃었다. 그녀는 당황해하는 그의 눈을 들여다보고 미소를 지으며 한 줄기 햇살처럼 계속 걸어갔다.

아그네스 부인은 성의 황폐한 공원 옆 외딴 집에 살고 있었다. 전에 남작의 궁내관이 살던 곳으로, 산림 감독관이었던 그녀의 아버지가 무언가 특별한 공을 세워 지금 성주의 부친으로부터 선사 받은 집이었다. 그녀는 아주 젊을 때 결혼을 했다가 젊은 나이에 미망인이 되어 다시 이 집으로 돌아왔다. 이제 그녀는 아버지가 돌아가신 뒤 이 외딴 집에서 하녀와 눈먼 숙모하고만 살고 있었다.

아그네스 부인은 늘 수수하지만 부드러운 색깔의 아름다운 새 옷을 입고 다녔다. 얼굴은 소녀처럼 어리고 작았으며, 짙은 갈색 머리카락은 굵게 땋아서 귀여운 머리에 둥글게 말아 올리고 다녔다. 남작은 망신을 주어 부인을 내쫓기 전부터 아그네스 부인에게 반해 있었고, 지금은 더욱 그녀를 사랑하고 있었다. 아침에는 숲에서 그녀를 만났고, 밤에는 배에 태우고 강 건너 갈대숲에 있는 갈대 지붕 오두막으로 데려갔다. 일찍 세기 시작한 그의 수염 곁에서 소녀 같은 그녀의 얼굴이 미소 지었고, 그는 사냥꾼처럼 우악스럽고 거친 손으로 그녀의 부드러운 손가락을 만지작거렸다.

아그네스 부인은 주일마다 교회에 나가 기도를 하고 거지들에게 적선을 했다. 마을의 가난한 노파들에게는 신발을 선물했고, 그 손녀들에게는 머리를 빗겨 주거나 바느질을 도와주었다. 그녀는 들르는 오두막마다 젊은 성녀의 부드러운 광채를 남겨 놓았다. 남자들은 모두 아그네스 부인을 탐냈다. 그녀의 마음에 들거나 적당한 시간에 마주친 남자는 그녀의 손등이나 입술에 입맞춤을 할 수 있었다. 운이 좋아 일이 잘 진행된다면 용기를 내어 밤에 그녀의 창문을 타 넘을 수도 있었다.

다들 그런 사실을 알고 있었다. 남작도 마찬가지였다. 그럼에도 이 아름다운 부인은 어떤 남자의 소망도 허락하지 않는 소녀처럼 순진무구한 눈빛을 하고 미소를 지으며 자신의 길을 갔다. 가끔 새로운 연인이 나타나 감히 범접할 수 없는 아름다움에 다가가듯 조심스레 그녀에게 구애했고, 값진 것을 정복했다는 자부심으로 행복감에 도취되었다. 그리고 다른 남자들이 그녀를 자기에게 기꺼이 허락하고 미소 짓고 있는 걸 의아하게 여겼다.

그녀의 집은 어두운 공원의 가장자리에 있었다. 동화에 나오는 숲 속의 장미넝쿨에 뒤덮인 집처럼 외롭고 조용하게 있었다. 그녀는 그곳에서 살면서 밖으로 나왔다가 그 안으로 되돌아갔다. 그녀는 여름날 아침의 장미꽃처럼 신선하고 사랑스러웠다. 어린애 같은 얼굴엔 순수한 광채가 났고, 굵게 땋은 머리카락은 화관처럼 귀여운 머리를 두르고 있었다. 가난한 노파들은 그녀를 축복하며 손에 입맞춤을 했고, 남자들은 깊이 머리 숙여 인사하곤 뒤에서 싱긋이 미소 지었다. 아이들은 그녀에게 달려가 그녀의 뺨을 쓰다듬을 수 있게 해달라고 떼를 썼다.

"왜 그렇게 살지, 아그네스?" 이따금 남작은 그렇게 물으며 험상궂은 눈으로 그녀를 위협했다.

"당신이 나에 대한 무슨 권리라도 있나요?" 그녀는 의아하다는 듯 물으며 머리카락을 배배 꼬았다.

그녀를 가장 사랑한 사람은 시인 플로리베르트였다. 그녀를 보기만 하면 그는 가슴이 두근거렸다. 그녀에 대한 나쁜 소문을 들으면 슬퍼졌고, 머리를 가로저으며 그 말을 믿지 않았다. 아이들이 그녀 이야기를 하면 얼굴이 환해졌고, 마치 노래를 들을 때처럼 귀 기울였다. 그의 환상 중에서 가장 아름다운 것은 아그네스 부인의 꿈을 꾸는 환상이었다. 그럴 때 그는 자신이 사랑하고 아름답게 여기는 것을 모두 이용했다. 서풍과 푸르고 먼 하늘, 밝게 빛나는 봄의 초원 같은 것으로 그녀를 에워싼 뒤, 무익했던 유년 시절의 온갖 그리움과 진심을 그 속에 집어넣었다.

어느 초여름 저녁, 오랫동안 조용하던 죽은 듯한 이 성에 약간의 새로운 삶이 찾아왔다. 요란한 뿔피리 소리를 울리며 마차 한 대가 성 안으로 들어와 덜커덩 하며 멈추어 섰다. 성주의 동생이 몸종 한 명을 데리고 찾아온 것이다. 키가 크고 잘생긴 데다 뾰족한 턱수염에 부리부리한 군인의 눈을 지닌 남자였다. 그는 도도히 흐르는 라인 강에서 수영을 했고, 재미 삼아 은빛 갈매기들을 향해 총을 쏘아 댔다. 종종 가까운 시내로 말을 타고 나갔다가 술에 취해 돌아오기도 했다. 이따금 선량한 시인을 조롱하거나, 며칠에 한 번꼴로 형과 싸우며 소란을 피우기도 했다. 그가 형에게 오만 가지 일을 권유했기 때문이다. 그는 성의 개축과 새로운 시설을 만들 것을 제안하기도 하고, 변화와 개선을 권했다. 하긴 입으로는 무슨 말인들 못 하겠는가. 동생은 결혼을 잘해 부자가 되었지만 성주인 형은 가난했고, 대체로 불행과 분노 속에서 살았던 것이다.

그는 일시적인 기분으로 성을 찾아왔고, 도착한 첫 주부터 이 일을 후회했다. 그럼에도 그는 그곳에 머물러 있었고, 형이 싫어

하든 말든 떠나겠다는 말은 하지 않았다. 아그네스 부인을 보고 그녀의 꽁무니를 쫓아다니기 시작한 것이다.

오래지 않아 아름다운 부인의 하녀는 낯선 남작이 선물한 새 옷을 입고 다녔다. 또 오래지 않아 하녀는 공원의 담벼락에서 낯선 남작의 몸종이 전해 준 편지와 꽃을 받아 들였다. 그리고 다시 며칠 지나지 않아 낯선 남작은 여름날 정오 숲 속 오두막에서 아그네스 부인을 만나 그녀의 손과 조그만 입, 하얀 목덜미에 키스를 했다. 그러나 마을에서 마주칠 때면 그는 승마용 모자를 벗고 깊이 머리 숙여 인사했고, 그러면 부인은 마치 열일곱 살 난 소녀처럼 고마워했다.

그로부터 불과 얼마 지나지 않았을 때였다. 저녁 시간을 외롭게 보내던 낯선 남작은 강을 건너는 조각배 한 척을 보았다. 그 안에는 노 젓는 남자와 하얀 얼굴의 여인이 타고 있었다. 어둑어둑해서 누군지 자세히 보이지 않았지만, 호기심에 찬 남작은 며칠 지나지 않아 기분 나쁘게도 보다 확실한 사실을 알게 되었다. 정오에 숲 속 오두막에서 자기의 품에 안겨 키스를 받고 뜨겁게 달아올랐던 여인이 저녁에는 그의 형과 함께 어두운 라인 강을 건너 갈대가 무성한 강가 저편으로 사라졌던 것이다.

낯선 남작은 침울해져서 못된 생각을 품게 되었다. 그는 아그네스 부인을 재미 삼아, 헤픈 여자로 대한 것이 아니라 값진 습득물로 생각하고 사랑했기 때문이다. 그는 키스할 때마다 기쁨과 경이감에 깜짝 놀라 더없이 순수한 마음으로 사랑을 갈구했다.

그 때문에 다른 여자들보다 그녀에게 훨씬 많은 것을 주었고, 자기의 젊은 시절을 생각해서 감사하고 배려하며 사랑의 마음으로 그녀를 껴안았다. 그렇게 대한 그녀가 밤이면 자기 형과 함께 어두운 길을 가다니. 그는 수염을 쥐어뜯었다. 두 눈이 분노로 타올랐다.

시인 플로리베르트는 매일 조용히 살아가고 있었다. 그는 무슨 일이 일어나든 아무 영향을 받지 않았고, 성안에 은밀히 감도는 답답한 분위기에 짓눌리지도 않았다. 가끔 남작의 동생이 나타나 귀찮게 구는 것이 달갑지 않았지만, 시인은 예전부터 익숙한 방식대로 살았다. 그는 이 낯선 남자를 피해 하루 종일 마을이나 라인 강변의 어부들 틈에서 지냈고, 저녁에는 따스한 향내를 맡으며 환상의 세계로 빠져들었다. 어느 날 아침 그는 성 안뜰 담벼락에 첫 티로즈가 피어나는 것을 알아챘다. 그는 지난 3년간 여름이면 처음 피어난 진귀한 장미꽃을 아그네스 부인의 문지방에 가져다 놓았다. 시인은 이 같은 익명의 겸손한 인사를 네 번째로 바칠 수 있게 되어 기뻤다.

같은 날 정오 낯선 남자는 너도밤나무 숲 속에서 그 아름다운 여인을 만났다. 그는 그녀에게 어제와 그제 밤에 어디에 있었느냐고 묻지 않았다. 대신 전율과 놀라움에 사로잡혀 그녀의 조용하고 순진무구한 눈을 들여다보았다. 그는 떠나기 전에 말했다.

"오늘 저녁 어두워질 때 당신에게 가겠소. 창을 하나 열어 놓아요."

"오늘은 안 돼요." 그녀는 부드럽게 말했다. "오늘은 안 된다고요."

"그래도 가겠소."

"다음에 오시면 안 되나요, 네? 오늘은 안 돼요. 창을 열어 놓을 수 없어요."

"오늘 저녁에 가겠소. 오늘 저녁 말이오. 아니면 다시는 가지 않겠소. 하고 싶은 대로 해요."

그녀는 남자에게서 빠져나와 그곳을 떠났다.

저녁에 낯선 남자는 강가에 숨어 어두워질 때까지 기다렸다. 그러나 배는 오지 않았다. 그는 애인의 집으로 향했다. 덤불 속에 몸을 숨긴 그의 무릎 위에는 엽총이 놓여 있었다.

주위는 고요하고 따스했으며, 재스민 향기가 진동했다. 하늘에는 스쳐 지나가는 하얀 구름들 사이로 작고 흐릿한 별들이 가득했다. 새 한 마리가 공원 깊숙한 곳에서 홀로 노래하고 있었다.

거의 완전히 어두워졌을 때 한 남자가 모퉁이를 돌아 나직한 발걸음으로 걸어왔다. 거의 살금살금 걷는다고 할 수 있었다. 그는 이마를 가릴 정도로 모자를 깊숙이 눌러 쓰고 있었다. 너무 어두워서 굳이 그럴 필요가 없었는데 말이다. 오른손에는 희미하게 빛나는 하얀 장미 꽃다발이 들려 있었다. 숨어 있는 남자는 그 모습을 예리하게 주시하면서 총의 공이를 세웠다.

다가온 남자는 여인의 집을 올려다보았다. 집 안 어디에도 더이상 불빛이 비치지 않았다. 그는 문 쪽으로 다가가 허리를 굽히고는 문의 철제 손잡이에 입을 맞추었다.

그 순간 불이 번쩍 하며 총성이 울렸다. 메아리가 공원 깊은 곳까지 은은히 울려 퍼졌다. 꽃다발을 든 남자가 무릎이 꺾이며 자갈밭 위로 나둥그러졌다. 그리고 쓰러진 채 약하게 몸을 움칠거렸다.

총을 쏜 사내는 은신처에서 한참을 기다렸다. 그렇지만 아무도 나타나지 않았다. 집 안에도 계속 정적이 감돌았다. 그는 조심스레 다가가 허리를 굽히고 총에 맞은 사내를 내려다보았다. 머리에 썼던 모자가 땅바닥에 떨어져 있었다. 시인 플로리베르트임을 알아보고 그는 가슴이 답답해지며 의아한 생각이 들었다.

"아니, 이자도!" 그는 신음하면서 그곳을 떠났다.

티로즈가 땅바닥에 흩어져 있었다. 그중 한 송이는 쓰러진 자가 흘린 피 한가운데에 떨어져 있었다. 마을에서 시간을 알리는 종소리가 들려왔다. 하늘에는 희끄무레한 구름이 더욱 짙게 끼었고, 그 사이로 거대한 성탑이 죽은 거인처럼 높이 솟아 있었다. 라인 강은 유유히 흐르며 부드럽게 노래했고, 어두운 공원 안쪽에서는 외로운 새가 자정이 넘도록 지저귀었다.

(1906)

비밀스러운 산

잘로 산은 아름답고 유명한 산들에 둘러싸여 그다지 알려지지 않은 채 사랑을 받지 못했다. 사람들은 그 산에 오를 수 없다고 생각했다. 그렇다고 화를 내는 사람은 아무도 없었다. 주위에 수십 개의 크고 작은 봉우리 혹은 매우 큰 봉우리들이 있었기 때문이다. 사람들은 그 산을 옛날부터 소홀히 해왔다. 산의 이름은 주변 일대에만 알려져 있었다. 접근하려면 먼 거리를 돌아 힘들게 가야 했고, 오를 가치도 없었다. 추측컨대 전망도 대단치 않을 것 같았다. 그러면서도 낙석, 강한 바람, 강설, 암석이 잘 무너지는 것으로 악명이 높았다. 그래서 그 산은 아름답지 않고 매력도 없는 우악스럽고 지루한 돌 더미라며, 유명한 형제들 사이에서 존중받지 못하고 잊혀 있었다. 명성도 명예도 없었다. 하지만 그 때문에 도로 공사, 오두막 건설, 와이어로프, 톱니바퀴식 철도 계획으로부터 해를 입지 않았다. 남쪽 기슭에는 목초지나 방목장의 오두막이 있을지도 몰랐다. 하지만 이쪽에서부터도 산을 한 바퀴 돈다거나 오르려는 생각은 할 수 없었다. 그쪽 면에는 절반 정도 높이까지 무너지기 쉬운 암석으로 된 절벽이 수직으로 길게 뻗어 있었다. 암석은 황갈색으로 빛났고, 산의 이름도 그 암석 덕분에 생겨났다.[*]

사람의 얼굴처럼 산에도 관상이 있다면 잘로 산은 후원자의 상이었지만 시기심과 적의가 있다고 할 수 있었다. 한쪽은 시샘하는 듯한 길고 단조로운 절벽이었고, 다른 쪽은 어지럽고 보기 흉한 자갈 더미와 빙퇴석氷堆石, 눈밭으로 이루어져 있었다. 위쪽에는 봉우리다운 봉우리 하나 없이 뾰족한 암석으로 이루어진 산마루가 있을 뿐이었다.

그렇지만 잘로 산은 고립무원의 상태에서도 태연히 지냈고, 이웃 산의 인기를 화내지 않고 말없이 지켜보았으며, 아무도 나쁘게 생각하지 않았다. 폭풍우나 물과의 싸움, 돌로 된 홈과 개울 열어 놓기, 봄에 눈 치우기, 눈사태, 기가 죽은 잣나무와 눈잣나무를 딱하게 여기고 돌보기, 걱정 없이 웃고 있는 꽃의 화려함을 지켜 주기 같은 것을 걱정하지 않았다. 여름에는 짧은 휴식 시간을 가지며 햇볕을 쬐었고, 몸을 말리고 따뜻하게 했다. 꿈꾸듯이

◆ 이탈리아어로 잘로giallo는 노란색이라는 의미이다.

마멋이 노는 모습을 지켜보고 저지에서 풀을 뜯는 가축들의 목에 달린 방울 소리를 들었다. 때로는 드물지만 먼 곳에서 사람들의 목소리가 울려오기도 했다. 조그맣고 유희 같은 세계에서 나오는 뭔지 알 수 없는 소리였다.

잘로 산은 그 소리들을 즐겨 들었지만 호기심은 없었다. 산은 짧은 여름 휴식 기간 동안 저지에서 들려오는 환호성, 방울 소리, 휘파람, 총소리, 익숙지 않은 인사말에 낯설어 하면서도 다정하게 고개를 끄덕였다. 걱정 없이 천진난만한 저지의 세계가 산에게 그 존재를 과시하려는 것 같았다. 초봄에 처음으로 푄이 부는 날이나 산 위에 곤경, 신음, 몰락 외에 아무것도 없던 초여름 밤을 생각할 때면 산은 어린아이들의 목소리를 듣듯이 그 같은 조용하고 유순한 행위에 귀 기울일 수 있었다. 초여름 밤에는 암벽이 내려앉았고, 암석이 공처럼 골짜기로 굴러 내려왔으며, 범람하는 물이 단단히 박힌 것을 침식시켰다. 그리하여 산은 수많은 강력한 적들과 숨 가쁘게 싸우며 살아야 했다. 때로는 화가 나는 싸움이었고, 때로는 경악스러운 싸움이었다. 여름날의 무료함을 떨쳐 버리려는 어린아이들은 자신이 영원히 안전하리라고 믿으며, 견고하다고 여기는 이런 삶의 토대가 얼마나 허약한지 알지 못한다.

하지만 세상에 결국 인간의 탐욕스러운 시선이 닿지 않는 것은 아무것도 없다. 인간은 바위 틈새의 하찮은 풀도, 길가의 버려진 돌도 집어 들고 살펴본다. 호기심에 찬 어린아이처럼 인간은 그것을 만져 보며 질릴 줄 모른다.

체스코 비온디는 마을 시계 수리공의 아들이었다. 그는 열정적이지만 비사교적인 젊은이였다. 그는 보통 사람들처럼 삶을 제대로 즐길 줄 몰랐다. 특히 소녀들은 그의 마음을 사로잡아 행복하게 해줄 수 없었다. 소녀들이 그를 마음에 들어하지 않는 것은 아니었다. 오히려 그는 그녀들을 마음대로 좌지우지할 수 있었다. 체스코는 오만하고 변덕스러웠다. 그는 기분이 내키면 소녀들에게 손을 내밀기도 했지만, 다정한 구애가 아닌 고압적인 행동이었다. 소녀를 팔에 끌어안으면 약간 기분이 좋아져 자기 자신을 잊기도 했는데, 그래도 곧 다시 음울한 생각에 사로잡혀 쌀쌀맞은 기분으로 달아나곤 했다. 그리하여 사방에 적이 생겨났고, 곁에는 그를 필요로 하면서도 두려워하는 몇 명의 동료들만 남게되었다. 그는 술을 마시거나 강한 힘을 행사할 필요가 있을 때만 그들을 불렀다. 그리고 그것마저 질리면 그 즉시 그들을 그냥 내버려 두었다.

그의 아버지는 그에게 시계 수리를 가르쳤다. 그렇지만 건장하고 힘센 젊은이가 그런 일에 만족할 리 없었다. 그는 성인이 되고 나서부터는 힘든 시절이니 도와주는 셈치고 가끔씩만 일했다. 게다가 그때그때 마음이 내키는 일을 했다. 그는 여름마다 외지 관광객을 대상으로 산행 안내인을 하면서 1년 동안 쓸 쌈짓돈을 벌었다. 하지만 동행할 관광객을 가려 받았다. 한번은 어떤 외국인이 그에게 의아해하며 말했다. "다른 곳에서는 안내인이 일을 맡기 전에 면허증을 제시해야 합니다. 그런데 여기서는 관광객이 먼

저 허가증을 내보이고, 당신이 그것을 가지고 다니는군요."

괴짜 같은 다른 습관들 외에도 그는 오래전부터 산을 홀로 돌아다니곤 했다. 그는 질리지도 않고 열정적으로 식물과 돌멩이, 짐승을 쫓아다녔고, 자신의 힘을 느끼는 데서, 난관이나 위험에 맞서면서 자신의 존재를 입증하는 데서 즐거움을 찾았다. 자제력이 없고 만족을 모르는 그도 여기 산속에서만은 냉정하고 강인했으며, 어떤 것에도 겁내지 않았다. 드물게 찾아오는 고양된 순간에만 자신의 존재를 즐거워할 줄 알았던 그를 기쁘게 해준 것은 다름 아닌 위험과 긴장감이었다.

힘들게 정상에 다다라 빙하에 꽂은 피켈에 의지해 얼음 속에서 홀로 쉬며 자신이 올라온 꼬불꼬불한 길을 밝은 회색 눈으로 굽어볼 때면, 또는 누구도 가본 적 없는 협곡에서 개척자이자 정복자로서 돌을 살펴보거나 올가미가 달린 밧줄을 검고 오래된 뾰족한 암벽에 던질 때면, 그의 무정한 얼굴은 소년 같은 짓궂음과 유쾌함으로 빛났다. 거만한 마음은 은밀한 승리를 자축했다.

시간이 지나면서 그는 점점 더 자주 잘로 산의 황량한 지역으로 들어갔다. 그는 스스로 개척한 길을 가는 것을 좋아했고, 다른 사람이 자주 다니는 곳은 피했다. 잘로 산에서는 사람들을 거의 만날 수 없었고, 그보다 더 외지고 사람의 발길이 닿지 않은 곳은 찾기 힘들었다. 그는 평이 좋지 않은 그 산이 점차 좋아졌다. 사랑은 결국 보답을 얻기 마련이다. 음울한 산도 점점 방랑자 앞에 마음을 열어 갔고, 숨겨 둔 보물을 그에게 보여 주었다. 그리고 이 고독한 사람이 자기를 찾아와 비밀을 캐려고 해도 개의치 않았다. 서서히 체스코와 산 사이에는 반쯤 친밀한 관계가 생겨났다. 둘은 서로를 알게 되었고, 서로의 가치를 인정했다. 체스코 비온디는 위협적으로 보이는 몇몇 지점에 접근이 가능하다는 것을 발견했고, 여름날 암석 더미 사이에 조그만 꽃섬이 조성되는 것도 알아챘다. 그는 여기저기서 아름다운 운모를 집어 들었고, 꽃 몇 송이를 가지고 집으로 돌아오기도 했다. 오래된 산은 그를 지켜보았으며, 조용히 내버려 두었다.

이런 일이 1년 이상 지속되었다. 하지만 인간이란 약간의 자연이나마 탐욕스럽지 않게, 순전히 형제처럼 사랑할 수 없고, 자연에 손님처럼 받아들여지는 것을 그리 기분 좋게 느끼지 않는다. 인간은 주인이 되려 하고, 억지로 빼앗아 정복하려 하며, 지금까지의 친구를 완전히 제압하고 싶어 한다. 비온디에게도 그런 일이 일어났다. 그는 잘로 산을 사랑했다. 산골짜기와 산비탈을 즐겨 돌아다녔고, 산기슭에 누워 쉬곤 했다. 하지만 친밀감을 조금 느끼자마자 이에 만족하지 못하고 지배자의 탐욕을 느끼기 시작했다.

지금까지 그는 미지의 산을 약간 탐구하고, 몇 시간 동안 그곳을 돌아다니고, 물이 흐르는 길과 산사태가 나는 지역을 알고, 암석과 식물의 성장을 관찰하는 것으로 만족했다. 때에 따라서는 높은 곳에 더 가까이 다가가고, 가령 평판이 나쁜 봉우리에 이르는 길을 조심스레 알아내려고 했다. 그 뒤 잘로 산은 차분히

문을 걸어 잠그고 친밀한 태도를 조용히 거두었다. 산은 방랑자에게 바위를 몇 개 떨어뜨렸고, 몇 번 길을 잘못 안내해 그를 피곤하게 만들었다. 그의 목덜미에 북풍이 몰아치게 했고, 탐욕스러운 그의 발밑에서 몇 개의 무른 돌멩이를 조용히 빼내기도 했다. 그러면 체스코는 약간 실망했지만, 곧 분별력을 발휘해 호방하게 발길을 돌렸다. 산이 약간 변덕스럽다고 생각하기도 했지만, 그 자신도 괴짜였기에 산을 탓할 수는 없었다.

두 번째 여름이 끝나갈 무렵 체스코가 산을 점점 탐욕스러운 눈길로 바라보고, 친구나 가끔 찾는 피난처가 아닌 자기에게 반항하는 적으로 생각하게 되면서 사정이 달라졌다. 그는 어느 날 산을 공격하고 굴복시키기 위해 끈질기게 포위하고 정찰했다. 그는 힘이든 간계든, 정직한 방법이든 사악한 방법이든, 어떤 방법을 써서든 퉁명스러운 산을 복종시키려 했다. 사랑은 질투와 불신으로 바뀌었다. 산은 조용하지만 단호히 저항했다. 지금까지의 사랑은 이내 분노와 증오로 변해 가고 있었다.

세 번, 네 번 방랑자는 완강하게 밀고 올라갔다. 그때마다 조금씩 새로운 발전이 있었고, 이 끈질긴 싸움에서 승자가 되겠다는 욕망도 커졌다. 하지만 산의 저항 역시 더욱 단호해졌다. 여름은 체스코 비온디가 산에서 추락해 반쯤 얼고 굶주린 채 부러진 팔로 마을에 돌아오는 것으로 끝이 났다. 마을 사람들은 그를 그리워하며 벌써 죽었을 거라는 말을 퍼뜨렸다. 그는 한동안 침대에 누워 있어야 했다. 그 사이 잘로 산에서는 새로운 눈이 내렸다. 그래서 그해는 더 이상 어쩔 도리가 없었다. 그럴수록 체스코 는 더욱 격분해서 너그러이 봐주지 않고, 이제 정말 증오하게 된 불친절한 산을 굴복시키기로 결심했다. 그는 어떤 통로로 살금살 금 다가가면 되는지 알고 있었고, 이제 정상에 접근하는 길을 찾 아내리라 마음먹었다.

다음 해 초여름 잘로 산은 예전의 친구가 언짢은 기분으로 다 시 다가오는 것을 보았다. 그는 겨울과 녹은 눈이 야기한 변화를 찬찬히 연구했고, 거의 매일 산으로 가서 조사를 했다. 그는 때로 는 동료를 한 명 데리고 가기도 했다. 마침내 어느 날 오후 그는 다른 동료와 함께 제법 큰 배낭을 메고 나타났다. 그는 적당한 장소를 골라 밤을 보내기 위해 담요와 코냑까지 준비했고, 서두 르지 않고 산의 3분의 1 높이까지 올라갔다. 이른 아침 두 사람 은 조심스레 길을 떠나 사람의 발길이 닿지 않은 산비탈을 지나 갔다.

서늘한 아침 이들은 가파른 비탈을 쉽고 안전하게 통과했다. 그곳은 정오 무렵에는 돌멩이가 떨어져서 지나갈 수 없었다. 체 스코는 이미 그 사실을 알고 있었다. 세 시간이 지나자 어려움이 시작되었다. 두 사람은 강인한 의지로 자일에 의지해서 말없이 위로 올라갔고, 수직 암벽은 돌아서 갔다. 산을 오르다 길을 잃 으면 힘겹게 다시 돌아서 갔다. 그러다 통행할 수 있는 좋은 길이 나오면 자일을 풀고 열심히 앞으로 걸어갔다. 쉽게 넘을 수 있는 눈밭이 나왔다. 그 뒤에 멀리서도 위험해 보이는 매끄러운 수직 암벽이 나왔다. 그런데 멀리 있긴 하지만 암벽에 돌림띠 모양의 조그만 바위 하나가 보였다. 발을 앞뒤로 얹을 수 있을 정도의 넓이에 부분적으로 풀이 자라고 있었다. 이제 장애물이 그다지 많이 나오지 않을 듯했지만 이번에는 정상에 도달하지 못할 것 같았다. 그래도 가장 커다란 난관은 극복한 것 같았다. 체스코는 다음 번에는 오늘과 같은 헛걸음을 하지 않는다면 정상에 오를 수 있으리라고 생각했다. 동행이 없이도 그럴 수 있어야 했다. 그는 다음에 날이 좋을 때 혼자 다시 오리라 마음먹었다. 제일 먼저 산 정상에 섰을 때 옆에 아무도 없길 바랐기 때문이다.

그는 쾌재를 부르며 좁은 길을 걸었고, 염소처럼 신속하고 경쾌한 발걸음으로 앞서 갔다.

하지만 체스코는 아직 정상에 도달하지 못했다. 암벽이 굽어져 있었다. 그가 굽은 길을 돌며 걷는 순간 저편에서 뜻하지 않게 돌풍이 그를 향해 불어왔다. 그는 얼굴을 돌리고 날아가려는 모자를 붙잡았다. 그러다가 발을 조금 헛디디는 바람에 동료의 눈앞에서 갑자기 심연으로 사라져 버렸다.

동행은 겁에 질려 허리를 굽혔다. 그는 체스코가 떨어져 아래쪽에 쓰러져 있으리라고 생각했다. 저 아래 깊은, 황량한 암석 더미에 떨어져 죽었으리라고 여겼다. 그는 몇 시간 동안 불안한 마음으로 위험을 무릅쓰고 이리저리 헤매고 다녔지만, 추락한 자가 있는 곳으로 접근하는 길을 찾지 못했다. 마침내 지친 몸으로 집으로 돌아가는 길을 찾아야 했다. 자칫하면 자신도 산이 집어

삼킬지 모르는 일이었다. 기진맥진한 채 슬픈 심정으로 그는 밤 늦게 마을로 돌아왔다. 한밤중에 마을 남자 다섯 명이 체스코를 찾으러 출발했다. 이들은 산에서 밤을 보내고 새벽에 수색을 나가기 위해 모포와 요리 기구를 챙겼다.

체스코 비온디는 살아 있었다. 그는 다리와 갈비뼈가 부러진 채 암벽 기슭의 돌 더미 위에 누워 있었다. 동료가 부르는 소리를 듣고 있는 힘껏 대답했지만 그 소리는 동료에게 닿지 않았다. 그는 몇 시간 동안 주위에서 들려오는 소리에 귀를 기울였다. 때때로 동료가 아직 자기를 찾고 있는 소리가 들리기도 했다. 그는 이따금씩 소리를 지르기도 했고, 동료가 길을 잘못 들었다는 생각에 화가 치밀기도 했다. 그는 동료가 자기 위치를 알고 있다고, 그렇게 찾기 어려운 곳이 아니라고 생각했다. 하지만 동료는 결국 발걸음을 돌리고 가버렸고, 체스코는 이후 열두 시간에서 열다섯 시간 이내에는 자기를 구조할 사람이 없을 거라는 사실을 깨달았다.

다리는 양쪽 모두 부러졌다. 부서진 뼛조각이 하복부를 뚫고 들어가 이루 말할 수 없이 아팠다. 심하게 다쳤다고 느낀 체스코는 살 수 있으리란 희망을 그다지 품지 않았다. 그는 사람들이 자기를 찾아 나서리란 것을 의심치 않았다. 하지만 그때까지 살아 있을지는 자신할 수 없었다. 그는 몸을 움직일 수 없었고, 차갑고 기나긴 밤이 코앞에 다가와 있었다. 상처는 치명적인 것 같았다.

그는 조용히 신음하며 시간을 보내고 있었다. 이제 아무런 도움도 받을 수 없으리란 생각만 들었다. 언젠가 함께 춤을 배운 소녀 생각이 났다. 그녀가 결혼한 지도 제법 오래되었다. 그녀를 볼 때마다 가슴이 두근거렸던 시절이 놀랍도록 아름답고 행복했던 듯 느껴졌다. 그리고 어느 학교 친구 생각이 났다. 언젠가 이 소녀 때문에 반쯤 죽도록 패준 친구였다. 그 친구는 대학 공부를 하러 외지로 떠났다. 지금은 마을의 유일한 의사로 저 아래 골짜기에서 진료를 하고 있었다. 이제 그가 자신의 몸에 붕대를 감아주거나 사망 진단서를 발급해 주게 되리라.

그는 자신의 숱한 방황을 기억에 떠올렸다. 그리고 처음으로 잘로 산을 알게 된 날을 생각해 보았다. 당시 세상과 멀리 떨어진 이 황량한 곳에서 외롭고 반항적인 심정으로 헤매고 다니다가 차츰 좋아하게 된 기억이 다시 떠올랐다. 그는 인간보다 산과 더 가깝다고 느꼈다. 그는 고통을 참으며 고개를 돌려 주위를 둘러보았고, 높은 곳을 올려다보았다. 산은 조용히 그의 눈을 들여다보았다. 체스코는 옛 동료를 응시했다. 산은 어스름함 속에서 비밀스럽고 애처롭게 서 있었다. 비바람을 맞아 측면이 파헤쳐져 있었고, 너무 오래되어 피곤에 지친 모습이었다. 지금은 바람이 휘몰아치는 봄의 사투와 가을의 눈 오는 날 사이에 있는 여름의 짧은 휴식 기간이었다. 밤이 왔다. 높은 곳에서는 희미한 빛이 스러져 가고 있었다. 돌로 된 황무지가 엄청나게 낯설고 외롭게 느껴졌다. 저편의 말없는 암벽을 따라 띠 같은 안개가 머뭇거리듯 느릿느릿 지나가고 있었다. 그 사이의 먼 하늘에서 서늘한 별들이 모습을 드러냈다. 멀리 떨어진 협곡에서는 물이 떨어지며 노래하는 소리가 먹먹하고 어지럽게 들려왔다.

체스코 비온디는 죽어 가는 눈으로 마치 처음 보는 양 이 모든 것을 바라보았다. 그는 너무나 잘 알고 있다고 생각한 자신의 산이 천년의 고독과 우수 어린 위엄 속에 서 있는 것을 처음으로 보았다. 그리고 온갖 존재, 즉 산과 인간, 영양과 새, 별들, 창조된 모든 것이 피할 수 없는 필연에 의해 살아가고 결국 종말을 향해 가고 있다는 것을 처음으로 깨달았다. 인간의 삶과 죽음이 돌멩이의 그것과 다르지 않고, 그와 똑같은 의미를 지닌다는 것도 깨달았다. 돌멩이는 산속의 물에 휩쓸리고 비탈에서 비탈로 떠내려 가다가 결국 어디선가 부서져 조각나거나, 햇빛과 비바람에 서서히 풍화되었다. 신음하며 얼어붙은 마음으로 죽음을 응시하는 동안 그는 똑같은 신음, 말할 수 없이 절망적인 똑같은 추위가 산과 지구, 하늘과 우주 공간을 통과해 가는 것을 느꼈다. 그리고 추위에 시달릴수록 완전히 고독하지만은 않다는 것을 느꼈다. 황량한 곳에서 맞이하는 허망한 죽음이 무척 끔찍하고 무의미하게 생각되긴 했지만, 그래도 매일 어디서나 벌어지는 온갖 일이야말로 그에게는 가장 끔찍하고 무의미하게 생각되었다.

그는 평생을 불만족스럽게 살았고, 마음속으로 세상에 대한 온갖 반항심을 느꼈다. 그러다가 처음으로 세상의 조화와 영원한 아름다움을 이야기하는 어떤 소리를 듣고 놀라운 기분에 사로잡혔다. 그는 다시 한 번 뾰족한 산등성이가 차가운 밤하늘의 별빛을 받고 있는 것을 보았다. 다시 한 번 협곡에서 눈에 보이지 않는 물소리를 들었다. 여러 가지 음으로 쏴쏴 하고 소용돌이치며 나는 소리였다. 손이 굳어 가는 것을 느끼면서 그의 딱딱한 얼굴이 잠시, 거칠지만 흡족한 미소로 바뀌었다. 짓궂어 보이는 미소였다. 하지만 그것은 자기에게 벌어진 일을 이해하고 인정한다는 의미의 미소였다. 한편으로 이번에는 그의 고집이 이미 일어난 일에 저항하거나 다른 것을 갈망하지 않고, 그에 동의하며 모든 일을 받아들인다는 의미의 미소였다.

산이 옆에 지키고 있어서 그는 사람들에게 발견되지 않았다. 마을 사람들은 그의 죽음을 크게 애도했다. 모두들 그의 장례를 치러 주었고 그가 묘지에서 안식을 얻기를 기원했다. 하지만 그는 산속의 암석 더미에서 안식을 얻었고, 오랫동안 즐겁게 살다가 고향 교회의 그늘 속에 묻힐 때와 다름없는 필연의 계율을 완수했다.

(1908)

시인

중국의 시인 한옥은 젊었을 때 시 쓰는 법에 속하는 것이면 뭐든지 배워, 모든 면에서 완성의 경지에 이르겠다는 놀라운 충동에 사로잡혀 있었다고 전한다. 그는 당시 황허 유역의 고향에서 살고 있었다. 그는 스스로의 소망으로, 그리고 자신을 끔찍이 사랑하는 부모의 도움으로 양갓집 규수와 혼약을 맺었고, 길일을 택해 곧 혼례를 치를 예정이었다. 당시 한옥의 나이는 스무 살 정도였다. 그는 잘생긴 데다 겸손하고 예의 바른 청년이었다. 학문에도 조예가 깊었으며, 약관의 나이에 이미 탁월한 시를 몇 편 지어 고향의 문인들 사이에서도 제법 알려져 있었다. 그다지 부유하지는 않았지만 그래도 적지 않은 유산을 기대할 수 있었고, 신부의 지참금까지 더하면 재산이 더 늘어날 것이었다. 게

다가 정혼녀는 매우 아름다운 데다 정숙하여, 이 청년은 더 이상 부족할 게 없이 행복해 보였다. 그런데도 그는 완전히 만족하지 못했다. 그의 마음은 시인으로서 완전한 경지에 도달하고자 하는 공명심으로 충만했기 때문이다.

어느 날 저녁이었다. 강에서 등燈 축제가 벌어질 때 한옥은 홀로 건너편 강가를 거닐고 있었다. 그는 강물 위로 늘어진 나뭇가지에 몸을 기대고, 수많은 등불이 수면에 아롱져 일렁이는 모습을 바라보았다. 거룻배나 뗏목을 탄 젊은이들과 처녀들이 서로 인사를 나누었고, 차려 입은 화려한 옷들이 아름다운 꽃처럼 반짝였다. 강물에 어린 물결이 불빛에 약하게 투덜거리는 소리, 여가수들의 노랫소리, 웅웅거리는 비파 소리, 달콤한 피리 소리가 들려왔다. 그리고 이 모든 것들 위에 푸르스름한 밤이 신전의 둥근 천장처럼 공중에 떠 있었다. 고독한 구경꾼이 되어 마음 가는 대로 거닐며 아름다운 광경을 지켜보고 있자니 가슴이 두근거렸다. 강을 건너가 신부나 친구들과 함께 어울리며 축제를 즐기고 싶기도 했다. 그럼에도 이 모든 광경을 섬세한 관찰자의 입장에서 받아들여 한 편의 완벽한 시를 짓고 싶은 욕구가 훨씬 컸다. 축제 참가자들의 즐거움, 강가 나뭇가지에 기대선 조용한 구경꾼의 그리움, 밤의 푸르름, 수면에 일렁이는 불빛의 유희를 표현해 보고 싶었던 것이다. 그는 자신이 이 세상의 어떤 축제나 즐거움에도 완전히 즐겁고 유쾌하게 빠져들 수 없으며, 삶의 한가운데에 있더라도 고독한 자로, 어느 정도는 구경꾼이자 이방인으로 머물게 되리라고 느꼈다. 자신의 영혼은 많은 사람들 사이에서도 외로워하며, 지상의 아름다움과 이방인의 은밀한 욕구를 동시에 감지할 수밖에 없다고 여겼다. 그런 생각을 하니 슬퍼져 그는 이 문제에 대해 골똘히 생각에 잠겼다. 그리고 언젠가 세계를 완전히 시 속에 담아내는 데 성공하여, 그 모습 속에서 세계 자체를 정화하고 영원화하여 소유할 수 있을 때에만 진정한 행복과 깊은 만족감을 얻을 수 있을 것이라는 결론에 도달했다.

깨어 있는지 잠들어 있는지 모를 상태에 있던 한옥에게 나직한 소리가 들렸다. 나뭇가지 옆에 낯선 남자 하나가 서 있었다. 보라색 옷을 입은 위엄 있는 풍모의 노인이었다. 한옥은 일어나 예를 갖춰 인사를 했다. 그러자 낯선 노인이 미소를 띠며 두세 줄의 시구를 읊었다. 젊은이가 방금 느끼고 있던 모든 것이 너무나 완벽하고도 아름답게, 그리고 위대한 시의 법칙에 따라 표현된 시였다. 젊은이는 너무 놀라 심장의 고동이 멎을 것 같았다.

"오, 노옹은 뉘신지요." 그는 깊이 허리를 숙이며 외쳤다. "제 마음속을 꿰뚫어 보시고, 그 어떤 스승들에게서 들었던 것보다 더 아름다운 시구를 읊으시는군요."

낯선 노인은 또다시 미소를 띠었다. 높은 경지에 이른 자의 미소였다.

"시인이 되고 싶다면 나를 찾아오게나. 내 오두막은 북서쪽 산중에 있는 큰 강 발원지에 있다네. 나는 완전한 언어의 대가라고 불린다네."

그 말을 하고 노인은 작은 나무 그늘 속으로 들어가더니 곧장 사라져 버렸다. 한옥은 그를 찾아보았으나 헛된 일이었다. 노인은 흔적조차 찾을 길이 없었다. 그는 이 모든 일이 피곤에 지쳐 잠든 사이에 꿈을 꾼 것이라 생각했다. 그는 서둘러 거룻배가 있는 곳으로 가서 축제에 동참했다. 그러나 대화와 피리 소리 사이에 낯선 노인의 신비로운 목소리가 계속 들려왔다. 그의 영혼은 노인을 따라 어디론가 가버린 듯했다. 그도 그럴 것이 그는 흥겨워하는 사람들 사이에서 꿈꾸는 듯한 눈을 하고 홀로 동떨어진 세계에 앉아 있었던 것이다. 사람들은 그런 그를 보고 사랑에 빠져 그렇다고 놀려 댔다.

며칠 후 한옥의 아버지는 혼례일을 잡기 위해 친구와 친척들을 부르려고 했다. 그러자 신랑이 반대했다.

"자식 된 도리가 아닌 줄 알지만 아버님 말씀에 순종하지 않는 듯하더라도 용서해 주십시오. 아버님께서는 시 문학에 두각을 드러내고자 하는 저의 갈망이 얼마나 큰지 알고 계십니다. 친구 몇이 제 시를 칭찬하긴 하지만, 저는 아직 풋내기에 불과하고 이제 막 첫걸음을 떼었다는 걸 잘 알고 있습니다. 그러니 얼마 동안은 고독한 생활을 하며 시작詩作에 전념할 수 있도록 허락해 주십시오. 아내를 얻어 가정을 꾸리면 그 일에 지장이 있을 것 같습니다. 저는 아직 젊고 다른 의무도 없으니 얼마 동안 오로지 시 쓰는 일에만 정진하여, 그런 데서 즐거움과 명성을 얻고 싶습니다."

아버지는 이 말을 듣고 깜짝 놀라며 말했다.

"시 쓰는 일이 무엇보다 좋은 모양이구나. 그걸 위해 혼례마저 미루려고 하는 걸 보니. 혹은 너와 신부 사이에 무슨 일이 있었다면 말해 보거라. 화해를 도와주든지, 아니면 다른 규수를 구해 너를 도울 수 있을 테니."

그러나 아들은 예와 다름없이 늘 정혼녀를 사랑하고 있으며, 둘 사이에 조금의 다툼도 없었다고 맹세했다. 그리고 등 축제가 벌어진 날 꿈속에서 한 대가를 알게 되었으며, 이 세상의 어떤 행복보다 그의 제자가 되길 더 간절히 바란다고 말했다.

"좋다, 그렇다면 1년의 여유를 주마. 그동안에는 꿈을 좇아도 좋다. 혹 하늘이 내리신 꿈일지도 모르니." 아버지가 말했다.

"2년이 걸릴지도 모릅니다. 그런 일을 누가 알겠습니까?" 한옥이 머뭇거리며 말했다.

아버지는 아들이 떠나가게 해주었지만 마음은 슬펐다. 젊은이는 약혼녀에게 편지 한 통을 써서 작별을 고한 뒤 고향 마을을 떠났다.

아주 오랜 방랑 끝에 그는 강의 발원지에 도달했다. 그는 아주 외딴 곳에서 대나무로 지은 오두막 한 채를 발견했다. 오두막 앞 돗자리에 축제날 보았던 노인이 앉아 있었다. 노인은 자리에 앉아 칠현금을 타고 있었다. 손님이 경외심을 품고 다가오는 것을 보면서도 노인은 일어서지 않았다. 인사도 하지 않고 미소만 지을 뿐이었다. 부드러운 손가락이 현 위를 부지런히 오갔다. 매혹적인 음악이 은빛 구름처럼 골짜기로 흘러내렸다. 젊은이는 놀라움에 그 자리에 멈추어 섰고, 달콤한 경탄에 사로잡혀 다른 모든 것을 잊고 말았다. 이윽고 완전한 언어의 대가는 조그만 칠현금을 옆으로 치우고 오두막 속으로 들어갔다. 한옥은 경외심을 품고 그의 뒤를 따라갔고 그 곁에서 하인이자 제자로 머물게 되었다.

한 달이 지나갔다. 그는 전에 자신이 지었던 모든 시가詩歌들이 형편없다는 사실을 깨닫게 되었다. 다시 몇 달이 지나갔다. 그는 지금껏 고향의 스승들한테서 배웠던 시가들도 기억에서 지워 버렸다. 대가는 그에게 거의 한마디도 하지 않았고, 말없이 그에게 칠현금 타는 기술을 가르쳤다. 제자의 온몸에 음악이 완전히 흘러들 때까지.

언젠가 한옥은 가을 하늘을 나는 두 마리 새를 묘사한 짤막한 시를 지었다. 썩 마음에 들었으나 대가에게 보여 드릴 엄두는 나지 않았다. 어느 날 저녁 그는 오두막에서 좀 떨어진 곳에서 그 시를 읊었다. 대가도 이를 들었을 테지만, 아무 말도 하지 않았다. 나지막이 칠현금을 연주할 뿐이었다. 그러자 한여름인데도 곧장 공기가 서늘해지고 빠르게 황혼이 몰려오더니 매서운 바람이 일었다. 잿빛이 된 하늘에서 왜가리 두 마리가 방랑의 그리움에 사로잡혀 날아가고 있었다. 이 모든 것이 그의 시보다 훨씬 아름답고 완전했다. 슬퍼진 그는 입을 다물고 자신의 무가치함을 느꼈다. 노인은 늘 이런 식으로 그에게 가르침을 주었다. 1년이 지나자 한옥은 칠현금 연주를 거의 완전히 습득했다. 그러나 시를 쓰는 법은 점점 더 어렵고 고귀하게 여겨졌다.

2년이 지났을 때 젊은이는 가족과 고향, 정혼녀에 대한 견딜 수 없는 그리움을 느꼈다. 그래서 고향으로 가게 해달라고 스승에게 간청했다.

대가는 미소 지으며 고개를 끄덕였다.

"자네는 자유의 몸이네. 원하는 대로 어디든 갈 수 있지. 다시 돌아와도 좋고 안 돌아와도 상관없네. 자네 마음대로 하게나." 대가가 말했다.

여행길에 오른 한옥은 쉬지 않고 걸었다. 이윽고 어느 날 어스름한 새벽, 강가에 이르러 아치형 다리 너머 고향 마을을 건너다보았다. 그는 몰래 정원으로 살금살금 걸어가 아버지의 침실 창 너머로 아직 주무시고 계신 아버지의 숨소리를 들었다. 그 뒤 정혼녀의 집 옆에 있는 과수원으로 숨어들었다. 그는 배나무의 우듬지에 올라가 방에서 머리를 빗는 여인의 모습을 바라보았다. 한옥은 자기 눈으로 본 이 모든 것과 향수에 젖어 그려 보았던 모습을 비교하면서, 자신이 시인으로 태어났다는 사실을 분명히 느꼈다. 그는 현실의 사물 속에서는 찾아볼 수 없는 아름다움과 우아함이 시인의 꿈속에 깃들어 있음을 보았다. 그는 나무에서 내려와 정원을 빠져나왔다. 다리를 건너고 고향 마을을 벗어나 산중의 깊은 골짜기로 되돌아왔다. 거기에는 늙은 대가가 언제나처럼 오두막 앞에서 초라한 돗자리 위에 앉아 손가락으로 칠현금을 뜯고 있었다. 인사를 하는 대신 그는 시 문학의 기쁨을 다룬 두 구절의 시를 읊었다. 그 깊이와 아름다운 가락에 젊은이의 눈에는 눈물이 가득 고였다.

다시 한옥은 완전한 언어의 대가 곁에 머물렀다. 한옥이 칠현금 연주에 통달하자 대가는 비파 연주를 가르치기 시작했다. 몇 달이 서풍에 눈 녹듯 지나갔다. 그 사이 한옥은 두 번이나 향수병이 도졌고, 한 번은 밤중에 몰래 그곳에서 도망쳤다. 그러나 골짜기의 마지막 모퉁이에 이르기도 전에 오두막 문에 걸린 비파 위로 밤바람이 스쳐 지나갔다. 그 바람이 낸 음조가 쫓아와 그를 다시 불러들였고, 그는 저항할 수 없었다. 또 한 번은 집 정원에 어린 나무를 심는 꿈을 꾸었다. 옆에는 아내가 서 있고, 아이들이 나무에 포도주와 우유를 뿌리고 있었다. 꿈에서 깨어나 보니 달빛이 방을 비추고 있었다. 그는 혼란한 심정으로 자리에서 일어났다. 옆에는 대가가 곤히 잠들어 있었다. 노인의 회색 수염이 부드럽게 흔들렸다. 불현듯 노인에 대한 극심한 증오감이 그를 엄습했다. 이 노인이 자신의 삶을 파괴하고 미래를 기만한 것처럼 생각되었기 때문이다. 그는 노인에게 달려들어 죽이려고 했다. 그때 노인이 눈을 번쩍 떴다. 그러고는 우아하고 온화하지만 슬픔이 어린 미소를 지어 보였다. 그 미소에 제자의 증오심은 그만 사라지고 말았다.

"명심하게, 한옥. 자네는 자유의 몸이니. 뭐든 마음대로 할 수 있네. 고향에 돌아가 나무를 심어도 좋고, 나를 증오하여 때려죽

여도 좋네. 그런 건 그리 중요한 문제가 아니네." 노인이 나지막이 말했다.

"아, 제가 어찌 스승님을 증오할 수 있겠습니까?" 한옥은 격한 감동에 못 이겨 소리쳤다. "그것은 마치 하늘을 증오하려는 것과 같습니다."

그는 스승 곁에 머물면서 비파 연주를 배웠고, 그다음엔 피리 부는 법을 배웠다. 그 후에는 스승의 지시를 받으며 시를 짓기 시작했다. 얼핏 보기에는 단순하고 소박해 보이지만 수면에 부는 바람처럼 듣는 사람의 영혼을 헤집어 놓는 시를 짓는 법을 천천히 익혀 나갔다. 그는 태양이 떠오르며 산자락에 걸려 머뭇거리는 모습, 물 밑에서 물고기가 소리 없이 휙 그림자처럼 사라지는 모습, 어린 버드나무가 봄바람에 흔들리는 모습을 묘사했다. 시속에는 해나 물고기의 움직임이나 버드나무의 속삭임만 담겨 있는 것이 아니라 하늘과 이 세계가 완전한 음악으로, 화음을 이루고 있었다. 누구나 그것을 들으면 자신이 사랑하거나 증오하는 것을 떠올리고 즐거워하거나 고통스러워했다. 소년은 놀이를, 청년은 애인을, 그리고 노인은 죽음을 생각하게 되는 것이었다.

한옥은 스승의 곁, 큰 강 발원지의 오두막에서 몇 해나 머물렀는지 더 이상 알지 못했다. 때로는 바로 어젯밤에 이 골짜기에 들어와 노인의 현악 연주로 영접을 받은 것 같기도 했고, 때로는 과거 모든 세대와 시간이 지나가 버려 실체가 없어진 것 같기도 했다.

그러던 어느 날 아침 눈을 떠 보니 오두막에 자기 혼자뿐이었다. 사방을 찾아다니며 불러 보아도 대가는 사라지고 없었다. 하룻밤 사이에 갑자기 가을이 찾아온 것 같았다. 세찬 바람에 낡은 오두막이 흔들렸고, 아직 때가 되지 않았는데도 철새들이 산 등성이 너머로 떼 지어 날아갔다.

한옥은 조그만 칠현금을 들고 고향 마을로 내려갔다. 마주치는 사람마다 그에게 예를 갖춰 인사를 했다. 고향에 돌아와 보니 아버지와 정혼녀, 친척들은 모두 세상을 떠나고 없었으며, 그들의 집에는 다른 사람들이 살고 있었다. 저녁에 강에서 등 축제가 열렸다. 시인 한옥은 맞은편의 어두운 강가에서 한 고목나무에 몸을 기대고 서 있었다. 그가 조그만 칠현금을 연주하기 시작하자 여자들은 한숨을 쉬며 황홀해하고, 숨 막히는 심정으로 밤하늘을 쳐다보았다. 어린 소녀들이 칠현금 연주자를 불러 보았지만, 어디서도 그의 모습을 발견할 수 없었다. 그리고 누구도 그런 칠현금 소리를 들어 보지 못했노라고 크게 소리쳤다. 하지만 한옥은 빙긋이 미소 지었다. 그는 등불 수천 개의 모습이 일렁이는 강물 속을 들여다보았다. 그 모습과 실제 등불을 더 이상 구별할 수 없게 되자, 그는 마음속으로 지금의 축제와 젊은 시절 이곳에 서서 낯선 대가를 만났던 그 축제 사이에도 아무런 차이가 없다는 것을 깨달았다.

(1913)

피리의 꿈

"자, 이걸 받거라." 아버지는 이렇게 말씀하시며 상아로 만든 작은 피리를 내게 주셨다. "먼 타향에서 이걸 불어 사람들이 즐거워해도 이 늙은 아비를 잊지 말거라. 이제 세상에 나가 보고 배워야 한단다. 네가 다른 일은 하지 않고 노래하는 것만 좋아하기에 이 피리를 만들게 했단다. 언제나 아름답고 사랑스러운 노래를 연주하도록 해라. 그렇지 않으면 신이 네게 주신 재능이 아까울 게다."

나의 사랑하는 아버지는 학자셨다. 음악에 대해서는 별로 아는 게 없었다. 아버지는 내가 피리만 잘 불면 그것으로 족하리라 생각하셨다. 나는 아버지의 그런 믿음을 깨뜨리고 싶지 않았다. 그래서 감사 인사를 하고 피리를 주머니에 찔러 넣은 뒤 작별을 고했다.

나는 우리 마을의 골짜기에 대해 농장의 커다란 물레방아까지밖에 알지 못했다. 그러므로 내게 세상은 그 뒤에서부터 시작되었다. 그 세상은 어쩌면 퍽 내 마음에 들지도 몰랐다. 날다가 피곤해진 꿀벌이 소매에 앉았다. 나는 그 녀석을 데리고 다녔다. 나중에 처음으로 쉬게 될 때 고향에 안부를 전하는 심부름꾼으로 삼기 위해서였다.

숲과 초원이 동행해 주었고, 강물은 나와 함께 힘차게 달렸다. 세상은 고향과 별로 다르지 않아 보였다. 나무와 꽃, 곡식 이삭, 개암나무 덤불이 내게 말을 걸었고, 나는 그들의 노래를 함께 불렀다. 그것들은 고향에서와 마찬가지로 나를 이해해 주었다. 그 노랫소리에 나의 꿀벌도 다시 잠에서 깨어났다. 꿀벌이 천천히 내 어깨 위로 기어오르더니 날아올랐다. 저음의 감미로운 붕붕 소리를 내며 내 주위를 두 바퀴 돈 다음 곧장 고향 쪽으로 날아가 버렸다.

그때 숲에서 어린 소녀 하나가 걸어 나왔다. 팔에 바구니를 들고, 금발 머리 위에 챙이 넓은 밀짚모자를 쓰고 있었다.

"안녕하세요? 어디 가시는 길인가요?" 나는 그녀에게 말을 걸었다.

"풀 베는 사람들에게 음식을 가져다주러 가요." 그녀는 그렇게 말하고 나와 나란히 걸었다. "당신은 어디를 가시나요?"

"세상으로 가는 길입니다. 아버지가 그러라고 하셨거든요. 그리고 사람들에게 피리를 불어 주라고도 하셨지요. 하지만 아직 잘 불지는 못해요. 우선 그것부터 배워야 해요."

"아, 그래요. 그럼 할 줄 아는 게 뭔데요? 뭔가는 할 줄 알아야 지요."

"특별히 할 줄 아는 것은 없어요. 그래도 노래는 부를 수 있어요."

"무슨 노래요?"

"어떤 노래든요. 아침과 저녁에 대한 노래, 온갖 나무와 짐승과 꽃에 대한 노래 말입니다. 이를테면 지금은 숲에서 나와 풀 베는 사람들한테 음식을 가져다주는 어린 소녀에 대한 아름다운 노래를 부를 수 있지요."

"그래요? 그럼 한번 불러 보세요!"

"좋아요. 그런데 이름이 뭐지요?"

"브리기테라고 해요."

그래서 나는 밀짚모자를 쓴 예쁜 브리기테에 대해 노래했다. 그녀의 바구니 안에 든 것, 꽃들이 그녀를 배웅하는 모습, 정원 울타리의 푸른 메꽃이 그녀에게 손을 내미는 모습, 그리고 비슷한 모든 정경을 노래했다.

그녀는 진지하게 귀 기울여 듣더니 좋은 노래라고 말했다. 배가 고프다고 하자 그녀는 바구니 덮개를 열고 빵 한 조각을 꺼내주었다. 내가 빵을 베어 먹으며 힘차게 계속 걷자 그녀가 말했다.

"걸으면서 먹는 게 아니에요. 하나씩 순서대로 해야죠."

그래서 우리는 풀밭에 가서 앉았다. 나는 빵을 먹었고, 그녀는 햇볕에 그을린 두 손을 무릎에 올리고 나를 지켜보았다.

"또 다른 노래를 불러 주시겠어요?" 내가 빵을 다 먹자 그녀가 말했다.

"그럼요. 무슨 노래가 좋을까요?"

"애인이 떠나가 슬퍼하는 소녀의 노래요."

"안 돼요, 그런 건 할 수 없어요. 그게 어떤 건지 모르거든요. 그렇게 슬퍼해서도 안 되지요. 아버지가 말씀하신 대로 언제나 아름답고 사랑스러운 노래만 불러야 해요. 그 대신 뻐꾸기나 나비에 대한 노래를 불러 드리지요."

"그럼 당신은 사랑에 대해선 아무것도 모르시나요?" 그녀가 물었다.

"사랑에 대해서요? 오, 알고 있죠. 그거야말로 세상에서 가장 아름다운 거죠."

나는 곧바로 햇빛에 관해 노래하기 시작했다. 빨간 양귀비꽃을 사랑하는 햇빛이 양귀비꽃과 함께 놀며 기쁨에 차 있는 모습을 노래하고, 수컷 피리새를 기다리다 막상 수놈이 오자 놀라 달아나는 암컷 피리새에 대해 노래했다. 그리고 계속해서 갈색 눈을 지닌 소녀와, 그녀에게 노래를 불러 주고 답례로 빵을 받은 젊은이에 대해 노래했다. 하지만 젊은이는 이제 빵은 필요 없고 소녀의 입맞춤을 원한다고, 소녀의 갈색 눈을 들여다보고 싶다고 노래했다. 그리고 오랫동안 그렇게 계속 노래를 부르고, 그녀가 미소 짓기 시작할 때까지, 그녀가 자기 입술로 그의 입을 막을 때까지 노래를 멈추지 않을 거라고 노래했다. .

그러자 브리기테가 내 위로 몸을 구부려 그녀의 입술로 내 입술을 덮고 눈을 감았다 떴다. 나는 눈앞의 밤색 눈동자를 들여다보았다. 그 안에 나와 하얀 들꽃 몇 송이가 비치고 있었다.

"세상은 정말 아름다워요." 나는 말했다. "아버지 견해가 옳았어요. 음식 나르는 일을 도와드릴 테니 당신 식구들 있는 곳으로 갑시다."

나는 그녀의 바구니를 받아 들었다. 우리는 계속 걸어갔다. 그녀의 발소리는 나의 발소리와, 그녀의 기쁨은 나의 기쁨과 조화롭게 울려 퍼졌다. 숲은 산 아래로 부드럽고 시원하게 속삭이고 있었다. 나는 이제껏 이렇게 흡족한 심정으로 걸어 본 적이 없었다. 가슴이 벅차 노래를 부를 수 없을 때까지 쾌활하게 노래를 계속했다. 골짜기와 산에서, 풀과 나뭇잎에서, 시냇물과 덤불에서 참으로 많은 것이 함께 살랑살랑 소리 내며 이야기를 들려주었다.

그래서 나는 이렇게 생각하지 않을 수 없었다. 세상의 이 모든 수많은 노래를, 그러니까 풀과 꽃, 인간과 구름, 활엽수와 침엽수, 온갖 짐승, 그리고 먼 바다와 산들에 관한 온갖 노래, 별과 달에 대한 노래를 동시에 이해하고 노래할 수 있다면, 그리고 그 모든 것이 동시에 내 가슴에서 울려 퍼지고 노래할 수 있다면, 나는 신이 되고, 새로운 노래 하나 하나는 별이 되어 하늘에서 반짝일 것이라고.

전에는 한 번도 해보지 못한 생각을 하고 있노라니 마음이 아주 차분해졌고, 기묘한 기분이 들었다. 그때 브리기테가 걸음을 멈추고 내가 들고 있는 바구니를 잡았다.

"이제 저쪽으로 올라가야 해요." 그녀가 말했다. "저기 위쪽 밭에 저희 가족이 일하고 있어요. 그런데 당신은 어디로 가실 거죠? 저와 함께 가실래요?"

"아니, 같이 갈 수는 없어요. 전 세상으로 가야 해요. 브리기테, 빵 고마웠어요. 입맞춤도요. 당신을 잊지 않을게요."

그녀는 음식이 든 바구니를 들었다. 갈색 그늘 속에 든 그녀의 눈이 다시 한 번 바구니 너머 내 쪽을 향했다. 그녀의 입술이 내 입술에 닿았다. 그녀의 입맞춤은 너무나 달콤하고 사랑스러웠다. 너무 행복한 나머지 슬픔마저 들려고 했다. 그래서 급히 작별 인사를 하고 서둘러 길을 내려갔다.

소녀는 천천히 산을 올라갔다. 그녀는 숲 가장자리, 가지를 드리우고 있는 너도밤나무 아래 멈추어 서서 나를 내려다보았다. 나는 손짓을 하며 머리 위로 모자를 흔들었다. 그러자 그녀는 다시 한 번 고개를 끄덕이고 나서, 너도밤나무 그늘 속으로 그림처럼 조용히 사라져 버렸다.

그곳에는 물레방아가 있었다. 그 곁의 강 위에 배 한 척이 떠 있었다. 배에는 사내 하나가 홀로 앉아 있었는데, 나를 기다리고 있었던 모양이었다. 나는 모자를 벗어 인사하고 배에 올라탔다.

배가 곧 움직이기 시작하더니 강물을 따라 내려갔다. 나는 어디로 가고 있느냐고 물었다. 그가 고개를 들어 흐릿한 잿빛 눈으로 나를 바라보았다.

"자네가 가고 싶은 곳으로." 그가 나직하게 말했다. "강을 따라 바다로 가든, 큰 도시로 가든, 자네 마음대로 어느 곳이든. 모든 게 다 내 것이니."

"모든 게 당신 거라고요? 그럼 왕이란 말인가요?"

"어쩜 그럴지도 모르지." 그가 다시 말했다. "그런데 자넨 시인 같아 보이는데? 그럼 강물 여행의 노래나 불러 보게나!"

나는 생각을 가다듬었다. 이 근엄한 늙은이가 왠지 무서웠다. 우리가 탄 배는 강물 위를 소리 없이 쏜살같이 미끄러져 갔다. 나는 배를 나르고 햇빛을 반사하는 강물에 대해 노래했다. 강가 암벽에서 더욱 세찬 소리를 내며 즐겁게 방랑을 마치는 강물에 대해.

남자의 얼굴에는 변화가 없었다. 내가 노래를 마치자 그는 꿈 꾸는 사람처럼 조용히 고개를 끄덕였다. 그런 다음 놀랍게도 그가 노래를 부르기 시작했다. 그 역시 강물에 대해, 골짜기를 흘러 내려가는 강물의 여행에 대해 노래했다. 그의 노래는 내 노래보다 훨씬 아름답고 힘이 있었지만, 모든 게 내 노래와는 완전히 다르게 울렸다.

그가 노래하는 강물은 앞뒤 재지 않는 파괴자가 되어 산에서부터 음울하고 거칠게 흘러 내려왔다. 물레방아를 만나면 삐걱거리며 돌아갔고, 다리가 나오면 지나치게 흥분했다. 그리고 자신이 나르는 모든 배를 증오했고, 물에 빠진 사람의 하얀 몸을 물살과 긴 녹색 수초로 뒤흔들며 미소 지었다.

내게는 그 모든 것이 마음에 들지 않았다. 그렇지만 음색은 아름답고 신비에 차 있었다. 나는 완전히 혼란에 빠졌고, 가슴이 답답해져 잠자코 있었다. 이 기품 있고 현명한 늙은 가수가 나직하게 노래한 것이 옳다면, 나의 노래는 모두 어리석고 형편없는 어린애 장난에 불과했다. 그렇다면 세상은 신의 마음과 달리 근본적으로 선하거나 밝지 않고, 어둡고 고통스럽고 사악하며 음울한 것이었다. 숲이 살랑살랑 소리 내는 것은 즐거워서가 아니라 고통스러워서였다.

우리는 계속 나아갔다. 그림자가 길어졌다. 내 노래의 음색은 점점 더 어두워졌고, 내 목소리는 기어 들어갔다. 그때마다 낯선 가수는 세상을 더욱 신비스럽게 하고 고통스럽게 하며, 나를 더욱 당황하게 하고 슬프게 만드는 노래로 내게 대꾸했다.

나는 괴로웠다. 시골과 꽃들 곁에, 아니면 아름다운 브리기테 곁에 머물지 않은 것이 아쉬웠다. 점점 어스름해지는 가운데 마음을 달래 보려고 큰 소리로 다시 노래를 시작했다. 붉게 물드는 저녁노을을 배경으로 브리기테와 그녀의 입맞춤에 대한 노래를 불렀다.

땅거미가 지기 시작하자 나는 입을 다물었다. 그러자 키를 잡은 남자가 노래했다. 그 역시 사랑과 사랑의 기쁨, 갈색 눈동자와 푸른색 눈동자, 촉촉한 붉은 입술에 대해 노래했다. 어두워지는 강물 위로 그가 고통스럽게 부른 노래는 아름답고 감동적이었다. 그의 노래 속에서는 사랑도 음울하고 불안해졌고, 치명적인 비밀이 되었다. 곤경에 빠지고 그리움에 젖은 인간이 그 비밀에 손을 대면 길을 잃고 상처를 입었다. 그 비밀 때문에 인간은 서로를 괴롭히고 죽였다.

노래에 귀 기울이고 있노라니 나는 몇 해나 떠돌이 생활을 하며 곤경과 불행만을 겪은 양 피곤하고 슬퍼졌다. 낯선 남자에게서 줄곧 슬픔과 극심한 불안의 강물이 잔잔하고 서늘하게 흘러나와 내 마음속으로 슬며시 밀려드는 것 같았다.

"그렇다면 최고의 것, 가장 아름다운 것은 삶이 아니라 죽음이란 말이군요." 마침내 내가 비통하게 외쳤다. "그렇다면 슬픈 왕이여, 부탁하건대 내게 죽음의 노래를 불러 주십시오!"

그러자 키를 잡은 남자가 죽음의 노래를 하기 시작했다. 지금까지 들었던 것보다 훨씬 아름다운 노래였다. 그러나 죽음 역시 가장 아름다운 것도, 최고의 것도 아니었다. 죽음에도 위안은 없었다. 죽음은 삶이었고, 삶은 죽음이었다. 그 둘은 영원히 격렬한 사랑싸움을 하면서 서로 뒤엉켜 있었다. 그리고 이 사랑싸움은 궁극적인 것이고, 세상의 의미였다. 거기에서 어떤 불행마저 찬미할 수 있는 빛이 나왔고, 온갖 기쁨과 아름다움을 흐리게 하여 어둠으로 에워싸는 그림자도 나왔다. 그러나 그 어둠 속에서 기쁨은 진심으로 더 아름답게 불타올랐고, 사랑은 이러한 밤 속에서 더욱 깊이 이글거렸다.

나는 귀 기울이며 완전히 입을 다물었다. 나의 내부에는 그 사람의 의지 외에 아무런 의지도 없었다. 그의 시선이 내게 조용히 머물렀다. 무언가 선의가 담겨 있는, 슬픈 시선이었다. 그의 잿빛 눈은 세상의 고통과 아름다움으로 가득 차 있었다. 그가 내게 미소를 지어 보였다. 나는 용기를 내어 어렵게 부탁했다.

"아, 이제 그만 돌아가 주세요! 이렇게 어두울 때는 무서워요. 그만 돌아가고 싶어요. 브리기테를 볼 수 있는 곳이나 아버지가 계시는 고향으로요."

남자가 일어서서 어둠 속을 가리켰다. 확고하지만 야윈 그의 얼굴을 등불이 환히 비추었다.

"돌아가는 길은 없다네." 그는 진지하고 다정하게 말했다. "세상의 비밀을 규명하려는 자는 항상 앞으로 나아가야 하거든. 갈색 눈의 소녀에게서 자넨 이미 최고의 것, 가장 아름다운 것을 가져버렸어. 그녀에게서 멀리 떨어질수록 그녀는 더욱 소중하고 아름다워지는 걸세. 그러나 어디든 자네가 가고 싶은 곳으로 가보게. 키를 잡는 자리를 자네에게 넘겨줄 테니!"

나는 몹시 슬펐지만 그의 견해가 옳다는 것을 알았다. 나는 향수에 젖어 브리기테와 고향, 그리고 조금 전까지만 해도 가까이에 있어 내 것이었던 밝은 것들, 이제는 잃어버린 모든 것을 생각했다. 그러나 이제 나는 낯선 사람의 자리에 앉아 키를 잡으려 했다. 그렇게 해야만 했다.

그래서 나는 말없이 일어나 배의 조종석으로 갔다. 남자도 말없이 나를 향해 다가왔다. 우리가 나란히 서자, 그는 내 얼굴을 뚫어져라 쳐다보고는 등불을 내게 넘겨주었다.

그러나 이제 키 옆에 앉아 등불을 곁에 세워 놓고 보니 배 안에는 나 혼자밖에 없었다. 그 사실을 깨달은 나는 전율을 느끼고 부르르 몸을 떨었다. 남자는 어디론가 사라져 버렸다. 그렇지만 나는 놀라지 않았다. 이미 예감했던 일이었다. 아름다운 방랑의 날, 브리기테와 아버지, 고향도 한낱 꿈에 불과한 것처럼 생각되었다. 나이가 들고 슬픔에 잠겨, 벌써 오래전부터 이 어두운 강물 위를 달려온 것처럼 생각되었다.

나는 그 낯선 남자를 불러서는 안 된다는 사실을 깨달았다. 그 진리를 깨닫자 온몸에 소름이 돋았다.

나는 이미 예감하고 있던 것을 분명히 알기 위해 물 위로 몸을 내밀고 등불을 위로 들어 올렸다. 그러자 시커먼 수면에서 잿빛 눈을 지닌 날카롭고 근엄한 얼굴이 나를 바라보고 있었다. 늙고 깨달음을 얻은 얼굴, 그것은 바로 나였다.

그런데 되돌아갈 길이 없었으므로 나는 어둠을 뚫고 시커먼 물 위를 계속 나아갔다.

(1913)

아우구스투스

모스타커 거리에 한 젊은 부인이 살고 있었다. 그녀는 불행하게도 결혼을 하자마자 그만 남편을 잃고 말았다. 그녀는 쓸쓸함과 가난 속에서 아버지 없이 태어날 아이를 기다렸다. 완전히 혼자였기 때문에 그녀는 언제나 태어날 아기 생각만 했다. 그녀에게는 이 아이를 위해 생각하고 바라고 꿈꾸는 일 말고는 아름답고 멋지며 부러워할 만한 일이 아무것도 없었다. 그녀 생각에 거울 유리와 정원, 분수가 있는 돌로 된 집이 아이에게 제격일 것 같았다. 아이의 미래로 말할 것 같으면 적어도 대학 교수나 왕은 되어야 했다.

이 가엾은 엘리자베트 부인의 옆집에 한 노인이 살고 있었다. 그는 외출하는 일이 거의 없었다. 어쩌다 외출할 때면 술 달린 모자를 쓰고, 우산살이 고래 뼈로 된 구식 녹색 우산을 들고 다녔다. 아이들은 이 노인을 무서워했다. 어른들은 무슨 곡절이 있어서 그가 사람들과 관계를 끊고 살아가는 거라고 생각했다. 노인은 이따금 오랫동안 누구에게도 모습을 드러내지 않곤 했다. 이따금 저녁이면 다 허물어져 가는 작은 집에서 작고 귀여운, 매우 많은 악기로 연주하는 듯한 우아한 음악이 흘러나오기도 했다. 그러면 그곳을 지나가던 아이들은 어머니에게 이렇게 묻곤 했다.

"저 안에서 천사나 요정이 노래하고 있는 건가요?"

그러나 그에 관해 아무것도 모르는 어머니들은 이렇게 대답했다.

"아니, 아니야, 분명 오르골에서 나는 소리일 거야."

이웃 사람들은 이 작은 노인을 빈스방거 씨라고 불렀다. 그는 엘리자베트 부인과 기묘한 우정을 맺고 있었다. 두 사람은 서로 대화를 나누지는 않았다. 하지만 작은 빈스방거 노인은 이웃집 창가를 지날 때마다 매우 다정하게 인사했고, 그녀는 고마워하며 고개를 끄덕였다. 그녀는 이 작은 노인을 좋아했다. 그러면서 두 사람은 똑같이, 자신이 언젠가 몹시 어려운 일을 당하면 분명 옆집에 가서 도움을 청하리라 생각했다. 날이 어두워질 무렵 엘리자베트 부인은 혼자 창가에 앉아 남편의 죽음을 슬퍼하거나 태어날 아이를 생각하며 꿈속에 빠져들었다. 그럴 때면 빈스방거 씨는 조용히 여닫이 창문을 열었다. 얼마 후면 그의 어두운 방에서 구름 사이로 비치는 달빛처럼 나직하고 청아한 위로의 음악이 흘러나왔다. 한편 이 이웃의 뒤뜰 창가에는 오래된 제라늄 몇 그루가 있었다. 주인이 언제나 물 주는 것을 잊는 데도 늘 푸르고, 꽃들이 가득 피어 있었으며, 시든 잎은 하나도 없었다. 매일 아침 일찍 엘리자베트 부인이 물을 주고 가꾸어 주었기 때문이다.

가을 무렵 비바람이 거칠게 몰아치는 어느 날 저녁이었다. 모스타커 거리에는 지나다니는 사람이 아무도 없었다. 그때 가엾은 부인은 해산할 때가 되었음을 알았다. 완전히 혼자였기에 무서움이 몰려왔다. 땅거미가 질 무렵 한 늙은 부인이 램프를 들고 찾아왔다. 그녀는 물을 끓이고 아마포를 준비하는 등 완벽히 아이를 받을 준비를 해주었다. 엘리자베트는 조용히 부인에게 모든 걸 맡겼다. 아이가 태어나 부드러운 새 기저귀를 차고 지상에서의 첫 잠을 곤히 자기 시작했을 때, 그녀는 늙은 부인에게 어디에서 왔느냐고 물어보았다.

"빈스방거 씨가 보내서 왔어요." 늙은 부인이 대답했다. 피곤에 지친 산모는 이 말을 듣고 잠이 들었다. 다음 날 아침 잠에서 깨어 보니 그녀를 위해 따끈한 우유가 준비되어 있었다. 방 안은 말끔히 치워져 있었다. 그리고 곁에는 조그만 사내아이가 누워 배가 고픈지 울고 있었다. 늙은 부인은 가고 없었다. 산모는 아기를 가슴에 안았다. 아기가 무척 귀엽고 튼튼해서 기뻤다. 그녀는 아기를 보지 못하고 죽은 남편을 생각하며 눈물지었다. 그러나 조그만 유복자를 가슴에 껴안자 다시 미소를 짓지 않을 수 없었

다. 그런 뒤 그녀는 아기와 함께 잠이 들었다. 다시 잠에서 깨어
나 보니 또 따끈한 우유와 수프가 준비되어 있었고, 아기는 새
기저귀를 차고 있었다.

이내 기력을 회복한 산모는 갓 태어난 아우구스투스를 제힘으
로 돌볼 수 있게 되었다. 그러자 곧 세례를 받아야 하는 아들에
게 대부가 없다는 생각이 들었다. 땅거미가 지는 저녁 무렵 이웃
집에서 다시 달콤한 음악이 울려 나오기 시작하자 그녀는 빈스
방거 씨를 찾아갔다. 그녀가 수줍어하며 어두운 문을 두드리자
노인이 다정하게 "들어오세요!"라고 소리치며 밖으로 나왔다. 그
때 음악이 뚝 그쳤다. 방 안에는 오래된 작은 탁상 램프가 있고
그 앞에는 책이 한 권 놓여 있었다. 모든 것이 여느 집과 다를 바
없었다.

"제가 이렇게 찾아온 것은요······." 엘리자베트 부인이 입을 열
었다. "좋은 아주머니를 보내 주셔서 감사하다고 인사를 드리려
고요. 제가 다시 일을 해서 돈을 좀 벌 수 있게 되면 꼭 갚아 드
릴게요. 그런데 지금은 다른 걱정이 있어서요. 아기가 세례를 받
아야 하고 아버지 이름을 따서 아우구스투스라고 부르고 싶은
데, 제가 아는 사람이 없어서 대부 역할을 해줄 사람이 없어요."

"네, 저도 그런 생각을 했습니다." 이웃 노인은 그렇게 말하며
회색 수염을 쓰다듬었다. "부인께서 혹 형편이 좋지 못할 때 아기
를 돌보아줄 훌륭하고 부유한 대부가 있으면 좋겠지요. 하지만
전 늙고 외로운 사람일 뿐이고 친구도 거의 없습니다. 혹시 저를

대부로 삼으시려 한다면 몰라도 딱히 추천해 드릴 만한 사람이 없군요."

가엾은 어머니는 기뻐하며 작은 노인에게 고맙다고 인사를 하고 그를 대부로 삼기로 했다. 다음 일요일 두 사람은 아기를 교회로 데려가 세례를 받게 했다. 그 자리에는 늙은 부인도 참석해 아기에게 일 탈러*를 선물했다. 아기 어머니가 돈을 받으려 하지 않자 부인은 이렇게 말했다.

"받아 둬요. 나는 늙었고 필요한 건 다 가지고 있어요. 이 은화가 아기에게 행운을 가져다줄지도 모르지요. 언젠가 빈스방거 씨를 즐겁게 해줄 일을 하고 싶었어요. 우리는 오랜 친구니까요."

세 사람은 함께 집으로 돌아왔다. 엘리자베트 부인은 손님들을 위해 커피를 끓였고, 이웃집 노인은 케이크를 가져왔다. 조촐한 세례 잔치가 벌어지는 동안 아기는 잠이 들었다. 빈스방거 씨가 겸손하게 말했다.

"제가 이제 어린 아우구스투스의 대부가 되었네요. 마음 같아서는 궁전과 금화가 가득 찬 자루라도 선물하고 싶지만 그런 건 갖고 있질 않아요. 대모가 준 은화 옆에 일 탈러는 놓아 드릴 수 있어요. 하지만 제가 아기를 위해 할 수 있는 일은 이루어질 겁니다. 엘리자베트 부인, 부인께서는 벌써 아기를 위해 멋지고 좋은 일들을 많이 일어나게 해달라고 빌었겠지요. 이제 그 아이에게

✦ 유럽에서 15세기에서 19세기까지 통용된 은화.

가장 좋을 것 같은 일을 생각해 보세요. 그 소원이 이루어지도록 힘써 볼 테니까요. 아들을 위해 해주고 싶은 소원을 한 가지 말해 봐요. 딱 한 가지뿐이니 잘 생각해 봐요. 오늘 저녁 우리 집에서 작은 오르골이 연주되는 소리가 들리거든 아들의 왼쪽 귀에 대고 소원을 말하세요. 그러면 그것이 이루어질 겁니다."

이렇게 말하고 그는 재빨리 작별을 고했다. 대모 역할을 해준 늙은 부인도 함께 떠났다. 엘리자베트 부인은 완전히 어리둥절한 표정으로 혼자 남아 있었다. 요람에 일 탈러짜리 은화 두 개가 들어 있지 않고, 식탁 위에 케이크가 놓여 있지 않았더라면 그녀는 이 모든 일을 하나의 꿈이라고 생각했을 것이다. 그녀는 아기 요람을 흔들면서 멋진 소원을 곰곰 생각해 보았다. 아기를 부자로 만들어 달라고 할까, 아니면 잘생기게, 아니면 힘이 세게, 아니면 똑똑하고 영리하게 해달라고 할까, 여러 가지 생각을 해보았다. 그러나 어느 것도 마음에 걸리는 데가 있었다. 그러다가 결국은 "아, 노인이 그냥 농담으로 한 말이었을 거야"라고 생각했다.

어느새 날이 어두워졌다. 그녀는 요람 곁에서 깜빡 잠이 들 뻔했다. 손님을 접대하고, 여러 가지 소원을 생각하며 고민하느라 피곤했던 것이다. 그때 이웃집에서 아름답고 부드러운 음악 소리가 흘러나왔다. 어느 오르골에서도 들어 본 적 없는 감미롭고 멋진 음악이었다. 그 소리에 엘리자베트 부인은 정신을 차리고 의식을 되찾았다. 다시 이웃 빈스방거 씨의 말과 대부로서 주겠다는 그의 선물을 믿게 되었다. 그러나 정신을 차리려고, 더 나은 소원을 생각해 내려고 할수록 머릿속은 더욱 뒤죽박죽이 되어 아무것도 결정할 수 없었다. 그녀는 너무 고민스러운 나머지 눈물이 날 지경이었다. 음악 소리가 조금씩 낮아지고 약해졌다. 지금 이 순간 소원을 말하지 않는다면 너무 늦어져 모든 것을 잃을지도 모른다는 생각이 들었다.

그녀는 한숨을 내쉬며 몸을 굽혀 아기의 왼쪽 귀에 대고 속삭였다.

"어린 내 아들아, 내가 네게 소원하는 것은…… 내가 네게 소원하는 것은……."

아름다운 음악이 완전히 끝나려는 순간 그녀는 깜짝 놀라며 재빨리 말했다.

"내가 네게 소원하는 것은, 모든 사람이 너를 사랑하게 해달라는 것이란다."

오르골 소리는 이제 완전히 멈추었고, 어두운 방 안은 쥐 죽은 듯 고요했다. 그녀는 요람 위에 몸을 던지고 울음을 터뜨렸으며, 불안과 두려움에 가득 차 외쳤다.

"아, 내가 알고 있는 것 중에 가장 좋은 것을 빌었단다. 그렇지만 어쩌면 그게 옳은 것이 아닐지도 모르겠구나. 세상 사람들이 모두 널 사랑한다 해도, 나보다 더 사랑할 수는 없을 테니."

아우구스투스는 여느 아이들처럼 자라났다. 그는 총명하고 용기 있는 눈을 지닌 귀여운 금발 소년이었다. 어머니는 아이를 버릇없이 키웠고, 아이는 어디를 가든 사람들의 사랑을 받았다. 엘리자베트 부인은 세례를 받던 날에 했던 소원이 실현되고 있음을 이내 깨달았다. 아기가 걸음마를 떼고 골목을 돌아다닐 수 있게 되자마자 사람들은 모두 그가 귀엽고, 아이치고는 보기 드물게 당돌하고 영리함을 알게 되었다. 누구나 아이에게 손을 내밀고 눈동자를 들여다보며 호의를 베풀었다. 젊은 어머니들은 미소를 지었고, 나이 든 여자들은 사과를 선물했다. 아이가 어디선가 버릇없는 짓을 했다 해도 그가 그랬을 거라고는 아무도 생각하지 않았다. 그의 짓이란 것을 부인할 수 없을 때도 어깨를 으쓱하며 이렇게 말했다.

"저 귀여운 녀석은 정말이지 무슨 짓을 해도 나쁘게 볼 수 없다니까."

잘생긴 소년을 눈여겨본 사람들이 어머니를 찾아왔다. 아는 사람이 아무도 없는 그녀에게 전에는 바느질감을 가져오는 사람이 거의 없었다. 그러나 아우구스투스의 어머니로 널리 알려지면서 그녀가 원하는 것 이상으로 많은 후원자가 생겼고, 형편도 점차 좋아졌다. 두 사람이 함께 나란히 외출할 때면 이웃 사람들은 즐거이 인사했고, 행복한 두 사람을 물끄러미 바라보며 배웅했다.

아우구스투스가 가장 멋진 시간을 보낸 곳은 바로 대부의 집이었다. 노인은 가끔 저녁에 그를 집으로 불러들였다. 집은 어두컴컴했다. 시커먼 벽난로 구멍에서만 작고 빨간 불꽃이 타오를 뿐이었다. 작은 노인은 아이를 자기 곁으로 오게 해 바닥에 깐 모피에 앉히고는, 조용히 타오르는 불꽃을 함께 바라보며 긴 이야기를 들려주었다. 그러나 긴 이야기가 끝나고 아이가 졸음에 겨워 반쯤 감긴 눈으로 조용히 불꽃을 바라볼 때면, 때때로 어둠 속에서 여러 소리로 울리는 감미로운 음악이 흘러나오곤 했다. 두 사람이 오랫동안 말없이 귀 기울이고 있노라면 어느새 온 방 안이 번쩍이는 조그만 아이들로 가득 찼다. 밝은 금빛 날개를 단 아이들은 원을 그리며 이리저리 날아다녔고, 아름다운 춤을 출 때처럼 멋진 모습으로 번갈아 가며 짝을 짓고, 노래를 불렀다. 수백 개의 음이 동시에 울려 퍼지는, 즐겁고 명랑하며 아름다운 노래였다. 아우구스투스가 보고 들은 것 중에서 가장 아름다웠다. 훗날 어린 시절을 회상할 때 그의 기억 속에 떠올라 향수를 느끼게 한 것은 늙은 대부의 조용하고 어두운 방, 벽난로 속의 빨간 불꽃, 노랫소리, 그리고 금빛 날개를 달고 날아다니던, 찬란하고 매혹적인 천사들의 모습이었다.

소년은 점점 성장해 갔다. 때때로 어머니는 세례받던 날 밤을 회상하며 슬픈 심정이 되기도 했다. 아우구스투스는 즐겁게 이웃 골목길을 누비고 다녔고, 가는 곳마다 환영받았다. 그는 호도와 배, 케이크나 장난감을 선물로 받았다. 사람들은 먹을 것과 마실 것을 주었고, 그가 무릎에 올라타거나 정원의 꽃을 꺾어도 내버려 두었다. 때때로 그는 밤늦게야 집으로 돌아와 어머니가 끓여 준 수프를 내키지 않는 듯 밀쳐 버리기도 했다. 그리고 어머니가 슬퍼하고 눈물을 흘리면 지겹다는 듯 투덜거리며 자기 침대로 들어갔다. 언젠가 어머니가 그를 꾸짖으며 벌을 주자 그는 격하게 소리치며 불평을 늘어놓았다. 사람들은 모두 자기를 사랑하고 다정하게 대하는데 유독 어머니만 그렇지 않다고. 그럴 때 어머니는 가끔 슬퍼졌다. 때로는 아이에게 심하게 화를 내기도 했다. 그러나 바로 그 뒤 아이가 머리를 베개에 파묻고 잠이 들고, 촛불이 아이의 천진난만한 얼굴을 희미하게 비출 때면, 마음속에 응어리져 있던 화가 모두 풀렸다. 그래서 그녀는 아들이 깨어나지 않도록 조심스레 입맞춤을 했다. 모든 사람이 아우구스투스를 좋아하게 된 것은 그녀 자신 탓이었다. 그녀는 때때로 슬픔에 잠겨 두려운 마음으로 이렇게 생각하기도 했다. 그런 소원을 말하지 않았더라면 혹시 더 좋았을지도 모른다고.

어느 날 그녀는 빈스방거 씨의 창가에서 작은 가위로 제라늄 줄기의 시든 꽃을 잘라 내고 있었다. 그때 두 집 사이의 뒤뜰에서 아들의 목소리가 들려왔다. 그녀는 몸을 굽히고 건너다보았다. 귀엽지만 약간 거만한 얼굴을 한 아들이 담벼락에 몸을 기대고 서 있었다. 앞에는 그보다 좀 더 큰 소녀가 서서 그를 쳐다보며 애원하고 있었다.

"너 정말 사랑스럽게 생겼구나. 내게 입맞춤해 주지 않겠니?"

"싫어." 아우구스투스는 그렇게 말하며 두 손을 주머니에 찔러 넣었다.

"그러지 말고, 제발." 소녀가 다시 말했다. "그러면 네게 멋진 선물을 줄게."

"뭘 줄 건데?" 소년이 물었다.

"나한테 사과가 두 개 있어." 소녀는 수줍게 말했다.

"사과는 좋아하지 않아." 그는 경멸하듯 말하고 가버리려 했다.

그러나 소녀는 그를 꼭 붙잡고 아부하듯 말했다. "얘, 나한테 예쁜 반지도 있어."

"어디 보여 줘 봐!" 아우구스투스가 말했다.

소녀가 반지를 보여 주었다. 그는 자세히 들여다보더니 그녀의 손가락에서 반지를 빼 자기 손가락에 끼었다. 그리고 햇빛에 비추어보더니 마음에 들어 했다.

"그래, 입 맞춰 줄게." 그는 건성으로 말하고, 소녀의 입술에 재빨리 입맞춤을 했다.

"이제 나랑 놀러 가지 않을래?" 소녀는 친근하게 물으며 그의 팔에 매달렸다.

그러나 아우구스투스는 소녀를 밀어 내며 격하게 소리쳤다.

"이제 날 가만히 내버려 둬! 난 다른 친구들이 있단 말이야."

소녀가 울기 시작하며 뜰에서 살그머니 떠나가는 동안, 그는 지겹다는 듯 화가 난 표정을 지었다. 그러고는 손가락에 낀 반지를 빙빙 돌리며 유심히 살펴보았다. 그런 다음 휘파람을 불며 유유히 그곳을 떠났다.

그의 어머니는 손에 꽃가위를 들고 서 있었다. 그녀는 아들이 다른 사람의 사랑을 냉혹하고 거만한 태도로 받아들이는 것에 깜짝 놀랐다. 그녀는 꽃을 그대로 놓아두고 고개를 절레절레 흔들며 혼잣말로 재차 중얼거렸다.

"정말 나쁜 녀석이야. 인정이라곤 눈곱만치도 없구나."

아우구스투스가 돌아오자 어머니는 그 일을 따져 물었다. 그러자 아이는 소리 내어 웃으며 푸른 눈으로 어머니를 바라보았다. 죄책감 같은 것은 없었다. 그는 노래 부르며 어머니의 비위를 맞추기 시작했다. 그 모습이 너무 우스꽝스러운 데다 귀엽고 사랑스러워서 그녀는 웃지 않을 수 없었다. 그리고 아이들 문제를 너무 심각하게 받아들이지 말아야겠다고 생각했다.

그러나 소년의 못된 행위가 아무런 처벌을 받지 않은 것은 아니었다. 아이는 대부인 빈스방거 씨만은 어려워하고 존경했다. 저녁에 노인의 집으로 가서 "오늘은 난로에 불이 타오르지 않고, 음악도 울리지 않는단다. 네가 너무 나쁜 행동을 해서 작은 천사들이 슬퍼하고 있거든"이라는 말을 들으면, 말없이 집으로 돌아와 침대 위에 몸을 던지고 울었다. 그리고 며칠간은 착하고 사랑스럽게 행동하려고 애를 쓰기도 했다.

그렇지만 벽난로에 불이 타오르지 않을 때가 점점 잦아졌다. 눈물을 흘려도, 어리광을 부려도 대부는 넘어가지 않았다. 아우구스투스가 열두 살이 되었을 때, 대부의 방에서 천사들이 매혹적으로 날아다니는 일은 어느덧 아득한 꿈처럼 되어 버렸다. 간밤에 어쩌다 그런 밤을 꿈꾸기라도 하면 다음 날 그는 두 배나 거칠고 시끄러워졌다. 그는 골목대장이 되어 많은 아이들을 이끌고 마을의 온갖 울타리를 넘어 다니곤 했다.

어머니는 오래전 이미 모든 사람들로부터 아들 칭찬을 듣는

데 싫증이 났다. 아들이 아무리 사랑스럽고 귀엽다 해도 걱정만 더할 뿐이었다. 그러던 어느 날 아들의 선생님이 그녀를 찾아왔다. 누군가가 아우구스투스를 외지의 학교로 보내 공부를 할 수 있게 해주겠다고 나섰다는 것이다. 그녀는 이웃집 대부와 이 일을 의논했다.

그 후 얼마 지나지 않은 어느 봄날 아침 마차 한 대가 왔다. 아우구스투스는 멋진 새 옷을 입고 마차에 올라타 어머니와 대부, 동네 사람들에게 작별 인사를 했다. 수도에 가서 공부를 할 수 있게 되었기 때문이다. 어머니는 마지막으로 아들의 금발을 멋지게 빗겨 주고 축복의 말을 해주었다. 마침내 마차가 움직이기 시작했고, 아우구스투스는 낯선 세계로 떠나갔다.

여러 해가 지났다. 어린 아우구스투스는 대학생이 되어 빨간 모자를 쓰고 콧수염을 기른 모습으로 고향에 돌아왔다. 어머니가 병에 걸려 얼마 살지 못할 거라는 대부의 편지를 받았기 때문이었다. 해 질 무렵 청년이 된 아우구스투스가 고향에 도착했다. 사람들은 놀란 눈으로 그를 바라보았다. 그가 마차에서 내려 작은 집으로 들어갔고, 마부가 커다란 가죽 트렁크를 들고 뒤를 따랐다. 낡고 나지막한 집에 어머니가 누워 임종을 맞고 있었다. 그녀는 하얗게 질린, 생기 없는 얼굴로 하얀 베개를 베고 누워 대학생이 된 잘생긴 아들에게 고요한 눈빛으로만 인사할 수 있을 뿐이었다. 아들은 울면서 침대맡에 주저앉아 어머니의 싸늘한 손에 입을 맞추었다. 그리고 어머니의 손이 차가워지고 눈빛이 꺼질 때까지 밤새도록 곁에 무릎을 꿇고 있었다.

어머니의 장례를 마치고 나서 대부 빈스방거는 청년의 팔을 잡고 자기의 작은 집으로 갔다. 청년이 된 아우구스투스에게 그 집은 전보다 더욱 작고 어두워 보였다. 두 사람은 오랫동안 함께 앉아 있었다. 작은 창문들만이 어둠 속에서 희미하게 빛을 내었다. 작은 노인은 메마른 손가락으로 잿빛 수염을 쓰다듬으며 아우구스투스에게 말했다.

"벽난로에 불을 피워야겠다. 그러면 램프가 필요하지 않을 테니까. 너는 내일 다시 떠나야겠지. 어머니가 돌아가셨으니 이제 다시 볼 수는 없겠구나."

이렇게 말하면서 노인은 벽난로에 조그맣게 불을 피우고는 의자를 앞으로 좀 더 가까이 끌어당겼다. 대학생도 자기의 의자를 앞으로 끌어당겼다. 두 사람은 다시 오랫동안 타들어 가는 장작을 바라보며 앉아 있었다. 불꽃이 흩어지며 사그라들자 노인이 부드럽게 말했다.

"잘 살아라, 아우구스투스. 네가 잘되기를 바란다. 네 어머니는 좋은 분이셨다. 네가 알고 있는 것 이상으로 어머니는 네게 많은 일을 해주셨단다. 또다시 네게 음악을 들려주고 작은 천사들을 보여 주고 싶지만, 이제는 그럴 수 없다는 것을 너도 알겠지. 하지만 그들을 잊어선 안 된다. 그들은 여전히 노래하고 있단다. 어쩌면 네가 또다시 그들의 노래를 들을 수도 있지. 언젠가 그리움에 차서, 고독감에 차서 그들을 간절히 원한다면 말이다. 애야, 이제 손을 다오. 난 늙은 몸이니 자러 가야겠다."

아우구스투스는 노인에게 손을 내밀었지만 아무 말도 할 수 없었다. 그는 슬픈 심정으로 쓸쓸한 집으로 건너가 고향에서의 마지막 잠을 자려고 몸을 뉘였다. 그리고 잠이 들기 전에 어린 시절의 감미로운 음악이 저 멀리서 나직이 들려온다고 생각했다. 그는 이튿날 아침 고향을 떠났다. 그리고 그 뒤 오랫동안 사람들은 더 이상 그의 소식을 들을 수 없었다.

그는 이내 대부 빈스방거와 천사들을 잊어버렸다. 그는 풍요로운 생활을 하게 되었고, 그런 풍조에 휩쓸리며 살아갔다. 아무도 그처럼 말발굽 소리가 요란하게 골목을 달릴 수 없었고, 우러러보는 소녀들에게 그처럼 비웃는 눈빛으로 인사할 수 없었다. 아무도 그토록 경쾌하고 매혹적으로 춤출 줄 몰랐다. 아무도 그토록 민첩하고 우아하게 마차를 몰 수 없었고, 여름날 정원에서 그토록 시끌벅적 요란하게 밤새도록 술을 마실 수 없었다. 돈 많은 미망인은 그를 애인으로 삼고 돈과 옷과 말을 주었고, 그가 필요로 하고, 갖고 싶어 하는 것이면 뭐든지 주었다. 그는 그녀와 함께 파리와 로마로 여행을 다녔고, 그녀의 비단 침대에서 잠을 잤다. 하지만 그가 사랑하는 사람은 착한 시민의 딸인 한 금발 소녀였다. 그는 밤이면 위험을 무릅쓰고 그녀의 집을 찾아갔고, 그가 여행을 떠나면 소녀는 그에게 길고 뜨거운 편지를 썼다.

그러다 언젠가 그는 다시 돌아오지 않았다. 파리에서 친구들을 사귄 것이다. 돈 많은 애인에게 싫증이 났고, 공부는 이미 오래전부터 하기 싫어졌다. 그는 먼 외국에서 상류사회 사람들처럼 살았다. 말과 개와 여러 여자를 거느리고 살았으며, 큰 도박판에서 돈을 잃기도 하고 따기도 했다. 가는 곳마다 그를 추종하고 그에게 헌신하는 사람들이 있었다. 그는 언젠가 어린 시절 소녀의 반지를 받았을 때처럼 미소 띠며 그들을 받아들였다. 소원의 마법이 그의 눈과 입술에 깃들어 있었다. 여자들은 애정을 품고 그를 에워쌌고, 친구들은 그에게 빠져 열광했다. 그런데 아무도 ─그 자신조차 그것을 거의 느끼지 못했다─ 그의 마음이 얼마나 공허하고 탐욕스러워졌는지, 그의 영혼이 얼마나 병들고 괴로워하는지 알지 못했다. 때때로 그는 사람들에게 사랑받는 데 싫증 나서 변장을 하고 혼자 낯선 도시들을 돌아다니기도 했다. 어디를 가든 사람들은 어리석었고, 너무나 쉽게 그에게 마음을 주었다. 열렬히 그를 따르며 그다지 별것 아닌 것에 만족해하는 사랑이 그에게는 가소롭게 여겨졌다. 여자나 남자들이 좀 더 당당하지 못한 것도 종종 역겹게 느껴졌다. 그러면 그는 며칠씩 개들하고만 지내거나 산속의 아름다운 사냥터에서 보내곤 했다. 몰래 다가가 쏘아 맞힌 사슴이, 아름답지만 사치에 물든 여자의 구애보다 그를 더욱 기쁘게 했다.

그러던 어느 날 그는 배를 타고 여행을 하던 도중에 한 공사의 젊은 부인을 보게 되었다. 북구의 귀족 출신으로, 금발에 날씬하고 엄격한 여인이었다. 사교계 사람들 사이에서 그녀는 놀랄 정도로 홀로 고고하게 서 있었고, 아무도 자기와 같지 않다는 듯 오만하고 말이 없었다. 그가 관찰할 때도 그녀의 눈길은 무심한 듯 그를 스쳐 지나갔다. 그제서야 그는 난생 처음으로 사랑이 무엇인지 경험하는 듯한 기분을 느꼈다. 그는 그녀의 사랑을 얻어야겠다고 마음먹고 매일 매순간 그녀의 주변과 눈앞을 맴돌았다. 그를 경탄하고 그와 교제하고 싶어 하는 사람들에게 둘러싸인 아우구스투스가 여행객들 한가운데서 그 부인과 나란히 서면 마치 영주와 영주 부인처럼 보였다. 부인의 남편도 그를 특별히 대우하고, 그의 마음에 들려고 애썼다.

배가 남쪽 나라의 어느 항구 도시에 닿자 여행객 전부가 배에서 내렸다. 낯선 도시를 몇 시간 둘러보고, 잠시나마 다시 땅에 발을 디뎌 보기 위해서였다. 그때까지 그가 낯선 부인과 단 둘이 있을 기회는 한 번도 없었다. 그는 사랑하는 부인 곁을 맴돌다가 번잡한 시장 광장의 붐비는 인파 속에서 그녀에게 말을 거는 데 성공했다. 그는 부인의 신뢰를 얻었고, 광장으로 통하는 작고 어두운 수많은 골목 중 하나로 그녀를 데리고 갔다. 부인은 갑자기 그와 단둘이 있게 되었다는 것을 깨닫고 더럭 겁을 먹었다. 일행이 보이지 않게 되자 그는 눈빛을 반짝이며 그녀에게 고개를 돌렸다. 그러고는 머뭇거리는 그녀의 두 손을 잡고 자기와 이곳에 있다가 도망치자고 간절히 부탁했다.

부인은 얼굴이 창백해졌고, 곧 시선을 땅으로 떨구었다.

"오, 그것은 기사답지 않아요." 그녀가 나직이 말했다. "당신이 한 말은 듣지 않은 걸로 하겠어요."

"저는 기사가 아닙니다." 아우구스투스가 외쳤다. "사랑에 빠진 남자일 뿐입니다. 사랑에 빠진 남자는 연인 외에는 아무것도 모릅니다. 연인 곁에 있고 싶다는 생각밖에 없어요. 아, 아름다운 분이여, 나와 함께 갑시다. 우린 행복해질 겁니다."

그녀의 담청색 눈이 그를 진지하게 책망하듯 바라보았다.

"대체 어떻게 아셨죠?" 그녀는 탄식하듯 속삭였다. "제가 당신을 사랑하고 있다는 것을요. 전 거짓말을 못 해요. 당신을 좋아하고 있어요. 때때로 당신이 제 남편이면 좋겠다고 바라기도 했지요. 당신은 제가 진심으로 사랑한 첫 남자니까요. 아, 사랑이란 어째서 이다지도 갈피를 잡을 수 없는 건지! 순수하지도 선량하지도 않은 사람을 사랑할 수 있으리라고는 꿈에도 생각해 본 적이 없어요. 하지만 저는 수천 번이라도 남편 곁에 머무르는 쪽을 택하겠어요. 남편을 그리 사랑하지는 않지만, 그는 기사이고, 당신이 알지 못하는 명예와 품격을 지니고 있지요. 그러니 더 이상 아무 말 마시고 절 배로 데려다 주세요. 그렇지 않으면 당신이 파렴치한 행동을 하니 도와달라고 소리치겠어요."

그러고는 그가 애원하고 죽는 소리를 해도 그에게 몸을 돌리지 않았다. 그가 말없이 그녀를 배로 데려다 주지 않았더라면 아마 그녀 혼자서라도 갔을 것이다. 거기서 아우구스투스는 자기의 짐 가방을 뭍에 내리게 하고, 아무에게도 작별 인사를 하지 않고 그곳을 떠났다.

그때부터 숱한 사람들의 사랑을 받아 온 이 남자의 행운도 끝나기 시작했다. 그는 덕목이나 명예로운 태도를 미워하게 되었고, 그런 것을 발로 짓밟아 버렸다. 온갖 매력적인 솜씨를 발휘하여 품행이 바른 여자들을 유혹하거나, 순진한 사람들을 재빨리 친구로 삼아서 이용해 먹고는 비웃으며 버리는 것이 그의 낙이었다. 부인이나 처녀들을 파산시키고는 거들떠보지도 않았으며, 고상한 가문의 청년들을 찾아내 유혹하고는 파멸에 빠뜨렸다. 그가 찾아내 맛보지 않은 향락은 아무것도 없었다. 그가 익힌 뒤 내버리지 않은 악덕 역시 아무것도 없었다. 그러나 그의 마음에는 더 이상 기쁨이 없었다. 어디서나 얻을 수 있는 사랑은 그의 영혼에 아무런 반향도 일으키지 못했다.

그는 바닷가의 한 아름다운 별장에서 우울하고 불쾌한 기분으로 살았다. 그리고 자신을 찾아온 여인이나 친구들을 극히 터무니없는 변덕과 심술로 괴롭혔다. 그는 사람들에게 굴욕을 안기고 온갖 경멸을 내보이기를 갈망했다. 요청하지도 바라지도 않은, 받을 자격도 없는 사랑에 둘러싸인 데 질리고 넌더리가 났다. 결코 주는 일은 없고 늘 받기만 했던, 탕진하고 망가진 자기 삶의 무가치함을 느꼈다. 이따금씩 그는 한동안 단식을 했다. 단지 다시 한 번 진정한 욕구를 느끼고 갈망을 채우기 위해서였다.

친구들 사이에서는 그가 병이 들어 안정과 고독이 필요하다는 소식이 퍼졌다. 편지들이 왔지만 그는 한 번도 읽어 보지 않았다. 그를 걱정하는 사람들은 하인을 보내 그의 안부를 묻기도 했다. 그러나 그는 바다가 내려다보이는 방에 홀로 앉아 깊은 시름에 잠겨 있을 뿐이었다. 그의 인생은 공허하고 황폐해졌다. 회색빛으로 넘실대는 바닷물처럼 아무런 결실도, 사랑의 흔적도 남아 있지 않았다. 높다란 창가의 안락의자에 웅크리고 앉아 자기 자신과 담판을 벌이고 있는 그의 모습은 추해 보였다. 바닷가에서 부는 바람을 타고 흰 갈매기들이 지나갔다. 그는 아무런 기쁨도 관심도 담기지 않은 공허한 시선으로 그 뒤를 쫓았다. 생각을 마치고 벨을 울려 하인을 불렀을 때, 그는 입술에만 냉혹하고 심술궂은 미소를 걸고 있었다.

그는 날짜를 정해 파티를 열고 친구들을 모두 초대했다. 하지만 그의 의도는, 텅 빈 집과 자신의 시체를 보여 주어 손님들을 깜짝 놀라게 하고 조롱하려는 데 있었다. 그 전에 독약을 마셔 목숨을 끊으려 마음먹었던 것이다.

파티를 열기로 한 전날 저녁, 그는 하인들을 모두 내보냈다. 온 집 안이 조용해지자 그는 침실로 들어가 키프로스산 포도주 한 잔에 강한 독약을 섞고는 그것을 입술에 갖다 대었다.

술을 막 마시려는 순간 문을 두드리는 소리가 들렸다. 대답을 하지 않고 가만히 있자 문이 열리더니 한 작은 노인이 들어왔다. 노인은 아우구스투스에게 다가와 가득 채워진 술잔을 걱정스럽게 그의 손에서 빼앗아 들었다. 그러고는 친숙한 목소리로 말했다.

"잘 있었니, 아우구스투스. 어떻게 지내느냐?"

깜짝 놀란 아우구스투스는 화도 나고 부끄럽기도 했다. 그는 조롱이 가득 담긴 얼굴로 미소를 띠며 말했다.

"빈스방거 씨. 아직 살아 계셨나요? 오래간만이군요. 하나도 더 늙어 보이지 않으시는군요. 그런데 지금은 제게 방해가 됩니다. 피곤해서 막 수면제를 복용하려던 참이었거든요."

"알고 있다." 대부는 조용히 대답했다. "수면제를 복용하려는 게지. 네 말이 옳다. 너를 도울 수 있는 마지막 포도주일 테지. 하지만 그 전에 잠시 이야기를 좀 하자꾸나, 얘야. 내가 먼 길을 와서 그러니, 한 모금 마시고 기운을 차려도 화내지 않겠지."

그 말을 하고 노인은 잔을 빼앗아 입으로 가져갔다. 아우구스투스가 미처 말릴 새도 없이 잔을 높이 들더니 단숨에 죽 들이켰다.

아우구스투스의 얼굴이 죽은 사람처럼 창백해졌다. 그는 노인에게 달려들어 어깨를 잡고 흔들며 날카롭게 외쳤다.

"할아버지, 지금 드신 게 뭔지 아세요?"

빈스방거 씨는 백발의 머리를 끄덕이며 현자처럼 미소를 지었다.

"보다시피 키프로스산 포도주구나. 나쁘지는 않은데. 너는 궁핍에 시달리지는 않는 모양이구나. 그런데 시간이 별로 없으니, 내 말을 잘 들어준다면 너를 오랫동안 성가시게 하지는 않을 게다."

당황한 청년은 깜짝 놀라 대부의 총명한 눈을 들여다보며 이제나 저제나 노인이 쓰러지는 순간을 기다렸다.

그러나 대부는 편안하게 의자에 앉더니 젊은 친구에게 온화하게 고개를 끄덕였다.

"포도주를 한 모금 마신 것이 내게 해로울까 봐 걱정하는 거니? 그렇다면 안심해라! 내 걱정을 해주다니 고맙구나. 그럴 줄은 전혀 몰랐구나. 이제 옛날처럼 이야기를 좀 해보자꾸나! 경박한 생활에 진력이 난 모양이지? 그건 나도 이해한다. 내가 이 집에서 나가거든 잔에 다시 포도주를 가득 채워 죽 마시렴. 그렇지만 그 전에 네게 해줄 이야기가 있다."

아우구스투스는 벽에 기대어 앉아 작은 노인의 선량하고 기분 좋은 목소리에 귀 기울였다. 어린 시절부터 친숙하고, 그의 영혼에 과거의 그림자를 일깨우는 목소리였다. 마치 자신의 순진무구한 어린 시절이 눈에 보이는 듯해서 그는 깊은 수치심과 슬픔에 사로잡혔다.

"너의 독약은 내가 다 마셔 버렸다." 노인은 말을 이었다. "너의 불행에 책임 있는 사람은 나이기 때문이지. 네 어머니는 네가 세례를 받을 때 너를 위해 한 가지 소원을 말했단다. 비록 어리석은 소원이었지만, 나는 그것이 이루어지게 해주었지. 네가 그것을 알 필요는 없겠지. 네 스스로 느꼈다시피 저주가 되었으니. 일이 이렇게 되어 안타깝구나. 네가 다시 한 번 고향의 우리 집 벽난로 앞에 앉아 조그만 천사들의 노랫소리를 들을 수 있다면 정말 기쁘겠구나. 쉬운 일은 아니겠지. 지금 이 순간엔 네 마음이 다시 건강을 되찾아 순수하고 명랑해질 수 없어 보이니까. 그렇지만 아예 불가능한 일은 아니니, 그렇게 되도록 노력해 보라고 부탁하고 싶구나. 가련한 네 어머니의 소원은 네게 해가 되었어. 아우구스투스야, 네게 또 한 가지 소원을 들어준다면 어떻겠니? 아마 돈이나 재산을 바라진 않겠지. 권력도, 여자의 사랑도 바라지 않겠지. 그런 것은 충분히 가져 봤을 테니. 잘 생각해 보렴. 만일 너의 망가진 삶을 다시 더 아름답고 좋게 만들고, 너를 다시 한 번 기쁘게 해줄 마법이 있다고 생각한다면, 그걸 소원으로 말하렴!"

아우구스투스는 깊은 생각에 잠겨 말없이 앉아 있었다. 그러나 그는 너무 지친 데다 절망에 빠져 있었다. 그래서 잠시 후 이렇게 말했다.

"고맙습니다, 대부님. 그렇지만 저의 인생은 어떤 빗으로 빗어도 매끄러워지지 않을 것 같습니다. 대부님이 이 방에 들어오실 때 제가 하려고 생각했던 일을 하는 게 더 낫겠습니다. 하지만 대부님께서 와주신 것은 고맙습니다."

"그러느냐?" 노인은 신중하게 말했다. "너로선 쉽지 않은 일이겠지. 그러나 다시 한 번 잘 생각하는 것이 어떠니, 아우구스투스야. 어쩌면 지금까지 너한테 가장 부족한 게 뭔지 떠오를지도 모르잖니. 어머니가 살아 계시던 옛날이 생각날지도 모르지. 그 무렵 넌 저녁이면 가끔 나를 찾아왔지. 그땐 너도 이따금 행복하지 않았니?"

"네, 그때는요." 아우구스투스는 고개를 끄덕였다. 찬란한 어린 시절의 기억이 마치 아주 오래된 거울 속에 비치듯 저 멀리서 흐릿하게 보였다. "그러나 그 시절이 다시 올 수는 없어요. 다시 어린애가 되기를 소원할 순 없어요. 아, 모든 것을 처음부터 다시 시작할 수만 있다면!"

"그래, 그건 아무런 의미가 없을지도 몰라. 네 말이 옳다. 그러나 다시 한 번 우리가 고향에 있었을 때를 생각해 보아라. 또 네가 대학생일 때 밤마다 정원으로 찾아갔던 그 가엾은 소녀를, 그리고 언젠가 배를 타고 여행할 때 만난 금발의 아름다운 부인을 생각해 보아라. 네가 언젠가 행복했던 순간, 삶이 좋고 가치 있게 여겨졌던 모든 순간을 생각해 보아라. 그때 무엇이 너를 행복하게 했는지 어쩌면 알게 될지도 모르지 않니. 그것을 소원하면 되는 거야. 나를 위해 부디 그렇게 해 다오, 얘야."

아우구스투스는 눈을 감고, 어두운 복도에서 자기를 이끌어 주는 먼 불빛을 바라보듯 자기의 인생을 되돌아보았다. 그러자 다시 깨닫게 되었다. 한때 자신의 주변은 밝고 아름다웠으며, 그러다가 서서히 점점 어두워져서 마침내는 자신이 완전히 암흑 속에 서서 더 이상 어느 것에도 기쁨을 느낄 수 없게 되었음을. 곰곰 생각하고, 기억을 떠올릴수록 저 멀리 있는 작은 불빛은 더욱 아름답고 사랑스러우며 탐낼 만한 것으로 보였다. 마침내 그는 그 불빛이 무엇인지 알아냈다. 그러자 두 눈에서 눈물이 왈칵 쏟아져 나왔다.

"한번 해보겠습니다." 그는 대부에게 말했다. "저에게 도움이 되지 못했던 옛날의 매력을 가져가 주시고, 대신 제가 사람들을 사랑할 수 있도록 해주십시오!"

그는 울면서 옛 친구 앞에 무릎을 꿇었다. 주저앉으면서 벌써 그는 노인에 대한 뜨거운 사랑이 마음속에서 불타오르며, 잊었던 말과 몸짓을 갈망하고 있음을 느꼈다. 하지만 대부, 작은 노인은 그를 살며시 안아 올리고 잠자리로 데리고 갔다. 거기에 그를 눕히고 뜨거운 이마에서 머리카락을 쓸어 주었다.

"좋아." 노인은 나직이 속삭였다. "좋아, 애야. 이제 모든 일이 좋아질 거다."

그 말을 듣자 아우구스투스는 순간 몇 년은 확 늙은 것처럼 묵직한 피로가 엄습해 오는 것을 느꼈다. 그는 깊은 잠에 빠져들었다. 노인은 쓸쓸한 집에서 조용히 나왔다.

아우구스투스는 집 안 가득 울려 퍼지는 시끄러운 소음에 잠에서 깨어났다. 자리에서 일어나 가까이 있는 문을 열어 보니 홀과 모든 방마다 예전의 친구들로 가득 차 있었다. 그들은 실망한 나머지 화가 나 있었다. 파티에 와 보니 집이 텅 비어 있었던 것이다. 그는 가까이 다가가 평소처럼 미소와 농담으로 그들의 마음을 얻으려 했다. 그러나 불현듯 그 힘이 자기에게서 사라졌음을 느꼈다. 다들 그를 보자마자 동시에 고함을 질러 대기 시작했다. 그가 어찌할 바를 몰라 미소를 지으며 제지하듯 두 손을 뻗자 그들은 격분하여 달려들었다.

"이 사기꾼! 나한테 빌려 간 돈 어디 있어?" 한 남자가 소리쳤다.

그러자 다른 남자가 말했다. "내가 빌려 준 말은 어디 있어?"

어느 아름다운 부인은 분노해서 소리쳤다. "온 세상이 내 비밀을 알고 있어. 네가 퍼뜨렸지. 정말 가증스럽군, 이 날강도 같은 놈아!"

눈이 움푹 들어간 젊은이가 얼굴을 찡그리며 소리쳤다. "네가 나를 어떻게 만들었는지 알고 있겠지? 이 사탄, 젊은이를 타락시킨 놈아!"

이런 식으로 소동이 계속되었다. 모두가 그에게 치욕을 안기고 욕설을 퍼부었다. 다 옳은 말이었다. 많은 사람들이 그를 때렸다. 그들은 돌아가면서 거울들을 깨뜨렸고, 많은 사람들이 값비싼 귀중품을 가지고 갔다. 아우구스투스는 얻어맞고 굴욕을 당한 채 바닥에서 일어났다. 침실로 들어가 얼굴을 씻으려고 거울을 보니 생기를 잃은 추한 얼굴이 그를 마주 보고 있었다. 충혈된 눈에서는 눈물이 흘렀고, 이마에서는 피가 뚝뚝 떨어졌다.

"이게 보답이야." 그는 이렇게 중얼거리며 얼굴의 피를 씻었다. 그런데 정신을 차릴 새도 없이 새로운 소음이 집 안으로 밀려들며 사람들이 계단 위로 들이닥쳤다. 집을 저당 잡혀 돈을 빌려준 빚쟁이, 그가 유혹했던 부인의 남편, 그의 유혹으로 아들들이 죄악과 불행에 빠진 아버지들, 해고된 하인과 하녀들, 경찰과 변호사들이었다. 한 시간 뒤 그는 묶인 채 차에 실려 감옥으로 끌려갔다. 뒤에서 사람들이 고함을 질러 댔고, 조롱하는 노래를 불렀다. 한 불량소년은 끌려가는 그의 얼굴에 창문으로 오물을 한 움큼 집어던졌다.

이처럼 도시에는 그토록 많은 이들에게 사랑받던 아우구스투스의 파렴치한 행위로 가득했다. 그는 온갖 죄악으로 고발당했으나 아무 죄도 부인하지 않았다. 오랫동안 잊고 있던 사람들이 판사 앞에서 그가 몇 년 전에 했던 일들을 진술했다. 그에게 선물을 받았으면서도 그의 물건을 훔쳐 간 하인들은 숨겨진 그의 죄악을 들추어 냈다. 모두의 얼굴이 혐오와 증오로 가득 차 있었다. 그를 변호하고 칭찬하는 사람, 용서하고 그의 좋은 점을 이야기하는 사람은 아무도 없었다.

그는 모든 일을 되어 가는 대로 내버려 두었다. 그는 감방으로 끌려갔고, 감방에서 판사나 증인 앞으로 끌려 나왔다. 그는 화를 내고 격분하며 증오에 찬 수많은 얼굴들을 병든 눈으로 바라보며 놀라고 슬퍼했다. 그리고 모두의 얼굴에서, 증오와 왜곡의 표면 아래 은밀하고 사랑스러운 매력과 진심의 빛이 희미하게 빛나는 것을 보았다. 그들 모두는 한때 그를 사랑했지만, 그는 그들 중 누구도 사랑하지 않았다. 이제 그는 모두에게 용서를 빌며, 한 명 한 명에게서 뭔가 좋은 것을 기억해 내려 했다.

결국 그는 감옥에 갇혔고, 면회는 일절 허용되지 않았다. 그는 고열로 인한 환각 상태에서 어머니와 첫 애인, 빈스방거 노인, 배에서 만난 북구의 귀부인과 이야기를 나누었다. 환각에서 깨어난 끔찍한 낮 시간에는 고독하고 버림받은 기분으로 앉아 있었다. 그럴 때면 그리움과 고립감으로 온갖 고통에 시달렸고, 지금까지 어떤 향락이나 소유를 갈망했던 것 이상으로 사람들의 모습을 애타게 갈망했다.

감옥에서 나왔을 때 그는 늙고 병들어 있었고, 그를 알아보는 사람은 아무도 없었다. 세상은 제 갈 길을 가고 있었다. 사람들은 거리에서 차를 타거나 말을 타고 산책을 했다. 과일이나 꽃, 장난감이나 신문을 팔려고 거리에 내놓았다. 아우구스투스에게만은 아무도 주의를 기울이지 않았다. 그가 한때 음악을 듣고 샴페인을 마시면서 가슴에 안았던 아름다운 여자들이 호화로운 마차를 타고 그의 곁을 지나갔다. 마차가 지나가자 흙먼지가 아우구스투스를 덮쳤다.

그러나 화려한 생활을 할 때 그를 질식시킬 것 같았던 끔찍한 공허와 고독감은 이제 완전히 사라지고 없었다. 잠시 찌는 듯한 뙤약볕을 피하려고 어느 집 현관에 들어서거나, 어느 뒤채의 뜰에서 물 한 모금을 청할 때, 전에는 그의 거만하고 불친절한 말에도 고마워하고 눈을 반짝이며 대답하던 사람들이 이제는 대단히 뚱한 표정을 하고 적대적으로 대하는 것이 놀라웠다. 이제는 어떤 사람의 모습을 보아도 기쁘고 감동스러우며 가슴이 벅찼다. 그는 놀고 있거나 학교에 가는 아이들을 사랑했고, 조그만 집 앞 벤치에 앉아 주름진 손을 햇볕에 쬐고 있는 노인들을 사랑했다. 연모의 눈빛으로 소녀의 뒤를 쫓는 젊은이, 하루 일을 마치고 집으로 돌아가 아이들을 팔에 안는 노동자, 마차를 타고 조용하지만 서둘러 가면서 환자를 생각하는 기품 있고 현명한 의사, 저녁 무렵 변두리의 가로등 밑에서 기다리다가 심지어 자기처럼 쫓겨난 사람에게까지 사랑을 제공하려는 가련하고 초라한 옷차림의 창녀를 볼 때면, 그는 이들 모두가 자기의 형제자매로 생각되었다. 그들 모두는, 사랑했던 어머니, 좀 더 나은 출신 또는 좀 더 아름답고 고귀한 운명의 은밀한 징표를 기억나게 했다. 모두가 사랑스럽고, 주목을 끌었으며, 그로 하여금 곰곰 생각할 계기를 마련해 주었다. 그 자신이 느꼈던 것보다 못한 사람은 없는 것 같았다.

아우구스투스는 온 세상을 돌아다니면서 사람들에게 어떻게든 도움이 되고, 그들에게 자신의 사랑을 보여 줄 만한 곳을 찾아보기로 결심했다. 그는 자기의 모습이 더 이상 아무도 기쁘게 하지 않는다는 사실에 익숙해져야 했다. 그의 얼굴은 초췌해졌고, 옷과 신발은 거지와 같았다. 그의 목소리나 걸음걸이도 전에 사람들을 기쁘게 하고 매혹시켰던 모습이 아니었다. 덥수룩한 흰 수염이 길게 드리워져 있었기에 아이들은 그를 무서워했다. 옷을 잘 차려입은 사람들은 기분 나빠 하며 자기까지 더러워진다고 느껴 그가 가까이 오는 것을 싫어했다. 가난한 사람들은 자기들의 얼마 안 되는 몫까지 앗아 갈까 봐 이 낯선 자를 미심쩍은 눈으로 바라보았다. 때문에 사람들을 돕기 힘들었지만, 그는 돕는 법을 배웠고, 무슨 일이든 마다하지 않았다. 그는 빵집 문손잡이까지 손이 닿지 않는 조그만 아이를 도왔다. 때때로 길에서 자신보다 더 가엾은 사람, 가령 장님이나 불구자를 만나면 약간 돕거나 선행을 베풀었다. 그것마저 할 수 없을 때는 즐거이 자기가 지닌 사소한 것, 밝고 친절한 눈길과 친근한 인사, 이해와 연민의 몸짓을 보여 주었다. 그는 길을 떠돌면서 사람들이 자신에게 무엇을 기대하는지, 무엇에 기쁨을 얻는지 배웠다. 어떤 사람은 활기차고 씩씩한 인사에서, 어떤 사람은 조용한 시선에서, 또 어떤 사람은 그를 방해하지 않고 길을 비켜 주는 데서 기쁨을 얻었다. 이 세상에는 얼마나 많은 불행이 있는지, 그런데도 얼마나 만족해하며 살아갈 수 있는지, 그는 그런 사실을 깨닫고 매일같이 놀랐다. 온갖 고통 곁에 즐거운 웃음, 죽음을 알리는 모든 종소리 곁에 아이의 노래, 온갖 곤경과 비천함 곁에 점잖음과 기지, 위로와 미소가 있다는 것이 그에게는 언제나 멋지고도 감격적이었다.

그에게는 인생이 탁월하게 정리되어 있는 듯 보였다. 길모퉁이를 돌다가 우르르 달려오는 한 무리의 학생들을 마주칠 때면, 아이들의 눈에는 용기와 삶의 즐거움, 혈기 넘치는 아름다움이 빛나고 있었다. 그들이 자신을 약간 놀리거나 괴롭혀도 그다지 언짢게 여겨지지 않았고, 그럴 수 있다고 생각했다. 진열장 앞이나 우물가에서 물을 마실 때 거울이나 물에 비치는 자신의 모습은 몹시 주름지고 초라했다. 그렇다, 사람들의 마음에 든다거나 영향력을 행사한다는 것은 그에게 더 이상 중요하지 않았다. 그런 것은 충분히 경험했던 것이다. 자신이 한때 걸었던 길 위에서 다른 사람들도 노력하며 앞으로 나아가는 모습을 보는 것이 이제는 아름답고 좋아 보였다. 모든 사람들이 그토록 열성적으로, 그토록 큰 힘과 긍지와 기쁨을 느끼며 목적을 향해 나아가는 것이 그에게는 놀라운 광경이었다.

그러는 사이 겨울이 되고 다시 여름이 왔다. 아우구스투스는 병이 들어 오랫동안 빈민 구호 병원에 누워 있었다. 그곳에서 가난에 짓눌린 사람들은 끈질긴 힘과 소망을 가지고 삶에 집착하며 죽음을 이겨 내려 했다. 그는 조용히 감사하는 마음으로 그런 모습을 보는 행복을 누렸다. 중환자의 표정에서 인내심이, 회복기 환자들의 눈에서 삶에 대한 밝은 애착이 생겨나는 것을 보는 건 멋진 일이었다. 죽은 사람들의 고요하고 위엄 있는 얼굴도 아름다웠다. 그런데 이 모든 것보다 더욱 아름다운 것은 예쁘고 순결한 간호사들의 사랑과 인내심이었다.

그러나 이 시기도 끝나고 가을바람이 불어왔다. 겨울이 다가오자 아우구스투스는 방랑을 계속했다. 발길 닿는 대로 찾아가 많은 사람들의 얼굴을 정답게 보고 싶었다. 하지만 자신의 행보가 얼마나 늦은지 깨닫게 되자 그는 이상한 초조감에 사로잡혔다. 아직 사방으로 다니면서 수많은 사람들의 눈을 들여다보고 싶어서였다. 그의 머리는 백발이 되었고, 눈은 병들고 충혈된 눈꺼풀 밑에서 아둔하게 미소 짓고 있었다. 기억력도 희미해져서, 오늘과 다른 모습의 세상을 결코 본 적이 없는 것처럼 느껴졌다. 그러나 그는 만족했으며, 세상은 참으로 멋지고 사랑할 만하다고 생각했다.

겨울로 접어들 무렵, 그는 한 도시에 찾아들었다. 어두운 거리에 눈이 몰아치고 있었다. 늦도록 돌아다니던 불량소년들이 그에게 눈뭉치를 던졌지만, 그 외에는 모든 것에 밤의 고요가 깃들어 있었다. 아우구스투스는 몹시 피곤해서 어느 좁은 골목으로 들어갔다. 어딘지 낯이 익었다. 다시 어느 골목으로 들어서자, 어머니의 집과 대부 빈스방거의 집이 차가운 눈보라를 맞으며 작고 낡은 모습으로 서 있었다. 대부의 집 창문 하나에 불이 밝혀 있었다. 겨울밤, 불빛이 붉고 평화롭게 빛나고 있었다.

아우구스투스는 안으로 들어가 방문을 두드렸다. 그러자 작은 노인이 그를 맞으며 말없이 자기 방으로 안내했다. 그곳은 따뜻하고 조용했다. 벽난로에서는 밝은 불이 작게 타오르고 있었다.

"배고프니?" 대부가 물었다.

그러나 아우구스투스는 배가 고프지 않아서 그저 미소를 지으며 고개를 가로저었다.

"그렇지만 피곤하겠지?" 대부는 다시 묻고는 낡은 모피를 바닥에 깔았다. 두 노인은 그곳에 나란히 웅크리고 앉아 말없이 불을 들여다보았다.

"먼 여행을 했구나." 대부가 말했다.

"아, 참으로 좋았어요. 약간 피곤해졌을 뿐입니다. 여기서 자고 가도 될까요? 그러면 내일 다시 떠나겠습니다."

"그래, 물론이지. 그런데 천사들이 춤추는 걸 다시 보고 싶지 않니?"

"천사들이라고요? 그렇고말고요. 제가 다시 어린아이가 된다면 꼭 그러고 싶어요."

"우리가 서로 보지 못한 지 오래되었구나." 대부가 다시 말을 이었다. "무척 귀여워졌구나. 눈도 어머니가 살아 있을 때처럼 다시 선량하고 부드러워졌어. 날 다시 찾아와 줘서 고맙구나."

다 해진 옷을 입은 나그네는 친구 곁에 기진맥진하여 앉아 있었다. 지금처럼 피곤한 적이 없었다. 기분 좋은 온기와 불빛 속에 앉아 있노라니 정신이 혼란스러워져서, 오늘과 그 옛날 사이를 뚜렷이 구분할 수 없었다.

"대부님." 그가 말했다. "제가 다시 못된 짓을 해서 어머니가 집에서 울고 계세요. 어머니한테 전해 주세요. 제가 다시 착해질 거라고요. 그래 주시겠어요?"

"그러마." 대부가 말했다. "안심해라. 어머니는 물론 너를 사랑하신단다."

이제 불꽃이 사그라지고 있었다. 아우구스투스는 옛날 어린 시절에 그랬던 것처럼 졸린 눈을 크게 뜨고 희미한 불꽃을 응시했다. 대부가 아우구스투스의 머리를 자기 무릎에 얹자, 우아하고 즐거운 음악이 방 안에 부드럽고 황홀하게 울려 퍼졌다. 그러자 수천의 작은 정령들이 쏟아져 나와, 멋진 모습으로 서로 교차하며 즐겁게 원을 그리기도 하고 공중에서 짝을 짓기도 했다. 아우구스투스는 그것을 바라보고 그 소리에 귀 기울이며, 다시 발견한 낙원에 아이의 부드러운 감수성을 활짝 열어 놓았다.

한번은 어머니가 부르는 느낌이 들었다. 그러나 그는 너무 피곤했다. 그리고 대부는 어머니에게 이야기해 주겠다고 약속했었다. 그가 잠이 들자, 대부는 그의 두 손을 가지런히 모아 주고, 방 안이 완전히 어두워질 때까지 고요해진 심장에 귀를 기울였다.

(1913)

신들에 관한 꿈[*]

나는 혼자 어쩔 줄 몰라 하며 걸어갔다. 사방이 어두워지며 형태가 사라져 갔다. 나는 빛이 어디로 달아났는지 알고자 사방으로 찾아다녔다. 창문으로 밝은 빛이 새어 나오는 새로운 건물이 눈에 들어왔다. 문 위에서 빛이 대낮처럼 밝게 타오르고 있었다. 나는 대문을 지나 불이 켜진 회장 안으로 들어갔다. 많은 사람들이 큰 관심을 가지고 말없이 모여 앉아 있었다. 학식 높은 사제들에게서 위안과 빛을 찾으러 온 것이었다.

사람들 앞 높은 연단에 검은 옷을 입은 사제가 서 있었다. 현명하지만 피곤해 보이는 눈을 지닌 조용한 남자였다. 그는 사람들에게 맑고 온화하며 차분한 목소리로 말했다. 그의 앞 밝은색 나무 탁자 위에는 많은 신들의 모상模像이 놓여 있었다. 그가 전쟁의 신 앞으로 다가가더니 옛날 언젠가 이 신이 생겨난 유래를 이야기했다. 전쟁의 신은 세계의 모든 힘들이 통합되었음에도, 이를 인식하지 못한 당시 사람들의 필요와 소망으로 생겨났다. 아니, 과거의 사람들은 늘 개별적인 것, 겉으로 드러나는 것만 보았다. 그래서 그들은 일찍이 대양과 대륙, 사냥과 전쟁, 비나 해의 신 같은 특별한 신을 필요로 하고 그것을 창조했다. 그리하여 전쟁의 신도 생겨났다. 사제는 그 신의 첫 모상이 어디에서 만들어졌는지, 언제 첫 제물이 바쳐졌는지를 우아하고 분명하게 이야기했다. 후일 사람들의 깨달음으로 전쟁의 신은 불필요한 존재가 되었다고 한다.

✦ 편집인의 주석. 『신들에 관한 꿈』이 처음 책의 형태로 발간되기 2년 전인 1924년 헤세는 자신의 『그림책』('기술'이라는 부제로)을 준비했을 때 본문에 다음과 같은 머리말을 썼다.
"제1차 세계대전이 발발한 지 10년이 되었다. 그 시절을 생각나게 하는 많은 기억이 떠오른다. 전 세계에서 전쟁과 관련되는 전조, 예언, 예지몽, 환영의 사례가 많이 발견된다. 이러한 체험과 관련된 거짓말을 하는 사람도 있다. 나를 전쟁 예지자나 예언자의 한 사람으로 편입시키는 것은 내게 결코 중요한 문제가 아니다! 나는 1914년 8월 여느 사람들과 마찬가지로 그 사건에 대해 깜짝 놀라고 경악했다. 그럼에도 다른 사람들이 그랬듯 나 역시 그 직전에 파국이 일어나리라는 걸 감지하고 있었다. 적어도 나는 전쟁이 발발하기 약 8주 전에 매우 특이한 꿈을 꾸었고, 1914년 6월 말에 이 꿈을 기록해 놓았다. 물론 이것이 꿈에 대한 신빙성 있는, 단어 그대로의 충실한 기록은 아니다. 당시에 나는 그 꿈을 가지고 짧은 문학 작품을 만들었다. 하지만 본질적인 내용, 즉 전쟁의 신과 그 추종자의 모습은 내가 의식적으로 꾸며 낸 것이 아니고, 실제로 꿈으로 체험한 내용이었다. 1914년 6월의 기록을 여기에 발표하는 것은 호기심 때문이 아니라 사람들과 진지한 생각을 공유하기 위해서이다."

그가 손을 움직이자 전쟁의 신은 불빛이 꺼지고 사라졌다. 그 대신 탁자 위에는 잠의 신 모상이 놓여 있었다. 사제는 이 신에 대해서는 급하게 설명을 끝마쳤다. 하지만 나는 이 사랑스러운 신에 대해 더 오래 듣고 싶었다. 잠의 신이 천천히 쓰러지자 그다음에는 술의 신, 사랑의 기쁨의 신, 농경의 여신, 사냥의 신, 가정의 신이 차례로 나타났다. 신들은 각기 특별한 모습과 아름다움으로 반짝였다. 그 모습은 아득히 먼 인류의 청년기에 하던 인사였고, 그 시절에서 나온 빛이었다. 사제는 신들에 대해 설명하면서 왜 이들이 오래전에 불필요한 존재가 되었는지 이야기했다. 모상의 불빛이 하나씩 꺼지며 천천히 쓰러졌다. 그때마다 우리의 내면에서는 정신의 조그맣고 우아한 승리가 번쩍였고, 동시에 조용한 연민과 아쉬움이 일어났다. 하지만 몇몇 사람들은 계속 웃으며 손뼉을 쳤고, 사제의 말에 신상神像이 꺼질 때마다 "그걸 치워 버려" 하고 외쳤다.

출생과 죽음도 더 이상 특별한 상징이 필요하지 않았다. 사랑과 시샘, 증오와 분노도 마찬가지였다. 우리는 그의 말에 귀 기울이며 깨달았다. 인류는 얼마 전부터 신이라는 존재에 질렸음을. 그리고 인류의 영혼에도, 지구와 바다의 내부에도 개별적인 힘과 특성이 없으며, 오히려 '하나'의 근원적인 힘이라는 '하나'의 커다란 움직임만 존재한다는 것을 인식했다. 그 힘의 존재를 탐구하는 것이 이제 인간 정신의 커다란 과제가 될 것이다.

그러는 동안 회장 안은 신상의 불빛이 꺼져서인지 아니면 알 수 없는 다른 이유 때문인지 점점 어둑어둑해졌다. 그래서 나는 이 신전에서도 순수하고 영원한 근원의 빛이 내게 오지 않으리라고 생각했다. 나는 이 집에서 도망쳐 더 밝은 곳을 찾기로 결심했다.

하지만 내면의 결단이 활동을 개시하기 전에 회장 안이 더욱 어두워졌다. 사람들은 불안으로 비명을 지르고, 갑작스러운 뇌우에 놀란 양떼처럼 우왕좌왕하기 시작했다. 아무도 현자의 말에 더 이상 귀 기울이려고 하지 않았다. 사람들은 끔찍한 공포와 숨 막히는 기분에 사로잡혔다. 탄식과 비명이 들렸다. 사람들이 광분하며 대문으로 몰려가는 것이 보였다. 공기는 먼지로 가득 차 있었고, 유황 증기처럼 혼탁했다. 완전히 밤이 되었다. 하지만 높다란 창문 바깥에서는 불이 난 것처럼 붉은 빛이 흐릿하게 일렁이고 있었다.

의식이 혼미해졌다. 나는 바닥에 누워 있었다. 무수히 많은 피난민들이 신발을 신고 나를 향해 다가왔다.

정신을 차리고 피가 흐르는 손을 쳐다보았을 때 파괴되고 텅 빈 집 안에는 나 혼자밖에 없었다. 무너지고 갈라진 집 벽이 나를 덮칠 것 같았다. 멀리서 소음과 천둥소리, 굉음이 희미하게 들렸다. 부서진 벽 사이로 보이는 창공이 번쩍 하며 빛을 내뿜었다. 마치 피를 흘리며 고통스러워하는 얼굴 같았다. 하지만 숨 막히는 답답한 기분은 사라졌다.

폐허가 된 학식의 신전에서 빠져나오니 도시의 절반이 불타고 있었다. 밤하늘에는 불기둥이 보였고 연기가 길게 뻗어 있었다.

맞아 죽은 사람들이 건물 잔해들 사이에 여기저기 널브러져 있었다. 멀리 떨어진 불바다에서 타닥타닥 불이 타오르는 소리가 들렸다. 그 뒤 먼 곳에서 겁에 질려 거칠게 울부짖는 소리가 들렸다. 마치 지상의 모든 민족이 끝없이 비명을 지르고 탄식하는 듯했다.

세상이 멸망하고 있는 듯했다. 하지만 오래전부터 예감한 일인 듯 그다지 놀랍지는 않았다.

불타오르고 무너져 가는 도시 한가운데서 한 소년이 다가오는 모습이 보였다. 소년은 두 손을 주머니에 찔러 넣고 춤추듯이 깡충깡충 뛰어왔다. 경쾌하고 발랄한 모습이었다. 그런 뒤 소년은 걸음을 멈추더니 휘파람을 불었다. 라틴어 학교 시절부터 친구끼리 불던 휘파람 소리였다. 소년은 대학 시절 권총 자살한 친구 구스타프였다. 곧바로 나 역시 그처럼 다시 열두 살 소년이 되었다. 불타오르는 도시의 소음, 멀리서 울리는 천둥, 세계의 도처에서 퍼져 나오는 울부짖음이 우리의 깨어 있는 귓속으로 놀랍도록 근사하게 울렸다. 오, 이제 모든 것이 좋아졌다. 음울한 악몽이 사라지고 가라앉았다. 나는 너무나 오랫동안 악몽 속에서 절망하며 살았다.

구스타프는 웃으면서 내게 저편에서 막 무너져 내린 어느 성과 높은 탑을 가리켰다. 세상이 멸망하는지도 몰랐다. 그렇다고 아쉬워할 것도 없었다. 인간은 새롭고 더 멋진 것을 지을 수 있다. 다행히도 구스타프는 살아 있었던 것이다! 이제 삶은 다시 하나의 의미를 지니게 되었다.

웅장한 건물이 무너진 자리에서 거대한 구름이 피어올랐다. 우리 둘은 기대감에 차 말없이 그 모습을 지켜보았다. 먼지구름이 걷히자 어마어마한 형상이 나타났다. 신의 두상이 거대한 팔들을 위로 뻗으며 연기 나는 세상 속으로 의기양양하게 걸어 들어갔다. 전쟁의 신이었다. 학식의 신전에서 보았던 것과 똑같은 모습이었다. 하지만 그 신은 살아 있었고 엄청나게 컸다. 불빛에 비친 신의 얼굴에는 신이 난 소년처럼 거만한 미소가 걸려 있었다. 나와 구스타프는 곧장 그를 따르는 데 말없이 의견이 일치했다. 우리는 날개를 단 듯 급히 도시와 불바다를 지나 폭풍우가 몰아치는 광활한 밤 속으로 그를 따라갔다. 우리의 가슴은 희열에 차 밤을 맞아들였다.

전쟁의 신은 산의 정상에 이르러 걸음을 멈추고 환호했다. 그리고 둥근 방패를 흔들었다. 그런데 보라, 멀리 세계 도처에서 커다랗고 성스러운 형상들이 몸을 일으키며 그를 향해 당당하고 근사하게 다가오고 있었다. 신과 여신, 악마와 반신半神들이었다. 사랑의 신은 날아서, 잠의 신은 비틀거리며, 사냥의 여신은 날쌘하고 엄격한 모습으로 왔다. 신들이 끝없이 왔다. 나는 고귀한 모습에 눈이 부셔 시선을 내리깔았다. 이제 나는 친구와 단 둘이 있지 않았으며, 우리 주위에는 귀향하는 신들 앞에 새로운 인류가 무릎을 꿇고 있었다.

(1914)

다른 별에서 온 이상한 소식

우리 아름다운 별의 남쪽 지방에 몹시 불행한 일이 일어났다. 무서운 폭풍우와 홍수를 동반한 지진이 세 개의 큰 마을과 그곳의 정원과 들판, 숲이며 식물들에게 큰 피해를 주었다. 사람과 가축도 수없이 죽었다. 가장 슬픈 일은 죽은 이들을 덮고 묘지를 장식할 꽃이 절대적으로 부족하다는 것이었다.

그 외에 다른 것은 즉시 조달되었다. 끔찍한 시기가 지나자 곧 사절이 이웃 마을들을 급히 돌아다니며 커다란 사랑을 호소하고 다녔다. 전국 모든 성탑에서 감동적인 시를 노래하는 소리가 들려와 사람들의 가슴을 울렸다. 예부터 동정의 여신에게 안부를 전하는 시구로, 그 음색에 감동받지 않는 이는 아무도 없었다. 곧 전국의 도시와 마을에서 동정과 도움의 손길을 보내왔다. 집을 잃은 불행한 사람들에게 각지의 친척과 친구는 물론 모르는 사람들에게서까지 자기 집에 와서 묵으라는 친절한 초대와 부탁이 줄을 이었다. 사방에서 음식과 옷, 마차와 말, 연장, 돌과 목재 등 수많은 물품을 보냈다. 자선가들이 노인과 여자, 어린이들을 따뜻하게 위로하며 데려갔다. 부상자들을 정성스레 씻기고 붕대를 감아 주었고, 폐허 더미 속에서 사망자들을 찾아냈다. 그러는 사이 다른 사람들은 무너진 지붕을 말끔히 치우고, 흔들리는 담벼락을 나무로 받치는 등 조속히 마을을 재건하는 데 필요한 온갖 준비 작업에 착수했다.

공기 중에는 아직 불행으로 인한 공포의 기운이 떠돌았고, 죽은 자에게 말없이 슬픔과 경의를 표하라는 주의가 있었지만, 모두의 얼굴과 음성에는 기쁜 마음으로 돕겠다는 자세와 함께 부드러운 축제의 분위기가 어려 있었다. 열심히 일을 한다는 유대감과 뭔가 필요한 일, 뭔가 아름답고 은혜로운 일을 한다는 상쾌한 확신이 모두의 가슴속에 넘쳐흘렀다. 처음에는 두려움과 침묵 속에 일을 했지만, 이내 여기저기서 즐거운 음성, 함께 일하자는 노랫소리가 나직이 들려왔다. 그중 사람들이 가장 많이 부른 노래는 오래된 두 개의 단창구短唱句였다.

하나는 "재난을 당한 자를 돕는 자에게 복이 있기를. 메마른 정원이 첫 비를 마셔 그 응답으로 꽃을 피워 감사를 표하듯, 그의 가슴 역시 은혜를 마시지 않겠는가?"였고, 다른 하나는 "신의 명랑함은 함께 돕는 행동에서 흘러나온다"라는 노래였다.

그런데 애석하게도 꽃이 부족했다. 맨 먼저 발견된 시신들은 파괴된 뜰에서 모은 꽃이나 나뭇가지로 장식되었다. 그다음엔 이웃 마을에서 구할 수 있는 꽃이 모두 동원되었다. 그러나 바로 이 세 마을에 계절에 맞는 꽃이 핀, 가장 크고 아름다운 정원이 있다는 사실이 특히 불행한 일이었다. 해마다 많은 사람들이 수선화나 사프란을 구경하려고 그곳을 찾아왔다. 그처럼 엄청난 양의 꽃이 있는 곳도, 놀랄 만치 다채로운 종류의 꽃이 그처럼 잘 가꾸어진 곳도 없었다. 그러나 그 꽃들은 모두 파괴되고 엉망이 되었다. 사람들은 대대로 내려오는 망자에 대한 풍습을 어떻게 지켜야 하느냐며 어쩔 줄 몰라 했다. 이 지방에서는 사람이든 가축이든 망자를 모두 그 계절의 꽃으로 화려하게 장식하는 풍습이 있었다. 또한 급작스럽고 슬프게 목숨을 잃었을수록 더욱 풍성하고 성대하게 장례식을 치렀다.

지역 장로가 도움을 주고자 마차를 타고 나타났다. 도착하자마자 너무나 많은 질문과 부탁, 호소가 쏟아져 장로는 평온함과 명랑함을 유지하기가 힘들었다. 하지만 그는 굳게 마음을 다잡았다. 눈은 밝고 다정했으며, 목소리는 맑고 공손했다. 흰 수염 밑의 입술은 한순간도 조용하고 자비로운 미소를 잃지 않았다. 현자다운 모습이었다.

그가 말했다. "여러분, 우린 불행한 일을 당했습니다. 이 불행은 신께서 우리를 시험하시는 겁니다. 우리는 곧 파괴된 모든 걸 우리의 형제들에게 되돌려 줄 수 있을 겁니다. 나는 고령에 이런 체험을 할 수 있게 된 것에 신들께 감사드립니다. 여러분은 우리 형제들을 돕기 위해 이곳에 오셔서 가진 것을 내놓고 있습니다. 그런데 변신의 의식을 치르는 망자들을 모두 아름답고 격식 있게 장식할 꽃들을 어디서 얻을 수 있겠습니까? 우리가 이곳에 있고 살아 있는 한, 이 피곤한 순례자들 중 단 한 사람이라도 제대로 꽃 장식이 되지 않고 매장되는 일이 있어선 안 됩니다. 여러분도 마찬가지 생각이시겠지요?"

"그렇습니다. 저희도 그렇게 생각합니다." 모두들 그렇게 외쳤다.

"알고 있습니다. 이제 우리가 해야 할 일을 말씀드리겠습니다. 여러분, 오늘 매장할 수 없는 시신들을 아직 눈이 쌓여 있는 저기 높은 산속의 커다란 여름 신전으로 옮겨야겠습니다. 그곳이라면 안전한 데다 꽃이 마련될 때까지 시신의 상태가 변하지도 않을 겁니다. 그런데 이 계절에 우리를 도와 그토록 많은 꽃을 가져다줄 수 있는 사람은 오직 한 사람뿐입니다. 바로 왕이십니다. 그러니 우리들 중 한 사람을 왕에게 보내 도움을 청해야 합니다." 장로는 아버지 같은 음성으로 말했다.

그러자 다시 모두 고개를 끄덕이며 외쳤다. "그렇소, 그렇소, 왕한테 갑시다!"

"그렇다면," 노인은 말을 계속했다. 그의 흰 수염 밑에서 아름다운 미소가 빛났고, 모두들 그것을 기쁜 마음으로 지켜보았다. "그럼 누구를 왕에게 보내야 할까요? 갈 길이 머니 젊고 튼튼한 사람이어야 합니다. 그리고 우리가 가진 것 중 가장 좋은 말을 그에게 주어야겠지요. 또한 인상이 좋고 마음이 착해야 하며, 눈에 광채가 나야 합니다. 그래야 왕께서 거절하지 못하실 테니까요. 말을 많이 할 필요는 없지만, 눈으로 말할 수 있어야 합니다. 어쩌면 아이를 보내는 게 가장 좋을지도 모릅니다. 마을에서 가장 귀여운 아이를 말입니다. 그런데 아이가 어찌 그런 여행을 감당할 수 있겠소? 그러니 저를 도와주셔야 합니다, 여러분. 기꺼이 사절이 되실 분이 계시거나 아니면 그럴 만한 분을 아시면 부디 말씀해 주시오."

장로는 입을 다물고 지혜로운 눈으로 주위를 둘러보았다. 그러나 앞으로 나오는 사람은 아무도 없었다. 지원하겠다는 어떤 목소리도 들리지 않았다.

그가 세 번째로 물었을 때 사람들 사이에서 한 소년이 나왔다. 열여섯 살쯤 되었을까, 아직 소년티를 채 벗지 못한 모습이었다. 그는 시선을 내리깔고 노인에게 인사를 하면서 얼굴이 빨개졌다.

장로는 소년을 바라보고 즉시 그가 사자使者로 제격임을 알아보았다. 그러나 그는 미소를 띠며 물었다.

"네가 우리의 사자가 되겠다니 고맙구나. 그런데 이 많은 사람 중에서 네가 나선 까닭이 무엇이냐?"

그러자 젊은이는 고개를 들어 노인을 바라보았다.

"가겠다는 분이 없으면 저를 보내 주십시오."

그러자 군중 속에서 한 사람이 외쳤다.

"그를 보내십시오, 어르신. 우리는 그를 알고 있습니다. 그는 이 마을 출신입니다. 지진으로 그의 화원이 폐허가 되었습니다. 우리 마을에서 가장 아름다운 화원이었지요."

노인은 다정하게 소년의 눈을 들여다보며 물었다.

"꽃을 잃어서 그렇게 가슴이 아프냐?"

소년은 아주 나직이 대답했다.

"가슴이 아프긴 하지만 그것 때문은 아닙니다. 저는 이번 지진으로 사랑하는 친구와 젊고 아름다운 말 한 마리를 잃어버렸습니다. 지금은 우리 회당에 누워 있지요. 그들의 장례를 치르려면 꽃이 필요합니다."

장로는 소년의 머리에 손을 얹고 소년을 축복해 주었다. 곧 그를 위해 마을에서 가장 좋은 말도 찾아냈다. 그는 즉시 말에 올라타 말의 목을 두드린 뒤 고개를 끄덕여 작별 인사를 했다. 그런 뒤 마을에서 달려 나가 축축하고 황폐해진 들판을 가로질렀다.

소년은 하루 종일 말을 달렸다. 머나먼 수도에 있을 왕에게 더 빨리 가기 위해 그는 산길로 접어들었다. 저녁이 되어 날이 어두워지기 시작하자 그는 말에서 내려 고삐를 손에 쥐고 숲과 바위 사이를 지나 험준한 산길을 넘었다.

그때 이제껏 본 적 없는 크고 검은 새 한 마리가 그의 앞을 날아갔다. 그 뒤를 따라가자 새는 열려 있는 어느 작은 신전의 지붕 위에 내려앉았다. 소년은 말을 수풀 속에 세워 두고 나무 기둥 사이를 지나 수수한 성전 안으로 들어갔다. 제단으로 바윗덩어리 하나만 덩그러니 놓여 있었다. 그 지역에서 볼 수 없는 검은 바윗덩어리였다. 그 위엔 사자가 알지 못하는 이상한 상징물이 있었다. 맹금이 신의 심장을 파먹는 모습이었다.

그는 신상에 경의를 표하고, 산기슭에서 꺾어 옷에 꽂고 온 푸른 초롱꽃 한 송이를 제물로 바쳤다. 그러고는 한쪽 구석으로 가서 몸을 뉘였다. 너무 피곤해서 잠을 자고 싶었기 때문이다.

그러나 평소에는 자리에 눕자마자 곧바로 잠이 들었는데 이날 밤엔 잠을 이룰 수가 없었다. 바위 위의 초롱꽃, 아니면 검은 바위, 또는 다른 어떤 것에서 기묘하게, 깊고 고통스러운 냄새가 풍겨 나왔다. 섬뜩한 신의 상징물이 어두운 회랑 속에서 유령처럼 희미하게 빛나고 있었다. 이따금 지붕 위에 앉은 새가 거대한 날개를 힘차게 퍼덕이면, 나무 사이로 폭풍이 부는 것처럼 쏴쏴 소리가 났다.

그래서 한밤중에 소년은 신전 밖으로 나와 새를 올려다보았다. 새도 날개를 퍼덕이며 소년을 내려다보았다.

"왜 자지 않는 거니?" 새가 물었다.

"모르겠어. 아마 고통스러운 일을 겪어서 그런 모양이지." 소년이 대답했다.

"대체 어떤 고통을 겪었는데?"

"내 친구와 사랑하는 말이 모두 죽었어."

"죽는 게 그렇게 나쁜 건가?" 새가 비웃듯이 물었다.

"아, 아니야, 새야. 죽는 것은 그리 나쁜 일이 아니야. 죽음은 하나의 이별일 뿐이니까. 하지만 나는 그것을 슬퍼하는 게 아니야.

문제는 꽃이 없어서 친구와 아름다운 말을 묻을 수 없다는 거야."

"그보다 더 나쁜 일도 있어." 새는 말하면서 언짢은 듯 날개를 퍼덕였다.

"아니야, 새야. 정말이지 그보다 나쁜 일은 없어. 꽃을 받지 못하고 묻히는 자는 자기가 소원한 대로 다시 태어날 수 없거든. 그리고 친구의 장례를 치르면서 꽃의 축제를 벌이지 않는 사람은 꿈속에서 죽은 사람의 환영을 보게 된단 말이야. 너도 봤지? 내가 벌써 잠을 이루지 못하는 걸. 그건 내가 묻을 친구와 말에게 바칠 꽃이 없어서 그래."

새는 구부러진 부리로 꽥꽥 날카로운 소리를 냈다.

"이봐, 너는 그것 말고는 아무것도 경험한 게 없는 거니? 고통에 대해 아무것도 모르는구나. 대체 지금까지 커다란 악에 대해 들어 본 적이나 있니? 증오, 살인, 질투 같은 것들 말이야."

이 말을 들은 소년은 자신이 꿈을 꾸고 있다고 생각했다. 그러고 나서 정신을 가다듬고 겸손하게 말했다.

"정확히 알고 있어, 새야. 옛날이야기나 동화에서 본 적이 있어. 그렇지만 그건 실제로 일어난 일은 아니야. 혹시 아주 먼 옛날에는 이 세상에 그런 일이 있었을지도 모르지. 꽃도, 선한 신들도 없었을 무렵에 말이야. 지금은 누가 그런 생각을 하겠어!"

새는 날카로운 소리로 나직이 웃었다. 그러고는 날개를 좀 더 높이 펴고 소년에게 말했다.

"그래서 너는 왕에게로 가는 모양이지? 내게 길을 알려 달라는 거니?"

"아, 벌써 알고 있구나." 소년은 기뻐서 소리쳤다. "그래, 그럴 마음이 있다면 부탁할게."

큰 새는 소리 없이 땅으로 내려와 조용히 날개를 펼쳤다. 그리고 말은 여기에 남겨 두고 자기와 함께 왕에게 가자고 말했다.

"눈을 감아!"

소년은 새가 시키는 대로 했다.

그들은 어두운 밤하늘을 뚫고 부엉이처럼 부드럽게 소리 없이 날았다. 차가운 바람만 소년의 귓전에 윙윙 울릴 뿐이었다. 그들은 밤새도록 날고 또 날았다.

이튿날 아침 새는 조용히 멈추고 소년에게 말했다.

"이제 눈을 떠 봐."

소년은 눈을 떴다. 어느 숲의 가장자리에 있었다. 발밑에는 첫 아침 햇살에 빛나는 평원이 펼쳐져 있었다. 햇살에 눈이 부셨다.

"이 숲에서 다시 날 찾을 수 있을 거야."

새는 그렇게 외쳤다. 그러고는 화살처럼 공중으로 치솟더니 순식간에 푸른 하늘에서 자취를 감췄다.

젊은 사자는 숲에서 나와 넓은 평원으로 들어섰다. 이상한 느낌이 들었다. 주위의 모든 것이 너무 변하고 달라져서 꿈인지 생시인지 분간할 수가 없었다. 초원과 나무들은 고향의 모습과 비슷했다. 태양은 빛났고, 바람이 생기발랄한 풀들을 희롱하고 있었다. 그러나 사람이나 가축, 집이나 정원은 보이지 않았다. 소년의 고향에서처럼 이곳에서도 지진이 맹위를 떨친 것 같았다. 건물 잔해들, 부러진 나뭇가지와 쓰러진 나무들, 파괴된 울타리와 잃어버린 연장들이 땅에 흩어져 있었다. 들판 한가운데에 죽은 사람이 누워 있는 것이 눈에 띄었다. 매장되지 않고 반쯤 부패된 끔찍한 모습이었다. 그 광경을 보자 공포와 심한 구역질이 치밀어 올랐다. 그런 광경을 본 적이 한 번도 없었기 때문이다. 시체의 얼굴엔 아무것도 덮여 있지 않았다. 새가 파먹고, 썩어 들어가 벌써 절반 정도는 망가진 모습이었다. 소년은 시선을 돌리고 푸른 나뭇잎과 꽃 몇 송이를 꺾어 죽은 사람의 얼굴을 가려 주었다.

이루 말할 수 없이 끔찍하고, 가슴 조이는 썩은 냄새가 미지근하고 끈끈하게 평원 전체에 떠돌고 있었다. 풀 속에는 다른 시체 하나가 더 누워 있었고, 까마귀 떼가 상공을 선회하고 있었다. 머리 없는 한 마리 말을 비롯해 사람과 동물의 뼈들이 흩어져 있었다. 모두가 햇빛 속에 버려져 있었고, 꽃 축제나 매장은 아무도 생각하지 않은 듯했다. 상상조차 할 수 없는 재난으로 이 지역 사람들이 모두 죽었을지도 모른다고 생각하니, 소년은 두려운 생각이 들었다. 죽은 사람이 너무 많아서 꽃을 꺾어 얼굴을 덮어 주는 걸 그만둘 수밖에 없었다. 그는 불안한 마음으로 눈을 반쯤 감은 채 앞으로 계속 나아갔다. 사방에서 시체의 악취와 피 냄새가 풍겼다. 수많은 폐허들과 시체에서 이루 형용할 수 없는 비참함과 고통의 거대한 물결이 차츰 거세게 밀려왔다. 사자는 자신이 나쁜 꿈에 사로잡혀 있다고 생각했다. 그리고 그 꿈에서 하늘의 경고를 느꼈다. 고향에서도 아직 망자들을 위한 꽃 축제도, 매장도 하지 않았기 때문이었다. 그때 간밤에 신전의 지붕 위에서 검은 새가 했던 말이 다시 생각났다. 새의 날카로운 목소리가 다시 들리는 듯했다.

"더 나쁜 일도 많이 있어."

이제야 그는 새가 자신을 다른 별에 데려다 주었다는 사실을 깨달았다. 그리고 자신의 눈으로 본 것이 모두 현실이자 진실임을 깨달았다. 어린 시절 무서운 옛날이야기를 듣던 때의 느낌이 되살아났다. 그때 느낀 것과 같은 느낌이 다시 들었다. 이야기를 들으면서 소년은 소름 끼치는 전율을 느꼈다. 그러나 그 뒤에는 조용하고 즐거운 안도감이 뒤따랐다. 그 모든 일은 오래전에 지나간 옛날 일이었으니까. 하지만 여기서는 모든 것이 섬뜩한 동화 같았다. 공포와 시체, 썩은 시체를 노리는 새들이 빚어내는 참으로 이상한 이 세계는 의미도 규율도 없이 이해할 수 없는 법칙에 지배되는 것처럼 보였다. 그 미친 법칙에 따라 아름답고 선한 일 대신에 언제나 나쁘고 어리석은 일과 추한 일이 벌어지고 있었다.

그 사이에 살아 있는 사람 하나가 들판을 가로지르는 것이 보였다. 농부 같기도 하고 머슴 같기도 했다. 소년은 재빨리 그에게 달려가 소리쳐 불렀다. 그러나 가까이에서 그의 얼굴을 보고 깜짝 놀라지 않을 수 없었다. 소년은 동정심에 사로잡혔다. 농부의 얼굴은 끔찍이 추했고, 도무지 이 세상 사람같이 보이지 않았다. 농부는 자기 생각만 하는 것에, 어디서나 그릇된 일, 추악한 일, 나쁜 일이 일어나는 것에, 줄곧 소름 끼치는 악몽 속에 사는 것에 익숙해진 사람처럼 보였다. 그의 눈이며 얼굴, 본성 전체에서 명랑함이나 선량함, 감사의 마음과 신뢰는 눈곱만치도 찾아볼 수 없었다. 이 불행한 인간에게는 지극히 순박하고도 당연한 그 어떤 덕목도 없는 것 같았다.

그러나 소년은 생각을 가다듬었다. 불행의 낙인이 찍힌 사람에게 매우 다정하게 다가가 형제처럼 인사하고 미소 지으며 말을 걸었다. 추한 사내는 몸이 굳어진 듯 멈춰 섰고, 놀라움에 흐릿한 눈을 크게 뜨고 소년을 쳐다보았다. 그의 목소리는 거칠었고, 하등동물의 울부짖음처럼 음악적이지 않았다. 그러나 그는 명랑하고 친절하며 신뢰로 가득한 소년의 시선에 저항할 수 없었다. 그는 잠시 이방인을 응시했다. 그의 주름지고 거친 얼굴에 일종의 미소 또는 입을 비죽이는 웃음이 떠올랐다. 추하긴 하지만 부드럽고 놀라운 웃음이었다. 마치 땅속 깊은 곳에서 다시 태어나 막 지상으로 올라온 영혼이 처음으로 보이는 작은 미소 같았다.

"내게 무슨 볼일이 있니?" 사내가 물었다.

소년은 고향의 풍습에 따라 대답했다.

"혹시 제가 도와드릴 일이 있나요?"

농부가 놀라고 당황한 듯 말없이 미소를 짓자 사자가 다시 물었다.

"말씀해 주세요. 여기는 왜 이렇게 소름끼치고 무서운 곳이 된 건가요?"

소년을 손으로 주위를 가리켰다.

농부는 소년의 말을 이해하려고 애썼다. 소년이 질문을 되풀이하자 그는 이렇게 말했다.

"이런 걸 본 적이 없나 보구나. 전쟁이 일어났단다. 여기가 바로 전쟁터란다."

그는 시커먼 폐허 더미를 가리키며 외쳤다.

"저게 내 집이었어."

낯선 소년이 진심으로 동정심을 가득 담아 그의 눈을 들여다보자, 농부는 눈을 내리깔고 땅을 바라보았다.

"왕은 없나요?" 소년은 계속 질문했다.

농부가 있다고 하자 소년은 다시 물었다.

"대체 어디에 있는 거죠?"

그가 손으로 건너편을 가리켰다. 아주 멀리 작고 아득하게 야영지가 보였다. 소년은 농부의 이마에 손을 얹어 작별을 하고는 계속 걸어갔다. 농부는 두 손을 자신의 이마에 대보고, 걱정스러운 듯 머리를 무겁게 흔들며 오랫동안 그 자리에 서서 낯선 소년의 뒷모습을 바라보았다.

소년은 폐허와 참혹한 광경을 지나 달리고 또 달려 마침내 야영지에 도착했다. 사방에 무장한 남자들이 서 있기도 하고 뛰어다니기도 했다. 그러나 누구도 소년을 거들떠보지 않았다. 그는 사람과 천막들 사이를 뚫고 지나가다가 야영지에서 가장 크고 아름다운 천막을 발견했다. 왕의 천막이었다. 그는 그 안으로 들어갔다.

천막 안 수수하고 나지막한 침상에 왕이 앉아 있었다. 곁에는 외투가 놓여 있었고, 안쪽 좀 더 어두운 그늘에 시종이 쭈그리고 잠들어 있었다. 왕은 허리를 숙이고 깊은 생각에 잠겨 있었다. 얼굴은 아름다웠지만 슬퍼 보였다. 한 다발의 백발이 검게 탄 이마에 드리워져 있었다. 그 앞 땅바닥에 왕의 칼이 놓여 있었다.

소년은 자기 나라의 왕에게 하듯 깊은 경의를 표하며 인사했다. 그리고 가슴에 팔짱을 끼고 기다리자 드디어 왕이 그를 쳐다보았다.

"너는 누구냐?" 왕은 근엄하게 묻고 검은 눈썹을 찌푸렸다. 그러면서 낯선 소년의 맑고 명랑한 얼굴을 바라보았다. 소년이 깊은 신뢰가 담긴 다정한 눈길로 왕을 바라보자 그의 목소리가 좀 더 부드러워졌다.

"너를 한번 본 적이 있다." 왕은 생각에 잠긴 듯 말했다.

"아니면 내가 어린 시절에 알았던 어떤 사람을 닮았든가."

"저는 다른 나라에서 온 사람입니다." 소년이 말했다.

"그럼 꿈속에서 보았던 얼굴과 닮은 모양이군." 왕이 나직이 말했다.

"너를 보니 어머니가 생각나는구나. 이야기해 보거라."

소년은 이야기를 시작했다.

"어떤 커다란 새가 저를 이곳으로 데려왔습니다. 제 나라에 지진이 일어났어요. 그래서 죽은 사람들을 묻으려고 하는데 꽃이 없습니다."

"꽃이 없다고!" 왕이 말했다.

"네, 꽃이 하나도 없습니다. 죽은 자를 매장할 때 꽃 축제를 벌일 수 없으니, 여간 곤란한 일이 아닙니다. 죽은 사람은 화려하고 즐겁게 변신해서 저 세상으로 가야 하는데요."

그때 문득 소년의 머릿속에 저 바깥 끔찍한 들판에 아직 매장되지 않은 수많은 시체가 누워 있는 모습이 떠올랐다. 그래서 그는 입을 다물었다. 왕은 그를 바라보고 고개를 끄덕이며 무겁게 한숨을 쉬었다.

"저는 저희 왕에게 가서 많은 꽃을 달라고 부탁드리려 했습니다." 사자는 말을 계속했다. "산속 신전에 다다랐을 때 큰 새가 와서 저를 왕에게 데려다 주겠다고 하고는 공중을 날아 이곳으로 데려왔습니다. 아, 폐하, 그곳은 미지의 신을 모시는 신전이었고, 새는 그 지붕에 앉아 있었습니다. 돌 제단 위에는 아주 이상한 신의 상징물이 얹혀 있더군요. 심장이었는데, 그것을 맹금이 쪼아 먹고 있었습니다. 그날 밤 저는 그 새와 이야기를 나누었지요. 이제야 그 말뜻을 이해할 것 같습니다. 새는 제가 알고 있는 것보다 훨씬 더 큰 고통과 나쁜 일이 많다고 했지요. 그런데 넓은 들판을 지나 이곳으로 오는 동안 끝없는 고통과 불행의 현장을 제 눈으로 보았습니다. 아, 제가 들은 그 어떤 끔찍한 동화보다 훨씬 끔찍했지요. 그래서 폐하에게 오게 되었습니다. 오, 왕이시여, 혹시 제가 도와드릴 일이 없는지 여쭤보고 싶습니다."

주의 깊게 귀 기울이던 왕은 미소를 지으려 했다. 그러나 소년의 아름다운 얼굴이 너무 심각했던지라 왕은 가슴이 쓰릴 정도로 너무 슬퍼져 그럴 수가 없었다.

"고맙구나. 넌 나를 도와주었단다. 넌 내 어머니를 생각나게 해주었어. 고맙구나." 왕이 말했다.

소년은 왕이 미소 지을 수 없다는 사실에 슬퍼졌다.

"몹시 슬퍼 보이시는데, 이 전쟁 때문인가요?" 소년이 왕에게 말했다.

"그렇단다." 왕이 대답했다.

왕은 깊은 상심에 젖어 있었지만 고결한 기품을 잃지 않았다. 소년은 예의에 어긋나지만 질문을 하지 않을 수 없었다.

"부디 말씀해 주세요. 이 별에서 왜 이런 전쟁이 일어났나요? 대체 누구의 책임인가요? 폐하의 책임인가요?"

왕은 오랫동안 사자를 바라보았다. 그는 소년의 당돌한 질문에 기분이 언짢아진 것 같았다. 그렇지만 자신의 어두운 시선으로는 밝고 순진한 이국 소년의 시선을 오래 들여다볼 수 없었다.

"너는 어린아이다." 왕은 말했다. "네가 이해할 수 없는 일일 것이다. 전쟁은 누구의 책임도 아니다. 그건 폭풍이나 번개처럼 저절로 찾아오니까. 그것에 맞서 싸워야 하는 우리는 모두 전쟁의 주모자가 아니라 그 희생자일 뿐이야."

"그럼 여기 사람들은 어째서 그리 쉽게 죽나요?" 소년이 물었다. "저희 고향에서는 죽음을 그다지 두려워하지 않거든요. 대부분의 사람들은 기꺼이 죽음의 길을 가고, 많은 사람들이 즐거이 변신의 길로 접어듭니다. 그렇지만 감히 다른 사람을 죽이지는 않아요. 그런데 이 별에서는 그렇지 않은 것 같아요."

왕은 머리를 가로저었다. "사실 우리나라에서 살인은 드문 일이 아니란다. 그렇지만 가장 중대한 범죄이기는 하지. 하지만 전시에만은 허용된단다. 전시에는 자신의 이익이나 미움, 질투 때문이 아니라 공동체에서 요구하기 때문이란다. 하지만 사람들이 쉽게 죽는다고 생각하면 오해야. 죽은 자의 얼굴을 들여다보면 알 수 있지. 그들은 힘들게 죽는 거야. 힘들게, 마지못해 죽는 거라고."

소년은 이 모든 말에 귀 기울이며, 이 별의 사람들이 슬프고 힘들게 살아가는 것 같아 놀랐다. 그는 더 많은 질문을 하고 싶었다. 하지만 어둡고 끔찍한 이 모든 일이 왜 일어나는지 자신은 결코 이해할 수 없으리란 사실을 분명히 느끼고 있었다. 아니, 그것을 이해하고 싶은 생각도 들지 않았다. 이 불쌍한 사람들은 저급한 질서에 매여 있거나 밝은 신들을 갖지 못하고 악령에 지배되고 있었다. 또한 이 별에서 사람들은 자신의 불운이나 잘못, 과오에 좌우되고 있었다. 왕에게 계속 캐묻는 것도 쓰라리고 굴욕적이기만 한 대답과 고백을 강요하는 듯하여 곤혹스럽고 잔인하게 여겨졌다. 여기 사람들은 죽음에 대한 막연한 공포 속에 살면서도 서로를 대량으로 죽이고, 농부처럼 거칠고 품위 없는 얼굴을 지녔거나 왕처럼 심각하고 끔찍한 슬픔의 얼굴을 지니고 있었다. 이들은 그의 마음을 아프게 했다. 그런 한편 이상하고 우스꽝스럽게 여겨졌다. 슬프고도 수치스러운 방식으로 우스꽝스럽고 어리석게 느껴졌다.

그럼에도 그는 한 가지 질문은 억누를 수 없었다. 이 가련한 존재들이 이곳에 남겨진 자들이고, 어느 평화롭지 않은 별에서 뒤늦게 도착한 자식과 아들들이라 해도, 이 사람들의 삶이 심하게 경련하듯 흘러가고 절망적인 살인으로 끝난다 해도, 그들의 시체가 들판에 방치되어 짐승이나 새에게 뜯어 먹힌다 해도(끔찍한 옛날 동화에 그런 이야기가 나온다), 그래도 그들의 내면에는 미래의 예감, 신들에 대한 꿈, 영혼의 싹 같은 무언가가 존재할 것이 분명했다. 그렇지 않다면 이 추한 세계는 하나의 오류일 뿐 아무런 의미가 없을지도 모른다.

"용서하십시오, 왕이시여." 소년은 아부하는 듯한 목소리로 말했다. "제가 이 이상한 나라를 떠나기 전에 한 가지 더 여쭙는 것을 용서해 주십시오."

"물어보거라!"

왕은 다른 별에서 온 소년에게 묘한 호기심을 느꼈다. 소년은 여러 가지 면에서 섬세하고 성숙하며 대단히 폭넓은 정신의 소유자처럼 생각되기도 했고, 한편으로는 아직 돌보아 줘야 하고 전혀 진지하게 대할 필요가 없는 작은 어린애처럼 생각되기도 했다.

"낯선 나라의 왕이시여." 소년이 말을 이었다. "폐하는 저를 슬프게 하셨습니다. 보시다시피 저는 다른 나라에서 왔습니다. 그런데 신전 지붕 위에 앉아 있던 큰 새의 말이 옳았어요. 여기 폐하의 나라는 제가 생각할 수 있는 것보다 훨씬 더 비참합니다. 이곳에서의 삶은 악몽처럼 생각됩니다. 이곳을 신들이 다스리는지, 악령이 다스리는지 알 수가 없습니다. 왕이시여, 제 나라에는 전설 하나가 있습니다. 전에는 그것을 쓸데없는 이야기나 덧없는 연기처럼 여겼습니다. 한때는 우리나라도 전쟁과 살인, 절망과 같은 단어들이 있었다는 전설입니다. 제 나라 언어에서 이미 오래전에 없어진 그런 소름 끼치는 단어들을 저는 옛날이야기 책에서나 읽을 수 있습니다. 그래서 소름이 끼치는 한편 약간 우스꽝스럽게 들리기도 했지요. 오늘 저는 그 모든 것이 현실임을 배웠습니다. 제가 옛날의 끔찍한 전설에서나 알았던 것을 폐하와 폐하의 백성들이 행하고 견뎌 내는 모습을 보았습니다. 하지만 말씀해 주십시오. 이곳 사람들도 자신들이 옳지 않은 일을 하고 있다는 걸 영혼으로는 알고 있지 않습니까? 밝고 명랑한 신들, 분별 있고 즐거운 영도자나 지도자를 그리워하고 있지 않습니까? 인간으로서 원하지 않는 일은 하지 않아도 되는 삶, 이성과 질서가 지배하는 삶, 명랑하고 아끼는 마음으로 서로를 대하는, 그런 다르고 좀 더 아름다운 생활을 꿈속에서라도, 한 번이라도 본 적이 없습니까? 세계가 하나의 전체라는 생각, 그 전체를 생각하면서 숭배하고, 사랑하면서 전체에 봉사하는 것이야말로 행복이고 구원이라는 생각을 한 번도 해보신 적이 없습니까? 우리나라에서 음악, 예배, 축복이라고 부르는 것을 전혀 모르십니까?"

왕은 이 말을 들으며 고개를 떨구었다. 다시 고개를 들었을 때, 그의 얼굴은 변해 있었다. 눈에는 눈물이 글썽였지만, 입가에는 희미한 미소가 빛나고 있었다.

"아름다운 소년아." 왕은 입을 열었다. "네가 아이인지 현자인지, 아니면 혹시 신인지는 잘 모르겠다. 하지만 우리는 네가 말한 그 모든 것을 알고 있고, 영혼에 간직하고 있다고 대답할 수 있다. 우리도 행복이나 자유, 신을 알고 있다. 우리에게도 현자에 관한 옛 전설이 있단다. 그는 세계의 합일을 우주의 조화로운 화음으로 파악했다지. 이 대답으로 만족하겠느냐? 혹시 네가 저 세상에서 온 축복받은 자일지도 모르겠구나. 어쩌면 신 자신일지도 모르지. 그렇지만 네 마음속에는 행복이나 힘, 의지가 들어 있지 않구나. 우리 마음속에도 그런 것에 대한 생각이나 회상, 희미한 그림자조차 들어 있지 않았단다."

갑자기 왕이 벌떡 일어났다. 소년은 깜짝 놀랐다. 순간 왕의 얼굴에 아침 햇살처럼 그늘 없는 밝은 미소가 떠올랐기 때문이다.

"이제 가거라." 왕은 사자에게 소리쳤다. "가거라, 그리고 우리가 전쟁을 하고, 살인하는 것을 내버려 둬라! 너는 내 마음을 부드럽게 하고, 내 어머니를 생각나게 해주었다. 됐다, 그것으로 충분하다, 사랑스럽고 귀여운 소년아. 이제 가거라. 다시 전투가 시작되기 전에 도망가거라! 피가 흐르고 도시들이 불타면 너를 생각하마. 세계가 하나의 전체라는 것, 우리의 어리석음이나 분노, 야만성도 우리를 그것에서 떼어놓을 수 없다는 것을 기억하마. 잘 가라. 너의 별에 내 안부를 전하고, 새가 파먹고 있는 심장을 상징으로 한 그 신에게도 안부를 전해 다오! 나는 그 심장과 새를 잘 알고 있지. 먼 곳에서 온 귀여운 친구여, 명심해 다오. 네가 너의 친구, 전쟁 중인 이 가엾은 왕을 생각할 때는 침상에 앉아 슬픔에 잠겨 있는 모습이 아니라, 눈에 눈물을 글썽이며 두 손을 피로 물들인 채 미소 짓던 왕으로 생각해 다오!"

왕은 시종을 깨우지 않고 손수 천막을 들춰 이방인을 밖으로 나가게 했다. 소년은 새로운 생각에 잠겨 평원을 가로지르며 되돌아갔다. 지평선 너머 저녁노을 속에서 큰 도시 하나가 화염에 휩싸여 있었다. 그는 쓰러져 있는 사람과 말의 시체를 넘어 앞으로 나아갔다. 어두워질 무렵 소년은 숲의 가장자리에 이르렀다.

어느새 커다란 새가 구름 사이에서 내려와 그를 날개에 태웠다. 그들은 부엉이처럼 부드럽고 소리 없이 어둠을 뚫고 날아갔다.

불안한 잠에서 깨어났을 때 소년은 산속의 작은 신전에 누워 있었다. 신전 앞 이슬에 젖은 풀밭에서 말이 아침 햇살을 향해 히힝거리고 있었다. 하지만 소년은 큰 새에 대해서, 다른 별로 여행을 다녀온 사실에 대해서, 왕과 전쟁터에 대해서 더 이상 아무 것도 알지 못했다. 그것은 단지 그의 영혼 속에 그림자로 남아 있을 뿐이었다. 그것은 어찌할 바 모르는 연민이 안겨 주는 고통처럼, 가느다란 가시가 박힌 것처럼 숨겨진 조그만 고통이었고, 꿈속에서 우리를 괴롭히는, 채워지지 않은 조그만 소망이었다. 그러다가 마침내 소망과 마주쳐 사랑을 보이고 기쁨을 나누며 그 미소를 보는 것이 우리의 은밀한 갈망이었다.

사자는 말에 올라 하루 종일 달려서 수도의 왕에게 갔다. 그는 올바른 사자임을 인정받았다. 왕은 그의 이마를 어루만지고 자비롭게 맞아 주며 이렇게 외쳤다.

"네 눈이 내 가슴에 말하는구나. 내 가슴은 승낙을 했다. 너의 청은 내가 듣기도 전에 이루어졌다."

소년은 즉시 온 나라의 모든 꽃을 필요한 만큼 가져가도 좋다는 왕의 허가를 받았다. 수행원과 사자들이 같이 따라갔고, 마차와 말들이 합류했다. 그는 산을 돌아서 며칠 후 평탄한 국도를 지나 마을로 돌아왔다. 그는 마차와 수레, 광주리, 말과 노새를 함께 끌고 왔다. 거기에는 북쪽 지방의 정원과 온실에서 나는 가장 아름다운 꽃들이 가득 실려 있었다. 풍습에 따라 죽은 사람의 몸을 화환으로 장식하고, 묘지를 풍성하게 꾸미기에 충분한 양이었다. 또한 묘지마다 기념으로 꽃 한 그루, 관목 한 그루, 어린 과일나무 한 그루를 심기에도 부족함이 없었다. 친구와 사랑하는 말 때문에 겪던 고통도 소년에게서 사라졌다. 그도 자신의 죽은 친구와 말을 꽃으로 장식하고 묻었으며, 그 무덤에 꽃 두 그루, 관목 두 그루, 과일나무 두 그루를 심은 뒤 조용히 흐뭇한 추억에 잠겼다.

모든 일을 흡족하게 처리하고 의무를 이행하고 난 그날 밤, 소년의 영혼에 다른 별로 여행했던 기억이 되살아나기 시작했다.

그는 가까운 지인들에게 하루 정도 혼자 있게 해달라고 부탁하고는, 기념으로 심은 나무 밑에 하루 낮과 하룻밤을 꼬박 앉아 있었다. 낯선 별에서 보았던 영상들이 말끔하고 온전하게 그의 기억 속에 펼쳐졌다.

어느 날 그는 장로를 찾아가서 은밀히 대화를 나눌 것을 청하고 모든 것을 이야기했다.

그의 이야기를 귀 기울여 들은 장로는 잠시 생각에 잠겼다가 물었다.

"애야, 그 모든 것을 네 눈으로 직접 보았니, 아니면 꿈이었니?"

"모르겠어요." 소년이 말했다. "꿈이었을지도 몰라요. 이렇게 말해도 된다면, 그건 저에겐 아무런 차이가 없는 것 같아요. 그 일을 제 오감으로, 실제로 느꼈으니까요. 그것은 제 마음속에 슬픔의 그림자로 남아 있습니다. 삶의 행복 속에 그 별에서 불어온 서늘한 바람이 끼어들고 있어요. 어쩌면 좋을까요, 존경하는 장로님."

"내일 다시 한 번 산속으로 가보아라." 장로가 말했다. "신전을 발견했던 장소로 말이다. 그 신의 상징물은 아무래도 이상하구나. 이제껏 그런 상징은 들어 본 적이 없거든. 혹시 다른 별의 신일지도 모르지. 아니면 그 신전과 신이 너무 오래되어서 그럴 수도 있지. 그 신전이 아득히 먼 옛날, 우리 조상들에게 아직 무기와 공포, 죽음에 대한 불안이 존재하던 시절에 만들어졌을지도 모르지. 신전으로 가보거라, 애야. 그리고 그곳에 꽃과 벌꿀과 노래를 바치도록 해라."

소년은 감사의 말을 하고 장로의 충고에 따랐다. 그는 좋은 꿀
이 담긴 그릇을 가져갔다. 초여름 첫 꿀벌 축제 때 귀빈에게 대접
하는 꿀이었다. 그리고 칠현금도 가져갔다. 그는 산속에서 일전에
푸른 초롱꽃을 꺾은 장소를 다시 발견했고, 산 위로 이어지는 험
준한 바윗길도 찾아냈다. 며칠 전에 말에서 내려 걸어갔던 곳이
었다. 그러나 신전이 있던 자리, 신전 건물, 검은 바위 제단, 나무
기둥, 지붕 위에 앉았던 큰 새는 다시 찾을 수 없었다. 그날도, 그
다음 날도 찾아낼 수 없었다. 그가 설명하는 신전에 대해 아는
사람도 아무도 없었다.

그래서 그는 다시 고향으로 돌아왔다. 그리고 사랑스러운 추억
이 담긴 성전을 지나갈 때, 그는 안으로 들어가 꿀을 바치고 칠현
금에 맞춰 노래를 불렀다. 그는 사랑스러운 추억이 담긴 신에게
그의 꿈, 신전과 새, 가엾은 농부와 전쟁터의 시체, 특히 전쟁터
막사 안의 왕을 보살펴 달라고 부탁했다. 그런 다음 그는 홀가분
한 마음으로 집으로 돌아갔다. 침실에 세계의 합일에 대한 상징
물을 걸어 놓고, 곤히 잠에 빠져들어 이 며칠 동안의 일로 피로
에 지친 몸을 푹 쉬게 했다.

이튿날 아침 그는 이웃들을 돕기 시작했다. 그들은 정원과 밭
에서 노래를 부르며 지진의 마지막 흔적들을 지우기 위해 애쓰
고 있었다.

(1915)

팔둠

대목장

팔둠이라는 도시로 향하는 길은 숲이 많은 구릉지를 가로질러 아득히 뻗어 있었다. 때로는 숲이나 넓고 푸른 목초지를 지나기도 하고, 때로는 밀밭을 지나기도 했다. 도시에 가까워질수록 길가에는 농가와 농장, 정원이나 별장이 더욱 자주 나타났다. 바다는 멀리 떨어져 있어 보이지 않았다. 세상은 작은 구릉이나 조그맣고 아름다운 골짜기, 목초지나 숲, 밭과 과수원으로만 이루어져 있는 것 같았다. 그곳은 과일과 목재, 우유와 고기, 사과와 호도가 많이 나는 지역이었다. 마을들은 매우 아름답고 깨끗했으며, 사람들은 대체로 성실하고 부지런했고, 위험하거나 자극적인 일을 좋아하지 않았다. 이웃 사람들이 자기보다 더 잘 살지 않으면 다들 그런대로 만족하는 편이었다. 팔둠이라는 나라는 그런 곳이었다. 특별한 일이 일어나지 않는 한 세상 여느 나라와 비슷한 곳이었다.

팔둠 시(도시 이름이 나라 이름과 같았다)로 통하는 아름다운 길은 이날 아침 첫닭이 울기 시작하고부터 지나가는 사람과 마차들로 활기를 띠었다. 1년에 단 한 번 볼 수 있는 광경이었다. 도시에서 대목장이 서는 날이었기 때문이다. 주위 이십 마일 이내에 있는 사람이라면 농부든 농부 아내든, 장인이든 직공이든 견습공이든, 하인이든 하녀든, 소년이든 소녀든, 모두 몇 주일 전부터 대목장이 서는 것을 생각하고, 대목장에 가는 꿈을 꾸었다. 물론 누구나 다 갈 수 있는 것은 아니었다. 가축이나 어린아이, 환자나 노인을 돌봐야 하는 사람들도 있었다. 집과 농장을 지키기 위해 집에 남아 있어야 하는 신세가 된 사람들은 마치 자기 인생에서 1년을 잃어버린 듯이 생각했다. 그런 사람들은 이른 새벽부터 늦여름 푸른 하늘에 따뜻하고 화려하게 떠 있는 아름다운 태양을 유감스럽게 생각했다.

아낙네와 하녀들이 작은 광주리를 팔에 끼고 지나갔다. 젊은 이들은 수염을 말끔히 깎은 모습이었다. 다들 나들이옷 차림에, 제각기 패랭이꽃이나 과꽃을 단춧구멍에 꽂고 있었다. 아직 촉촉이 젖어 있는 여학생들의 정성스레 땋아 내린 머리카락이 윤기를 내며 햇빛에 반짝였다. 마차를 모는 사람은 채찍 자루에 꽃

이나 빨간 리본을 달고 있었다. 형편이 되는 사람들은 말에 가죽
덮개를 씌우고, 말 무릎까지 내려오는 황동 장식패를 늘어뜨렸
다. 마차들이 지나갔다. 마차에는 짐을 싣는 구조물이 있었고, 둥
글게 휜 너도밤나무 가지로 지붕을 올렸다. 마차 안에는 무릎에
광주리나 아이들을 올려놓은 사람들이 빽빽이 앉아 있었다. 사
람들 대부분이 큰 소리로 합창을 했다. 그 사이에 빨강, 파랑, 하
얀색 종이꽃과 깃발로 녹색의 너도밤나무 잎을 장식한 마차가
가끔 지나가기도 했다. 마차에서는 요란한 민속 음악이 흘러나왔
다. 반쯤 그늘이 진 나뭇가지들 사이로 근사한 금빛 호른이나 트
럼펫이 은은하게 번쩍였다.

해가 뜰 때부터 걸어온 아이들은 울기 시작하고, 어머니들은
땀을 뻘뻘 흘리며 아이를 달랬다. 하지만 더러 마음씨 좋은 마부
를 만나 마차를 타고 온 아이들도 있었다. 어느 나이 든 부인은
쌍둥이를 태운 유모차를 밀고 있었다. 두 아이는 잠들어 있었다.
잠든 아이들의 머리 사이에는 둥근 얼굴과 붉은 뺨에 아름다운
옷을 입고 머리를 곱게 빗은 인형 두 개가 놓여 있었다.

오늘 대목장에 가지 못하지만 길가에 사는 사람들은 즐거운
아침을 맞이하고, 줄곧 두 눈에 넘치도록 구경거리를 볼 수 있
었다. 하지만 이들처럼 대목장에 가지 못하는 사람은 얼마 없었
다. 어느 집 정원 계단에 열 살쯤 되어 보이는 소년이 앉아 울고
있었다. 할머니와 함께 단 둘이 집에 남아 있어야 했기 때문이다.
그러나 아이는 한동안 그렇게 앉아 울다가 마침 마을 아이들 몇

이 달려가는 것을 보고서는 단숨에 거리로 뛰어나가 그 사이에 끼어들었다.

그곳에서 멀지 않은 곳에 나이 많은 총각이 한 사람 살고 있었다. 그는 돈을 쓰는 게 아까워 대목장 같은 데는 아무 관심이 없었다. 모두들 일을 쉬는 오늘 같은 날, 그는 혼자 조용히 뜰의 높이 자란 산사나무 울타리를 다듬으려 마음먹고 있었다. 아침 이슬이 약간 걷히자 그는 큰 가위를 들고 쾌활하게 일에 착수했다. 그러나 겨우 한 시간밖에 지나지 않았는데 일을 집어치우고 화를 내며 집 안으로 들어가 버렸다. 걸어가거나 마차를 타고 지나가는 젊은이들이 모두 울타리를 손질하고 있는 그를 이상한 눈으로 쳐다보거나 그의 때아닌 부지런함을 비웃었기 때문이다. 게다가 처녀들도 웃어 댔다. 그가 크게 화를 내며 긴 가위를 휘두르면 다들 모자를 흔들었고, 웃으면서 그에게 손짓을 했다. 이제 그는 덧문을 닫고 실내에 앉아 있었지만, 부러운 듯 문틈으로 바깥을 내다봤다. 시간이 지남에 따라 그의 분노도 차츰 누그러졌다. 대목장으로 가는 마지막 사람들이 드문드문, 마치 축복을 놓칠세라 급히 달려가는 것을 보고, 그도 장화를 신고 주머니에 일 탈러를 집어넣었다. 지팡이를 들고 밖으로 나서려는데, 문득 일 탈러가 큰 돈이라는 생각이 들었다. 그래서 다시 돈을 꺼낸 다음 반 탈러를 가죽 지갑에 넣고 끈으로 동여맸다. 그런 다음 지갑을 가방에 넣고 집과 정원의 문을 잠근 뒤 도시에 도착할 때까지 사람들, 심지어 두 대의 마차까지 따라잡을 만큼 급히 내달렸다.

그가 떠나자 집과 뜰이 텅 비었다. 거리의 먼지도 차츰 가라앉기 시작했다. 말발굽 소리나 취주악 소리도 점차 잦아들다 사라졌다. 참새들이 곡식을 베고 난 뒤의 들판에서 날아와 하얀 먼지를 뒤집어쓴 채 떠들썩한 소란 뒤에 남은 것을 바라보았다. 길은 이제 텅 비어 고요하고 뜨거웠다. 때때로 아주 먼 곳에서 환성과 호른 취주악 같은 소리가 바람에 실려 들릴 듯 말 듯 약하게 들려왔다.

그때 챙이 넓은 모자를 눈 위까지 깊숙이 눌러쓴 남자 하나가 숲 속에서 나왔다. 그는 황량해진 길을 서두르는 기색 없이 홀로 걸어갔다. 그는 키가 컸고, 걸어서 여행을 많이 해본 나그네 특유의 확고하고도 안정된 걸음걸이를 했다. 눈에 잘 띄지 않는 회색 옷차림으로, 모자 그늘 아래 눈빛이 세심하고 고요했다. 세상에 대해 더는 아무것도 바라는 게 없지만, 무엇 하나 빠뜨리지 않고 모든 일을 주의 깊게 관찰하는 사람의 눈빛이었다. 그는 모든 것을 살펴보았다. 무수히 뒤엉킨 마차 자국, 왼쪽 뒷굽을 질질 끌고 간 말발굽 자국, 저 멀리 희미하게 빛나는, 뽀얀 먼지를 뒤집어쓴 채 언덕 위에 조그맣게 솟아 있는 팔둠 시의 지붕들을 보았다. 어느 집 뜰에서 키 작은 여인 하나가 무슨 문제가 있는 듯 근심에 잠겨 헤매는 것을 보았다. 그녀는 누군가를 부르고 다녔지만 아무 대답을 듣지 못했다. 그는 길가에 조그만 금속 조각이 빛나는 것을 보고 몸을 굽혀 번쩍거리는 황동 장식패를 집어 들었다.

말의 멍에에서 떨어진 것이었다. 그는 그것을 슬쩍 주머니에 집어넣었다. 그러고는 길가의 오래된 산사나무 울타리를 보았다. 그것은 몇 걸음 정도 지나갈 때까지만 갓 다듬어져 있었다. 처음에는 꼼꼼하고 깔끔하며 흥겹게 일을 한 것 같았지만, 조금씩 거칠어졌다. 어떤 곳은 너무 깊이 잘려 있었고, 또 어떤 곳은 자르는 것을 잊었는지 가지가 뻣뻣하게 가시처럼 솟아 있었다. 남자는 계속 걸어가다 떨어진 인형 하나를 발견했다. 인형의 머리 위로 마차 바퀴가 지나간 게 분명했다. 녹은 버터가 아직 번쩍거리는 검은 호밀 빵 한 조각도 발견했다. 마지막으로 반 탈러가 든 튼튼한 가죽 지갑도 하나 발견했다. 인형은 길가의 방충석防衝石에 기대 놓고, 빵 조각은 잘게 부수어 참새들의 먹이로 주었으며, 반 탈러가 든 지갑은 주머니에 집어넣었다.

인적이 없는 길은 이루 말할 수 없이 고요했다. 길 양쪽 비탈진 곳에 잔디가 먼지를 잔뜩 뒤집어쓴 채 햇볕에 타고 있었다. 바로 옆 농가의 뜰에서는 닭들이 돌아다니고 있었다. 주변에 사람이 보이지 않아서인지 닭들은 따뜻한 양지에서 꿈꾸듯 꼬꼬댁거렸다. 푸르스름한 양배추 밭에서는 노파가 허리를 굽히고 마른 땅에서 잡초를 뽑고 있었다. 나그네는 도시까지 가려면 얼마나 남았는지 큰 소리로 물었다. 그러나 노파는 귀가 먹은 모양이었다. 그가 더 크게 외치자, 어찌 할 바를 몰라 그를 바라보며 백발의 머리를 흔들 뿐이었다.

계속 걸어가다 보니 도시 쪽에서 커졌다 잦아들었다 하는 음악 소리가 이따금씩 들려왔다. 그 소리는 점점 자주, 길게 들리다가 마침내 멀리 떨어진 폭포에서 나는 소리처럼 줄곧 울려왔다. 음악 소리에 섞여 사람들이 즐겁게 어울리는 듯한 떠드는 소리가 들려왔다. 이제 길 옆에는 넓은 시냇물이 조용히 흐르고 있었다. 물 위에는 오리들이 떠다녔고, 푸른 수면 아래에는 녹갈색 수초가 일렁이고 있었다. 오르막길이 시작되자 시냇물은 옆으로 구부러져 흘렀고, 그 위에 돌다리가 걸쳐 있었다. 돌다리의 나지막한 벽면에는 재단사 같은 마른 남자가 앉아 머리를 늘어뜨리고 잠들어 있었다. 모자는 먼지 속에 떨어져 있었다. 옆에는 우스꽝스럽게 생긴 작은 개 한 마리가 앉아 주인을 지키고 있었다. 낯선 사나이는 잠들어 있는 사내를 깨우려고 했다. 자다가 다리 너머로 떨어질 것 같았기 때문이다. 그렇지만 밑을 내려다보니 다리는 그다지 높지 않았고 물도 얕아 보였다. 그래서 재단사를 앉아서 자도록 내버려 두었다.

좁고 가파른 산길을 지나니 팔둠 시의 성문이 나타났다. 성문은 활짝 열려 있었고, 사람 하나 보이지 않았다. 남자는 성문을 지났다. 포석이 깔린 작은 길에 남자의 발소리가 크게 울려 퍼졌다. 집들을 따라 길 양쪽에 텅 빈 마차와 덮개를 씌운 마차들이 늘어서 있었다. 다른 거리에선 떠들썩한 소음이 들려왔으나, 이곳에선 아무도 보이지 않았다. 이 좁은 거리는 완전히 그늘에 덮여 있었고, 높은 창들만이 금빛 햇살을 반사하고 있었다. 나그네는 양쪽에 사다리 모양의 틀이 달린 마차의 채 위에 앉아 잠시 휴식을 취했다. 떠나가면서 그는 아까 도시 바깥에서 주웠던 말의 황동 장식패를 마부석에 올려놓았다.

미처 다음 거리에 이르기도 전에 주변에서 떠들썩한 소리와 장터의 소음이 울려왔다. 수많은 노점에서 장사꾼들이 큰 소리로 외치며 물건을 팔고 있었다. 아이들은 은도금을 한 트럼펫을 불어 댔고, 정육점 주인은 물이 끓고 있는 커다란 솥에서 신선한 소시지 다발을 끄집어냈다. 돌팔이 의사는 연단 위에 높이 서서 두꺼운 뿔테 안경 너머로 열심히 눈을 굴렸다. 그는 인간의 모든 질병과 결함을 보여 주는 도표를 걸어 놓고 있었다. 그의 곁으로 길고 검은 머리카락을 지닌 사람이 밧줄에 매인 낙타를 끌고 지나갔다. 짐승은 기다란 목을 내밀고 거만스레 군중을 내려다보면서 갈라진 입술을 이리저리 우물거렸다.

숲에서 나온 남자는 이 모든 광경을 주의 깊게 지켜보았다. 사람들에게 떠밀리면서 그림이 인쇄된 전지全紙를 파는 사내의 진열대를 들여다보기도 하고, 설탕을 뿌린 레브쿠헨*에 쓰인 속담이나 격언을 읽기도 했다. 그렇지만 그는 자신이 찾고 있는 것을 아직 발견하지 못한 듯 어느 곳에서도 발길을 멈추지 않았다. 이렇게 느릿느릿 앞으로 나아가다 커다란 중앙 광장에 이르렀다. 광장 한쪽 구석에서는 새 장수 한 명이 자리를 잡고 있었다. 그는 수많은 조그만 새장에서 나오는 새소리에 잠시 귀를 기울였

＊ 당밀이나 꿀과 여러 향료로 만든 생과자.

다. 그 소리에 응답을 해주기도 하고, 홍방울새, 메추라기, 카나리아, 종달새에게 나지막이 휘파람을 불어 주기도 했다.

갑자기 가까이에서 무언가가 환하게 번쩍였다. 마치 햇빛이 이 한 점으로 모조리 집중되기라도 하는 듯 눈이 부셨다. 가까이 다가가 보니 한 노점에 걸린 커다란 거울이었다. 그 옆에는 다른 거울이 수없이 걸려 있었다. 큰 것, 작은 것, 네모난 것, 둥근 것, 타원형, 걸어 놓는 거울, 세워 놓는 거울도 있었다. 자기의 얼굴을 잊지 않기 위해 지니고 다닐 수 있는 손거울과 작고 얇은 휴대용 거울도 있었다. 장사꾼은 일어서서 손거울에 햇빛을 담아 번쩍거리는 반사광을 노점 위에서 춤추게 하면서 지칠 줄 모르고 외쳐댔다.

"거울입니다, 여러분, 거울이라면 여기서 사세요! 팔둠에서 가장 좋고 값싼 거울입니다! 거울입니다, 숙녀 여러분, 근사한 거울입니다! 한번 들여다보세요, 모두 가장 좋은 진짜 수정으로 만든 거울입니다!"

낯선 남자는 자신이 찾던 것을 발견한 사람처럼 거울을 파는 노점 앞에 멈춰 섰다. 거울을 구경하는 사람들 중에는 시골 처녀 셋이 있었다. 그는 곁으로 다가가서 처녀들을 유심히 지켜보았다. 아름답지도, 못생기지도 않은 발랄하고 건강한 시골 처녀들이었다. 튼튼한 밑창이 달린 구두에 흰 양말을 신고 있었다. 땋아 내린 금발은 햇빛에 약간 바랬고, 젊은 눈엔 호기심이 가득 담겨 있었다. 세 사람은 제각기 거울을 하나씩 들고 있었는데, 크거나

비싼 물건은 아니었다. 그들은 살까 말까 망설이면서 선택의 기쁨과 고통을 맛보고 있었다. 넋을 잃고 꿈꾸는 듯 번쩍이는 거울 속을 들여다보며 입과 눈, 목에 건 작은 목걸이, 코 위의 주근깨, 반들거리는 정수리, 장밋빛 귀를 살펴보았다. 그녀들은 조용하고 진지했다. 낯선 남자는 처녀들 뒤에 서서 세 개의 거울에 비치는 그녀들의 모습을 바라보며 눈을 크게 뜨고 엄숙한 표정을 지었다.

"아, 내 머리가 붉은 금빛이고, 무릎에 닿을 만큼 길었으면 얼마나 좋을까!" 그는 첫 번째 처녀가 말하는 것을 들었다.

두 번째 처녀는 친구의 소원을 듣자 나직이 한숨을 쉬고는 더 열심히 거울을 들여다보았다. 그러고는 얼굴을 붉히고 마음속으로 꿈꾸어 왔던 소원을 수줍게 고백했다.

"나는 가질 수만 있다면 제일 아름다운 손을 가지고 싶어. 길고 가는 손가락에 장밋빛 손톱을 지닌 아주 희고 부드러운 손 말이야."

그러면서 타원형의 거울을 든 자신의 손을 바라보았다. 보기 흉하진 않았지만, 약간 짧고 넓적했으며, 일을 해서 거칠고 딱딱해진 손이었다.

세 사람 중에서 가장 작고 즐거워 보이는 세 번째 처녀가 그 말을 듣고 웃으면서 재미있다는 듯이 외쳤다.

"그것도 나쁘지 않지, 하지만 손 같은 건 아무 문제도 아냐. 나는 오늘부터 팔둠 전체에서 춤을 제일 잘 추는 사람이 되었으면 좋겠어."

그때 그녀가 갑자기 깜짝 놀라 뒤를 돌아보았다. 거울 속 자기 얼굴 뒤에서 검고 번쩍이는 눈을 가진 낯선 남자의 얼굴이 보였기 때문이었다. 세 처녀는 그때까지 남자의 존재를 전혀 눈치채지 못하고 있었다. 그가 처녀들에게 고개를 끄덕이며 말을 걸었고, 처녀들은 이제 의아해하며 그의 얼굴을 들여다보았다.

"아가씨들은 방금 세 가지의 아름다운 소원을 말했지요. 정말 진지하게 그걸 바라나요?"

키 작은 처녀는 거울을 옆으로 치우고 두 손을 등 뒤로 감추었다. 그녀는 남자에게 자기를 놀라게 한 데 대한 보복을 할 생각으로, 따끔하게 쏘아 줄 말을 궁리하고 있었다. 그러나 남자의 얼굴을 본 순간 그 눈에서 강렬한 힘을 느끼고 당황했다.

"제 소원이 당신과 무슨 상관이 있다는 거죠?"

그녀는 겨우 그 말만 하고 얼굴이 빨개졌다.

그러나 아름다운 손을 원했던 처녀는 왠지 아버지 같고 품위 있는 키 큰 남자에게 신뢰가 갔다.

"네, 저희는 진심으로 그걸 바라요. 그보다 더 아름다운 소원이 있을까요?"

거울 장수가 가까이 다가왔고, 다른 사람들도 귀를 기울였다. 낯선 남자는 모자의 차양을 들어 올렸다. 그러자 밝고 훤한 이마와 강렬한 눈이 드러났다. 그는 이제 세 처녀에게 다정하게 고개를 끄덕이고는 미소 지으며 외쳤다.

"보세요, 여러분은 소원한 것을 이미 다 가지고 있답니다!"

처녀들은 서로의 얼굴을 쳐다보다가 각자 재빨리 자신의 거울을 들여다보았다. 그러고는 모두들 놀라고 기쁜 나머지 얼굴이 새하얘졌다. 첫 번째 처녀는 무릎까지 내려오는 숱이 많은 금발의 고수머리를 가지고 있었다. 두 번째 처녀는 백옥같이 희고 가는 공주 같은 손에 거울을 들고 있었다. 세 번째 처녀는 갑자기 빨간 가죽 무도화를 신고, 노루처럼 날씬한 발목으로 서 있었다. 처녀들은 어찌된 영문인지 도무지 알 수 없었다. 하지만 고상한 손을 갖게 된 처녀는 너무 기쁜 나머지 와락 눈물을 터뜨리며, 친구의 어깨에 기대어 긴 금발 속에서 행복의 눈물을 흘렸다.

가게 주변은 곧 이 기적에 대한 이야기를 주고받느라 무척 시끄러워졌다. 이 모든 광경을 지켜본 젊은 직공은 눈을 동그랗게 뜨고 얼어붙은 듯이 서서 낯선 남자를 응시했다.

"당신도 뭔가 이루고 싶은 소원이 있소?"

낯선 남자가 느닷없이 그에게 물었다.

직공은 화들짝 놀라 몸을 움찔했다. 그는 완전히 당황해 어쩔 줄 몰라 하며 주변을 둘러보았다. 무엇을 말하면 좋을지 주위를 탐색해 보는 것이었다. 그때 한 정육점 앞에 굵고 붉은 소시지 다발이 걸려 있는 것이 보였다. 그는 그쪽을 가리키며 더듬거렸다.

"저런 소시지 다발이나 하나 있으면 좋겠어요."

그러자 어느새 그의 목에 소시지 다발이 걸렸다. 그것을 본 사람들은 모두 웃고 소리치기 시작하며, 남자에게 좀 더 가까이 다가가려고 야단했다. 각자 하나씩 소원을 말하려고 했고, 남자는 그렇게 해주겠다고 말했다. 한 사람은 자기 차례가 오자 이미 대담해져서 직물로 만든 새 나들이옷이 있으면 좋겠다고 했다. 그 말을 마치기 무섭게 그는 최고급 새 옷을 입고 있었다. 시장도 그보다 더 나은 옷을 입어 보지 못했을 것 같았다. 다음 차례로 한 시골 여인이 용기를 내서 거리낌 없이 십 탈러를 가지고 싶다고 했다. 그러자 곧장 주머니에서 은화들이 쩔렁거리는 소리가 났다.

이제 사람들은 매우 진지하게 기적이 일어나는 걸 지켜보았다. 소문은 곧장 장터를 넘어 온 도시로 퍼져 나갔다. 그러자 즉각 거울 가게 주위로 수많은 사람이 몰려들었다. 많은 사람들이 웃거나 농담 삼아 말했고, 어떤 사람들은 아무것도 믿지 않고 의심스러워했다. 그러나 대부분 소원을 말하려는 열기에 사로잡혀 눈을 번득이며 얼굴이 벌겋게 달아오른 채 뛰어왔다. 자신들이 퍼낼 차례가 되기도 전에 샘물이 마를까 봐 욕망과 근심으로 얼굴이 일그러져 있었다. 소년들은 케이크나 석궁, 개, 호도가 잔뜩 든 자루, 책이나 구슬을 원했다. 소녀들은 새 옷이나 리본, 장갑이나 양산을 받고 행복한 표정으로 돌아갔다. 할머니 곁에서 도망쳐 나와 멋진 구경거리와 대목장의 장관에 정신을 빼앗겼던 열 살짜리 소년은 밝은 목소리로 팔팔한 새끼 말이 필요한데, 검은색이어야 한다고 말했다. 그러자 곧장 소년의 뒤에서 검은 망아지 한 마리가 히힝 소리를 내며 그의 어깨에 친밀하게 머리를 비볐다.

그런 뒤에 나이 지긋한 노총각 하나가 손에 산책용 지팡이를 든 채 마법에 완전히 도취된 군중을 비집고 나왔다. 떨리는 걸음으로 앞으로 나선 그는 흥분한 나머지 말을 입 밖에 내기조차 힘들어했다.

"내, 내," 그는 더듬거리면서 말했다. "소, 소원은 이백……"

그러자 낯선 남자는 그를 찬찬히 뜯어보더니 주머니에서 가죽 지갑을 꺼내 흥분한 남자의 눈앞에 내밀었다.

"잠깐만요. 혹시 이 지갑을 잃어버리지 않았소? 반 탈러가 들어 있던데요."

"네, 제가 잃은 겁니다." 노총각은 외쳤다. "그건 제 것입니다."

"다시 돌려받고 싶소?"

"네, 네, 이리 주세요."

이렇게 해서 그는 지갑을 손에 넣었다. 하지만 그것으로 소원을 말한 셈이 되고 말았다. 그 사실을 깨닫자 화가 머리끝까지 치민 그는 들고 있던 지팡이로 남자를 내리쳤다. 그러나 지팡이는 남자에게 맞지 않고 거울만 한 개 깨뜨렸을 뿐이다. 쨍그랑 하고 거울이 깨지는 소리가 채 그치기도 전에 거울 장수는 돈을 요구했다. 노총각은 할 수 없이 거울 값을 물어야 했다.

이번에는 한 뚱뚱한 집주인이 나서서 자기 집 지붕을 새로 올릴 돈이 필요하다고 했다. 어느새 새로 올린 기와에다 희게 회칠한 굴뚝이 있는 새 집이 골목에서 그를 향해 빛나고 있었다. 모두들 다시 술렁거렸다. 소원의 강도는 더욱 높아졌다. 이내 한 남자가 부끄러워하지 않고 매우 겸손한 태도로 장터 옆에 5층 집이 한 채 있었으면 좋겠다고 말했다. 15분 후에 그는 벌써 자기 집 창가에 누워 대목장을 바라보고 있었다.

이제 대목장의 원래 모습은 사라지고 말았다. 샘에서 시작되는 개울처럼 남자가 사람들의 소원을 들어주며 서 있는 거울 가게 옆에서 대목장의 모든 활기가 뿜어져 나왔다. 소원이 이루어질 때마다 경탄의 환성, 부러움, 커다란 웃음소리가 뒤따랐다. 한 작은 소년은 굶주림에 모자 하나 가득 자두를 바랐을 뿐인데, 더 욕심 있는 옆 사람 때문에 모자가 은화로 가득 채워지게 되었다. 그 뒤 뚱뚱한 장사꾼의 아내가 묵직한 갑상선 종腫을 떼어 달라고 하자 커다란 환성과 갈채가 일어났다. 이때 분노와 악의가 어떤 일을 초래할 수 있는지 드러났다. 아내와 사이가 좋지 않은, 조금 전 아내와 다투었던 그녀의 남편이 부자가 되게 해달라고 말하는 대신 사라진 갑상선 종이 원래 자리에 붙게 해달라고 소원을 말하고 말았던 것이다. 그러나 이런 일이 생기자 사람들은 노약자와 병자를 잔뜩 데리고 왔다. 절름발이가 춤추기 시작하고, 장님이 축복받은 눈으로 햇빛을 향해 인사하자 군중은 새로운 흥분 속에 빠져들었다.

젊은이들은 진작부터 사방으로 뛰어다니며 이 놀라운 기적을 알렸다. 한 성실한 여자 요리사는 화덕 옆에 서서 주인집 식구를 위해 거위 한 마리를 굽다가 창밖에서 외치는 소리를 들었다. 유혹을 이기지 못하고 그녀는 대목장으로 뛰쳐나갔다. 평생을 부유하고 행복하게 살아가게 해달라고 소원하기 위해서였다. 그러나 군중을 헤치고 앞으로 나아갈수록 양심의 소리가 더욱 커져 갔다. 그래서 자기 차례가 왔을 때 그녀는 모든 것을 포기하고 자기가 다시 돌아갈 때까지 거위가 눌어붙지 않게만 해달라고 간절히 빌었다.

소동은 끝날 줄 몰랐다. 보모들은 아기를 팔에 안은 채 집에서 뛰쳐나왔고, 병상에 누워 있던 사람들은 급한 나머지 속옷 바람으로 거리로 달려 나왔다. 어느 작은 부인은 완전히 당황하고 절망해서 시골에서 먼 길을 걸어왔다. 소망을 말하라고 하자 그녀는 흐느끼며 잃어버린 손자를 무사히 되찾고 싶다고 했다. 그러자 보라, 지체 없이 그 소년이 작고 검은 말을 타고 달려오더니 웃으면서 할머니 팔에 안기는 것이었다.

마침내 온 도시 사람이 한데 모여 열광의 도가니에 빠졌다. 소원이 이루어진 연인들은 서로 팔짱을 끼고 거닐었고, 가난한 가족들은 아침에 입고 나온 누더기 옷을 그대로 입은 채 덮개 달린 마차를 타고 돌아다녔다. 어리석은 소원을 빈 것을 후회하는 사람들은 모두 슬퍼하며 그곳을 떠나거나, 아니면 한 익살꾼의 소원으로 최고급 포도주로 채워진 오래된 장터 분수대에서 술을 마시며 괴로움을 잊으려 했다.

결국 팔둠 시에는 이 기적에 대해 알지 못해 아무 소원도 말하지 못한 사람이 단 두 명만 남게 되었다. 그 젊은이들은 창문을 굳게 닫고 변두리 낡은 집의 다락방에 틀어박혀 있었다. 한 사람은 방 가운데 서서 집중하여 바이올린을 켜고 있었다. 다른 젊은이는 방 구석에 앉아 머리를 두 손으로 감싸고 바이올린 소리를 듣는 데 몰두했다. 어느새 작은 유리창을 통해 저녁 햇살이 비스듬히 비쳐 들어, 탁자 위에 놓인 꽃다발 속에서 불타오르기도 하고 찢어진 벽지 위로 어른거리기도 했다. 방 안은 마치 조그만 비밀 보물창고가 보석 광채로 가득 차듯 따스한 햇살과 바이올린의 불타는 듯한 가락으로 채워졌다. 바이올린을 켜는 청년은 이리저리 몸을 흔들며 두 눈을 감고 연주에 몰두했다. 듣고 있는 청년도 조용히 바닥을 응시하며 마치 생명이 없는 사람처럼 넋을 잃고 그 소리를 들었다.

그때 골목에서 요란한 발소리가 들려오더니 현관문이 홱 열렸다. 누군가 쿵쾅거리며 계단을 올라오더니 다락방 앞에 멈추었다. 집주인이었다. 그는 문을 열어젖히고 웃으면서 방 안으로 들어서더니 크게 소리쳤다. 바이올린 소리는 뚝 그쳤고, 묵묵히 듣고 있던 청년은 언짢은 기색으로 벌떡 일어났다. 바이올린을 켜던 청년도 방해받은 데 화가 나서 웃고 있는 남자의 얼굴을 나무라듯 쏘아보았다. 하지만 집주인은 그런 것에는 아랑곳하지 않고 마치 술 취한 사람처럼 두 팔을 휘두르며 외쳤다.

"이 바보 같은 친구들아. 자네들이 여기 앉아 바이올린을 켜고 있는 사이 바깥세상은 완전히 달라졌어. 정신을 좀 차리고 너무 늦지 않도록 달려가 보게나. 지금 장터에는 누구에게나 한 가지씩 소원을 들어주는 어떤 남자가 있어. 자네들도 더 이상 이런 지붕 밑 다락방에 살면서 얼마 안 되는 집세 걱정을 하지 않아도 된단 말이야. 늦기 전에 어서 일어나 가보라고! 나도 오늘 부자가 됐다니까."

그 말을 듣고 바이올린을 켜던 청년은 의아함이 들었다. 집주인이 가만 두지 않고 자꾸 재촉하는 바람에 그는 바이올린을 옆으로 치우고 모자를 눌러썼다. 친구도 말없이 그 뒤를 따랐다. 집을 나서자마자 그들은 이미 도시의 절반이 대단히 기묘하게 변해 버린 것을 알았다. 그들은 꿈꾸고 있는 것처럼 답답한 기분으로 집들을 지나갔다. 어제까지만 해도 우울한 잿빛에 비스듬하고 나지막했던 집들이 이제는 궁전처럼 높고 깔끔하게 서 있었다. 거지로 알았던 사람들이 네 마리의 말이 끄는 마차를 타고 지나가거나 아름다운 집의 창가에 버티고 서서 자랑스럽게 거리를 내려다보고 있었다. 개 한 마리를 데리고 다니던, 재단사 같은 비쩍 마른 남자는 지쳐 땀을 뻘뻘 흘리며 크고 무거운 자루를 질질 끌고 있었다. 자루에 난 작은 구멍으로 금화 몇 개가 빠져나와 길바닥에 떨어졌다.

두 청년은 자신들도 모르는 사이에 장터로 나가 거울 가게 앞에 이르렀다. 그곳에 낯선 남자가 서 있다가 그들에게 말했다.

"당신들은 소원을 이루는 게 급하지 않은 모양이군요. 막 떠나려던 참이었소. 그럼 소원을 말해 보시오. 부담 없이 말이오."

바이올린을 켜던 청년은 고개를 흔들었다. "아! 나를 그냥 내버려 두었으면 좋았을 텐데! 나는 아무것도 필요하지 않아요."

"아무것도 필요 없다고요? 잘 생각해 보시오!" 낯선 남자가 외쳤다. "무엇이든 생각나는 것을 소원하면 됩니다."

바이올린 연주자는 잠시 눈을 감고 생각에 잠겼다. 그리고 나서 나지막이 말했다. "바이올린이 있었으면 합니다. 내가 온 세상의 소음에 더 이상 방해받지 않고 훌륭한 연주를 할 수 있도록 말입니다."

그랬더니 보라, 그는 어느새 아름다운 바이올린과 활을 손에 들고 있었다. 그가 바이올린을 턱 밑에 대고 켜기 시작했다. 천국의 노래처럼 달콤하고 힘찬 소리가 울려 나왔다. 그 소리를 들은 사람들은 걸음을 멈추고 진지한 눈빛으로 귀를 기울였다. 그러나 열정적이고 훌륭하게 연주할수록 바이올린 연주자는 눈에 보이지 않는 것에 이끌려 올라가 공중으로 사라져 버렸다. 그의 음악은 아득히 먼 곳에서 저녁노을과 같은 은은한 광채를 띠며 울려 왔다.

"그리고 당신은요? 당신은 무얼 원하시오?" 낯선 남자는 다른 청년에게 물었다.

"당신은 지금 바이올린을 켜는 내 친구를 빼앗아 가버렸소!" 청년이 말했다. "나는 인생에서 소리를 듣는 것과 지켜보는 것 이외에는 아무 소원이 없어요. 그리고 불멸의 것만 생각하고 싶어요. 그러니 팔둠 나라만큼 크고, 구름 위로 높이 솟은 산이 되고 싶소."

그러자 땅 밑에서 굉음이 들리고, 모든 것이 흔들리기 시작했다. 유리 깨지는 소리가 울리고, 거울들이 차례로 포석에 떨어지며 부서졌다. 장터는 흔들리며 솟아올랐다. 마치 고양이가 잠에서 깨어나 등을 추켜올리면서 덮고 있던 천이 위로 들어 올려지는 것 같았다. 사람들은 엄청난 공포에 사로잡혔고, 수천 명이 비명을 지르며 시내에서 들판으로 도망쳤다. 장터에 남은 사람들은 도시 뒤로 거대한 산 하나가 저녁 구름에 닿을 만큼 높이 솟아오르는 것을 보았다. 그리고 산 아래쪽으로 조용히 흐르던 냇물이 희고 사나운 계곡물로 변하는 것을 보았다. 계곡물은 높은 산에서 거품을 내며 떨어지거나 튀어 오르면서 골짜기로 떨어져 내렸다.

한순간이 지나자 팔둠 나라 전체가 큰 산으로 변했다. 그 기슭에 시가지가 자리하고 있었고, 멀리 낮은 곳에 바다가 보였다. 그러나 누구도 피해를 입은 사람은 없었다.

거울 가게 옆에 서서 이 모든 것을 보고 있던 한 노인이 옆 사람에게 말했다.

"세상이 미쳐 버렸어. 나는 목숨이 얼마 남지 않아 기쁘다네. 바이올린 연주자가 사라진 것만은 마음이 아프구먼. 그 소리를 다시 한 번 듣고 싶은데 말이야."

"그렇고말고요." 다른 어떤 사람이 말했다. "그런데 그 남자는 대체 어디로 가버린 걸까요?"

주변을 둘러보았지만 낯선 사내는 사라지고 없었다. 그들이 새로 생긴 산을 올려다보니 사내가 외투를 바람에 휘날리며 높은 산 위로 올라가는 모습이 보였다. 그는 잠시 저녁 하늘을 향해 거대한 모습으로 서 있다가 이내 바위 모퉁이를 돌아 사라져 버렸다.

산

모든 것은 사라져 없어지고, 새로운 것은 모두 낡게 마련이다. 대목장은 사라져 없어진 지 오래되었다. 당시에 부자가 되기를 소원했던 많은 사람들은 다시 가난해진 지 오래였다. 기다란 붉은 금발을 지녔던 처녀는 오래전에 결혼하여 아이들을 낳았다. 아이들은 매년 늦여름이면 도시의 대목장을 찾아가곤 했다. 민첩하게 춤을 추는 발을 지녔던 처녀는 도시에서 장인의 아내가 되었는데, 여전히 춤 솜씨가 뛰어나서 웬만한 젊은 여자들보다 잘 추었다. 그녀의 남편 역시 그 당시 많은 돈을 원했지만, 쾌활한 두 사람은 살아 있을 당시 돈을 다 써버린 모양이었다. 아름다운 손을 갖게 된 세 번째 처녀는 거울 가게 옆에 있던 이방인을 누구보다도 가장 많이 생각한 사람이었다. 이 처녀는 결혼도 하지 않고 부자도 되지 않았지만, 여전히 아름다운 손을 지니고 있었다. 그녀는 그 손 때문에 더 이상 농사일은 하지 않고, 필요할 때면 마을의 아이들을 돌보아 주거나, 그들에게 동화나 옛날이야기를 들려주었다. 아이들은 놀라운 대목장에 관한 이야기라든가, 가난한 사람들이 부자가 되고, 팔둠 나라가 산이 된 이야기를 모두 그녀에게서 들었다. 이런 이야기를 들려줄 때 그녀는 공주처럼 가녀린 손을 바라보며 혼자 미소 지었다. 그녀가 너무 감격해하고 사랑에 넘쳐 그 당시 거울 옆에서 그녀보다 더 찬란한 행운의 제비를 뽑은 사람은 없다고 생각될 정도였다. 비록 그녀가 가난하고 남편도 없었으며, 아이들에게 아름다운 이야기를 들려줘야 하는 처지였지만 말이다.

그 당시 젊었던 사람은 이제 늙었고, 늙었던 사람은 죽고 없었다. 산만은 변하지도 않고 나이도 먹지 않고 그대로 서 있었다. 산꼭대기에 쌓인 눈이 구름 사이로 번쩍일 때면, 산은 자신이 더 이상 인간이 아니고 인간 세상의 시간 흐름에 따르지 않아도 된다는 사실에 미소 지으며 기뻐하는 것 같았다. 산 위의 바위들은 도시와 시골 위로 높이 빛나고 있었다. 산이 드리우는 엄청난 그림자는 매일같이 땅 위를 지나갔고, 시냇물과 강물은 산 아래에서 계절이 오고 가는 것을 알려주었다.

산은 모든 사람들의 피난처이자 아버지 같은 존재가 되었다. 산에서 숲이 생겨났고, 초원은 바람에 나부끼는 풀과 꽃으로 뒤덮였다. 산에서 샘물이 흘러나왔고, 눈과 얼음과 돌이 생겨났다. 돌들 위에서는 색색의 이끼가 자라났고, 냇가에는 물망초가 피어났다. 산속에는 동굴들이 있어서, 은빛 물줄기가 해마다 변함없는 음악 소리를 내며 바위에서 바위로 방울져 떨어졌다. 산의 협곡에는 은밀한 동굴들이 있었는데, 그곳에서는 천 년의 인내를 지닌 수정들이 자라고 있었다. 아직까지 산꼭대기에 올라가 본 사람은 아무도 없었다. 그곳 정상에는 작고 둥근 호수가 있다고 했다. 많은 이들이 그 위에 태양과 달, 구름과 별 말고 다른 무엇이 비친 적은 없었는지 궁금해했다. 이제껏 어떤 사람이나 짐승도, 산이 하늘을 향해 보이고 있는 이 쟁반 같은 호수의 속을 들여다본 자가 없었다. 독수리조차 그렇게 높이 날아오를 수 없었다.

팔둠 사람들은 도시와 많은 골짜기에서 즐겁게 살아갔다. 아이들에게 세례를 하고, 장사를 하며 생업을 이어갔으며, 서로의 장례를 치러 주었다. 아버지로부터 손자에게 전해 내려오는 것은 모두 산에 관한 지식과 꿈들뿐이었다. 양치기나 영양 사냥꾼, 고지대의 풀로 건초를 만드는 사람, 꽃 채집자, 낙농업자와 여행객들이 그 보물을 늘려 주었고, 음유시인이나 이야기꾼들은 그 내용을 읊었다. 그들은 끝이 없는 어두운 동굴, 숨겨진 협곡 사이의 햇빛이 들지 않는 폭포, 깊이 갈라진 빙하에 대해 알고 있었다. 그들은 눈사태 위험 지역과 악천후 지대를 알고 있었다. 그 나라의 따뜻함과 추위, 물과 농작물의 성장, 날씨와 바람이 모두 산에서 온다는 것을 알고 있었다.

옛 시절에 대해 아는 사람은 이제 아무도 없었다. 그래도 팔둠의 사람들 모두가 원하는 것을 이룰 수 있었던 대목장에 관한 놀라운 전설은 잘 보존되었다. 하지만 바로 그날 팔둠의 산도 생겨났다는 사실은 이제 아무도 믿으려 하지 않았다. 산이 만물이 생겨날 때부터 그 자리에 있었고, 영원히 그곳에 서 있을 것이라는 사실은 분명했다. 산은 고향이었고, 팔둠이었다. 그러나 사람들은 세 처녀나 바이올린 연주자의 이야기를 즐겨 들었다. 그리고 어느 시대건 문을 닫고 바이올린 연주에 깊이 몰두하며, 극히 아름다운 노래 속에서 하늘로 올라간 바이올린 연주자처럼 언젠가 바람을 타고 사라지기를 꿈꾸는 청년은 여기저기 있기 마련이었다.

산은 커다란 모습으로 조용히 지냈다. 산은 날마다 붉은 태양이 먼 바다 위로 떠올라 동쪽에서 서쪽으로 산꼭대기를 돌아가는 것을, 매일 밤 별들이 같은 길을 조용히 지나가는 것을 지켜보았다. 해마다 겨울이 오면 산은 두꺼운 눈과 얼음으로 덮였고, 해마다 때가 되면 어김없이 눈사태가 일어났다. 눈이 남은 가장자리에는 맑은 눈동자를 한 여름 꽃들이 푸르고 노랗게 웃고 있었다. 그러면 시냇물이 넘쳐흘렀고, 호수는 햇볕을 받아 따뜻하게 푸르러 갔다. 눈에 보이지 않는 협곡에서는 길 잃은 물이 우레 같은 둔중한 소리를 냈고, 두꺼운 얼음으로 덮여 있던 산꼭대기의 작은 호수는 한여름 잠시 동안 맑은 눈을 열고 며칠 밤낮을 해와 별을 비추려고 1년 내내 기다렸다. 어두운 동굴에는 물이 고여 있었고, 바위에서는 영원히 물방울 떨어지는 소리가 울렸다. 깊고 은밀한 심연에서는 천 년 된 수정이 충실히 자라나며 완성을 기다렸다.

도시보다 그리 높지 않은 산기슭에 골짜기가 하나 있었다. 그곳에는 맑고 넓은 시냇물이 오리나무와 버드나무 사이를 흐르고 있었다. 사랑에 빠진 젊은 연인들은 그곳에서 산과 나무들로부터 계절의 경이로움을 배웠다. 다른 골짜기에서는 남자들이 말 타기와 무기 다루는 훈련을 했고, 높고 험준한 바위 꼭대기에서는 해마다 하짓날 밤이면 거대한 불이 타올랐다.

세월은 흘러갔다. 산은 사랑의 골짜기와 연병장을 지켜주었다. 산은 낙농업자와 나무꾼, 뗏목꾼에게 일터를 제공했고, 또한 건축용 석재와 제련용 쇠를 주었다. 산은 하짓날 바위의 둥근 꼭대기에서 최초의 불이 타오르는 것을 태연히 지켜보았다. 이런 일이 수백 번 되풀이되는 동안 산은 그저 조용히 지켜볼 뿐이었다. 또한 가난한 사람들이 많아져 저 아래 도시가 낡은 성벽 외곽까지 확장되어 가는 것을 보았다. 사냥꾼들이 석궁을 버리고 총포를 사용하는 것을 보았다. 산에게는 한 세기가 한 계절처럼 지나갔고, 한 해가 한 시간처럼 흘러갔다.

오랜 세월이 흐르면서 언제부터인가 바위 위의 편평한 면에서는 하짓날의 붉은 불꽃이 더 이상 타오르지 않고 잊혔지만 산은 아랑곳하지 않았다. 오랜 세월이 흐르면서 총기 훈련을 하던 골짜기가 황폐해지고, 말 경주로에 질경이와 엉겅퀴가 무성해져도 산은 걱정하지 않았다. 몇 세기나 되는 오랜 세월이 지나면서 언젠가 산사태로 산의 모습이 바뀌고, 굴러떨어진 바위들 밑에서 팔둠 시의 절반이 폐허로 변해도 산은 그것을 저지하지 않았다. 산은 좀처럼 아래쪽을 내려다보지 않았다. 그래서 파괴된 도시가 그대로 방치되어 재건되지 않고 있다는 사실도 깨닫지 못했다.

이 모든 일에 산은 아랑곳하지 않았다. 그러나 다른 것에 신경이 쓰이기 시작했다. 세월이 흘러가면서, 보라, 산도 늙어 갔다. 태양이 떠올라 이동하고 저무는 모습을 볼 때도 예전 같지 않았다. 별들이 창백한 빙하에 비칠 때도 산은 자신이 더 이상 별과 같다고 여겨지지 않았다. 산에게는 태양도 별도 이젠 특별히 중요한 존재가 아니었다. 이제 중요한 것은 산 자신과 산의 내부에서 일어나는 일이었다. 산이 느끼기로는 바위와 동굴 아래 깊은 곳에서 낯선 손이 일하고 있었다. 딱딱한 원성암이 물러져 점판암 층으로 풍화되었고, 시냇물이나 폭포가 좀 더 깊이 침식되어 갔다.

빙하는 줄어들고, 호수는 커졌다. 숲은 자갈밭으로, 초원은 시커먼 늪지대로 변했다. 빙하로 생긴 퇴석과 자갈의 흐름으로 이루어진 황량한 띠가 뾰쪽한 혀 모양으로 끝없이 땅으로 밀고 들어왔다. 그래서 저 아래의 땅은 이상하게 변했다. 이상하게 돌이 많고, 이상하게 메마르고 활기를 잃어버렸다. 산은 몸을 사리며 점점 움츠러들었다. 태양과 별이 자신과 같지 않다는 것을 절실히 느끼게 되었다. 자신과 같은 것은 바람과 눈, 물과 얼음이었다. 영원해 보이지만 서서히 줄어들고, 서서히 사라지는 것들이었다.

산은 시냇물을 골짜기로 더욱 열심히 이끌었고, 눈사태를 더욱 조심스럽게 아래로 굴렸으며, 꽃이 핀 초원을 더욱 다정하게 태양에 내놓았다. 나이가 아주 많아지자 인간에 대한 기억도 다시 떠올리게 되었다. 인간을 자기와 같다고 여기진 않았지만, 인간에게 관심을 갖기 시작했다. 쓸쓸한 기분이 들면 지나간 일을 생각하기 시작했다. 그러나 도시는 더 이상 존재하지 않았다. 사랑의 골짜기에서는 노랫소리가 들리지 않았고, 고산 지대의 목장에는 더 이상 오두막이 존재하지 않았다. 인간의 모습도 보이지 않았다. 그들 역시 사라져 버렸다. 세상이 조용해지고 생기를 잃었으며, 대기에는 하나의 그림자가 드리워져 있었다.

사라진다는 게 무엇인지 느꼈을 때 산은 부르르 몸을 떨었다. 산이 몸을 떨자 산봉우리가 옆으로 쓰러지며 굴러 내렸다. 그러자 바윗덩어리들이 뒤따라, 오래전부터 돌로 가득 채워져 있었던 사랑의 골짜기를 넘어 바닷속으로 굴러 떨어졌다.

그렇다, 시대가 달라졌다. 어떻게 해서 산은 이제 늘 인간에 대한 기억을 떠올리고, 생각하지 않을 수 없게 되었는가? 옛날 하짓날의 불꽃이 타오르고, 사랑의 골짜기에서 젊은이들이 쌍쌍으로 거닐던 모습은 얼마나 아름다웠던가? 아, 그들의 노래는 얼마나 달콤하고 따뜻하게 울렸던가!

늙은 산은 완전히 추억에 잠겨 있었다. 어떻게 몇 세기가 흘렀는지, 어떻게 여기저기의 동굴에서 나직한 천둥소리와 함께 땅이 무너져 내리거나 밀려가도 거의 느끼지 못하게 되었는지를 생각했다. 인간을 생각하자 지난 시절에 대한 어렴풋한 회상이 산을 고통스럽게 했다. 자신도 한때는 인간이었거나 인간과 비슷한 존재였던 것처럼, 자신도 노래했거나 노래하는 것을 들었던 것처럼, 언젠가 젊은 시절에 벌써 덧없다는 생각이 마음속을 뚫고 들어온 것처럼, 이해할 수 없는 감동과 사랑, 어둡고도 아련한 꿈이 산을 고통스럽게 했다.

세월은 흘러갔다. 무너져 내리고, 거친 돌 더미에 에워싸인 채 죽어 가는 산은 자신의 꿈에 몰두했다. 전에는 어떠했던가? 산을 과거의 세계와 연결시켜 주던 울림과 가느다란 은빛 실은 없어졌는가? 산은 곰팡이 핀 추억의 밤을 힘겹게 파헤쳤고, 끊어진 실을 찾아 쉬지 않고 더듬어 갔으며, 자꾸만 과거의 심연 위에 깊숙이 몸을 굽혔다. 그도 한때 먼 옛날에는 공동체 의식과 사랑이 불타오르지 않았을까? 고독하고 위대한 존재인 그도 한때는 주위의 산들과 같은 존재가 아니었을까? 한때 태초에는 그에게도 어머니가 노래를 불러 주지 않았을까?

산은 계속 생각에 잠겼다. 그의 눈인 푸른 호수는 탁해지고 무거워져 늪과 습지로 변했고, 풀밭과 작은 꽃밭 위로 돌들이 밀려 내려왔다. 산은 생각에 잠겼다. 헤아릴 수 없이 먼 곳에서 울려오는 소리가 들렸고, 어떤 음향이 떠도는 것이 느껴졌다. 그것은 하나의 노래였다. 인간의 노래였다. 그것을 다시 알게 되자 산은 고통스러운 쾌감에 몸을 떨었다. 산은 그 소리를 들었고, 한 인간, 한 젊은이가 완전히 소리에 에워싸여 대기를 뚫고 햇살이 비치는 하늘로 떠오르는 것을 보았다. 그러자 파묻혀 있던 수많은 기억들이 움직이며 깨어나 굴러가고 흘러내리기 시작했다. 산은 검은 눈을 가진 인간의 얼굴을 보았다. 그는 눈을 깜박거리며 산에게 물었다.

"소원을 하나 말해 보겠느냐?"

산은 한 가지 소원, 은밀한 소원을 말했다. 그러자 아득한 옛날 잊힌 일을 생각해 내야만 했던 온갖 고통이 떨어져 나갔다. 산을 고통스럽게 한 모든 것이 떨어져 나갔다. 산은 허물어져 평지와 하나가 되었다. 팔둠이 있던 곳에는 끝없는 바다가 펼쳐져 쏴쏴 소리 내며 물결치고 있었다. 그 위로 태양과 별들이 교대로 지나갔다.

(1915)

험난한 길

나는 협곡 입구의 어두운 바위 문 옆에 서서 망설이다가 몸을 돌려 뒤를 돌아보았다.

녹색의 이 기분 좋은 세계에 태양이 빛나고 있었다. 초원에는 갈색을 띤 들꽃이 바람에 흔들리며 반짝이고 있었다. 따스하고 쾌적한, 사랑스럽고 멋진 곳이었다. 그곳에서 영혼은 털로 덮인 땅벌처럼 짙은 향내와 빛 속에서 그윽하고 만족스럽게 콧노래를 부를 수 있었다. 이 모든 것들을 버리고 산속으로 들어가려고 한 나는 어쩌면 바보일지도 몰랐다.

안내인이 부드럽게 내 팔을 건드렸다. 나는 미지근한 목욕물에서 마지못해 나오듯이 사랑스러운 경치로부터 하는 수 없이 눈길을 돌렸다. 이제 햇빛이 들지 않는 어둠 속 협곡이 눈에 들어왔다. 작고 검은 시냇물이 틈새에서 흘러나오고, 물가의 작은 덤불에서는 창백한 풀들이 자라고 있었다. 시냇물 바닥에는 물살에 씻긴 색색의 돌멩이가 한때 살아 있던 생물의 뼈처럼 핏기 없이 창백하게 놓여 있었다.

"좀 쉬었다 갑시다." 나는 안내인에게 말했다.

그는 너그럽게 미소 지었고, 우리는 자리에 주저앉았다. 날은 서늘했다. 바위 문에서는 돌처럼 차갑고 음산한 공기가 조용한 물줄기처럼 흘러나왔다.

이런 길을 가야 하다니, 정말 고약한 일이다! 이런 불쾌한 바위 문을 지나며 고생하는 것도, 이런 차가운 시냇물을 건너는 것도, 어둠 속에서 이런 좁고 험한 길을 기어오르는 것도 고약한 일이다!

"길이 끔찍해 보이는군요." 나는 머뭇거리며 말했다.

내 마음속에서는, 우린 어쩌면 다시 돌아갈 수 있을 것이다, 안내인을 아직 설득할 수 있을 것이다, 이 모든 일을 모면할 수 있을 것이다, 그런 격하고도 회의적이고 비이성적인 희망이 꺼져 가는 불꽃처럼 나풀거렸다. 그렇다, 안 될 까닭이 뭐가 있겠는가? 우리가 떠나온 그곳이 천 배는 더 아름답지 않은가? 그곳에서의 삶이 더 풍요롭고 따스하며 사랑스럽지 않았는가? 그리고 나는 약간의 행복과 햇살을 누릴, 푸르름과 꽃을 눈에 가득 담을 권리를 지닌, 어린애 같고 유한한 인간이라는 존재가 아닌가?

그렇다, 나는 그곳에 머물고 싶었다. 나는 영웅이나 순교자 노릇을 할 마음이 없었다. 햇볕이 잘 드는 골짜기에서 지낼 수 있다면 평생 만족할 생각이었다.

어느새 몸이 오들오들 떨리기 시작했다. 이곳에서는 오래 머물러 있을 수 없었다.

"추운 모양이군요?" 안내인이 말했다. "그만 가는 게 낫겠어요."

그는 일어서서 잠시 몸을 쭉 펴더니 미소 지으며 나를 바라보았다. 그 미소에는 비웃음이나 동정도, 가혹함이나 관대함도 없었다. 거기에는 이해심과 식견밖에 없었다. 그 미소는 이렇게 말하고 있었다.

'난 당신을 알고 있소. 당신이 느끼는 불안을 알고 있고, 어제와 그제 당신이 한 호언장담도 결코 잊지 않고 있소. 지금 당신의 영혼이 겁내며 절망하는 것도, 건너편의 사랑스러운 햇살이 당신에게 추파를 던지는 것도 잘 알고 있소. 그런 것엔 친숙하오. 당신이 그러기 전부터 말이오.'

안내인은 이런 미소를 지으며 나를 바라보더니 어두운 바위 골짜기로 먼저 걸음을 뗐다. 유죄 판결을 받은 자가 자기 목덜미 위의 손도끼에 애증을 느끼듯 나도 그를 증오하면서도 사랑했다. 무엇보다 나는 그의 지식, 주도권과 냉정함, 그리고 일견 사랑스럽게도 느껴지는 약점이 없는 면을 증오하고 경멸했다. 그리고 그가 옳다고 인정하고, 그에게 동의하고, 그와 같은 존재가 되어 그를 따르려고 했던 내 마음속 모든 것을 증오했다.

그는 벌써 몇 걸음 앞서 시커먼 시냇물에 놓인 돌멩이 위를 걷고 있었다. 그가 처음 나타난 바위 모퉁이를 돌아 내 시야에서 막 사라지려 하고 있었다.

"멈추세요!" 나는 겁이 덜컥 나 외치면서, 동시에 이렇게 생각하지 않을 수 없었다. '이것이 꿈이라면 이 순간 공포가 꿈을 깨뜨리고, 난 잠에서 깨어날 텐데.'

"멈추세요!" 나는 외쳤다. "못 하겠어요. 아직 준비가 안 됐어요."

안내인은 걸음을 멈추고 조용히 이쪽을 바라보았다. 비난은 담기지 않았지만, 끔찍한 이해심, 견디기 힘든 지식과 예감이 담긴 눈빛, 이미 알고 있다는 표정으로.

"차라리 돌아가는 게 좋을까요?" 그가 물었다.

그가 말을 채 마치기도 전에 나는 벌써 혐오감에 가득 차 '아니오'라고 말하리라는 것을, '아니오'라고 말해야 한다는 것을 알고 있었다. 그리고 동시에 내 안에 있는 모든 낡은 것, 익숙한 것, 사랑, 친숙한 것이 절망에 가득 차 외쳤다.

"'그래요'라고 말해. '그래요'라고 말해."

세계 전체와 고향이 마치 하나의 공처럼 내 발에 매달려 있었다.

그때 안내인이 손을 뻗어 뒤쪽 골짜기를 가리켰다. 나는 다시 한 번 정겨운 그곳을 향해 몸을 돌렸다. 그러자 내게 일어날 수 있는 가장 고통스러운 광경이 보였다. 정겨운 골짜기와 평야가 활력을 잃은 하얀 태양 아래 창백하고 활기 없이 펼쳐져 있었다. 여러 색채들이 뒤섞여 날카로운 화음을 이루고 있었고, 그림자는 그을린 검은색일 뿐 아무런 매력도 없었다. 모든 것에서 심장을 도려낸 듯 매력도 향기도 사라졌다. 모든 것에서 마치 오래전 구역질이 날 정도로 먹어 댄 것에서 느껴질 법한 냄새와 맛이 났다.

오, 정겨운 것과 기분 좋은 것을 무가치하게 만들고, 기력과 정신을 달아나게 하며, 향기를 변하게 하고 색깔에 조용히 독을 바른 이 안내인의 끔찍한 짓거리를 내가 얼마나 두려워하고 증오했던가! 아, 나는 어제는 포도주였던 것이 오늘은 식초로 변한 것을 알게 되었다. 그리고 식초는 결코 다시는 포도주가 되지 않는다는 것을 알게 되었다. 결코 다시는.

나는 슬픔에 잠겨 말없이 안내인을 따라갔다. 그의 견해가 옳았다. 언제나 그렇듯이 지금도 옳았다. 적어도 내 곁에, 내 시선이 닿는 곳에 머물러 있으면 좋겠다. 자주 그랬듯 결단의 순간에 갑자기 사라져 나를 혼자 남겨 두는 대신, 내 가슴속에 낯선 음성으로 변한 채 나를 혼자 남겨 두는 대신, 내 곁에 머물러 있으면 좋겠다.

나는 침묵하고 있었으나 내 가슴은 열렬히 외치고 있었다.

'제발 머무르기만 해주시오. 난 따라갈 테니!'

냇물 속의 돌은 기분 나쁘게 미끄러웠다. 발바닥 아래에서 겸손하게 자신을 낮추며 피해 가는 좁고 젖은 돌 위를 한 걸음 한 걸음 옮기는 것은 피곤하고 현기증 나는 일이었다. 어느덧 냇가에 난 오솔길이 갑자기 오르막이 되었고, 어두운 암벽들이 좀 더 가까이 다가왔다. 그것들은 뚱한 표정으로 부어 있었고, 모퉁이마다 우리를 틈에 끼워 넣어 영원히 되돌아가지 못하게 하려는 음흉한 의도를 드러내고 있었다. 사마귀 모양의 누런 바위 위로 점액질의 끈적끈적한 물이 방울져 흘러내렸다. 우리 위에는 이제 하늘도, 구름도, 푸른색도 보이지 않았다.

나는 안내인을 따라 계속 걸어갔다. 이따금 불안하고 반감이 들어 눈을 감기도 했다. 길가에 비로드처럼 새까맣고 슬픈 눈길을 한, 어두운 꽃이 피어 있었다. 꽃은 아름다웠고 내게 친근하게 말을 걸었다. 그러나 안내인은 더 서둘러 걸어갔다. 나는 느꼈다. 내가 한순간이라도 지체한다면, 단 한순간이라도 비로드처럼 까만 이 슬픈 눈길에 잠긴다면, 나의 슬픔과 절망적인 우울감이 너무 심해져 견딜 수 없을 것이고, 나의 정신은 언제까지나 모욕적인, 무의미한 미망의 영역에 사로잡혀 있으리라는 것을.

나는 젖고 더러워진 몸으로 계속 기어올라 갔다. 축축한 암벽들이 머리 위로 좀 더 가까이 조여 왔을 때 안내인이 위로를 주는, 그가 옛날부터 불러 온 노래를 부르기 시작했다. 젊은이의 밝고 힘찬 목소리로, 발걸음을 뗄 때마다 박자에 맞춰 노래를 불렀다. "나는 하리라, 하리라, 하리라!"

나는 그가 내게 용기를 주고 격려한다는 것, 지옥을 방랑하는 불쾌한 고생과 절망을 느끼지 못하게 하려는 것을 잘 알고 있었다. 그의 서투른 노래에 화답하기를 기다린다는 것도 알고 있었다. 그러나 나는 그러고 싶지 않았다. 그가 그런 승리를 맛보게 하고 싶지 않았다. 대체 내가 노래할 기분이 생기겠는가? 나는 신이 요구할 수 없는 일과 행동에 내키지 않게 끌려 들어간, 가엾고 단순한 인간이 아닌가? 냇가에 핀 패랭이꽃과 물망초도 자신의 방식대로 있는 그 자리에 피었다가 질 수 있지 않은가?

"나는 하리라, 하리라, 하리라!" 안내인은 의연히 노래를 계속했다.

오, 되돌아갈 수만 있다면! 그러나 나는 안내인의 도움으로 오래전에 암벽과 낭떠러지 위로 기어올랐다. 그것을 넘어 되돌아갈 길은 없었다. 속에서 울음이 터져 나오며 숨이 막힐 것 같았다. 그러나 울어서는 안 되었다. 무슨 일이 있어도 최소한 울어서는 안 되었다.

그래서 나는 반항심에 큰 소리로 안내인의 노래에 같은 박자와 음조로 화답했다. 하지만 가사를 바꿔 불렀다.

"나는 해야 돼, 해야 돼, 해야 돼!"

하지만 산을 오르며 노래하는 일은 쉽지 않았다. 곧 숨이 가빠져 헉헉거리며 입을 다무는 수밖에 없었다. 하지만 그는 지치지도 않고 계속 노래했다.

"나는 하리라, 하리라, 하리라!"

시간이 흐르자 그가 가사도 따라 부르도록 나를 압박했다. 이제 기어오르기가 좀 더 나아졌다. 더 이상 억지로 하지 않고 하고 싶은 대로 하려고 했다. 노래하느라 피곤해져서 더 이상 아무것도 느껴지지 않았다.

그러자 내 마음이 좀 더 밝아졌다. 마음이 밝아지자 미끄러운 바위도 사라졌다. 바위는 좀 더 마르고, 좀 더 호의적이 되어 때로는 미끄러지는 발을 도와주기도 했다. 머리 위로 차츰 담청색 하늘이 나타나더니 돌멩이들 사이를 흐르는 작고 푸른 시냇물처럼 되었다. 그러다 이내 작고 푸른 호수처럼 되어 점점 커지고 넓어졌다.

나는 좀 더 강해지고 좀 더 진실해지려고 했다. 이제 하늘 호수는 더욱 넓어졌고, 오솔길은 더 걸을 만했다. 그래서 나는 이따금씩 안내인 곁에서 아주 긴 거리를 힘들이지 않고 수월하게 달리기도 했다. 그러나 예기치 않게 곧 우리 머리 위로 험준한 산봉우리가 번쩍이며, 빨갛게 달구어진 태양 속에서 모습을 드러냈다.

산봉우리 바로 아래에서 우리는 좁은 틈새를 기어서 빠져나갔다. 강한 햇살에 눈이 부셨다. 다시 눈을 떴을 때 가슴 조이는 불안감에 무릎이 떨렸다. 눈앞이 탁 트여 있었고, 우리는 붙잡을 것 하나 없는 가파른 산등성이에 서 있었다. 주위에는 끝없는 하늘과 시퍼렇고 무서운 심연이 펼쳐져 있었다. 우리 앞에는 좁은 봉우리가 사다리처럼 가느다랗게 솟아 있을 뿐이었다. 그러나 또다시 하늘과 태양이 나타났다. 우리는 숨 막히는 마지막 험로를 입을 꽉 다물고 이맛살을 찌푸리며 한 발짝 한 발짝 올라갔다. 그리고 좁은 꼭대기, 빨갛게 달구어진 돌 위에 섰다. 공기는 매서웠고, 비웃는 듯 희박했다.

그것은 이상한 산, 이상한 봉우리였다. 헐벗은 암벽 위로 끝없이 기어오른 끝에 도달한 이 봉우리 위에 나무 한 그루가 돌 틈에서 자라고 있었다. 몇 개의 짧고 튼튼한 가지가 옆으로 벌어져 있는 작은 나무였다. 나무는 바위틈에서 이루 말할 수 없을 정도로 고독하고 진기하게, 견고하고 고집스럽게 서 있었다. 가지 사이로 서늘한 하늘이 보였다. 그리고 나무의 맨 꼭대기에 검은 새 한 마리가 앉아 거친 소리로 노래를 부르고 있었다.

세상 꼭대기에서 나는 잠시의 휴식을 조용히 꿈꾸었다. 태양은 활활 불타올랐고, 바위는 이글거렸다. 하늘은 엄중한 눈초리로 응시하고 있었고, 새는 거친 노래를 불렀다. "영원이여, 영원이여!"

검은 새가 노래했다. 검은 수정 같은 눈이 우리를 바라보며 매섭게 번득였다. 새의 시선은 견디기 힘들었고, 노래도 그랬다. 무엇보다 고독하고 공허한 이 장소, 황량하고 현기증 나도록 광활한 하늘이 두려웠다. 죽음은 상상할 수 없는 희열이었고, 이곳에 머무는 것은 말할 수 없는 고통이었다. 무슨 일이든 일어나야 했다. 그것도 당장, 지금 이 순간. 그렇지 않으면 우리와 세상이 두려운 나머지 돌로 변할 것 같았다. 그 일이 마치 뇌우 전의 돌풍처럼 마구 밀어붙이고, 뜨겁게 숨을 불어넣는 것이 느껴졌다. 그 일이 마치 타오르는 열기처럼 내 몸과 마음 위에 푸드덕거리는 것이 느껴졌다. 그것은 위협했고, 다가왔으며, 모습을 드러냈다.

새가 가지에서 날아오르더니 추락하듯 우주 공간으로 몸을 던졌다.

나의 안내인도 훌쩍 뛰어올라 푸른 하늘 속으로 추락했다. 경련하는 듯한 하늘 속으로 떨어지더니, 그곳으로부터 날아가 버렸다.

이제 운명의 파도는 절정에 도달했다. 그것은 나의 심장을 잡아 뜯더니 소리 없이 갈가리 찢어 버렸다.

그리고 나는 이미 떨어져 추락했다가 뛰어올라 날고 있었다. 차가운 대기의 소용돌이에 휩쓸려 매우 행복하게, 희열의 고통에 경련하며 무한한 공간을 지나 아래쪽으로, 어머니의 가슴을 향해 화살처럼 날아갔다.

(1916)

아이리스

안젤름은 어린 시절 봄날이면 녹색의 정원을 뛰어다녔다. 어머니가 키우는 꽃 중에는 아이리스가 있었는데, 안젤름은 그 꽃을 특히 좋아했다. 그는 높이 달린 연두색 잎사귀에 뺨을 문지르기도 하고, 손가락으로 뾰족한 끝을 만지며 누르기도 하고, 크고 경이로운 꽃의 향기를 맡기도 하며 오랫동안 그 속을 들여다보았다. 푸르스름한 꽃바닥에는 손가락 모양의 노란 꽃술이 열을 지어 길게 솟아 있었고, 그 사이로 밝은 길이 하나 뻗어 있었다. 아래쪽 꽃받침 속으로, 푸른 꽃의 아득한 신비 속으로 이어진 길이었다.

안젤름은 그 꽃을 너무 사랑해서 오랫동안 들여다보았다. 노랗고 우아한 모습은 때로는 왕의 정원을 둘러싼 황금 울타리처럼 보였고, 때로는 꿈속에서 본, 바람에 흔들리지 않고 두 줄로 늘어서 있던 나무들처럼 보였다. 나무들 사이로 유리처럼 섬세하고 생기 있는 밝은색 엽맥葉脈으로 이루어진 신비로운 길이 내부로 이어져 있었다. 뒤쪽으로 황금 나무들 사이의 좁은 길이 아치 모양으로 거대하게 펼쳐지며 헤아릴 수 없이 깊은 심연 속으로 사라졌다. 그 길 위로 보랏빛 아치가 위엄 있게 휘어져, 조용히 기다리고 있는 기적 위로 마법처럼 엷은 그늘을 만들었다. 안젤름은 이것이 꽃의 입이라는 것을 알았다. 노랗고 화려한 꽃 뒤 푸른 심연 속에는 꽃의 마음과 생각이 살고 있으며, 이러한 밝고 고운 투명한 결이 난 길 위로 꽃의 숨결과 꿈이 오간다는 것도 알고 있었다.

커다란 꽃송이 옆에는 아직 피어나지 않은 작은 봉오리들이 있었다. 그것들은 갈색을 띤 초록색 표피로 이루어진 작은 꽃받침 안의 단단하고 물기 많은 줄기 위에 달려 있었다. 줄기에서 어린 꽃봉오리가 조용하고 힘차게 자라나 밝은 초록색과 연보라색 속에 단단하게 감싸여 있었다. 어린 꽃은 팽팽하고 부드럽게 위로 말려 올라가, 위에서 보면 짙은 보라색으로 보였다. 이 말려 올라간 어린 꽃잎에서도 벌써 엽맥과 수많은 무늬를 볼 수 있었다.

아침이 되어 안젤름이 집, 잠과 꿈, 낯선 세계에서 다시 빠져나오면, 정원은 언제나 무사히 새로운 모습으로 그를 기다리고 있었다. 어제 푸른 꽃잎 끝이 녹색 껍질로부터 촘촘하게 말려 올라가 있던 곳에, 이제 어린 꽃잎 하나가 공기처럼 엷고 푸르게 혀나 입술처럼 매달려 있었다. 그것은 오랫동안 꿈꾸어 온 자신의 아치 모양 형태를 더듬으며 찾아내려 했다. 아직 껍질과 조용한 투쟁을 벌이고 있는 맨 아래쪽에서는 이미 노란색의 고운 식물, 밝은색 엽맥이 드러난 길, 향기롭고 아득한 영혼의 심연이 준비되고 있음을 알 수 있었다. 어쩌면 정오 무렵 혹은 저녁때쯤이면 껍질이 열리면서 금빛 꿈의 숲 위로 푸른 비단 천막이 아치 모양으로 펼쳐질 것이다. 그러면 최초의 꿈과 생각과 노래가 매혹적인 심연으로부터 고요히 울려 나올 것이다.

어느 날은 풀밭에 푸른 초롱꽃만 피어 있었다. 또 어느 날에는 갑자기 정원에 새로운 음과 향기가 진동했고, 불그스레하게 햇빛이 비치는 나뭇잎 위로 맨 먼저 피어난 티로즈가 붉은 금빛으로 부드럽게 달려 있었다. 아이리스가 하나도 피지 않은 날도 있었다. 그 꽃은 사라지고, 금빛 울타리가 쳐진 좁은 길은 더 이상 향기로운 비밀 속으로 부드럽게 이어져 있지 않았다. 뻣뻣한 잎만 뾰족하고 서늘하게 낯선 모습으로 서 있었다. 그러나 덤불 속에는 붉은 산딸기가 익어 열려 있었고, 별 모양의 꽃들 위에는 들어보지 못한 새로운 종류의 나비들이 자유롭게 유희하듯 윙윙거리며 날아다니고 있었다. 진줏빛 등과 투명한 날개를 가진 적갈색 나비였다.

안젤름은 나비며 조약돌과 대화를 나누었고, 딱정벌레며 도마뱀과 친구가 되었다. 새들은 자기 이야기를 들려주었고, 양치류 식물들은 커다란 잎새 지붕 밑의 갈색 씨앗들을 몰래 보여 주었다. 유리 조각들은 햇살을 초록빛으로, 수정처럼 투명하게 모아주었다. 그것들은 그에게 궁전과 정원이 되었고, 번쩍이는 보물창고가 되었다. 백합이 지면 미나리아재비가 피었고, 티로즈가 시들면 나무딸기가 갈색으로 변했다. 모든 것이 바뀌었지만, 언제나 거기에 있었고, 언제나 사라져 없어졌다가 때가 되면 다시 나타났다. 전나무 사이로 찬바람이 몰아치는 날이나, 정원의 시든 나뭇잎이 생기를 잃고 빛이 바래 바스락거리는 소리를 내는 불안하고 스산한 날에도 노래와 체험과 이야기가 거기 있었다.

그러다가 창 앞에 눈이 떨어져 유리창에 종려나무 숲 모양의 성에가 끼고, 저녁이면 은빛 종을 든 천사들이 날아다니다가, 복도와 바닥에 말린 과일 냄새가 날 때에야 이 모든 것이 다시 가라앉았다. 이 좋은 세계에서는 우애와 신뢰가 결코 사라지지 않았다. 어느 날 뜻밖에도 검은 담쟁이덩굴 옆에 눈풀꽃이 다시 반짝이고, 그해 처음으로 새들이 푸른 하늘 높이 날아오를 때면, 모든 것이 줄곧 그대로 있었다는 기분이 들었다. 그러다가 어느 날 결코 기대하진 않았지만, 꼭 그래야 되는 것처럼 늘 정확하게, 늘 바라던 그대로 아이리스 줄기에서 푸르스름한 꽃망울이 다시 움텄다.

모든 것이 아름다웠다. 안젤름에게는 모든 것이 반갑고 친근하며 친숙했다. 그러나 해마다 소년에게 마법과 은혜를 느끼게 해주는 가장 위대한 순간은 첫 번째 아이리스가 피어나는 때였다. 그는 언젠가 아주 어린 시절의 꿈을 꾸며 처음으로 꽃받침에서 기적의 책을 읽어 낼 수 있었다. 꽃의 향기와 바람에 흩날리는 다채로운 푸른 잎이 그에게는 부름이자 창조의 열쇠였다. 아이리스는 해마다 그와 함께 순결한 시절을 보냈으며, 매년 여름마다 새로워지고 더욱 신비로워졌으며 감동을 주었다. 다른 꽃들도 입을 가지고 있었고, 향기와 생각을 발산했다. 다른 꽃들도 자신들의 작고 감미로운 방으로 벌과 딱정벌레를 유혹했다. 그러나 소년에게는 푸른 아이리스가 다른 어떤 꽃들보다 사랑스럽고 소중했다. 그것은 그에게 생각할 가치가 있는, 모든 놀라운 것들에 대한 비유이자 예시였다. 꽃받침을 들여다보며 상념에 잠겨, 노랗고 기묘한 관목들 사이에서 서서히 어두워지는 꿈의 내부를 향해 이렇듯 밝고 꿈결 같은 길을 따라갈 때면, 그의 영혼은 문 안을 들여다볼 수 있었다. 거기에서는 눈에 보이는 현상은 수수께끼가 되고, 눈으로 보는 것은 예감이 되었다.

소년은 밤에도 가끔 이 꽃받침의 꿈을 꾸었다. 그러면 그의 눈앞에서 꽃받침이 엄청나게 큰 천국 궁전의 문처럼 열렸다. 말을 타거나 백조를 타고 날아서 그 안으로 들어가면, 온 세상 역시 마법에 끌려 함께 말을 타거나 날아서 사랑스러운 심연 속으로 조용히 미끄러져 내려갔다. 그곳에서는 모든 기대가 이루어지고, 모든 예감이 진실이 될 것이었다.

지상에서의 모든 현상은 하나의 비유이고, 모든 비유는 열린 문이다. 그 문을 통해 준비되어 있는 영혼은 세계의 내면으로 들어갈 수 있다. 그 내면 세계에서는 너와 나, 그리고 낮과 밤 그 모든 것이 하나가 된다. 누구나 살아가는 동안 여기저기서 열린 문의 방해를 받는다. 누구나 언젠가는 눈에 보이는 모든 것이 하나의 비유이며, 그 비유 뒤에 영혼과 영원한 삶이 존재한다는 생각을 한다. 물론 소수의 사람만이 그 문을 통과하여 내면의 예감된 현실에 아름다운 외관을 부여한다.

소년 안젤름에게는 자신의 꽃받침이 그리움으로 충만한 영혼에 행복한 대답을 요구하는 고요한 질문으로 여겨졌다. 이 꽃의 다양함은 대화를 하거나 놀이를 할 때 그를 풀과 돌, 뿌리와 덤불, 그의 세계에 존재하는 온갖 동물과 친근한 것으로 이끌어 주었다. 이따금 그는 자기 자신을 깊이 관찰하면서 자기 몸이 지닌 독특함에 사로잡혀 앉아 있기도 했다. 눈을 감고 딸꾹질을 할 때, 노래를 하거나 숨을 쉴 때 입과 목에서 이상한 움직임과 감각, 생각을 느꼈다. 또한 그곳에도 영혼에서 영혼으로 통하는 좁은 길과 문이 있음을 공감하게 되었다. 그는 경탄 어린 마음으로 의미심장한 색의 모습을 관찰했다. 눈을 감고 있으면 종종 보라색 어둠 속에서 푸른색과 검붉은색의 반점과 반원이 나타났고, 그 사이로 투명하고 밝은 선이 보였다.

때때로 안젤름은 눈과 귀, 후각과 촉각이 섬세하고도 대단히 밀접하게 연결되는 것을 느끼고 즐거운 놀라움에 빠졌다. 아름다운 찰나의 순간 그는 음과 소리, 글자가 비슷해지고, 붉은색과 푸른색, 딱딱한 것과 부드러운 것이 같다고 느꼈다. 혹은 풀잎이나 벗겨진 녹색 나무껍질 냄새를 맡을 때 후각과 미각이 기이할 정

196

도로 무척 가까이에 함께 있으며, 때로 서로에게 옮겨 가 하나가 된다는 사실에 놀라워했다.

모든 아이들은, 비록 똑같이 느껴지는 않는다 해도, 그런 식으로 느낀다. 그러나 이 모든 것은 글씨를 읽는 법을 터득하기 전에 많은 아이들에게서 당초 존재하지조차 않았던 것처럼 사라져 버린다. 하지만 어떤 아이들은 어린 시절의 비밀을 오랫동안 간직한다. 이들은 백발이 성성해지고 고단한 몸을 추스르는 노년이 될 때까지 그 잔재와 여운을 간직한다. 아이들은 비밀을 지니고 있는 한 끊임없이 영적으로 가장 중요한 일, 즉 자기 자신에 대해, 그리고 세계와 자신의 관계가 지닌 수수께끼에 몰두한다. 구도자와 현자들은 원숙해질수록 여기로 되돌아가지만, 대부분은 일찍부터 진실로 중요한 이런 내면세계를 영원히 잊거나 지나쳐 버리고, 평생 걱정하며 소원과 목표라는 눈부신 미로 속을 헤매고 다닌다. 그러나 그중 어느 것도 내면 깊숙이 존재하는 것은 없으며, 어느 것도 그들을 내면 깊숙한 곳이나 본래의 자기 자신에게로 이끌어 주지 않는다.

안젤름이 어린 시절, 여름과 가을은 살며시 왔다가 소리 없이 가 버렸다. 눈풀꽃, 제비꽃, 금빛 니스, 아이리스, 송악과 장미가 언제나처럼 아름답고 풍성하게 꽃을 피웠다가 시들었다. 그는 이런 것을 함께 경험했다. 꽃과 새가 그에게 말을 걸었고, 나무와 샘물이 그에게 귀 기울였다. 그는 처음으로 글자를 썼을 때, 처음으로 친구 때문에 걱정이 생겼을 때 옛날처럼 정원으로, 어머니에게로, 화단에 깔린 알록달록한 돌들에게로 건너갔다.

그러나 언젠가 이전의 모든 것과는 다른 울림과 냄새를 지닌 봄이 찾아왔다. 지빠귀가 노래했지만, 그것은 예전의 노래가 아니었고, 푸른 아이리스가 피었지만 꿈도 동화 속 인물들도 꽃받침 속의 금빛 울타리가 쳐진 좁은 길로 드나들지 않았다. 산딸기가 녹색 그늘에 숨어 웃었고, 나비들이 키 큰 산형화 위로 날개를 번쩍이며 취한 듯 날아다녔지만, 모든 것이 더 이상 예전 같지 않았다. 소년은 다른 일에 관심을 기울였고, 툭 하면 어머니와 다투었다. 하지만 그것이 무엇인지, 왜 줄곧 무언가가 자신의 마음을 괴롭히고 방해하는지 알지 못했다. 단지 세계가 변했고, 지금까지의 친구들이 떨어져 나가 그를 홀로 남겨 두었다는 것만 알 뿐이었다.

그렇게 한 해가 가고 또 한 해가 갔다. 안젤름은 이제 더 이상 어린아이가 아니었다. 화단을 에워싼 알록달록한 돌멩이들은 지루하게 느껴졌고, 꽃들은 아무 말이 없었다. 그는 딱정벌레들을 바늘로 찔러 상자에 넣어 두었다. 그의 영혼은 길고 힘든 우회로에 들어섰으며, 예전의 기쁨은 바짝 마르고 시들어 버렸다.

그 젊은이는 이제 막 시작된 듯한 삶 속으로 격렬하게 밀고 들어갔다. 비유의 세계는 사라지고 잊혔으며, 새로운 소원과 길이 그를 유혹했다. 파란 눈빛과 부드러운 머리카락 속에는 어린 시절이 아직 잔향처럼 남아 있었지만, 그것에 대한 기억이 떠올라도 사랑하지는 않았다. 그는 머리를 짧게 깎았고, 눈빛에 될 수 있는 한 대담함과 지식을 많이 집어넣었다. 그는 변덕스러운 기분으로 두렵기도 하고 기대되기도 하는 세월을 뚫고 돌진해 갔다. 때로는 좋은 학생이자 친구가 되었다가, 때로는 혼자가 되어 소심해지기도 했다. 언젠가는 처음으로 젊은이들의 왁자지껄한 술자리에 끼어 보기도 했다. 그는 고향을 떠나야만 했다. 성숙하고 변한 모습으로 좋은 옷을 입고 어머니가 있는 고향을 찾아오기도 했지만 그런 일은 드물었고, 와도 잠깐 머물다 떠날 뿐이었다. 그럴 때 그는 친구들을 데려왔고, 책과 함께 늘 다른 무언가를 가지고 왔다. 옛날의 정원을 걸을 때면 그것은 작아 보였고, 멍한 그의 시선 앞에 침묵했다. 그는 돌과 잎사귀의 알록달록한 무늬 속에서 더 이상 이야기를 읽어 낼 수 없었다. 푸른 아이리스의 비밀스러운 꽃잎 속에서 더 이상 신과 영원을 볼 수 없었다.

안젤름은 고등학생이 되고, 대학생이 되었다. 처음에는 빨간 모자, 다음에는 노란 모자를 쓰고 고향으로 돌아왔다. 입가의 솜털은 젊은이의 수염으로 변했다. 그는 외국어로 된 책을 가져왔고, 한 번은 개를 데려오기도 했다. 가슴에 안은 가죽 가방 속에 때로는 비밀스러운 시들을 넣어 다녔고, 때로는 아주 오래된 경구를, 때로는 예쁜 소녀들의 사진과 편지들을 넣어 다니기도 했다. 그는 다시 고향을 떠나 먼 외국에서 살았고, 바다 위 커다란 배에서 지내기도 했다. 다시 돌아온 그는 젊은 학자가 되었고, 검은 모자를 쓰고 검은 장갑을 끼고 다녔다. 옛 이웃들은 그를 보면 모자를 벗고 인사를 했고, 아직 교수가 아닌데도 그를 교수님이라고 불렀다. 또다시 돌아왔을 때 그는 검은 옷을 입고 날렵하지만 엄숙한 걸음으로 느린 마차 뒤를 따라갔다. 마차 안에는 늙은 어머니가 꽃으로 장식된 관에 누워 있었다. 그 뒤 그는 거의 다시는 고향을 찾아오지 않았다.

이제 안젤름은 유명한 학자가 되어 대도시에서 대학생들을 가르쳤다. 그곳에서 그는 좋은 재킷을 입고 모자를 쓴 채 세상 모든 사람들과 마찬가지로 걷고 산책하며 앉거나 서 있었다. 그의 모습은 진지하거나 다정했으며, 눈에는 열정이 담겨 있었지만 때로는 피곤해 보였다. 그는 소망대로 학자이자 교수가 되어 있었다. 이제 어린 시절은 끝난 것처럼 보였다. 갑자기 긴 세월이 미끄러지듯 흘러가 버린 것처럼 느껴졌다. 그는 언제나 얻으려고 노력하던 이 세상의 한가운데에 이상하게도 홀로, 만족을 느끼지 못한 채 서 있었다. 교수가 되긴 했어도 진정으로 행복하지는 않았다. 시민과 학생들이 허리 굽혀 인사해도 완전히 기쁘지 않았다. 모든 것이 시들해지고 먼지에 쌓인 것 같았다. 행복은 다시 먼 미래의 일로 넘어갔고, 그곳으로 가는 길은 덥고 먼지에 덮였으며 평범해 보였다.

이 시절 안젤름은 한 친구의 집에 자주 드나들었다. 친구의 여동생이 그의 마음을 끌었던 것이다. 그는 이제 더 이상 얼굴이 예쁘다는 이유로 여자를 쫓아다니지는 않았다. 그 점도 달라졌다. 그는 행복이 누구에게나 똑같이 오는 게 아니라 그에게 특별한 방식으로 와야 한다고 느꼈다. 친구의 여동생은 썩 마음에 들었다. 때로는 그 여자를 정말로 사랑한다고 여기기도 했다. 하지만 그녀는 특별한 소녀였다. 그녀의 발걸음과 말은 인상적이었고, 모두 고유한 색조를 지니고 있었다. 그녀와 함께 보조를 맞추어 걷는 것이 늘 쉽지는 않았다. 때때로 저녁에 외로운 방 안을 이리저리 오가며 생각에 잠긴 채 빈 방에서 나는 자신의 발소리에 귀 기울이면, 안젤름은 그 소녀로 인해 자기 자신과 다투곤 했다. 그녀는 자신이 생각하는 아내감에 비해 나이가 많았다. 또한 성격도 매우 독특해서, 그녀와 함께 살면서 자신의 학문적 야심을 추구하기는 힘들 것 같았다. 그녀는 그런 야심에 대해서는 아무것도 듣고 싶어 하지 않았다. 또한 그다지 튼튼하지도 건강하지도 않았다. 다시 말해 사교 모임이나 연회를 잘 견뎌 내지 못했다. 그녀는 꽃과 음악과 함께, 자기 주위에 책 한 권을 놓아 두고 사는 것을 가장 좋아했다. 그녀는 혼자 조용히 살면서 누군가 자기에게 찾아오지나 않을까 기다렸다. 세상 돌아가는 일에는 아무 관심도 없었다. 때로는 너무 민감하고 예민해져서 낯선 것은 모두 그녀의 마음을 아프게 했고, 쉽게 그녀를 울리곤 했다.

그런 뒤 그녀는 다시 조용하고 우아하게 외로운 행복 속에서 빛을 발했다. 그것을 본 사람은 이 아름답고 기묘한 여자에게 무언가를 준다거나, 그녀에게 어떤 의미가 된다는 것이 얼마나 어려운지 실감했다. 안젤름은 때로는 그녀가 자기를 사랑한다고 믿다가도, 때로는 그녀가 아무도 사랑하지 않으며, 누구에게나 상냥하고 다정할 뿐이라고 여겼다. 그녀는 자기를 가만히 내버려 두는 것 말고는 세상에 아무것도 바라는 게 없는 듯했다. 하지만 그는 인생으로부터 무언가 다른 것을 원했다. 아내를 맞이하게 된다면 집 안에 인간다운 삶이 있고 사람 사는 소리가 들리며 손님을 환대하는 분위기가 감돌아야 했다.

"아이리스." 그는 그녀에게 말했다. "사랑하는 아이리스, 세상이 좀 달라졌으면 좋을 텐데! 꽃이며 사색이며 음악이 있는 아름답고 부드러운 세계 말고는 아무것도 존재하지 않는다면, 나는 평생토록 당신 곁에서 지내고, 당신 이야기를 들으며, 당신의 생각 속에서 함께 살아가는 것 말고는 아무것도 바라지 않을 거요. 당신 이름만 해도 내 기분을 좋게 하오. 아이리스는 놀라운 이름이오. 그 이름이 무얼 떠올리게 하는지는 도저히 모르겠지만 말이오."

"이미 알고 있잖아요." 그녀가 말했다. "푸른 아이리스 꽃을 그렇게 부른다는 것을요."

"그렇군요!" 그는 답답한 기분으로 외쳤다. "그 이름을 잘 알고 있소. 그것만 해도 매우 아름답지요. 하지만 당신의 이름을 부를 때마다 그것 말고도 뭔가 다른 것이 떠오른다오. 뭔지는 잘 모르겠지만, 그 이름은 깊고 아득한, 뭔가 중요한 기억과 관계있는 것 같소. 그렇지만 그게 뭔지는 알지도 찾아내지도 못하겠소."

아이리스는 그에게 미소를 지어 보였다. 그는 어쩔 줄 몰라 하며 서서 손으로 자기 이마를 문질렀다.

"저는 매번 그래요." 그녀가 새처럼 경쾌한 목소리로 말했다. "꽃 냄새를 맡을 때마다요. 그럴 때면 제 가슴은 매번 말하지요.

언젠가 예전에는 제 것이었는데, 제게서 사라져 버리고 만, 뭔가 아주 아름답고 소중한 것에 대한 추억이 그 향내와 연결되어 있다고요. 음악도 그렇고, 때로는 시도 그래요. 느닷없이 생각이 번쩍 떠오르지요. 잠시 동안요. 마치 잃어버린 고향이 갑자기 아래쪽 골짜기에 있는 것이 보이다가, 곧 다시 사라지고 잊히는 것처럼요. 사랑하는 안젤름, 제 생각에 우리는 이런 의미를 얻으려고 지상에 있는 것 같아요. 잃어버린 아득한 음을 곰곰 생각하고 추구하며 귀 기울이려고요. 그 뒤에 우리의 진정한 고향이 있을 거예요."

"그렇게 멋진 말을 하다니요!" 안젤름은 감탄했다. 그는 자신의 가슴속에서 거의 고통에 가까운 어떤 움직임을 느꼈다. 그곳에 숨어 있던 나침반이 아득한 어떤 목표를 가리키는 것 같았다. 불가항력적으로. 그러나 이러한 목표는 그가 추구하는 삶과는 완전히 다른 것이었다. 그 사실이 그의 마음을 아프게 했다. 매력적인 동화에서나 나올 법한 꿈을 꾸며 인생을 허비하는 게 어떤 가치가 있을까?

그러던 어느 날이었다. 안젤름은 홀로 여행을 갔다가 돌아왔다. 황량한 자신의 집이 너무 차갑고 우울하게 느껴졌다. 그래서 친구들에게 달려가면서 아름다운 아이리스에게 청혼하리라 마음먹었다.

"아이리스." 그가 여인에게 말했다. "나는 이런 식으로 계속 살아갈 수 없소. 당신은 언제나 나의 좋은 여자 친구였으니, 당신에게 모든 것을 말해야겠소. 나는 아내가 있어야겠소. 그렇지 않으면 내 삶이 공허하고 무의미해질 것 같소. 내 사랑스러운 꽃, 당신 말고 내가 누구를 아내로 맞이하겠소? 그렇게 해주겠소, 아이리스? 꽃을 갖고 싶다면 그렇게 될 것이오. 가장 아름다운 정원을 갖도록 해주겠소. 내게로 와주겠소?"

아이리스는 오랫동안 그의 눈을 조용히 들여다보았다. 그녀는 미소를 짓지도, 얼굴을 붉히지도 않고 단호하게 대답했다.

"안젤름! 당신의 청혼이 놀랍지 않아요. 저는 당신을 사랑해요. 비록 당신의 아내가 되겠다는 생각은 한 번도 해본 적이 없지만 말이에요. 하지만, 보세요, 저는 저를 아내로 맞으려는 사람에게 요구할 게 많아요. 대부분의 아내들이 하는 것보다 더 많은 요구를 할 거예요. 당신은 제게 꽃을 주겠다고 하셨죠. 좋은 뜻으로 하신 거겠죠. 하지만 저는 꽃 없이도 살 수 있고, 음악 없이도 살 수 있어요. 저는 이 모든 것과 다른 많은 것들 없이도 살 수 있어요. 꼭 그래야 한다면요. 그러나 한 가지만은 결코 없이 지낼 수 없고, 그렇게 지내고 싶지도 않아요. 제 마음속에서 '음악'이 중요하게 여겨지지 않는다면 단 하루도 살 수 없다는 거예요. 제가 어떤 남자와 같이 살게 된다면 그 사람 내면의 음악이 제 음악과 훌륭하고 섬세하게 조화를 이루어야 해요. 그 자신의 음악이 순수하고, 저의 음악과 잘 어울리는 것이 유일한 바람인 남자여야 해요. 그렇게 할 수 있겠어요? 그렇게 되면 당신은 더 이상 유명해지지도, 명예를 얻지도 못할 거고, 집은 조용해질 거예요. 몇

해 전부터 당신의 이마에 생긴 주름도 모두 다시 사라져야 해요. 아, 안젤름, 하지만 그건 안 될 일이겠죠. 보세요, 당신은 늘 연구를 하고 새로운 걱정을 하느라 이마에 새로운 주름살을 만들 거예요. 당신은 제가 생각하는 그대로, 있는 그대로의 저를 사랑하고 예쁘게 여기겠지요. 하지만 그런 것은 대부분의 사람들에게 그렇듯이 당신에게는 단지 하나의 놀이에 불과해요. 아, 제 말 잘 들어 보세요. 당신이 지금 장난감으로 여기는 모든 것이 저에게는 삶 자체예요. 당신에게도 그래야 할 거예요. 당신이 애쓰고 걱정하는 모든 것이 저에게는 장난감이에요. 사람들이 살면서 추구하는 것이 저에게는 아무 의미가 없어요. 저는 더 이상 달라지지 않을 거예요, 안젤름! 저는 제 안에 있는 어떤 규범에 따라 살아가니까요. 하지만 당신이 달라질 수 있을까요? 저를 아내로 맞으려면 당신이 완전히 달라질 수 있어야 해요."

안젤름은 장난스럽게, 연약하다고 여겼던 그녀의 의지에 충격을 받아 입을 다물었다. 그는 말없이 있었고, 흥분한 손으로 탁자에서 집어 든 꽃 한 송이를 무심코 눌러 부스러뜨렸다.

그러자 아이리스는 그의 손에서 부드럽게 꽃을 빼앗고는(그 행동은 엄중한 질책처럼 그의 폐부를 찔렀다) 마치 어둠 속에서 뜻하지 않게 하나의 길을 발견하기라도 한 것처럼, 갑자기 밝고 사랑스럽게 미소 지었다.

"저에게 한 가지 생각이 있어요." 그녀는 나직이 말하며 얼굴을 붉혔다. "당신은 이상하게 여길지도 몰라요. 하지만 당신의 기분을 좋게 해주리라 생각해요. 변덕은 아니에요. 제 생각을 들어 보시겠어요? 그리고 그걸로 당신과 제 일을 결정하는 건 어떨까요?"

안젤름은 그녀의 말을 이해하지 못하고 창백한 표정으로 근심에 잠겨 여자 친구를 바라보았다. 그녀의 미소는 그가 신뢰를 갖고 승낙하도록 그를 제압했다.

"당신에게 한 가지 과제를 드리겠어요." 아이리스의 표정이 다시 진지해졌다.

"그렇게 하시오. 그건 당신의 권리이니." 그는 그녀의 말에 따랐다.

"이것은 저의 진심이에요." 그녀가 말했다. "그리고 마지막으로 드리는 말이에요. 그것을 제 영혼으로부터 나오는 대로 받아들이고, 즉각 이해하지는 못한다 해도 흥정하고 값을 깎으려 하지는 않으시겠지요?"

안젤름은 그러겠노라고 약속했다. 그러자 그녀는 일어서서 손을 내밀며 말했다.

"당신은 몇 번이나 말했어요. 저의 이름을 말할 때마다, 당신이 한때 중요하고 성스럽게 여겼지만 잊어버린 그 무언가가 생각나는 것 같다고요. 그것이 하나의 신호예요. 안젤름, 그것이 해마다 당신을 제게로 끌어당긴 거지요. 저 역시 당신이 영혼의 중요하고 성스러운 것을 잃어버리고 잊어버렸다고 생각해요. 먼저 그것을 다시 일깨워야 해요. 당신이 어떤 행복을 발견하고, 당신에게 정해진 것에 도달하기 전에 말이에요. 그래야만 행운이 찾아오고 당신을 정해진 곳으로 이끌어 줄 거예요. 부디 건강하세요, 안젤름! 당신의 청혼을 승낙하고 당신께 부탁드리겠어요. 가세요. 그리고 제 이름을 통해 떠올리게 된 것을 기억 속에서 다시 찾아 내도록 하세요. 그것을 다시 찾게 되는 날, 저는 당신의 아내로서 당신과 함께 원하는 어디든지 가겠어요. 그리고 당신이 원하는 것 외에는 어떤 바람도 갖지 않겠어요."

놀라서 당황한 안젤름은 그녀의 말을 가로막고 이런 요구를 변덕이라며 책망하려 했다. 그러나 그녀가 맑은 시선으로 약속을 상기시키자, 그는 조용히 침묵했다. 그는 눈을 내리깔고 그녀의 손에 입맞춤을 하고는 밖으로 나갔다.

살아오면서 많은 과제를 해결해 왔지만, 이 과제처럼 이상하고 중요하면서도 용기를 꺾는 것은 없었다. 그는 날이면 날마다 이리 저리 돌아다니며 지칠 때까지 그 문제를 곰곰 생각해 보았다. 그러다가 절망하고 화가 나서 이 모든 과제를 여자의 정신 나간 변덕이라고 책망하며, 그 요구를 떨쳐내고 싶은 순간이 자꾸만 찾아왔다. 하지만 그의 내면 깊은 곳에서 무언가가 이의를 제기했다. 매우 섬세하고 은밀한 고통과 들릴 듯 말 듯한 부드러운 경고의 목소리였다. 가슴속의 이 섬세한 목소리는 아이리스의 말이 옳다고 시인했으며, 그녀와 같은 요구를 했다.

하지만 이 과제는 학자인 그에게는 너무 어려웠다. 그는 오래 전에 잊은 무언가를 기억해 내야 했고, 가라앉은 세월의 거미줄 로부터 금빛 실 몇 가닥을 다시 찾아내야 했다. 무언가를 손으로 붙잡아 사랑하는 사람에게 갖다 바쳐야 했다. 그것은 사라져 버린 새소리 같은 것, 음악을 들을 때 느끼는 기쁨이나 슬픔의 기미 같은 것이 아니었다. 생각보다 더 얇고 덧없으며 형체가 없었고, 밤에 꾸는 꿈보다 더 공허하며, 아침 안개보다 더 불확실한 것이었다.

때때로 낙담하여 이 모든 것을 내던지고 언짢은 기분에 사로잡혀 포기해 버리고 싶을 때면 뜻밖에 아득한 정원으로부터 입김 같은 것이 그에게로 불어왔다. 그는 아이리스라는 이름을 속삭이듯 중얼거렸다. 열 번, 아니 그 이상으로, 조용히 연주하듯, 팽팽한 현을 퉁겨 어떤 음을 시험해 보듯.

"아이리스." 그는 속삭였다. "아이리스." 그러면 내면에서 무언가가 움직이는 듯했고, 아련한 아픔이 느껴졌다. 마치 오래 버려둔 집 문이 이유 없이 열리고 서랍이 삐걱대는 소리를 내는 것처럼. 그는 내면에 잘 간직해 왔다고 여겼던 기억을 더듬어 보았다. 그러자 놀랍고도 당혹스러운 발견을 했다. 기억해낸 보물은 지금까지 생각했던 것보다 훨씬 하찮은 것이었다. 온갖 세월이 아무것도 쓰이지 않은 종이처럼 공허하게 텅 비어 있었다. 어머니의 모습을 또렷이 떠올리기가 무척 힘들었다. 그는 젊은 시절 거의 1년 동안이나 불타는 열정으로 쫓아다녔던 소녀의 이름을 까맣게 잊고 있었다. 불현듯 어떤 개 생각이 떠올랐다. 언젠가 대학생 시절 일시적인 기분으로 사서 한동안 키웠던 개였다. 여러 날을 고심한 끝에 마침내 그 개의 이름을 다시 기억해 냈다.

점점 슬픔과 불안에 잠긴 가엾은 남자는 자신의 인생이 얼마나 덧없이 흘러가고 공허한지 깨닫고 대단히 고통스러웠다. 한때 열심히 외웠던 것이 더 이상 자신에게 속하지 않고, 낯설어져서 자신과 아무 관계가 없게 된 꼴이었다. 아무리 애써도 아귀가 맞지 않는 조각만 모일 뿐이었다. 그는 글을 쓰기 시작했다. 한 해 한 해 돌이켜 보며, 언젠가 다시 두 손에 단단히 움켜쥐기 위해 그동안 겪었던 가장 중요한 경험들을 기록해 두고자 했다. 그러나 가장 중요한 경험들은 어디에 있었던가? 그가 교수가 되었다는 사실인가? 언젠가 박사가 되고, 언젠가 고등학생이, 언젠가 대학생이 되었다는 사실인가? 아니면 언젠가, 아득히 잊힌 시절 이 소녀나 혹은 저 소녀를 좋아했다는 사실인가? 그는 깜짝 놀라 위를 올려다보았다. 이것이 인생이었던가? 이것이 다란 말인가? 그는 이마를 치며 마구 웃음을 터뜨렸다.

그 사이에도 세월은 흘렀다. 그처럼 빠르고도 무정하게 흐른 적은 없었다! 1년이 지났다. 그런데도 아이리스를 떠나온 바로 그 장소, 그 시간에 아직 머물러 있는 것 같았다. 그렇지만 이 무렵 그는 많이 변해 있었다. 그 자신 외에는 누구든 보면 알 수 있는 사실이었다. 더 늙었을 뿐 아니라 더 젊어지기도 했다. 전에 알았던 사람들에게 그는 낯선 존재가 되었다. 사람들은 그가 얼이 빠지고, 변덕스럽고, 특이해졌다고 여겼다. 그는 괴짜라는 평판을 듣게 되었다. 안타깝게도 너무 오래 독신 생활을 해서 그렇게 되었다고 했다. 자신의 의무를 잊어버리거나, 학생들을 헛되이 기다리게 하는 일도 있었다. 생각에 잠겨 몰래 어느 거리를 걸으며 집들을 찾아다니거나, 구겨진 상의로 처마 가장자리 돌림띠에 묻은 먼지를 문질러 닦기도 했다. 많은 사람들은 그가 술을 마시기 시작한다고 생각했다. 한번은 학생들 앞에서 강의를 하던 도중 말을 멈추고 무언가를 생각해 내려 하면서, 감정을 억누른 채 어린아이처럼 미소 짓기도 했다. 아무도 본 적이 없는 모습이었다. 그러고는 많은 학생들의 가슴을 파고드는 따뜻하고 감동적인 어조로 강의를 계속했다.

오래전부터 절망적인 배회를 하던 중에 아득한 옛날의 향기와 사라진 자취로부터 새로운 의미가 그에게 다가왔다. 그렇지만 그 자신은 이를 까맣게 모르고 있었다. 지금까지 기억이라고 불렀던 것의 배후에 또 다른 기억이 자리 잡고 있다는 생각이 점점 더 자주 들었다. 때때로 마치 오래된 그림으로 장식된 벽의 밑에 언젠가 그려진 더 오래된 그림이 숨겨진 채 잠자고 있는 것처럼.

그는 무언가를 생각해 내려고 했다. 가령 언젠가 여행을 하며 며칠 묵었던 어느 도시의 이름에서, 또는 어느 친구의 생일에서, 또는 그 밖의 다른 어떤 것에서. 이제 파편 같은 과거의 작은 조각을 파헤치고 뒤집고 있노라니 갑자기 뭔가 전혀 다른 생각이 떠올랐다. 4월 아침에 부는 바람처럼 또는 9월의 안개 낀 날처럼, 어떤 숨결이 그에게 엄습했다. 그는 어떤 향내를 맡았고, 어떤 맛을 보았으며, 피부와 눈, 가슴의 어디선가 어둡고도 부드러운 감각을 느꼈다. 그리고 점차 분명히 깨닫게 되었다. 언젠가 푸르고 따스하거나 또는 서늘하고 회색이었던 어떤 날이 또는 그 밖의 어떤 날이 있었음이 분명하다는 사실을. 이런 날의 본질이 그의 내면에 휩쓸려 들어가 어두운 기억 속에 머물러 있다는 사실을. 그는 자신이 분명히 느끼고 냄새 맡았던 그 봄날이나 겨울날을 실제의 과거에서는 다시 찾아낼 수 없었다. 거기에는 이름도 숫자도 없었다. 아마 대학생 시절이거나 아니면 아직 요람에 누워 있던 어느 날이었을지도 모른다. 하지만 거기에는 향내가 있었다. 그는 자신이 알지 못하고, 뭐라고 이름 붙일 수도 규정할 수도 없는 무언가가 자기 안에 살아 있음을 느꼈다. 때때로 이런 기억들은 삶을 거슬러 올라가 이전 존재의 과거에까지 이를 것 같았다. 그렇지만 그는 이에 대해 미소 지으며 넘겨 버렸다.

어쩔 줄 몰라 하며 기억의 심연을 방랑하면서 안젤름은 많은 것을 발견했다. 그는 자신을 사로잡고 감동시켰던 많은 것, 깜짝 놀라게 하고 불안하게 한 많은 것을 찾아냈다. 그러나 단 한 가지, 아이리스란 이름이 그에게 어떤 의미인지는 알아내지 못했다.

언젠가 그는 도무지 찾아낼 수 없다는 고통을 느끼며 옛 고향을 다시 찾아가기도 했다. 숲과 골목길, 판자 다리와 울타리를 다시 보았다. 옛 정원에 섰을 때 가슴 너머로 큰 파도가 몰려오는 것을 느꼈다. 과거가 마치 꿈처럼 그를 감싸 안았다. 그는 슬픈 심정으로 조용히 되돌아왔다. 그리고 아프다고 알리고는 찾아오려는 사람들을 모두 돌려보냈다.

그런데도 한 사람이 그를 찾아왔다. 아이리스에게 구혼한 이후 다시는 볼 수 없었던 친구였다. 그는 안젤름이 영락한 모습으로 쓸쓸한 골방에 앉아 있는 것을 보았다.

"일어나게." 그는 말했다. "나와 같이 가세. 아이리스가 자네를 보고 싶어 한다네."

안젤름은 벌떡 일어섰다.

"아이리스라고! 그녀에게 무슨 일이라도 일어났나? 오, 알겠어, 알겠어!"

"그래." 그 친구가 말했다. "같이 가세! 그애가 죽어 가고 있다네. 오랫동안 병석에 누워 있네."

그들은 아이리스에게로 갔다. 그녀는 어린아이처럼 작아져, 홀쭉한 얼굴로 침상에 누워 있다가 눈을 크게 뜨고 밝게 미소 지었다. 그녀가 안젤름에게 어린아이 같은 희고 부드러운 손을 내밀었다. 손이 마치 한 송이 꽃처럼 그의 손 위에 놓였다. 그녀의 얼굴은 환히 빛나는 것 같았다.

"안젤름." 그녀가 말했다. "저에게 화났어요? 저는 당신에게 어려운 과제를 주었죠. 당신이 그 과제에 충실했다는 것을 알아요. 계속 찾아보세요. 그리고 목표에 이를 때까지 그 길을 가세요! 저 때문에 그 길을 간다고 생각하시겠지만 그건 당신을 위한 거예요. 아시겠어요?"

"알고 있었소." 안젤름이 말했다. "그리고 지금도 알고 있소. 그것은 먼 길이오, 아이리스. 오래전부터 되돌아오고 싶었지만, 돌아오는 길을 더 이상 찾아낼 수 없었소. 내가 어떻게 될지 알 수 없소."

그녀는 그의 슬픈 눈을 들여다보더니 위로하듯 밝게 미소 지었다. 그는 그녀의 가냘픈 손 위로 몸을 구부려 오래도록 울었다. 그녀의 손이 그의 눈물로 젖었다.

"당신이 어떻게 될지 저에게 묻지 마세요." 그녀는 추억을 더듬는 듯한 목소리로 말했다. "당신은 살아오면서 많은 것을 추구했어요. 명예를 추구했고, 행복도, 지식도 추구했어요. 당신의 작은 아이리스인 저도 얻으려 했어요. 이 모든 것은 아름다운 영상들일 뿐이에요. 그것들은 당신을 떠났어요. 이제 제가 당신에게서 떠나야 하듯이 말이에요. 저 역시 그랬지요. 저도 늘 그걸 추구했지요. 늘 아름답고 사랑스러운 영상들이었지요. 하지만 그것들은 언젠가는 떨어져 시들고 말지요. 저는 이제 더 이상 아무것도 추구하지 않아요. 전 고향에 돌아왔어요. 한 걸음만 옮기면 고향에 도달하게 되지요. 당신도 그곳으로 갈 거예요, 안젤름. 그러면 더 이상 이마에 주름이 생기지 않을 거예요."

그녀가 너무 창백해서 안젤름은 절망적으로 외쳤다. "오, 기다려요. 아이리스. 아직 가지 말아요! 당신이 영영 내 곁을 떠나지 않는다는 표시를 하나 남겨 줘요!"

그녀는 고개를 끄덕였다. 그러고는 곁에 있던 유리병을 집어 들더니 갓 피어난 푸른 아이리스 한 송이를 그에게 주었다.

"저의 꽃 아이리스를 받으세요. 그리고 저를 잊지 마세요. 저를, 아이리스를 찾으세요. 그러면 저에게 찾아올 수 있을 거예요."

안젤름은 울면서 그 꽃을 손에 받아들고는 작별을 고했다. 얼마 후 친구가 그에게 전갈을 보냈고, 그는 다시 와서 그녀의 관을 꽃으로 장식하고 땅에 묻는 일을 도와주었다.

그런 뒤 그의 삶은 허물어져 버렸다. 삶의 실을 계속 자아 나가는 것은 불가능해 보였다. 그는 모든 것을 포기하고 교수직을 버리고 도시를 떠나 세상에서 사라졌다. 그는 이곳저곳에 모습을 드러냈다. 그러다가 고향에 불쑥 나타나 오래된 정원의 울타리에 몸을 기대고 서 있기도 했다. 사람들이 안부를 물으며 돌봐 주려고 하면 그는 다시 떠나가 사라졌다.

그는 여전히 아이리스를 사랑했다. 아이리스가 피어 있는 것을 보면 이따금 그 위에 몸을 굽혔다. 아이리스 꽃받침을 오랫동안 바라보고 있노라면, 그 푸르스름한 바닥으로부터 과거와 미래의 온갖 향기와 예감이 그를 향해 불어오는 듯했다. 그러다가 그는 결국 슬픈 심정으로 자리를 떴다. 마음이 채워지지 않아서였다. 더없이 사랑스러운 비밀이 숨 쉬고 있는 것을 반쯤 열린 문가에서 또는 문 뒤에서 엿듣는 기분이었다. 이제 모든 것이 자신에게 주어지고 채워졌다고 생각하는 순간, 문은 닫혀 버리고 세상의 바람이 그의 고독을 시원하게 쓰다듬었다.

꿈속에서 어머니가 그에게 말을 건네기도 했다. 어머니의 얼굴, 그 모습이 그처럼 분명하고 가깝게 느껴진 적이 없었다. 아이리스도 그에게 말을 건넸다. 꿈에서 깨어나도 무언가 여운이 남아 종일 그 생각만 하기도 했다. 그는 정처 없이 외지를 떠돌아다녔다. 집에서 자기도 하고 숲에서 밤을 보내기도 했다. 빵을 먹기도 하고 딸기로 허기를 달래기도 했다. 포도주를 마시기도 하고 숲 속의 잎사귀에 맺힌 이슬을 마시기도 했다. 그는 이 모든 것에 아랑곳하지 않았다. 사람들은 그를 바보라고 여기기도 하고 마술사로 생각하기도 했다. 또한 그를 두려워하고, 비웃기도 했으며, 사랑하기도 했다. 그는 결코 할 줄 몰랐던 일을 배웠다. 아이들의 놀이에 함께하기도 하고 부러진 나뭇가지나 작은 돌멩이와 이야기를 나누었다. 겨울과 여름이 그의 곁을 지나갔고, 그는 꽃받침과 시냇물과 호수를 들여다보았다.

"영상." 그는 때때로 혼잣말을 했다. "모든 것은 다만 영상에 지나지 않아."

하지만 그는 내면에서 영상이 아닌 존재를 느끼고 그 존재의 뒤를 따라다녔다. 내면의 그 존재는 이따금 그에게 말을 걸기도 했다. 그 목소리는 아이리스의 목소리이자 어머니의 목소리였다. 그것은 위안이며 희망이었다.

그는 기적과 마주치기도 했지만 그것에 놀라지는 않았다. 언젠가 추운 겨울날 그는 눈 속을 걸어가고 있었다. 수염에 고드름이 달렸다. 눈 속에 아이리스가 뾰족하고 가냘프게 자라고 있었다. 그것에는 아름답고 외로운 꽃 한 송이가 피어 있었다. 그는 꽃을 향해 몸을 굽히고 미소를 지었다. 아이리스가 언제나 그에게 상기시킨 것을 깨달았기 때문이었다. 그는 어린 시절의 꿈을 다시 깨달았고, 금빛 꽃줄기 사이에서 밝은 무늬를 가진 연푸른색 길이 꽃의 비밀과 심장을 향해 나 있는 것을 보았다. 그는 자신이 찾던 것, 더 이상 영상이 아닌 존재가 그곳에 있다는 것을 알았다.

다시 경고를 받고 그는 꿈이 인도하는 대로 어느 오두막으로 갔다. 거기에는 아이들이 있었다. 아이들은 그에게 우유를 주었고, 그는 아이들과 함께 놀았다. 아이들이 그에게 이야기를 들려 주었다. 숲 속의 숯쟁이에게 기적이 일어났다는 이야기였다. 숯쟁이가 천 년마다 단 한 번 열린다는 영혼의 문이 열려 있는 것을 보았다는 것이다. 그는 귀 기울여 이야기를 들었고, 사랑스러운 영상에 고개를 끄덕였다. 계속 걸어가자 오리나무 숲 속에서 새한 마리가 그에게 노래를 불러 주었다. 독특하고 달콤한 소리였다. 마치 죽은 아이리스의 목소리 같았다. 그가 따라가자 새는 날아갔다. 새는 계속 깡충깡충 뛰어가면서 시냇물을 건너 숲 속 아주 깊은 곳으로 들어갔다.

새소리가 그치고 더 이상 아무것도 들리지도 보이지도 않게 되자, 안젤름은 걸음을 멈추고 주위를 둘러보았다. 그는 숲 속 깊은 골짜기에 들어와 있었다. 넓고 푸른 나뭇잎 아래로 나직하게 물소리만 들릴 뿐, 모든 것이 조용히 기다리는 듯했다. 그러나 그의 가슴속에는 새가 사랑스러운 소리로 계속 노래하고 있었다. 그는 새소리를 따라 계속 가다가 이윽고 어느 암벽에 이르렀다. 이끼로 뒤덮인 암벽 한가운데 틈이 벌어져 있었다. 틈새는 산의 내부로 좁고 가늘게 이어져 있었다.

한 노인이 그 앞에 앉아 있었다. 그는 안젤름이 다가오는 것을 보고 몸을 일으켜 소리쳤다.

"돌아가게! 이곳은 영혼의 문이야. 그곳으로 들어갔다 다시 돌아온 사람은 이제껏 아무도 없다네."

안젤름은 고개를 들어 바위 문 속을 들여다보았다. 산속 깊숙이 푸른 길이 사라지고 있었다. 그 양편으로 금빛 기둥들이 촘촘히 서 있었다. 길은 아름답기 그지없는 꽃의 꽃받침 속으로 들어가는 것처럼 안쪽으로 내려가고 있었다.

그의 가슴속에서 새가 밝게 노래했다. 안젤름은 파수꾼을 지나 바위틈으로 들어서서, 금빛 기둥들을 지나 내부의 푸른 신비 속으로 들어갔다. 꽃을 뚫고 심장부로 나아가게 한 것은 아이리스였다. 어머니의 정원에서 푸른 꽃받침 속으로 떠돌듯 들어서곤 했던 아이리스였다. 어스름한 금빛을 향해 나아가자 온갖 기억과 생각이 한꺼번에 떠올랐다. 그는 자신의 손을 느꼈다. 작고 부드러웠다. 사랑의 목소리가 가까이서 친근하게 귓속으로 울려왔다. 그 당시, 어린 시절에 봄날의 모든 것이 빛나고 울렸던 것처럼, 목소리들은 그렇게 울렸고, 금빛 기둥들은 그렇게 반짝였다.

어린 시절 그가 꾸었던 꿈, 꽃받침 속으로 걸어 내려가던 꿈도 다시 거기에 있었다. 그의 뒤로 영상의 모든 세계가 같이 미끄러져 들어가며, 그 영상들 뒤에 있던 비밀 속에 가라앉았다.

안젤름은 나직하게 노래를 부르기 시작했다. 그러자 그의 길이 고향 쪽으로 조용히 내려가고 있었다.

(1916)

끝없는 꿈

　푸른 살롱에 오랫동안 쓸데없이 죽치고 있다는 생각이 들었다. 창문 바깥으로는 피오르를 모방한 인공 호수가 내다보였다. 나를 그곳에 잡아 두고 내 마음을 끄는 것이라곤 죄인처럼 보이는 수상쩍은 미모의 여인밖에 없었다. 여인의 얼굴을 한 번 제대로 보고 싶었지만 이루어지지 않았다. 그녀의 얼굴이 풀어진 검은 머리카락 사이로 눈치 채지 못할 만큼 작게 움직였다. 그 얼굴은 오로지 감미롭고 창백했을 뿐, 다른 특징은 무엇도 존재하지 않았다. 눈은 어쩌면 암갈색이었을 것이다. 그렇게 추측할 근거가 있긴 했다. 하지만 그 경우 그 눈은 내 시선이 흐릿하고 창백한 안색에서 읽어 내고 싶었던 얼굴, 그리고 도달하기 어려운 내 기억의 지층 깊은 곳에 있다고 여겼던 얼굴과는 어울리지 않았다.

마침내 무언가가 일어났다. 두 젊은이가 안으로 들어선 것이다. 그들은 아주 깍듯이 예의를 갖추어 숙녀에게 인사하고 내게도 자신들을 소개했다. 멋쟁이 녀석들이군, 나는 그렇게 생각하고 스스로에게 화가 났다. 한 젊은이가 입은 맵시 있고 잘 맞는 적갈색 재킷이 나를 부끄럽게 하고 질투심을 불러일으켰기 때문이었다. 흠잡을 데 없고, 거리낌 없는 미소를 짓고 있는 젊은이들에게 끔찍한 질투를 하다니!

"자제해라!" 나는 나 자신에게 나직이 소리쳤다. 두 젊은이는 내가 내민 손을 무관심하게 잡으며(내가 그들에게 왜 손을 내밀었지?) 비웃는 듯한 표정을 지었다.

그 순간 무언가가 정상이 아닌 듯한 기분이 들었다. 불쾌한 한기가 느껴졌다. 아래를 내려다보고 나는 얼굴이 하얗게 질렸다. 신발을 신지 않고 양말 바람으로 서 있었던 것이다. 안타까울 만큼 옹색하고 가련한 방해와 반항이라니! 늘 그랬다. 다른 사람들이라면 살롱 안에 있는 흠잡을 데 없고 절제된 차림을 한 사람들 앞에서 반쯤 벌거벗은 채 서 있는 일은 결코 없을 것이다! 나는 애처롭게도 최소한 오른발로 왼발이라도 가리려고 시도하면서 창밖으로 시선을 던졌다. 가파른 호숫가가 푸른색을 띠고 잘못된, 음울한 음조로 거칠게 위협하는 모습이 보였다. 악마라도 되는 것 같았다.

나는 슬프고도 난감한 눈빛으로 낯선 젊은이들을 쳐다보았다. 내 눈빛에 증오가 가득 담겼다. 하지만 나 자신에게 품은 증오가 더 컸다. 나란 존재는 아무것도 아니었고, 잘되는 일이 하나도 없었다. 그런데 내가 왜 저 한심한 호수에 대해 책임감을 느꼈던 것일까? 그렇다, 내가 그렇게 느꼈다면 그건 내 책임이기도 했다. 나는 적갈색 옷을 입은 남자의 얼굴을 간절한 눈빛으로 들여다보았다. 그의 뺨은 건강하게 빛났고, 수염은 말끔히 손질되어 있었다. 나는 스스로가 쓸데없이 자포자기하고 있으며, 그를 감동시킬 수 있으리란 것을 너무나 잘 알고 있었다.

이제야 그는 암녹색 양말 바람인 내 발에 주목하고(아! 양말에 구멍이 나지 않은 걸 그나마 기뻐해야 했다) 야비한 미소를 지었다. 그가 동료의 옆구리를 쿡 찌르더니 내 발을 가리켰다. 그 친구 역시 비웃는 듯이 히죽히죽 웃었다.

"저 호수 좀 보세요!" 나는 그렇게 외치며 창밖을 가리켰다.

적갈색 옷을 입은 젊은이는 어깨를 으쓱하고는 창문 쪽으로 고개를 돌릴 생각은 하지 않고 친구에게 뭔가를 이야기했다. 반쯤밖에 알아듣지 못했지만 나를 빗대어 하는 말이었다. 그들은 그런 살롱에서는 양말만 신은 나 같은 사람을 도저히 참아 줄 수 없다고 생각하는 듯했다. 이때의 '살롱'이란 말은 내게는 무언가 고상한 분위기, 세상이라는 무언가 근사하면서도 거짓된 분위기를 띤 것이었다. 나는 소년 시절에 그렇게 생각했다.

나는 거의 울 것 같은 표정으로 상황을 좀 나아지게 할 수 없을까 하고 발 쪽으로 허리를 굽혔다. 그리고 널찍한 슬리퍼가 내 발에서 빠져나간 것을 알았다. 크고 부드러운 검붉은색 슬리퍼가 발 뒤에 놓여 있었다. 나는 망설이며 슬리퍼의 뒤축을 잡아 손으로 쥐었다. 여전히 금방이라도 울 것 같은 표정이었다. 슬리퍼가 손에서 미끄러지려는 것을 간신히 붙잡자(그 사이 슬리퍼는 더욱 커졌다) 나는 이제 앞쪽 끝 부분을 쥐고 있었다.

그러면서 나는 진심으로 구원되어, 무거운 뒤축에서부터 아래로 휘어 약간 탄력이 느껴지는 슬리퍼의 진정한 가치를 갑자기 깨닫게 되었다. 근사하군, 이렇게 붉고 헐겁다니, 이렇게 부드럽고 무겁다니! 나는 시험 삼아 슬리퍼를 쳐들고 약간 흔들어 보았다. 기분이 좋아졌다. 온몸이, 머리끝까지 환희에 휩싸였다. 곤봉도 고무호스도 나의 커다란 신발에 비하면 아무것도 아니었다. 나는 그것을 이탈리아어로 '칼칠리오네'[*]라고 불렀다.

나는 적갈색 옷을 입은 청년의 머리를 칼칠리오네로 장난삼아 때렸다. 흠 잡을 데 없는 청년이 비틀거리며 안락의자 위로 넘어졌다. 그러자 다른 사람들, 방과 끔찍한 호수 역시 나를 제어할 힘을 잃어버렸다. 나는 크고 강하며 거침이 없었다. 다시 적갈색 옷을 입은 청년의 머리를 때리자 더 이상 싸움이 없어졌고, 구타를 해도 더 이상 다급하고 초라한 방어 행위를 볼 수 없었다. 오로지 환성과 해방된 지배자의 기분만 남았다. 나 역시 쓰러진 적을 더 이상 조금도 미워하지 않게 되었다. 그는 내 흥미를 끌었고, 내게 가치 있었으며, 사랑스러웠다. 내가 그의 주인이자 창조

[*] 신출내기 혹은 풋내기를 의미한다.

주처럼 느껴졌다.

슬리퍼로 때릴 때마다 미숙하고 원숭이 같은 녀석을 깨우치고 단련시키고 교육시켜 다시 만들어 주었던 것이다. 그런 깨우침이 담긴 구타를 당할 때마다 그는 더 기분 좋아지고, 귀엽고 우아해졌으며, 만족스럽고 사랑스러운 나의 창조물이 되었다. 마지막으로 나는 뾰족한 뒤통수를 부드럽게 내리쳐 그의 내면을 마무리했다. 그는 완성되었다. 그는 내게 고마워했고 내 손을 쓰다듬었다.

"이젠 됐어." 나는 눈짓으로 말했다. 그는 두 손을 가슴에 포개고 수줍어하며 말했다. "저는 파울이라고 합니다."

놀랍도록 벅찬 감정이 내 가슴을 펴게 했고, 공간을 넓게 확장시켰다. 방은(더 이상 '살롱'이 아니었다!) 부끄러운 듯 물러서더니 흔적도 없이 오그라들었다. 나는 호숫가에 서 있었다. 호수는 검푸른 빛을 띠고 있었다. 강철 같은 구름이 시커먼 산을 짓누르고 있었다. 피오르 호수에는 검은 물이 거품을 내며 끓어올랐고, 뙤이 불안하게 원을 그리며 억지로 맴돌고 있었다. 나는 위를 쳐다보며 폭풍이 시작될 것 같다는 신호로 손을 내뻗었다. 시커먼 하늘에서 차갑고 밝은 번개가 치며 굉음이 울렸고, 뜨거운 태풍이 수직으로 내리치며 울부짖었다. 하늘에서는 회색 소용돌이가 번지며 대리석 무늬처럼 갈라지고 있었다. 바람에 일렁이는 호수에서 크고 둥근 파도가 불안하게 솟구쳤다. 폭풍은 파도의 등으로부터 물거품과 철썩이는 물보라를 만들어 내 얼굴에 끼얹었다. 시커멓게 굳어 버린 산들은 깜짝 놀라 눈을 동그랗게 떴다. 연이어 웅크리고 앉아 침묵하는 모습이 간절히 애원하는 듯 보였다.

거대한 말을 타고 유령처럼 몰려오는 장엄한 폭풍우 속에서 수줍은 듯한 목소리가 내 곁으로 들려왔다. 오, 나는 그대, 긴 검은 머리칼의 창백한 여인을 잊지 않고 있었다. 내가 그녀 쪽으로 몸을 숙이자 그녀가 어린아이처럼 말했다. "호수가 몰려와요, 여기 있을 수 없어요." 마음이 흔들린 나는 죄인 같은 부드러운 여인을 바라보았다. 머리칼이 넓게 드리워 어스름해 보이는 얼굴이 고요하고 창백해 보였다. 그때 파도가 철썩이며 내 무릎과 가슴에 부딪쳐 왔다. 그녀는 솟구치는 파도에 무방비하게 조용히 흔들렸다. 나는 잠시 웃음을 짓고는 팔로 그녀의 무릎을 감싸 들어 올렸다. 그것 역시 멋지고 홀가분한 느낌을 주었다. 부인은 이상하리만치 가볍고 작았으며, 신선한 온기로 가득 차 있었다. 눈빛은 다정했고 깊은 신뢰가 담겨 있었지만 깜짝 놀라 있었다. 나는 그녀가 결코 죄인이 아니며 정체를 알 수 없는 수상쩍은 여자가 아니라는 것을 알았다. 그녀에겐 죄도 비밀도 없었다. 그녀는 그냥 어린아이일 뿐이었다.

나는 파도를 헤치고 바위를 넘어, 비에 젖어 우중충하고 큰 슬픔에 잠긴 공원을 지나 폭풍이 닿지 않는 곳으로 그녀를 안고 갔다. 오래된 나무들의 나지막한 우듬지로부터 부드럽고 인간적인 아름다움이 말을 거는 곳이었고, 오로지 시와 교향곡이 울려 나오는 곳이었다. 우아한 예감과 알맞게 제어된 즐거움의 세계였고, 사랑스럽게 그려진 코로*의 나무들과 슈베르트의 순박하고 우아한 목관악기가 있는 곳이었다. 그 음악은 일시적으로 나를 밀려드는 향수에 젖게 하며 조용히 사랑의 신전으로 유혹했다. 그렇지만 헛된 일이었다. 세계에는 수많은 소리가 있고, 영혼은 모든 대상에 대해 그에 알맞은 시간과 순간을 준비해 두고 있다.

죄인, 창백한 여인, 그 어린아이가 어떻게 작별을 고하고 내게서 떠나갔는지 아무도 알지 못한다. 돌로 된 옥외 계단이 있었고, 대문과 하인이 있었다. 그 모든 것이 흐릿한 유리 너머로 보는 것처럼 희미하고 뿌옇게 보였다. 다른 것은 더 흐릿하고 실체가 없었으며, 형상들은 바람에 흔들리는 것 같았다. 나에 대한 비난과 질책으로 들려서 그림자의 흔들림이 싫어졌다. 그 흔들림으로부터 남은 것은 파울, 나의 친구이자 아들인 파울의 모습밖에 없었다. 그의 모습에서 이름은 생각나지 않지만 무척 잘 알려진 얼굴이 보였다가 숨곤 했다. 꿈결처럼 아스라한 유년 시절의 희미한 기억 속에서 떠오르는 학교 친구의 얼굴, 까마득한 옛날의 전설 같은 어린 소녀의 얼굴이었다.

아늑하고 진심 어린 어둠, 따스한 영혼의 요람, 잃어버린 고향, 존재가 형성되기 이전의 시간이 눈앞에 펼쳐졌다. 샘의 밑바닥 위로 망설이는 듯한 최초의 파동이 생겨난 시간이었다. 샘의 밑바닥 아래에서는 태고 시대가 원시림의 꿈을 꾸며 잠자고 있었

✦ 카미유 코로(1796-1875). 풍경화로 유명한 프랑스의 화가. 인상주의 풍경화에 영향을 주었으며 그것을 예고했다고 여겨진다.

다. 더듬으며 나아가라, 영혼이여, 방황하라, 죄 없는 막연한 충동의 질척한 늪을 마구 헤집어라! 나는 너를 알고 있다, 불안한 영혼이여. 너에게 가장 필요한 것은 먹고 마시는 것, 잠이 아니라 너의 시원始原으로 돌아가는 일이다. 그곳에서는 네 주위로 파도가 철썩인다. 그대는 파도이고 숲이다. 그대는 숲이고, 더 이상 안도 바깥도 없다. 너는 새가 되어 공중을 날고, 물고기가 되어 바다를 헤엄쳐 다닌다. 너는 빛을 빨아들이고, 그리고 빛이 된다. 어둠을 맛보고, 그리고 어둠이 된다. 우리는 방황한다, 영혼이여. 우리는 헤엄치고, 날아다니고, 미소 짓고, 부드러운 영혼의 손가락으로 끊어진 실을 다시 잇는다. 진동이 멈추자 기쁨에 넘쳐 울림이 멎는다.

우리는 더 이상 신을 찾지 않는다. 우리는 신이다. 우리는 세계이다. 우리는 죽이고 함께 죽는다. 우리는 우리의 꿈을 함께 창조하고 부활한다. 우리의 가장 아름다운 꿈, 그것은 푸른 하늘이고, 우리의 가장 아름다운 꿈, 그것은 바다이다. 우리의 가장 아름다운 꿈, 그것은 별이 빛나는 밤이고, 물고기이며, 밝고 기쁘게 울리는 소리이자 밝고 기쁘게 비치는 빛이다. 모든 것이 우리의 꿈이고, 이 하나하나가 우리의 가장 아름다운 꿈이다. 사실 우리는 죽어서 흙으로 돌아갔다. 사실 우리는 웃음을 생각해 냈다. 사실 우리는 별자리를 배치해 놓았다.

목소리가 울려온다. 모두 어머니의 목소리이다. 나뭇가지가 살랑거리고, 모든 것이 우리의 요람 위로 살랑거리는 소리를 냈다.

길이 별 모양으로 갈라졌다. 모두 집으로 돌아가는 길이다.

파울이라 불리는 나의 피조물, 나의 친구가 다시 나타났다. 그는 나만큼 늙어 버렸다. 어릴 때 사귀었던 어떤 친구와 닮았는데, 누구인지는 알 수 없었다. 그 때문에 그에 대한 확신이 없어져 약간 공손한 태도를 취했다. 그것에서 그는 힘을 얻었다. 세상은 더 이상 나를 따르지 않고 그에게 복종했다. 그래서 이전의 모든 상황은 사라졌고, 이제 지배자가 된 그에게 부끄러움을 느끼며 있을 법하지 않은 겸손함 속으로 가라앉았다.

우리는 '파리'라고 불리는 장소에 있었다. 내 앞에는 쇠로 된 들보가 높이 솟아 있었다. 사다리였는데, 양편으로 좁은 철제 디딤판이 있어서 그것을 잡고 오를 수 있었다. 파울이 원했으므로 나는 사다리를 기어올랐고, 그도 옆에서 같은 종류의 사다리를 오르기 시작했다. 우리가 집 높이만큼, 아주 높은 나무 높이까지 기어올랐을 때 나는 공포를 느끼기 시작했다. 나는 파울을 건너다보았다. 그는 공포를 느끼지 않는 것 같았지만, 내가 두려워하는 것을 알아채고 미소를 지어 보였다.

그가 미소 짓고, 내가 그를 바라보는 짧은 순간, 나는 그의 얼굴을 알아보고 이름을 기억해 낼 수 있을 것 같았다. 과거의 심연이 갑자기 열리고 갈라져 학창 시절까지 내려갔다. 그러니까 내가 열두 살이었을 때까지 거슬러 올라갔다. 내 인생에서 가장 찬란한 시기였다. 모든 것이 향기로 가득 차 있었고, 모든 것이 독창적이었다. 모든 것이 신선한 빵의 먹음직스러운 냄새, 그리고 모험과 영웅심이라는 도취적인 빛으로 미화되어 있었다. 예수가 성전에서 학자들을 부끄럽게 만들었을 때도 열두 살이었다. 우리는 열두 살 때 모든 선생님과 학자들을 부끄럽게 만들었다. 우리는 그들보다 영리했고 독창적이었으며 용감했다. 과거의 여운과 영상들이 뒤엉켜 기억 속으로 밀려들었다. 잃어버린 공책, 방과 후 학교에 남아 벌을 받던 일, 새총에 맞아 죽은 새 한 마리, 훔친 자두로 가득 차 끈적끈적해진 윗옷 주머니, 수영장에서 거칠게 물장난을 치던 사내아이들, 찢어진 외출복 바지와 양심의 가책, 세속적인 걱정으로 간절하게 올린 저녁 기도, 실러의 시에서 느꼈던 놀랍도록 영웅적이고 장려한 감정……

그것은 단지 순간의 번쩍임, 중심 없이 탐욕스럽게 서둘러 지나간 영상들일 뿐이었다. 다음 순간 파울이 다시 내 얼굴을 바라보았다. 반쯤은 안다는 듯이 고통스럽게. 그때 내가 몇 살이었는지는 더 이상 확실히 알 수 없었다. 아마 우리는 소년이었을 것이다. 사다리 디딤판 아래 저 낮은 곳에 파리라고 불리는 거리들이 놓여 있었다. 지상의 탑들보다 높이 올라가자 쇠막대가 끝나고 평평한 널빤지가 깔린 아주 작은 옥상 테라스가 나타났다. 그 위로 오르는 것은 불가능해 보였다. 그러나 파울은 태연히 그렇게 했고, 나 역시 따라 해야 했다.

나는 평평한 널빤지 위에 올라앉아 높게 떠가는 조그만 구름 위에 앉은 듯 아래를 내려다보았다. 내 시선은 돌멩이처럼 허공 속으로 떨어져 갔으나 어떤 목표물에 이르지는 못했다. 그때 동료가 무언가를 암시하는 몸짓을 했다. 나는 공중 한가운데에 떠 있는 놀라운 광경에 시선을 멈추었다.

어느 넓은 도로 위 가장 높은 지붕 높이에, 그러나 우리보다는 까마득히 낮은 곳에 이상한 사람들이 보였다. 줄 타는 광대들인 모양이었다. 그중 한 명이 밧줄(장대인지도 모른다)을 타고 있었다. 그러고서 우리는 그 주위에 매우 많은 사람들이 있으며, 대부분 거의 어린 소녀들이라는 것을 알았다. 집시거나 떠돌이 같았다. 그들은 아주 가는 횡목과 나뭇잎 같은 목책으로 이루어진 지붕 높이의 높다란 비계 위에서 걷거나 눕거나, 앉아 있거나 움직이고 있었다. 그들은 그곳에 살면서 그곳을 고향처럼 여기고 있었다. 그들 아래에 어렴풋이 거리 같은 것이 보였다. 안개가 아래쪽에서부터 그들의 발치까지 뿌옇게 끼어 있었다.

파울이 그 광경에 대해 뭐라고 말했다.

"그래. 감동적이야. 저 소녀들 전부가 말이야." 내가 대답했다.

어쩌면 그들보다 훨씬 높은 곳에 있어서 그런지도 모르지만, 나는 몹시 불안해서 자리에 딱 달라붙어 있었다. 반면에 소녀들은 두려움 없이 가볍게 떠다니고 있었다. 내가 너무 높은 곳, 잘못된 장소에 있다는 생각이 들었다. 소녀들은 알맞은 높이에 있었다. 바닥에 있는 것도 아니고, 나처럼 끔찍할 만큼 아득히 높은 곳에 있지도 않았다. 사람들 사이에 있는 것도 아니지만 그렇다고 완전히 고립되어 생활하는 것도 아니었다. 게다가 그들은 많은 사람들과 함께 있었다. 나는 그들이 축복을 나타내고 있다는 사실을 잘 알고 있었다. 내가 아직 도달하지 못한 축복을 말이다.

하지만 언젠가는 이 무시무시한 사다리에서 다시 기어 내려가야 한다는 것도 알고 있었다. 그런 생각을 하자 가슴이 답답해지고 메스꺼워졌고, 한순간도 이 높은 곳에서 견딜 수 없을 듯했다. 절망적인 심정에다 현기증으로 덜덜 떨면서 발로 아래쪽의 사다리 디딤판을 더듬었다. (널빤지 위에서는 디딤판을 볼 수 없었다.) 몇 분간 안간힘을 다해 고약한 높이에 매달려 있는 공포의 순간이 이어졌다. 아무도 나를 도와주지 않았다. 파울은 가버리고 없었다.

심한 공포를 느끼며 나는 위험하게 발을 내딛고 손으로 사다리를 움켜잡았다. 그때 어떤 느낌이 안개처럼 나를 에워쌌다. 내가 맛보고 견뎌야 하는 것이 높은 사다리나 현기증이 아니라는 느낌이었다. 그 즉시 눈에 보이는 사물, 혹은 그와 비슷한 모습도 사라져 버렸다. 모든 것이 안개처럼 불분명해졌다. 때로는 아직 사다리 디딤판에 매달려 현기증을 느꼈고, 때로는 끔찍하게 좁은 땅굴이나 지하 통로를 뚫고 불안하게 기어가는 것을 느꼈다. 때로는 늪이나 진창 속을 절망적으로 걸어가며, 더러운 진흙이 입에까지 밀려드는 것을 느끼기도 했다. 사방이 어둡고 장애물에 가로막혀 있었다. 진지하지만 감추어진 의미가 담긴 무서운 과제. 두려움과 땀, 마비와 추위, 힘든 죽음과 힘든 탄생.

우리 주위에 얼마나 많은 밤이 있는가! 우리는 얼마나 불안하고 고약한 고통의 길을 걸어가는가! 파묻힌 우리의 영혼, 영원하고 불쌍한 영웅, 영원한 오디세우스는 얼마나 깊은 갱 속을 걸어가는가! 그러나 우리는 간다, 우리는 간다. 몸을 굽혀 건너가기도 하고, 진창 속에서 숨 막힐 듯 허우적거리기도 하고, 미끄럽고 불편한 벽을 기어오르기도 한다. 우리는 울며 낙담하기도 하고, 불안스레 한탄하기도 하고, 고통에 시달리며 울부짖기도 한다. 그러나 우리는 계속 나아간다. 우리는 고통을 받으며 나아간다. 우리는 난관을 뚫고 나아간다.

흐릿한 지옥의 연기로부터 다시 비유적인 형상이 나타났다. 기억의 빛이 좁고 어두운 길의 작은 부분을 다시 비추었다. 영혼은 태고 시대로부터 고향의 영역으로 들어갔다.

그곳이 어디였던가? 낯익은 사물들이 나를 바라보았다. 나는 그 친숙한 공기를 호흡했다. 커다랗고 어스름한 방, 책상 위의 램프. 그 램프는 내 것이었다. 크고 둥근 탁자, 피아노 같은 물건. 누나와 자형이 그곳에 있었다. 아마 그들이 우리 집을 방문했든가 아니면 내가 그들 집을 방문했을지도 모른다. 그들은 조용히 근심에 잠겨 있었다. 나 때문에 걱정스러운 모양이다. 그래서 나는 크고 어두운 방에 서 있거나 이리저리 돌아다녔다. 슬픔의 구름 속에, 쓰라리고 질식할 것 같은 슬픔의 물결 속에 서 있기도 하고 거닐기도 했다. 그러고는 이제 무언가를 찾기 시작했다. 전혀 중요하지 않은 것, 책이나 가위 같은 것이었다. 그러나 찾아낼 수가 없었다. 나는 램프를 손에 쥐었다. 매우 무거웠다. 너무 피곤해져 곧 다시 그것을 내려놓았다. 그렇지만 다시 손에 쥐고 쓸데없는 짓이라는 것을 잘 알면서도 찾고 또 찾으려고 했다. 아무것도 찾지 못할 것이고, 오히려 모든 것을 더 흐트러뜨릴 것이다. 램프는 내 손에서 떨어질 것이다. 그것은 너무 무거웠다. 고통스러울 정도로 무거웠다. 나는 그렇게 계속 더듬고 찾으며 온 방 안을 헤맬 것이다. 나의 가련한 일생 동안.

자형이 불안해하면서 약간 질책하는 듯한 시선으로 나를 바라보았다. '저들은 내가 미쳐 버린 것을 알고 있군.' 나는 재빨리 그렇게 생각하고 다시 램프를 집어 들었다. 누나가 애원하는 눈빛으로, 근심과 애정이 가득 담긴 눈빛으로 조용히 내게 걸어왔다. 가슴이 미어질 것 같았다. 나는 아무 말도 할 수 없었다. 나는 손을 뻗어 물러가라며, 제지하는 듯한 동작만 할 뿐이었다. 그리고 생각했다. 날 내버려 둬! 날 좀 내버려 두란 말이야! 너희들은 몰라! 내 기분이 어떤지, 내 마음이 얼마나 아픈지, 얼마나 끔찍하게 아픈지! 다시 이렇게 생각했다. 날 내버려 둬! 날 좀 내버려 두란 말이야!

불그스름한 램프 불빛이 커다란 방을 희미하게 비추었고, 바깥의 나무들이 바람 속에서 신음하고 있었다. 순간 내가 바깥의 밤을 가장 내면적으로 보고 느낀다는 생각이 들었다. 바람과 습기, 가을, 쓰라린 나뭇잎 냄새, 바람에 흩날리는 느릅나무 잎사귀, 가을, 가을이여! 다시 한순간 나는 나 자신이 아니었고, 나를 하나의 환영처럼 보았다. 나는 불안하게 움직이는 눈을 한, 창백하고

마른 음악가였다. 이름은 후고 볼프*였으며, 오늘 밤 막 미쳐가고
있었다.

그 사이에 나는 다시 찾아야 했다. 절망적으로 찾으면서 무거
운 램프를 둥근 탁자와 안락의자 위, 책 더미 위로 들어 올려야
했다. 누나가 다시 슬프고도 조심스러운 눈빛으로 나를 바라보
며 위로하려 할 때, 내게 가까이 와서 도우려 할 때, 나는 애원하
는 몸짓으로 거절해야 했다. 내 안의 슬픔이 커질 대로 커져 나
를 파열시킬 것 같았다. 주위가 감동적일 만큼 명료하게 보였다.
지금까지의 어떤 현실보다도 더 명료했다. 물컵에 꽂혀 있는 가
을꽃 몇 송이가 고통스럽도록 아름다운 고독 속에서 빛나고 있
었다. 그중에 짙은 적갈색 달리아 한 송이가 있었다. 모든 사물이,
램프의 번쩍거리는 놋쇠다리마저 마법이 걸린 듯 너무나 아름다
웠고, 위대한 화가의 그림들에서처럼 운명적인 고독에 휩싸여 있
었다.

나는 내 운명을 분명히 느꼈다. 이 슬픔 속으로 또 하나의 그
늘이 드리워졌다. 거기에 누나의 시선, 영혼이 가득 담긴 아름다
운 꽃들의 시선이 더해졌다. 그것이 넘쳐흘러 나는 광기에 빠져
들었다.

"날 내버려 둬! 너희들은 모른단 말이야!"

✦ 오스트리아의 작곡가(1860-1903)로 250곡이 넘는 중요한 가곡을 썼다. 바그너에
게 심취한 그는 피아노곡, 합창곡, 교향악 작품, 오페라, 현악 4중주 등을 작곡했다.

피아노의 측면, 매끄럽고 거무스레한 목재에 한 줄기 램프 불빛이 반사되었다. 너무나 아름답게, 너무나 신비스럽게, 수심에 가득 차.

이제 누나가 다시 몸을 일으켜 피아노 쪽으로 갔다. 나는 애원하고 싶었고, 진심으로 제지하고 싶었지만 그럴 수가 없었다. 고독에서 벗어나 그녀에게 다가갈 힘이 없었다. 오, 나는 이제 무슨 일이 일어나야 하는지 알고 있었다. 이제 발언할 기회를 얻어야 하는 멜로디, 모든 것을 말하고 모든 것을 파괴해야 하는 멜로디를 알고 있었다. 무서운 긴장감에 내 가슴이 오그라들었다. 최초의 뜨거운 눈물이 솟아나는 동안 나는 머리에 두 손을 얹고 탁자 위에 쓰러졌다. 그리고 온갖 감각에다 새로운 감각까지 더해 노랫말과 멜로디를 동시에 듣고 느꼈다. 그것은 볼프의 멜로디였고, 시는 이러했다.

어두운 산봉우리여, 너희들은 무엇을 알고 있느냐,
아름다운 옛 시절에 관해?
봉우리 너머의 내 고향은
너무나 멀고, 너무나 아득하구나!

이로써 내 앞과 내 안에서 세상은 미끄러지고 갈라졌으며, 눈물과 소리 속에 말없이 가라앉았다. 들이붓듯이, 쏟아지듯이, 좋으면서도 고통스러운 듯이! 오, 울음, 오, 달콤한 허물어짐, 복된

녹아내림이여. 사상과 시로 가득 찬 세상의 모든 책들은, 감정이 물결 속에 고동치고, 영혼이 자기 자신을 느끼고 발견하는 한순간의 흐느낌에 비하면 아무것도 아니다. 눈물은 녹아내리는 영혼의 얼음이고, 천사들은 우는 이 가까이에 있다.

나는 모든 원인도 이유도 잊고, 아무런 생각 없이, 보는 이도 없이 울었다. 견디기 어려운 긴장으로부터 일상적 감정의 피곤한 어스름 속으로 떨어지면서. 그 사이에 눈앞이 불안하게 흔들렸다. 하나의 관(棺)이었다. 그 속에 내게 너무나 사랑스럽고 중요한 사람이 누워 있었다. 하지만 누구인지는 알 수 없었다. 어쩌면 나 자신일지도 몰라, 나는 그렇게 생각했다. 그때 아득히 먼 곳으로부터 또 다른 광경이 어렴풋이 떠올랐다. 언젠가 몇 해 전에, 혹은 그 이전의 삶에서 놀라운 광경을 본 적이 없었던가? 구름같이 무중력 상태로, 멋지고 지극히 행복하게, 공기처럼 가볍게 떠다니며 현악처럼 당당하게, 공중의 높은 곳에서 살아가는 어린 소녀 무리를?

그 사이에 세월이 흘렀고, 부드럽지만 힘차게 그 광경으로부터 나를 밀어냈다. 아, 어쩌면 나는 평생을 사랑스럽게 떠다니는 소녀들을 바라보고, 그들에게 가서 그들과 같아지고 싶다는 생각을 했던 것이 아닐까! 이제 그들은 도달할 수 없고, 이해할 수 없으며, 구원해 줄 수도 없는 먼 곳으로 가라앉았다. 나는 절망적인 동경에 사로잡혀 지친 날개를 푸드덕거리며 주위를 맴돌았다.

세월이 눈송이처럼 떨어져 내렸고, 세상은 변했다. 나는 슬픔에 잠겨 어느 작은 집을 향해 걸어갔다. 정말 비참한 기분이었고, 입 안에 두려운 느낌이 들었다. 불안한 마음에 혀로 미심쩍은 이빨을 건드려 보았더니, 이빨이 비스듬히 기울어지며 빠져 버렸다. 다음 이빨—그것도 마찬가지였다! 마침 아주 젊은 의사가 거기에 있어서, 나는 그에게 하소연하고 애원하며 손가락으로 이빨 하나를 짚어 보았다. 그는 대수롭지 않다는 듯 껄껄 웃더니 직업적이고도 불쾌한 몸짓으로 나를 제지하며 젊은 머리를 가로저었다. "괜찮아요. 전혀 해롭지 않아요. 매일 일어나는 일입니다."

맙소사, 나는 생각했다. 하지만 그는 멈추지 않고 내 왼쪽 무릎을 가리켰다. "이곳이 문제입니다. 이곳은 심각히 받아들여야 할 문제입니다." 나는 아주 재빨리 왼쪽 무릎을 움켜잡았다—그곳이었다! 거기에는 손가락이 들어갈 정도의 구멍이 나 있었다. 피부와 살 대신 느낌도 없고 부드러우며 물컹한 덩어리, 시든 식물 조직처럼 가벼운 섬유질만 만져질 뿐이었다. 오, 맙소사, 이것은 몰락이었고, 죽음이자 부패였다.

"더는 어찌할 도리가 없습니까?" 나는 애써 다정하게 물었다.

"그렇소." 젊은 의사는 그렇게 대답하고 가버렸다.

나는 기진맥진해 집을 향해 걸어갔다. 하지만 생각만큼 그다지 절망적이지는 않았다. 심지어 아무래도 거의 상관없다는 기분도 들었다.

나는 이제 어머니가 기다리는 작은 집으로 들어가야 했다— 어머니의 음성을 벌써 듣지 않았던가? 어머니의 얼굴을 뵙지 않았던가? 계단이 위로 나 있었다. 난간도 없이 높고 미끄러운, 매우 위험한 계단이었다. 계단 하나하나가 산이고, 봉우리고, 빙하였다. 너무 늦은 것이 분명했다. 혹시 벌써 가버리셨거나, 혹시 벌써 돌아가신 것이 아닐까? 방금 나를 다시 부르시는 소리가 들리지 않았던가? 나는 말없이 가파른 계단과 씨름을 했다. 넘어져 타박상을 입고, 흐느끼면서도 미친 듯이 기어 올라갔다. 정신없이 스스로를 다그치며 부러지는 팔과 무릎을 손으로 떠받쳤다. 위로 올라가니 문이 나왔다. 계단은 다시 작아지고 편안해졌으며, 회양목으로 둘러싸였다. 끈적거려 발걸음을 떼기가 힘들었다. 마치 진흙이나 아교 속을 걷는 것 같았다. 앞으로 나아갈 수가 없었다. 문은 열려 있었다.

안에는 회색 옷을 입은 어머니가 조용히 생각에 잠겨 걸어가고 계셨다. 팔에는 작은 바구니가 끼워져 있었다. 오, 작은 헤어네트로 묶인 약간 센 검은 머리! 어머니의 걸음걸이와 조그마한 체구! 그리고 그 옷, 그 회색 옷—오랜 세월 어머니의 모습을 완전히 잊고 제대로 생각해 본 적조차 없지 않았던가! 저기 어머니가 계셨다. 서 계시기도 하고 걸어가기도 하셨는데, 뒷모습만 보일 뿐이었다. 맑고 아름다운 예전 모습 그대로였고, 오로지 사랑만, 사랑에 대한 생각만 품고 계셨다!

나는 분노에 차 끈적끈적한 허공 속을 다리를 절며 걸어갔다. 덩굴식물이 가늘고 튼튼한 밧줄처럼 점점 나를 휘감아 왔다. 적대적인 장애물이 사방에 있어 앞으로 나아갈 수가 없었다!

"어머니!" 나는 소리쳤다.

하지만 소리가 나지 않았다. 소리가 울리지 않았다. 어머니와 나 사이에 유리 벽이 가로놓여 있었다.

어머니가 뒤를 돌아보지 않고 천천히 계속 걸어가셨다. 아름다운 모습으로 조용히 근심에 잠겨 계셨다. 낯익은 손으로 옷에서 풀린 올을 문지르고, 바느질 도구가 든 작은 바구니 위로 몸을 굽히셨다. 오, 저 작은 바구니! 언젠가 어머니께서 저 안에 나 몰래 부활절 달걀을 숨기신 적이 있었다. 나는 절망적인 심정으로 소리 없는 비명을 질렀다. 나는 달렸지만 앞으로 나아가지 못했다. 나는 깊은 애정과 분노에 휩싸였다.

어머니가 정자를 지나 천천히 계속 걸어가셨다. 저쪽의 열린 문 앞에 서 계시다가 바깥으로 걸어 나가셨다. 마치 무언가에 가만히 귀를 기울이는 듯 생각에 잠겨 머리를 약간 기울이고는 바구니를 올렸다 내렸다 하셨다―언젠가 내가 소년이었을 때 어머니의 바구니에서 쪽지를 발견한 기억이 떠올랐다. 거기에는 그날 생각하고 해야 할 일이 적혀 있었다.

"헤르만의 바지에 보풀이 인다. 빨래 걷기. 디킨슨 책 빌리기. 헤르만이 어제 기도를 빼먹었다."

기억이 물밀 듯이 밀려오고, 사랑의 감정이 나를 짓눌렀다!

나는 꽁꽁 묶여 옴짝달싹 못 하고 문 앞에 서 있었다. 저쪽에서 회색 옷을 입은 부인이 천천히 정원으로 들어가더니 사라졌다.

(1916)

유럽인

피비린내 나는 세계대전이 끝났다. 마침내 신은 생각 끝에 대홍수를 보내 몸소 지구를 끝장내기로 했다. 늙어 가는 별을 더럽힌 것들을 홍수가 자비롭게 씻어 내렸다. 피로 물든 눈밭, 대포들이 노려보고 있는 산, 부패한 시체, 시체를 애도하여 우는 사람들, 격분한 자와 살기에 넘치는 자, 영락한 자와 굶주리는 자, 정신적으로 갈피를 못 잡는 자들을 함께 씻어 내렸다.

푸른 하늘은 번쩍이는 지구를 다정히 내려다보았다.

아무튼 유럽의 기술은 마지막까지 대단히 우수한 것으로 입증되었다. 유럽은 서서히 불어 오르는 물에 맞서 몇 주 동안 신중하고 끈질기게 버텼다. 수백만의 전쟁 포로들이 밤낮으로 어마어마한 제방을 쌓아서 버텼고, 그다음에는 믿을 수 없이 빠른 속도로 인공 언덕을 만들어 버렸다. 아래 부분은 거대한 테라스처럼 보이다가 꼭대기는 점점 탑 모양이 되었다. 이 탑은 인간의 감동적인 영웅심을 마지막 날까지 여지없이 입증해 주었다. 유럽과 전 세계가 가라앉고 물에 잠기는 동안, 황혼 녘의 축축하게 젖은 지구는 몰락하면서도 최후까지 솟아 있던 철탑의 탐조등으로 인해 여전히 눈부시게 반짝였다. 대포에서 쏟아진 포탄들이 우아한 곡선을 그리며 이리저리 날아다녔다. 종말을 맞이하기 이틀 전 중부 유럽 제국의 지도자들은 등화 신호를 보내 적에게 평화 제안을 하기로 결정했다. 그러나 적들은 견고하게 선 탑들을 즉각 제거할 것을 요구했고, 그에 대해서는 더없이 결연한 평화주의자들마저 응할 수 없었다. 그래서 마지막 순간까지 맹렬한 포격이 가해졌다.

온 세계에 물이 범람했다. 유일하게 살아남은 유럽인은 구명대를 타고 큰물 위를 떠다녔다. 그는 마지막 힘을 다해 지구의 마지막 날에 일어났던 일을 기록하는 데 몰두했다. 그의 조국은 최후의 적들이 몰락한 후에도 몇 시간 정도 살아남았으므로 영원한 승리를 확보한 셈이었다. 그는 이런 사실을 후대의 인류에게 알리려 했다.

그때 잿빛 수평선에서 검고 육중한 배 한 척이 나타나 기진맥진한 남자를 향해 천천히 다가왔다. 그것이 엄청나게 큰 방주임을 알고 그는 흡족해했다. 늙은 족장이 은빛 수염을 휘날리며 뱃전에 당당히 서 있는 것을 본 후 그는 곧 실신했다. 거인 같은 흑인 하나가 표류하는 그를 건져 올렸고, 그는 곧 제정신으로 돌아왔다. 족장은 다정한 미소를 지었다. 그의 작업은 성공을 거두었다. 지구상의 모든 생명체들 가운데 종마다 하나씩의 견본이 구조되었다.

방주가 바람을 타고 유유히 떠다니며 탁한 물이 가라앉기를 기다리는 동안, 뱃전에서는 서서히 다채로운 삶이 펼쳐지기 시작했다. 커다란 물고기들이 떼 지어 배를 따라다녔고, 새와 곤충들이 색색으로 아름답게 편대를 이루어 열린 지붕 위로 떼 지어 모여들었다. 구출된 짐승과 인간들은 새로운 삶에 대한 기대로 가득 차 진심으로 기쁨을 느꼈다. 화려한 공작은 물 위의 아침을 알리며 맑고 날카로운 소리를 냈고, 흥겨운 코끼리는 높이 뻗어 올린 코로 자신과 아내에게 웃으면서 목욕물을 내뿜었다. 도마뱀은 오색영롱한 빛을 내며 양지 바른 들보에 앉아 있었다. 인디언은 끝없이 넘쳐흐르는 물에 재빨리 창을 던져 반짝이는 물고기를 건져 올렸다. 흑인은 아궁이에서 마른 나무를 비벼 대며 불을 지폈고, 기쁜 나머지 박자를 딱딱 맞추며 살진 아내의 허벅지를 찰싹찰싹 때렸다. 비쩍 마른 인도인은 팔짱을 끼고 멋진 자세로 서서 세계 창조의 노래에 나오는 태곳적 시구를 혼자 중얼거렸다. 에스키모인은 햇빛 속에 누워 땀을 흘리며 작은 눈으로 웃었다. 온순한 맥 한 마리가 킁킁대며 그의 땀과 지방 냄새를 맡았다. 작은 일본인은 막대기를 가늘게 깎아 때로는 코에, 때로는 턱에 올려놓고 주도면밀하게 균형을 잡았다. 유럽인은 필기도구를 활용해 현재 살아 있는 생명체들의 목록을 작성했다.

삼삼오오 집단이 형성되었고, 서로 우정을 나누는 사람들이 생겨났다. 싸움이 벌어지려고 했지만, 족장의 눈짓 한 번에 모두 중지되었다. 모두가 함께 어울리며 즐겁게 지냈다. 유럽인만이 외로이 글 쓰는 일에 몰두했다.

그때 온갖 다양한 인간과 동물들 중에서 각자 경쟁적으로 자신의 능력과 재주를 선보이는 새로운 놀이가 생겨났다. 모두 먼저 하겠다고 야단이었다. 족장이 직접 순서를 정해야 할 정도였다. 큰 동물과 작은 동물을 따로 나눈 다음, 다시 인간을 따로 세웠다. 각자 신청을 하고 자신이 대단하다고 생각한 능력을 말해야 했다. 그러면 한 명씩 차례로 순서가 돌아왔다.

이 굉장한 놀이는 몇 날 며칠이고 계속되었다. 다른 집단의 놀이를 지켜보기 위해 한 집단이 달려가는 바람에 번번이 그들의 놀이가 중단되곤 했기 때문이다. 멋진 능력을 선보일 때마다 모두들 감탄하며 우렁찬 박수갈채를 보냈다. 놀라운 볼거리가 얼마나 많았던가! 신의 피조물 하나하나는 얼마나 굉장한 재능을 숨기고 있었던가! 삶의 풍요로움이 어떻게 펼쳐졌던가! 얼마나 웃음이 터지고, 박수갈채가 쏟아지고, 손뼉을 치고, 발을 구르고, 껄껄 웃는 소리가 들렸던가!

족제비는 놀라운 모습으로 달렸고, 종달새는 매혹적으로 노래했다. 부풀어 오른 칠면조는 멋진 모습으로 성큼성큼 걸었고, 다람쥐는 믿을 수 없을 만치 민첩하게 기어올랐다. 큰 비비는 말레이인 흉내를 냈고, 작은 비비는 큰 비비 흉내를 냈다! 모두 달리고, 기어오르고, 헤엄치고, 날면서 지칠 줄 모르고 경쟁했다. 모두 나름대로 탁월했고, 진가를 발휘했다. 마법을 부릴 수 있는 동물도 있었고, 자기 모습을 보이지 않게 할 수 있는 동물도 있었다. 많은 동물이 힘이나 술수로 두각을 드러냈고, 어떤 동물은 공격이나 수비로 두각을 나타냈다. 곤충들은 풀이나 나무, 이끼나 바위처럼 보이게 하여 자신을 지킬 수 있었다. 약한 동물들 중에서 어떤 것은 끔찍한 냄새를 피워 적의 공격으로부터 자신을 지킴으로써 박수갈채를 받았고, 때로는 웃는 구경꾼들을 도망치게 하기도 했다. 어떤 동물도 남보다 처지지 않았고, 재능이 없는 동물은 하나도 없었다. 새들은 엮거나 짜기도 하고, 이겨서 붙이기도 하고, 벽처럼 쌓기도 하면서 둥지를 틀었다. 맹금은 오싹한 높이에서 아주 조그만 것도 알아볼 수 있었다.

인간들도 자기의 장기를 훌륭하게 선보였다. 키 큰 흑인은 힘들이지 않고 수월하게 높은 대들보를 뛰어넘었고, 말레이인은 세 번 손을 놀려 야자수 잎으로 노를 만들고는, 아주 조그만 널빤지 위에서 배를 조종하고 방향을 돌릴 줄 알았다. 참으로 볼 만한 구경거리였다. 인디언은 가벼운 화살로 아주 작은 목표물을 맞혔고, 그의 아내는 두 종류의 속껍질을 엮어 돗자리를 만들어 커다란 감탄을 자아냈다. 인도인이 걸어 나와 몇 가지 마술을 보여 주자 모두들 오랫동안 숨죽이고 바라보며 경탄을 금치 못했다. 또한 중국인은 아주 어린 밀을 캐내 똑같은 간격으로 옮겨

심으면서 열심히 일하면 밀 수확을 세 배로 늘릴 수 있음을 보여 주었다.

놀라울 정도로 사랑이 부족한 유럽인은 다른 이들의 재주를 가혹하게 평가하고 경멸하며 헐뜯어서 여러 번 사람들의 기분을 상하게 했다. 인디언이 하늘 높이 나는 새 한 마리를 쏘아 떨어뜨리자, 백인은 어깨를 으쓱하며 20그램의 다이너마이트만 있으면 그보다 세 배나 높은 곳에 있는 것도 쏘아 맞힐 수 있다고 주장했다. 사람들이 시범을 한 번 보여 달라고 요구하자, 실제로 하지는 못하면서 이것저것 열 가지 다른 물건이 있으면 해낼 수 있다는 말만 늘어놓았다. 그는 중국인도 비웃었다. 어린 밀을 옮겨 심으려면 엄청나게 부지런히 일해야 하는데, 그런 노예 같은 노동은 백성을 행복하게 하지 못할 것이라고 말했다. 중국인은 백성이란 먹을 것이 있고 신을 경배하면 행복할 수 있다고 대꾸해 박수갈채를 받았다. 그러나 유럽인은 이 말에 대해서도 비웃음을 보냈다.

이 즐거운 경기는 계속되어 결국 모두가, 즉 짐승과 인간들이 자기들의 재능과 재주를 보여 주었다. 아주 감명 깊고 즐거운 일이었다. 족장 역시 웃으며 칭찬의 말을 했다. 이제 물이 서서히 빠지고 지구상에서 새로운 삶이 시작되면 좋겠다고 했다. 신의 옷자락에 아직 갖가지 다채로운 실이 존재하고, 지구상에 무한한 행복을 만들어 내기에 아무것도 부족하지 않기 때문이라고 했다.

유일하게 유럽인만 아무런 재주도 보이지 않았다. 이제 모든 이들이 앞으로 나와 그에게 재주를 보이라고 격렬하게 요구했다. 그 역시 신의 멋진 공기를 호흡하며 족장의 떠다니는 집을 타고 다닐 권리가 있는지 봐야겠다는 것이었다.

남자는 한사코 거부하며 핑계를 댔다. 그러자 노아가 직접 그의 가슴에 손을 대며 자기 말을 따르라고 주의를 주었다.

"나 역시 어떤 능력을 매우 쓸모 있게 키우고 단련시켰소." 백인이 말하기 시작했다. "내가 다른 인간보다 나은 점이 있다면, 눈이나 귀, 코나 손재주 또는 그와 비슷한 것이 아니오. 내 재능은 좀 더 높은 종류의 것이오. 바로 '지성'이라는 것이라오."

"보여 주시오!" 흑인이 소리치자 모두들 좀 더 가까이 모여 들었다.

"그건 보일 수 있는 게 아니오." 백인은 부드럽게 말했다. "당신 네들은 내 말을 제대로 이해하지 못했소. 내가 뛰어난 점은 바로 그 이해력이라는 것이오."

흑인이 새하얀 이빨을 드러내며 쾌활하게 웃었다. 인도인도 비웃듯 얇은 입술을 비죽거렸고, 중국인은 교활하면서도 선량한 미소를 지었다.

"이해력이라고요?" 중국인이 천천히 말했다. "그럼 우리에게 당신의 그 이해력이라는 것을 보여 주시지. 지금까지 그런 것은 본 적이 없구려."

"그건 볼 수 있는 게 아니오." 유럽인은 퉁명스레 거부했다. "나의 재능과 특기는 이런 거요. 나는 머릿속에 바깥세상의 모습을 저장해 두고, 그 모습을 가지고 오로지 나만을 위한 새로운 상과 질서들을 세울 수 있소. 나는 머릿속으로 세상 전체를 생각할 수 있다오. 그러니까 새로 창조해 낼 수 있단 말이오."

노아가 손으로 눈을 쓱 문질렀다.

"미안한 말이지만 대체 그게 무엇에 좋단 말인가?" 노아는 천천히 말했다. "신이 이미 창조한 세상을 다시 한 번 창조하고, 그것도 전적으로 자네 혼자만을 위해 자네의 조그만 머릿속에 둔다면—그걸 무엇에 써먹을 수 있단 말인가?"

모두들 동의를 표하며 질문을 퍼부었다.

"잠깐!" 유럽인이 소리쳤다. "당신들은 내 말을 제대로 이해하지 못하고 있소. 이해력이라는 작업은 손재주처럼 그리 쉽게 보여 줄 수 있는 게 아니오."

인도인은 미소를 지어 보였다.

"오, 그렇지 않소, 하얀 사촌. 어쩌면 보여 줄 수 있을지도 모르오. 우리에게 그 이해력이라는 작업, 예컨대 계산하는 걸 한번 보여 주시오. 우리 계산 시합을 해봅시다! 그러니까 한 부부에게 자녀가 셋 있는데, 셋 다 가정을 꾸렸소. 이 젊은 부부들이 각자 해마다 아이를 한 명씩 얻는다면, 백 명이 될 때까지 몇 년이 걸리겠소?"

모두들 호기심에 차서 귀를 쫑긋 기울였다. 손꼽아 헤아리는 사람도 있고, 안간힘을 다하는 사람도 있었다. 유럽인은 계산을 시작했다. 하지만 잠시 후 중국인이 계산을 끝냈다고 말했다.

"좋소." 백인은 인정했다. "하지만 그건 단순히 숙련된 기능의 문제일 뿐이오. 나의 이해력은 그런 사소한 재주를 부리기 위한 것이 아니라, 인류의 행복이 달린 위대한 과제를 풀기 위한 거요."

"오, 마음에 드는 말이군." 노아가 격려의 말을 했다. "행복을 구하는 것은 다른 모든 숙련된 기능보다 확실히 더 중요하지. 그 점에선 자네 견해가 옳아. 인류의 행복에 대해 가르쳐야 할 내용을 우리에게 빨리 말해 보게. 우리 모두는 자네에게 고마워할 걸세."

모두들 무엇에 사로잡힌 듯 숨을 죽이고 백인의 입술을 주시했다. 이제 올 것이 왔다. 인류의 행복이 어디 있는지 우리에게 보여 줄 그에게 영광이 있기를! 저 마술사에게 했던 온갖 나쁜 말에 대해 용서를 빌어야겠다! 그가 그런 문제를 알고 있다면, 눈이나 귀, 손으로 하는 재주와 숙련된 기능이 무슨 필요가 있으며, 부지런함이나 계산 기술이 무슨 필요가 있겠는가!

지금까지 의기양양한 표정을 지어 보이던 유럽인은 경외심이 담긴 호기심 어린 눈초리에 차츰 당황하기 시작했다.

"그건 내 잘못이 아니오!" 그는 망설이며 말했다. "여러분은 나에 대해 줄곧 잘못 이해하고 있소! 내가 행복의 비밀을 안다고는 말하지 않았소. 나의 이해력은 인류의 행복을 촉진하는 과제를 해결하는 데 종사한다고 말했을 뿐이오. 거기에 이르는 길은 멀어서 나도 여러분도 그 길의 끝을 보지는 못할 것이오. 수많은 세대가 이 힘든 문제에 매달리게 될 것이오."

사람들은 결단을 내리지 못하고 믿지 못하겠다는 표정으로 서 있었다. 저 남자가 무슨 말을 한 건가? 노아 역시 옆을 쳐다보며 이맛살을 찌푸렸다.

인도인은 중국인에게 미소를 지어 보였다. 사람들이 모두 당황해서 침묵하자 중국인이 다정하게 말했다.

"사랑하는 형제들이여, 이 하얀 사촌은 익살꾼입니다. 그는 자기 머릿속에서 어떤 일이 일어나고 있다는 것을 이야기하려고 하는군요. 그 소득은 어쩌면 우리 증손자의 증손자가 언젠가 보게 될 수도 있지만, 어쩌면 그들도 보지 못할 거라면서요. 나는 저 사람을 익살꾼으로 인정하자고 제안합니다. 그는 우리들 중 누구도 제대로 이해할 수 없는 일에 대해 말하고 있습니다. 하지만 우리가 그런 일을 정말 이해하게 된다면, 그런 일은 끝없이 웃음을 터뜨릴 기회를 줄 것입니다. 여러분도 그렇게 생각하지 않습니까? 좋습니다, 그럼 우리의 익살꾼을 위해 만세를 부릅시다!"

대부분의 사람들이 그 말에 동의하고, 이 달갑지 않은 이야기가 끝난 것을 기뻐했다. 그러나 몇몇은 화가 나서 불쾌해했고, 유럽인은 아무 위로도 받지 못하고 홀로 서 있었다.

그러나 흑인은 에스키모와 인디언, 말레이인과 함께 저녁 무렵 족장에게 가서 이렇게 말했다.

"존경하는 족장님, 한 가지 여쭐 말씀이 있어 찾아왔습니다. 오늘 우리를 웃음거리로 삼았던 하얀 녀석은 우리 마음에 들지 않습니다. 잘 생각해 보십시오. 모두들, 인간은 물론 동물들까지, 즉 곰과 벼룩, 꿩과 말똥구리까지도 우리 인간들처럼 무언가를 선보였습니다. 신께 영광을 돌리고, 우리의 삶을 지키고 향상시키거나 아름답게 하기 위해서 말입니다. 우리는 놀랄 만한 재능들을 보았습니다. 더러는 우스꽝스러운 것도 있었지요. 하지만 아무리 하찮은 짐승이라도 무언가 즐겁고 귀여운 것을 보여 줄 수 있었습니다. 그런데 우리가 마지막으로 낚아 올린 그 창백한 남자만은 이상하고 오만한 말을 하는 것 외에는 아무것도 내보이지 않았습니다. 변죽을 울리는 그의 말과 농담을 아무도 이해하지 못했고, 그런 것은 아무에게도 기쁨을 줄 수 없었습니다. 그 때문에 여쭙는 건데요, 친애하는 족장님. 그런 피조물이 이 사랑스러운 지구에서 새로운 삶을 일구도록 협력하는 것이 과연 옳은 일입니까? 재앙을 일으키는 일이 아닐까요? 그 사람을 좀 보십시오! 눈은 탁하고, 이마엔 주름이 가득합니다. 손은 창백하고 허약하며, 얼굴은 사악하고 슬퍼 보입니다. 밝은 구석이라고는 조금도 없어요! 분명 그는 제정신이 아닙니다. 누가 이런 녀석을 우리 방주로 보냈는지 모르겠습니다!"

백발의 족장은 질문을 던진 이를 향해 밝은 눈을 다정하게 치켜들었다.

"아이들아." 그가 나직하고 자비에 가득 찬 목소리로 말하자 그들의 표정이 곧 더 밝아졌다. "사랑하는 아이들아! 너희들 말이 옳다. 그리고 너희들이 한 말은 옳지 않기도 하다! 신은 너희들이 질문하기도 전에 이미 그에 대한 답을 주셨다. 전란을 겪는 땅에서 그 남자가 과히 기분 좋은 손님이 아니라는 너희 말에는 동의할 수밖에 없다. 그리고 그런 괴짜가 무엇 때문에 이곳에 있어야 하는지 나 역시 잘 알지 못하겠다. 그러나 그런 종류의 인간을 창조하신 신은 왜 그런 일을 했는지 잘 알고 계신다. 너희들 모두는 이 백인을 관대히 봐줘야 한다. 백인들은 다시 한 번 처벌을 받아야 할 만치 이 가련한 지구를 망쳐 놓은 자들이다. 하지만 보아라. 신은 그 하얀 인간을 어떻게 할 생각이었는지 신호를 주셨다. 너희들 모두는 곧 시작되기를 바라는 새로운 삶을 위해 사랑하는 아내가 있다. 너 흑인은 흑인 여자가 있고, 너는 인디언 여자가, 너는 에스키모 여자가 있지 않느냐. 유럽에서 온 그 남자만 혼자이다. 오랫동안 나는 그것을 슬퍼했지만, 이제 그 의미를 어렴풋이 알 것 같다. 이 남자는 하나의 경고이자 자극으로서, 어쩌면 망령으로서 우리 곁에 남을 것이다. 그는 다채로운 인류의 흐름 속으로 다시 가라앉지 못하는 한 자손을 번식시킬 수 없다. 그는 새로운 지상에서 너희들의 삶을 망치지 않을 것이다. 그러니 안심해라!"

　밤이 지나고 다음 날 아침이 밝아오자 동쪽에 있는 성스러운 산의 봉우리가 뾰족하고 조그맣게 물 밖으로 드러나 있었다.

(1917/1918)

등나무 의자 이야기

한 젊은이가 다락방에 홀로 쓸쓸히 앉아 있었다. 그는 화가가 되고 싶었다. 하지만 그러려면 극복해야 할 어려운 일이 무척 많았다. 우선은 다락방에서 조용히 살았다. 그는 나이가 더 들었고, 몇 시간 동안 작은 거울 앞에서 시험 삼아 자기 초상화를 그리는 일에 익숙해졌다. 스케치북 한 권은 이내 그런 그림으로 가득 찼고, 그중 몇 개는 대단히 만족스러웠다.

'그림 교육을 전혀 받지 않은 것치고 이 그림들은 제법 성공적이야.' 그는 홀로 중얼거렸다. '코 옆의 저 주름은 참으로 재미있어. 사람들은 내게서 사색가다운 면모가 엿보인다고 생각할 거야. 여기서 입가를 약간만 내려주면 아주 독특한 표정, 정말 우울한 표정이 생기겠지.'

그러다가 조금 지나 그림들을 다시 관찰하면 대부분이 더는 마음에 들지 않았다. 기분이 좋지 않았지만 그는 이것을 자신의 실력이 늘고 있다는 것으로 받아들이고 자기 자신에게 더 큰 요구를 해야 한다고 결론지었다.

이 젊은이는 다락방, 그리고 그곳에 있는 물건들과 아주 바람직하고 밀접한 관계를 맺으며 살지는 않았지만 그렇다고 딱히 관계가 나쁘지도 않았다. 그는 보통 사람들과 다름없이 그 물건들을 무덤덤하게 대했다. 그는 그 물건들을 눈여겨본 적이 없었고, 잘 알지도 못했다.

초상화가 뜻대로 그려지지 않을 때면 이따금 책을 읽기도 했다. 그러면서 그는 자신처럼 평범하고 전혀 알려지지 않은 젊은이였으나 훗날 무척 유명해진 사람들이 어떻게 지냈는지 알게 되었다. 그는 그런 책들을 즐겨 읽었고, 그 속에서 자신의 미래를 읽었다.

그러던 어느 날 또다시 약간 언짢고 울적한 기분으로 집에 앉아 매우 유명한 어느 네덜란드 화가*의 전기를 읽었다. 그는 이 화가가 진정한 열정, 그러니까 광기에 사로잡혀 있었고, 훌륭한 화가가 되겠다는 강박감에 완전히 지배되어 있었다는 것을 알았다. 이 젊은이는 자신에게 그 네덜란드 화가와 비슷한 점이 많다는 것을 알았다. 하지만 계속 읽어 가면서 자신과 별로 맞지 않

✦ 반 고흐를 말한다.

252

는 점도 많이 발견했다. 특히 그는 날씨가 나빠 밖에서 그림을 그릴 수 없을 때도 그 네덜란드 화가가 열정에 차 의연하게 눈에 들어오는 가장 사소한 부분까지 그려 냈다는 것을 읽었다. 그 화가는 언젠가 낡은 나막신 한 쌍을 그렸고, 다른 때에는 낡고 비스듬한 의자, 농가의 거칠고 조잡한 부엌 의자를 그렸다고 했다. 짚을 엮어서 만든 평범한 나무 의자는 앉는 부분이 상당히 닳아 있었다. 다른 사람들 같으면 눈길 한 번 줄 가치도 없었을 이 의자를 그 화가는 커다란 사랑과 성실함, 커다란 열정과 헌신으로 그려 냈고, 그것은 그의 가장 멋진 그림 중 하나가 되었다고 했다. 전기 작가는 짚으로 엮은 의자 그림을 묘사하면서 멋지고 감동적인 단어를 많이 사용했다.

이 대목에서 젊은이는 책 읽기를 멈추고 생각에 잠겼다. 그가 시도해야 할 새로운 무언가가 거기에 있었다. 그는 즉시 (그는 결심을 무척 빨리 하는 젊은 나이였기 때문이다) 이 위대한 거장의 예를 본받아 언젠가 위대한 화가의 길을 걸어야겠다고 다짐했다.

그는 다락방을 둘러보고, 그동안 자신이 주위의 물건들을 제대로 눈여겨보지 않았다는 사실을 깨달았다. 앉는 자리가 짚으로 엮인 의자는 어디에서도 발견할 수 없었고, 나막신 역시 없었다. 그 때문에 그는 잠시 낙담하고 슬픔에 빠졌다. 위대한 인물의 생애를 다룬 글을 읽으면서 자주 용기를 잃었듯이 다시 그와 거의 비슷한 상태가 되었다. 그러고는 다른 사람들의 삶에서 그토록 멋진 역할을 했던 온갖 사소한 일이나 암시, 놀라운 섭리 같은 것이 자신에겐 없으며, 자신이 헛되이 그런 일을 기다렸음을 깨달았다. 그러나 그는 이내 다시 마음을 가다듬고, 이제야 명예에 이르는 힘든 길을 끈기 있게 추구하는 것이 자신의 진정한 임무임을 깨달았다. 그는 자신의 조그만 방에 있는 물건들을 찬찬히 훑어보다가 모델로 쓰기에 꽤 적당해 보이는 등나무 의자를 하나 발견했다.

그는 다리가 달린 의자를 자신에게 약간 가까이 끌어 놓은 뒤 연필을 뾰족하게 깎고, 무릎 위에 스케치북을 올려놓고 그림을 그리기 시작했다. 처음 몇 개의 선을 희미하게 그리자 형태가 어느 정도 모습을 드러냈다. 그런 다음 빠르고 힘차게 선을 몇 개 그어 금방 굵은 윤곽을 만들었다. 모서리에 드리워진 삼각형 모양의 짙은 그림자가 그를 유혹해 그것도 힘 있게 표시했다. 그리고 무언가가 그를 방해하기 시작할 때까지 계속 그려 나갔다.

그는 잠시 그림을 계속 그렸다. 그런 다음 스케치북을 자신에게서 떼어 놓고 음미하듯 그림을 들여다보았다. 그때 등나무 의자가 완전히 잘못 그려졌다는 사실을 알아차렸다.

그는 성이 나서 새로운 선 하나를 그리고는 격분한 눈초리로 의자를 바라보았다. 그것은 잘못되었다. 그 사실이 그를 화나게 했다.

"이 악마 같은 의자 같으니." 그는 격하게 소리쳤다. "이렇게 변덕스러운 짐승은 지금껏 본 적이 없어."

의자가 약간 삐걱거리는 소리를 내면서 태연히 말했다.

"그래, 날 자세히 봐! 난 있는 그대로야. 더 이상 변하지 않을 거야."

화가는 의자를 발끝으로 툭 찼다. 그러자 의자는 뒤로 물러나더니 이제 다시 완전히 다른 모습이 되었다.

"멍청이 같은 의자야!" 젊은이는 소리쳤다. "너는 모든 게 굽어지고 삐뚤어져 있어!"

등나무 의자는 미소를 지어 보이며 부드럽게 말했다.

"그런 걸 관점이라고 부르지, 젊은이."

그러자 젊은이는 벌떡 일어섰다.

"관점이라고!" 그는 격분해서 소리쳤다. "의자 주제에 이젠 선생 노릇까지 하려 들다니! 관점은 나의 문제이지 너의 문제가 아니야. 명심해 둬!"

그러자 의자는 더 이상 아무 말도 하지 않았다. 화가는 흥분해서 방 안을 몇 번 이리저리 오갔다. 그의 발소리에 화가 난 듯 아랫집에서 천장을 지팡이로 두드리는 소리가 들려왔다. 아래층에는 소음을 싫어하는 중년의 학자가 살고 있었다.

그는 자리에 앉아 가장 최근에 그렸던 자화상을 다시 집어 들었다. 하지만 그것은 마음에 들지 않았다. 자신의 실제 모습이 더 귀엽고 흥미로워 보인다는 것을 발견했다. 사실이 그랬다.

이제 그는 책을 계속 읽으려 했다. 그러나 책에서는 네덜란드 화가의 의자 이야기가 좀 더 계속되고 있었다. 그래서 그는 화가 났다. 사람들이 그 의자에 대해 너무 야단법석을 떨고 있다고 생각했다. 아무튼⋯⋯.

젊은이는 모자를 찾아 쓰고 잠시 외출을 하려고 마음먹었다. 그는 자신이 이미 오래전부터 그림 그리는 일에 만족하지 않았다는 사실을 떠올렸다. 그림을 그리면서 얻은 거라곤 괴로움과 실망밖에 없었다. 결국 세상에서 가장 훌륭한 화가라도 사물의 단순한 표면만 묘사할 수 있을 뿐이었다. 깊이를 사랑하는 사람에게는 그것이 천직은 아니었던 것이다.

그는 이미 여러 번 그랬던 것처럼, 진지하게 그런 생각을 하면서, 이전의 성향을 따라 차라리 작가가 되기로 결심했다. 등나무 의자는 다락방에 혼자 남겨졌다. 젊은 주인이 벌써 떠나 버려 의자는 마음이 아팠다. 의자는 결국 언젠가는 둘 사이에 제대로 된 관계가 맺어지리라고 기대했었다. 이따금 기꺼이 말을 건넸을지도 모른다. 그리고 자기가 젊은이에게 가치 있는 것을 많이 가르쳐줘야 하리라는 것을 알았다. 그러나 안타깝게도 이제 그 계획은 무산되고 말았다.

(1918)

제국

크고 아름답지만 그리 부유하지는 않은 한 나라가 있었다. 그 나라에는 성실하고 소박하지만 씩씩한 사람들이 살고 있었다. 그들은 자신의 운명에 만족했다. 부나 풍족한 삶, 우아함이나 화려함은 찾아보기 힘들었다. 부유한 이웃 나라들은 넓은 땅을 차지하고도 소박하게 살아가는 이들에게 때때로 비웃음과 조소 어린 동정을 보내기도 했다.

그러나 그리 내세울 게 없는 이 민족은 커다란 번영을 누렸다. 돈으로 살 수 없지만 사람들이 높이 평가하는 몇 가지 일 덕분이었다. 그 덕에 이 가난한 나라는 힘은 그다지 없지만 세월이 흐르면서 높은 명망을 얻게 되었다. 음악, 문학, 사상 같은 것이 꽃을 피웠던 것이다. 위대한 현인이나 설교자, 시인에게는 부유하고

우아하며 사교적이지 않아도 나름의 존경을 보내는 것처럼, 힘
있는 민족들은 가난하지만 놀라운 이 민족을 존경했다. 그들은
이 나라의 가난이나 세상일에 서투르고 미숙한 데 대해서는 어
깨를 으쓱했지만, 그곳의 철학자, 시인, 음악가들에 관해서는 시
샘하지 않고 즐겨 이야기했다.

이 사상의 나라는 늘 가난했고 종종 이웃 나라들의 억압을 받
긴 했지만, 점차 이웃 나라들을 비롯해 온 세상으로 따뜻함과 사
상이라는 풍요로운 강물을 꾸준하고 조용하게 흘려보냈다.

그러나 이 나라에는 아주 오래되고 두드러진 폐단이 하나 있
었다. 그로 인해 다른 민족에게 조롱을 당했을 뿐 아니라 스스
로도 시달리며 고통을 겪었다. 이 아름다운 나라에는 다양한 종
족들이 살았는데, 이들은 옛날부터 서로 사이가 좋지 않았다. 싸
움과 질투가 끊이지 않았던 것이다. 때때로 어떤 사상이 생겨나
민족 최고의 사상가가 그것을 공표했다 해도, 사람들은 의견 일
치를 보고 우호적인 공동 작업을 해야 했다. 그중 특정 종족이나
군주가 여타 종족들을 제치고 주도권을 쥘 가능성이 있는 사상
은 종족들 대부분의 심기를 불편하게 했기에 그에 대해서는 결
코 의견 일치가 이루어지지 않았다.

이 나라를 억압한 외부의 정복자에게 승리를 거두었을 때는
마침내 통일이 이루어질 것처럼 보였다. 그러나 싸움이 곧 다시
시작되었고, 많은 제후들은 통일에 저항했다. 또한 제후의 신하
들은 이로부터 관직이나 작위, 다채로운 유대 관계의 형태로 수

많은 특혜를 얻어 냈다. 사람들은 대체로 그것에 만족했고, 개혁하려는 마음을 갖지 않았다.

그 사이 세상에는 저 유명한 변혁이 일어나 사람과 사물을 이상하게 바꿔 놓았다. 최초의 증기기관 연기에서 유령이나 질병이라도 나온 듯 변혁이 일어나 도처에서 인간의 삶을 변화시켰다. 세상은 노동과 근면으로 가득 차게 되었다. 세상 사람들은 기계의 지배를 받으며 계속 새로운 일을 하도록 내몰렸다. 거대한 부가 생겨났고, 기계를 발명한 대륙은 이전보다 세계에 대해 더 많은 지배권을 갖게 되었다. 그 대륙의 힘 있는 나라들은 자기들끼리 나머지 대륙들을 나누어 가졌고, 힘없는 나라는 아무것도 얻지 못했다.

우리가 이야기하는 나라에도 이런 물결이 밀려왔지만, 자신의 역할에 어울리게 이 나라가 챙긴 몫은 얼마 되지 않았다. 세계의 재화는 다시 한 번 분배된 것 같았고, 이 가난한 나라는 또다시 아무것도 얻지 못한 것 같았다.

그러나 갑자기 모든 것이 다른 길을 가게 되었다. 종족의 통일을 요구하던 예전의 목소리들은 결코 침묵하지 않았다. 강력한 힘을 가진 정치인이 나타나서 이웃의 거대 민족에게 혁혁한 승리를 거두고, 힘을 키워 나라 전체를 통일했다. 여러 종족들이 이제 하나로 통합되어 대제국을 일으켰다. 몽상가와 사상가, 음악가의 가난한 나라는 이제 깨어나 부유해졌고, 강력한 통일 국가가 되었다. 이 나라는 보다 유구한 역사를 지닌, 형제의 제국과 맞먹는 강대국의 길을 걷기 시작했다. 바깥의 넓은 세계에는 더 이상 약탈할 만한, 손에 넣을 만한 것이 많지 않았다. 먼 대륙들에서는 신흥 강대국들이 벌써 자기 몫을 챙긴 뒤였다. 하지만 이 나라에서는 그동안 천천히 힘을 키워 왔던 기계 문명이 이제서야 놀라울 만치 꽃을 피웠다. 온 나라와 민족이 급속도로 변했다. 나라는 커지고 부유해졌으며, 강력해져 두려움의 대상이 되었다. 부가 축적되었고, 군대와 무기, 요새라는 삼중 방어 장치에 에워싸였다. 이 신생 제국의 존재를 불안해하던 이웃 국가들에 곧 불신과 두려움이 생겨났다. 그들 역시 울타리를 치고 대포와 군함을 준비하기 시작했다.

그렇지만 이것이 최악의 일은 아니었다. 이 엄청난 방어벽에 치를 돈은 충분했다. 그렇다고 전쟁을 생각한 사람은 아무도 없었다. 부유한 사람들은 자신의 돈을 지킬 철벽을 원했고, 만일의 경우에 대비해 전쟁 준비를 했을 뿐이다.

신생 제국의 내부에서 벌어진 일이 훨씬 더 나빴다. 오랫동안 세상의 조소를 받기도, 존경을 받기도 한 민족, 정신은 풍부하지만 가난했던 민족은 이제 돈과 권력이 얼마나 멋진지 알게 되었다. 사람들은 건물을 짓고 저축을 했으며, 무역을 하고 돈을 빌려 주었다. 어느 민족도 그렇게 빨리 부유해질 수 없었다. 물방앗간이나 대장간을 가진 사람은 이제 빨리 공장을 가져야 했다. 세명의 기능공을 둔 사람은 이제 열 명, 스무 명의 기능공을 두어야 했다. 재빨리 백 명이나 천 명으로 늘린 사람들도 많았다. 손

과 기계가 많이, 더 빨리 일할수록 돈이 더 빨리 쌓였다. 물론 이
는 축재 수완을 지닌 일부에게만 해당되었다. 그리고 많은 노동
자들이 더 이상 장인의 직공이 아니라 강제 노동을 하는 노예
신분으로 전락했다.

다른 나라들에서도 사정은 비슷했다. 그곳에서도 작업장이 공
장으로, 장인이 기업가로 바뀌었으며, 대신 노동자는 노예가 되었
다. 세계의 어느 나라도 이러한 운명에서 벗어날 수 없었다. 하지
만 세계적으로 이런 새로운 정신과 경향이 생겨나기 무섭게 신생
제국은 붕괴되는 운명을 겪었다. 이 제국은 과거의 경험이 없었
고, 부강한 나라였던 적이 없었기 때문이다. 이 제국은 안달하는
어린이처럼 성급히 새 시대 속으로 달려들었고, 양손 가득 일과
황금을 쥐게 되었다.

이 민족에게 잘못된 길을 가고 있다고 경고하고 주의를 주는
사람도 있었다. 그들은 이전 시대, 이 나라의 조용하고 은밀했던
명성, 한때 이 나라가 맡았던 정신적인 종류의 사명, 한때 이 나
라가 세계에 선사했던 사상, 음악과 문학의 영원하고 고귀한 정
신적 흐름을 상기시켰다. 하지만 사람들은 부유해진 나머지 행
복에 취해 그 경고를 비웃었다. 둥근 세상은 회전하고 있었다. 할
아버지들이 시를 짓고 철학 책을 쓴 건 무척 좋은 일이었다. 하지
만 손자들은 이 나라에서 다른 일도 할 수 있고, 그럴 능력도 있
다는 것을 보여 주고 싶어 했다. 그래서 그들은 수많은 공장에서
새로운 기계와 철도, 새로운 제품을 망치질하고 다듬었으며, 그리

고 만일의 경우를 대비해 끊임없이 새로운 총과 대포도 만들어 냈다. 부자들은 민족의 뒤로 물러났고, 가난한 노동자들은 자신이 혼자 버림받았다고 생각했다. 그들 역시 같은 민족의 일원이면서 더 이상 민족을 생각하지 않았고, 자신만을 걱정하고 생각했으며, 또한 다시 자신만을 위해 애썼다. 외부의 적에 대비해 대포와 총을 마련해 둔 부자와 권력자들은 사전에 준비를 해둔 것을 기쁘게 생각했다. 더 위험할지도 모르는 적이 이젠 내부에 존재했기 때문이었다.

이 모든 것은 몇 해 동안 세계를 끔찍하게 황폐화시킨 대규모의 전쟁으로 끝장이 났다. 우리는 아직 전쟁의 폐허 속에 살아가고 있다. 사람들은 전쟁의 소음에 감각이 마비되었고, 전쟁의 무의미함에 격분했으며, 우리의 모든 꿈속에 흘러내린 심한 출혈에 병들었다.

제국의 아들들은 열광하여, 그러니까 혈기 왕성하게 싸움터로 나아갔지만, 전쟁은 젊게 피어나던 제국이 붕괴하는 것으로 끝났다. 전쟁에서 패배했고, 끔찍하게 패배했다. 그런데 승자는 평화협정을 논의하기도 전에 패배한 민족에게 막대한 전쟁 배상금을 요구했다. 날이면 날마다, 패퇴한 군대가 퇴각하는 동안 패잔병들의 고향에서는 승리한 적에게 넘겨주기 위해, 지금까지의 힘의 상징들이 긴 행렬을 이루어 실려 나갔다. 기계들과 돈이 패배한 나라로부터 적의 수중으로 줄지어 흘러 들어갔다.

그러는 동안 패배한 민족은 지금 이 순간 최대의 곤경에 처했음을 자각하게 되었다. 그들은 지도자와 군주들을 내쫓고, 자기 자신이 성년이 되었음을 선포했다. 그들은 자발적으로 위원회를 구성했고, 스스로의 힘과 정신으로 자신의 불행에 순응하겠다는 의지를 공표했다.

그처럼 힘든 시련을 겪으며 성년이 된 이 민족은 어떤 길을 가야 할지, 누구를 지도자이자 조력자로 삼아야 할지 오늘날까지도 알지 못하고 있다. 그러나 천사들은 알고 있다. 그들은 왜 이 민족과 전 세계에 전쟁의 고통을 보냈는지 알고 있다.

이러한 날들의 어둠으로부터 하나의 길이 빛나고 있다. 그것은 충격을 받은 민족이 가야 하는 길이다.

이 민족은 다시 어린아이가 될 수 없다. 아무도 그렇게 될 수 없다. 대포와 기계, 돈은 도저히 내줄 수 없고, 평화로운 소도시에서 다시 시를 짓고 소나타를 연주할 수는 없는 것이다. 하지만 삶이 오류와 심각한 고통 속으로 길을 이끌어 갔다면, 이 민족은 누구나 가야 하는 길을 갈 수 있다. 지금껏 왔던 길, 즉 민족의 유래와 유년 시절, 성장, 영광과 몰락을 기억할 수 있다. 그리고 이 기억의 길에서 민족 고유의 본래적인 힘들을 발견할 수 있다. 경건한 사람들이 말하듯 '내면의 길을 가야 한다.' 그리고 자신의 내면 깊은 곳에서 파괴되지 않은 자신의 고유한 본질을 발견하게 될 것이다. 이 본질은 자신의 운명에서 달아나려 하지 않고, 이 민족에게 말하며, 다시 발견된 최상의 것과 가장 깊은 것을 가지고 새로 시작할 것이다.

그렇게 된다면, 기가 꺾인 민족이 운명의 길을 기꺼이 솔직하게 간다면, 한때 존재했던 그 무언가가 쇄신될 것이다. 다시 이 민족으로부터 조용한 강물이 끊임없이 흘러나와 세계 속으로 밀고 들어갈 것이다. 오늘날까지도 적대 관계에 있는 자들이 미래에는 새로운 감동에 젖어 이 조용한 강물에 귀 기울일 것이다.

(1918)

마법사의 유년 시절

나는 다시 올라간다, 또다시
한때 사랑스러운 전설이었던 너의 샘 속으로
멀리서 너의 금빛 노래 들린다,
네가 웃고 꿈꾸며 조용히 우는 것이.
너의 깊은 곳으로부터 경고하며
주문呪文이 속삭인다.
나는 술에 취해 잠든 것 같은데
너는 나를 계속 부른다, 계속······.

　나는 부모님과 선생님뿐 아니라 더 높고 숨겨진 은밀한 힘들의
가르침을 받았다. 그것들 중에는 판이라는 신도 있었다. 판은 춤

추는 모습을 한 인도식 신상으로, 외할아버지의 유리장 안에 있었다. 이 신을 비롯해 다른 신들이 내 어린 시절을 보살펴 주었고, 글을 읽고 쓸 수 있기 전부터 오랫동안 동방의 태곳적 모습과 생각으로 나를 가득 채워 주었다. 그래서 후일 인도나 중국의 현인들을 만날 때마다 나는 마치 그들을 다시 만나거나 내가 귀향한 듯이 느껴졌다. 그런데 나는 유럽인이고 심지어 활동적인 궁수자리에서 태어났다. 그래서인지 평생 격정과 욕망, 충족시킬 수 없는 호기심이라는 서양의 미덕을 충분히 발휘해 왔다. 다행히도 나는 여타의 아이들과 마찬가지로 살아가는 데 꼭 필요하고 대단히 가치 있는 것을 학교에 들어가기 전에 이미 배웠다. 사과나무, 비와 태양, 강물과 숲, 벌과 딱정벌레에 관해 배웠다. 외할아버지의 보물 금고에 있는 판 신과 춤추는 우상들에 관해 배웠다. 나는 세상에 대한 지식에 밝았고, 두려움 없이 동물이나 별들과 교제했다. 과수원이나 물고기가 사는 물속에도 조예가 깊었고, 벌써 노래도 여러 곡이나 부를 수 있었다. 마법을 쓸 줄도 알았는데 아쉽게도 일찍 잊어버려 제법 나이가 든 후 새로 배워야 했다. 나는 어린 시절에 전설적인 지혜를 모두 터득하고 있었다.

여기에다가 이제 학교에서 얻은 지식이 첨가되었다. 그것은 쉽고도 재미있었다. 학교에서는 현명하게도 살아가는 데 꼭 필요한 진지한 능력이 아닌, 주로 장난삼아 하는 즐거운 오락을 다루었다. 나는 그런 오락을 가끔 즐기곤 했다. 또한 학교에서 여러 가지 지식을 다루었는데, 그중 많은 것이 평생 내게 충실히 남았다. 그래서 나는 오늘날까지도 아름답고 재기 있는 수많은 라틴어 단어들, 시와 격언뿐 아니라 모든 대륙에 있는 수많은 도시의 인구를 기억하고 있다. 물론 오늘날의 인구가 아니라 1880년대의 인구이긴 하지만.

열세 살이 될 때까지 나는 장차 뭐가 될 것인지, 무슨 직업을 익힐 수 있을 것인지 진지하게 생각해 본 적이 없었다. 다른 소년들처럼 나도 많은 직업을 사랑하고 부러워했다. 사냥꾼, 뗏목꾼, 마부, 줄 타는 광대, 북극 탐험가 등을. 그러나 가장 되고 싶었던 것은 마법사였다. 그것은 내 성향에 맞고 내가 진심으로 원하는 더없이 심오한 방향이었고, '현실'이라 불리는 것, 때때로 단지 어른들의 어리석은 타협처럼 생각된 것에 대한 불만의 표출이었다. 나는 일찍부터 이런 현실을 때로는 불안해하며, 때로는 비웃으며 거부했다. 마법을 걸어 현실을 변화시키고 고양시키고 싶은 소망이 불타올랐다. 어린 시절에는 마법을 걸겠다는 이런 소망이 어린애다운 외적인 목표를 지향했다. 겨울에도 사과가 열리게 하고 싶었고, 마법을 부려 지갑을 금과 은으로 채우고 싶었다. 마법의 힘으로 적을 마비시킨 뒤 관용을 베풀어 부끄러움을 느끼게 하거나, 승리자나 왕으로 불리는 꿈을 꾸기도 했다. 땅에 묻힌 보물을 캐내고, 죽은 자를 깨우며, 내 모습을 보이지 않게 하고 싶기도 했다. 특히 눈에 보이지 않게 하는 마법이야말로 내가 대단히 높게 평가하고 가장 진심으로 원하던 재주였다. 다른 모든 마법의 힘에 대한 소망처럼, 눈에 보이지 않는 마법을 부리고 싶다는 소망은 때로는 나 자신도 즉시 알아차리지 못할 정도로 변형된 모습으로 거듭 나타나면서 일평생 나를 따라다녔다.

그리하여 훗날 성장해서 문필가라는 직업을 가진 후에도, 나는 자주 내 작품들 뒤로 사라지거나 의미심장하고 장난스러운 가명 뒤로 숨으려고 했다. 내게는 동료 작가들이 이런 시도를 종종 나쁘게 생각하거나 곡해하는 것이 이상하게 생각되었다. 돌이켜 보면 나의 생애 전체는 마법의 힘을 부리겠다는 이런 소망으로 점철되어 있었다. 마법에 대한 소망은 세월이 흐르면서 목표가 바뀌었고, 점차 바깥 세계로부터 목표를 빼앗아 와 나 자신을 안으로 끌어들였다. 점차 사물이 아닌 나 자신을 변화시키기 위해 애썼다. 투명망토를 입고 투명인간이 되려는 서투른 짓을 하는 대신, 깨달음을 얻었지만 알려지지 않은 채 눈에 띄지 않는 현자로 사는 법을 배우려고 열망했다. 이것이 내 전기의 가장 본래적인 내용일지도 모른다.

나는 활기차고 행복한 소년이었다. 집의 어디서나 아름답고 화려한 세계와 놀면서, 원시림 속에서 뿐만 아니라 동물과 식물들 곁에서도 나 자신의 환상과 꿈, 나의 힘과 능력을 즐거워했다. 불타오르는 소망들 때문에 지치기보다는 행복을 느꼈다. 나는 그 당시 여러 가지 마법을 익혔다. 그때는 알지 못했지만, 훗날 다시 성공을 거두었을 때 훨씬 완벽하게 할 수 있었다. 나는 쉽게 사랑을 얻었고, 쉽게 다른 사람들에 대한 영향력을 획득했으며, 쉽게 주모자나 구애받은 자, 또는 신비로운 자의 역할에 순응했다.

몇 년 동안이나 나는 나이가 좀 어린 동료나 친척들이 나의 실제적인 마법의 힘, 악마에 대한 나의 지배력, 숨겨진 보물이나 왕관에 대한 나의 권리를 신뢰하며 외경심을 갖도록 했다. 부모님께서 일찍부터 내게 뱀의 존재를 알려주셨지만 나는 오랫동안 낙원에서 살았다. 어린 시절의 꿈은 오랫동안 지속되었고, 세계는 나의 것이었다. 모든 것이 현재였고, 모든 것이 내 주위에서 아름다운 놀이로 자리 잡았다. 내 안에서 어떤 불만이나 그리움이 생기고, 즐거워하는 세상이 어쩌다가 그림자를 드리우거나 미심쩍게 느껴질 때에도 나는 다른 세계, 보다 자유롭고 저항 없는 환상의 세계로 가는 길을 대체로 쉽게 찾아냈다. 그 세계에서 되돌아와 보면 바깥세상은 새로이 사랑스럽고 사랑할 만한 가치가 있었다. 나는 오랫동안 낙원에서 살았다.

아버지의 조그만 정원에는 격자 칸막이벽이 있었다. 그곳에 나는 토끼와 길들인 까마귀를 길렀다. 그곳에서 나는 세계가 존속된 시간만큼이나 한없이 긴 시간을 열정에 사로잡혀, 주인으로서의 환희 속에서 살았다. 토끼는 생명의 냄새, 풀과 우유, 피와 생식의 냄새를 풍겼다. 까마귀의 까맣고 매서운 눈에서는 영원한 생명의 불빛이 반짝였다. 같은 장소에서 저녁이면 타오르는 촛불 옆에서, 졸음에 겨운 따뜻한 동물 옆에서, 혼자 또는 어느 친구와 함께 또 다른 끝없는 시간을 보내곤 했다. 어마어마한 보물을 파내거나, 만드라고라의 뿌리를 얻거나, 무적의 기사가 되어 구원이 필요한 세상으로 원정을 떠날 계획을 세웠다. 그곳에서 나는 도적들을 바로잡고, 불행한 사람들을 구원하고, 포로들을 석방하고, 도적의 성을 불태워 없앴다. 배신자를 십자가에 못 박고, 변절한 가신을 용서하고, 공주를 얻고, 동물들의 언어를 알아들었다.

외할아버지의 커다란 서재에는 엄청나게 크고 무거운 책이 한 권 있었다. 그곳에서 나는 가끔 책을 찾아 읽곤 했다. 아무리 읽어도 다 읽을 수 없는 이 책에는 놀라운 옛 그림들이 있었다. 그 그림들은 때로는 책을 한번 펼치거나 뒤적이기만 해도 금방 밝은 모습으로 나타나 마음을 끌었고, 때로는 아무리 오래 찾아도 결코 모습을 드러내지 않기도 했다. 마치 한 번도 그곳에 없었던 것처럼 마법에 걸린 듯 사라진 것이었다. 그 책에는 무척 아름답지만 이해하기 어려운 이야기 하나가 적혀 있었다. 나는 그것을 자주 읽곤 했다. 그것 역시 항상 찾을 수 있는 게 아니어서 운이 좋아야 했다. 때로는 완전히 사라져 숨어 있기도 했고, 때로는 있는 장소를 바꾼 것 같기도 했다. 가끔은 이야기를 읽을 때 거의 이해할 수 있을 만치 유난히 다정하게 다가오기도 했다. 또 다른 때는 지붕 밑 다락방의 문처럼 칠흑처럼 어둡게 꽁꽁 닫혀 있어, 문 뒤의 어스름한 곳에서 유령들이 낄낄대거나 신음하는 것 같은 소리가 들리는 듯할 때도 있었다. 모든 것이 현실로 충만해 있었고, 모든 것이 마법으로 충만해 있었다. 이 두 가지는 친밀하게 나란히 대면하고 있었고, 모두 내게 속해 있었다.

보물로 가득 찬 외할아버지의 유리장 안에 서 있는 춤추는 인도 신상도 언제나 똑같은 신상도, 언제나 똑같은 얼굴도 아니었다. 늘 같은 춤을 추지도 않았다. 이따금 그것은 하나의 우상이자 기이하고 다소 우스꽝스러운 모습을 했다. 이해할 수 없는 낯선 나라에서 이해할 수 없는 낯선 민족들이 만들고 숭배하던 모습이었다. 또 어떤 때는 의미심장하고, 말할 수 없이 섬뜩하고, 제물을 탐하고, 사악하고, 엄격하고, 신뢰할 수 없으며 조소적인 마법의 작품이 되었다. 가령 비웃기라도 하면 이를 복수하려고 나를 자극하려는 듯도 했다. 노란 금속으로 만들어졌지만 시선을 바꿀 수 있었다. 가끔은 사팔뜨기가 되기도 했다. 또 어떤 때는 전적으로 하나의 상징이었고, 추하지도 아름답지도 않고, 악하지도 선하지도 않고, 우스꽝스럽지도 무섭지도 않고, 단순하며, 고대 룬 문자처럼 오래되어 뭐라고 상상할 수 없고, 바위에 붙은 이끼나 자갈에 그려진 그림 같았다. 그러나 그 형태, 얼굴과 상징 뒤에는 신이 살고 있었고, 무궁한 무언가가 깃들어 있었다. 소년이었던 그 당시 나는 이름도 모르면서 그것을 적지 않게 존경했다. 훗날 그것이 시바, 비슈누, 신, 생명, 브라만, 아트만, 도道 또는 영원한 어머니라고 불린다는 것을 알게 되었다. 그것은 아버지이자 어머니였으며, 여자이자 남자였고, 해이자 달이었다.

그리고 유리장 안의 신상 주위를 비롯해 외할아버지의 다른 장들 속에도 수많은 다른 형상과 기구들이 놓여 있었다. 묵주처럼 동그란 나무 구슬로 만든 사슬, 고대 인도 문자가 새겨진 야자수 잎 두루마리, 녹색 활석으로 조각된 거북이, 나무나 유리,

석영이나 점토로 만든 작은 신상들, 수가 놓인 비단 덮개나 아마포 덮개, 놋쇠 잔과 접시 등 많은 것들이 있었다. 이 모든 것은 인도를 비롯해 양치류나 야자수 해안이 있고, 큰 갈색 눈의 부드러운 스리랑카인이 사는 낙원의 섬 실론에서 온 것이었다. 시암과 버마에서 온 것도 있었다. 모든 것은 바다와 향료와 먼 곳, 그리고 계피와 백단 냄새가 났다. 모든 것은 갈색과 황색 손을 거쳐 열대 지방의 소나기와 갠지스 강물에 적셔지고, 적도의 태양으로 건조되고, 원시림의 그늘에 있던 것이었다. 이 모든 것이 외할아버지의 것이었다. 외할아버지는 존경할 만한 유능한 분이셨고, 하얀 수염을 풍성하게 기른, 뭐든 다 알고 있는 노인이었다. 그는 아버지나 어머니보다 영향력이 컸고, 다른 사람들과는 전혀 다른 물건과 힘을 지니고 있었다.

인도의 신상들이나 장난감만 외할아버지의 것이 아니었다. 외할아버지는 조각품과 그림, 마법으로 신성시된 물건, 코코넛 나무 술잔과 백단으로 만든 궤, 홀과 도서관도 가지고 있었다. 그는 마법사이자 지식인이며 현자였다. 그는 인간의 모든 언어, 즉 서른 개 이상의 언어를 알아들었다. 아마 신들의 언어, 별들의 언어도 알아들었을 것이다. 팔리어와 산스크리트어를 쓰고 말할 수 있었고, 카나리아 군도와 벵갈, 힌두스탄, 스리랑카의 노래도 부를 줄 알았다. 기독교인으로 삼위일체 하나님의 존재를 믿었지만, 이슬람과 불교의 기도문도 알고 있었다. 또한 수십 년 동안 동방의 덥고 위험한 나라들에서 살았다. 배를 타거나 황소가 끄는 수

레를 타고 여행했으며, 말이나 나귀를 타고 다녔다. 그러니 우리의 도시와 나라가 지구상의 극히 작은 일부분에 불과하다는 것, 수십 억의 인간들이 우리와 다른 신앙을 갖고 있으며, 다른 풍습, 언어, 피부색, 신, 미덕과 악덕을 가지고 있다는 것을 외할아버지만큼 잘 아는 이는 없었다.

나는 외할아버지를 사랑하고 존경하며 두려워했다. 나는 그에게 모든 것을 기대했고, 그의 모든 것을 신뢰했다. 나는 할아버지와 우상의 의상을 입고 변장한 판에게서 끊임없이 배웠다. 노인은 하얀 턱수염의 숲에 얼굴이 가려져 있듯이 비밀의 숲 속에 숨어 있었다. 그의 눈으로부터 세상의 슬픔과 명랑한 지혜가 흘러나왔고, 때에 따라서는 고독한 지식, 신의 짓궂은 장난기 같은 것도 흘러나왔다. 수많은 나라의 사람들이 할아버지를 존경하여 찾아왔다. 그들은 외할아버지와 영어나 프랑스어, 인도어, 이탈리아어, 말레이어로 대화했고, 오랜 대화를 나눈 뒤에는 흔적도 없이 떠나갔다. 어쩌면 할아버지의 친구나 사절, 어쩌면 하인이나 대리인이었을지도 모른다. 나는 어머니를 에워싼 비밀, 신비로운 태곳적 분위기는 불가사의한 외할아버지에게서 왔다는 것을 알고 있었다. 어머니 역시 오랫동안 인도에서 사셨고, 말라얄람어와 카나리아 군도의 언어로 말하고 노래 부를 수 있었다. 어머니는 외할아버지와 수수께끼 같은 낯선 말들을 주고받았다. 외할아버지처럼 어머니 역시 때때로 이방인의 미소, 베일에 가려진 듯한 지혜의 미소를 지니고 있었다.

아버지는 달랐다. 그는 홀로 서 있었다. 그는 우상의 세계에도, 외할아버지의 세계에도 속하지 않았다. 도시의 일상에도 속하지 않았다. 그는 동떨어진 존재, 괴로워하고 추구하는 자로 고독하게 서 있었다. 아버지는 학식 있고 어진 분이었으며, 공정하게, 그리고 열과 성을 다해 진리에 헌신했다. 어머니와 같은 미소는 짓지 않았지만, 고상하고 부드러웠으며, 비밀 같은 것이 없는 분명한 분이었다. 결코 친절함과 현명함을 잃지 않았으며 외할아버지처럼 마법의 구름 속으로 사라지지도 않았다. 때로는 슬픔처럼, 때로는 세련된 조롱처럼, 때로는 말없이 생각에 잠기는 신들의 가면처럼 보였던 외할아버지의 얼굴과 달리, 아버지의 얼굴은 이런 순진함이나 신성함 속으로 사라지지 않았다. 아버지는 어머니와 인도어로 말하지 않고, 영어와 독일어로 대화를 나누었다. 아버지의 독일어는 순수하고 맑으며 약간 발트어의 색조가 느껴지는 아름다운 것이었다. 아버지는 내게 이런 독일어를 가르침으로써 내 관심을 끌고, 내 마음을 얻었다. 때때로 나는 경탄에 가득 차 아버지를 모범으로 삼아 매우 열심히 노력했다. 내 뿌리가 어머니의 토양에, 검은 눈동자와 신비스러운 것에 더 깊이 내리고 있다는 것을 알고 있었지만, 나는 열심히 노력했다. 어머니는 음악으로 가득 차 있었지만 아버지는 그렇지 않았다. 그는 노래를 부를 줄도 몰랐다.

나 외에 누이들과 두 명의 작은 형들, 큰 형들은 서로 시샘도 하고 존중도 하며 자라났다. 집 주위에는 오래되고 구릉이 많은 조그만 도시가 있었다. 그 주위를 숲이 우거진 어두컴컴한 산들이 빈틈없이 에워싸고 있었다. 도시 한가운데로는 아름다운 강이 머뭇거리듯 굽이쳐 흘러갔다. 나는 이 모든 것을 사랑했고, 그것을 고향이라 불렀다. 숲과 강에서 나는 식물과 토양, 암석과 동굴, 새와 다람쥐, 여우와 물고기를 자세히 알게 되었다.

이 모든 것이 내게 속해 있었다. 나의 것이었고, 고향이었다. 그 외에도 외할아버지와 유리장과 서재가 있었다. 모든 것을 다 아는 듯한 외할아버지의 얼굴에 드러난 선량한 조소, 신비롭지만 따뜻한 어머니의 시선, 거북이와 우상들, 인도의 노래와 격언들이 있었다. 이런 것들은 내게 보다 넓은 세계, 더 큰 고향, 더 오래된 기원起源, 더 큰 연관성을 말해주었다. 철사에 매달린 높은 새장에는 붉은색과 회색을 띤 앵무새가 앉아 있었다. 그 새는 나이가 많았지만 영리했다. 학식이 있어 보이는 얼굴을 하고 날카로운 부리로 노래도 부르고 말도 했다. 이 새 역시 미지의 먼 곳에서 왔다. 피리 같은 소리를 내며 정글의 언어를 말했고, 적도 냄새가 났다. 수많은 세계, 수많은 대륙이 팔들을 뻗고 빛을 발하며 우리 집에서 만나고 교차했다.

집은 크고 낡았다. 군데군데 비어 있는 공간들이 많았다. 지하실과 발소리가 크게 울리는 복도가 있었다. 복도에는 돌멩이 냄새가 났고 냉기가 감돌았다. 목재와 과일로 가득 찬 지붕 밑 다락방들도 무척 많았다. 그곳에는 강한 외풍이 불었으며 컴컴한 빈 공간이 많았다. 수많은 세계가 이 집에서 그 빛을 교차시켰다.

나는 이곳에서 기도하고 성경을 읽었으며, 공부하고 인도의 문헌을 뒤적였다. 이곳에서 훌륭한 음악이 많이 연주되었고, 이곳에서 부처와 노자를 알게 되었다. 많은 나라에서 손님들이 찾아왔다. 그들은 옷자락에서 이방인과 이국의 냄새를 풍기며, 이상한 가죽 가방이나 식물의 속껍질로 엮어 짠 기묘한 가방을 들고 낯설게 울리는 언어로 말했다. 가난한 사람들은 이곳에서 음식을 대접받았고, 잔치가 벌어졌다. 이곳에서는 학문과 동화가 가까이서 함께 공존했다. 할머니도 한 분 계셨는데 우리는 그녀를 좀 무서워했다. 그 할머니는 독일어를 한마디도 못 하고, 프랑스어 성경을 읽었기에 우리는 그녀에 대해 아는 것이 별로 없었다. 이 집에서의 삶은 무척 다양해서 이해하기 어려운 점도 없지 않았다. 이곳에서는 불빛이 수많은 색채를 띠고 어른거렸다. 삶은 다양한 음으로 풍성하게 울렸다. 그 삶은 아름다웠고 내 마음에 들었다. 그러나 내가 소망하는 세계는 더 아름다웠고, 내 백일몽은 더욱 풍성한 연주를 했다. 현실로는 결코 충분하지 않아 마법이 필요했던 것이다.

우리 집과 나의 삶에서 마법은 고향처럼 친숙한 것이었다. 외할아버지의 것들 외에 어머니의 장들도 있었는데, 그곳엔 아시아풍의 직물과 옷, 베일이 가득했다. 우상들의 사팔눈 역시 마법이 깃들어 있는 것 같았고, 수많은 낡은 방과 계단 구석에서 나는 냄새도 신비에 가득 차 있었다. 나의 내부에 있는 많은 것이 이 외부세계와 상응하고 있었다. 나 자신의 내면에만, 그리고 나

혼자만을 위해 존재했던 대상들과 연결되어 있었던 것이다. 그것들처럼 신비로운 것도, 많은 것을 전해 주는 것도, 일상의 바깥에 존재하는 것도 없었다. 그렇지만 무엇도 그들보다 현실적이지 않았다. 저 커다란 책의 그림과 이야기들이 변덕스럽게 불쑥 나타났다가 다시 숨곤 하는 것만 해도 그랬고, 지켜볼 때마다 사물들의 모습이 변하는 것도 그랬다. 일요일 저녁의 현관문과 정자, 거리는 월요일 아침에 볼 때와 얼마나 달라 보였던가! 거실의 벽시계와 십자가에 못 박힌 그리스도 상은, 외할아버지의 영혼이 지배하는 날과 아버지의 영혼이 지배하는 날에 얼마나 다른 모습을 하고 있었던가! 낯선 영혼이 사물들에 서명하는 것이 아니라 나 자신이 그 사물들과 놀고 그것들에게 새로운 이름과 의미들을 부여하는 시간이면, 모든 것이 얼마나 새로이 변했던가! 낯익은 의자나 등받이 없는 의자, 난로 옆의 그림자, 신문에 인쇄된 머리글자는 아름다워 보일 때가 있는가 하면 추하고 보기 싫을 때도 있었다. 의미심장해 보일 때가 있는가 하면 진부해 보일 때도 있었다. 그리움을 일깨우는가 하면 위협적이기도 하고, 우스꽝스러운가 하면 슬프게 하기도 했다. 확고하고 안정적이며 지속적인 것은 거의 없었다! 모든 것이 살아가면서 변화를 겪고, 변신을 꿈꾸며, 소멸과 새로운 탄생을 기다리며 숨어 있었다!

하지만 온갖 마법의 현상들 중 가장 중요하고 근사한 존재는 '키 작은 사내'였다. 그를 언제 처음 보았는지는 모른다. 그는 늘 거기 있었고, 나와 함께 세상에 나온 듯했다. 그 작은 사내는 아주 조그만, 회색의 그림자 같은 존재였다. 꿈속에서뿐만 아니라 깨어 있을 때도 이따금 거기 있다가 내 앞에 모습을 드러내는 소인小人이자, 정령이나 요마, 천사나 악마였다. 나는 아버지나 어머니보다, 이성理性이나 때로는 공포보다도 더 그를 따라야 했다. 그 꼬마가 나타나면 내게는 그만이 존재했다. 그가 어디로 가든, 무엇을 하든 그의 말을 따라야 했다. 위험에 처할 때면 그가 모습을 드러냈다. 사나운 개나 나보다 큰 동급생이 화난 채 쫓아오는 등 내가 위험에 처하면 가장 위급한 순간에 그 꼬마가 나타났다. 그는 내 앞을 달리며 길을 알려 주고 나를 구해 주었다. 정원 울타리의 타 넘기 쉬운 쪽을 가르쳐 주어 아슬아슬한 마지막 순간에 탈출구를 얻게 해주었다. 그는 바로 지금 내가 해야 할 일, 즉 떨어지는 법, 돌아서는 법, 달아나는 법, 소리치는 법, 침묵하는 법을 시범으로 보여 주기도 했다. 그는 내가 먹으려고 했던 것을 손에서 빼앗기도 했고, 잃어버린 물건을 다시 찾을 수 있는 장소로 나를 데려다 주기도 했다. 어떤 때에는 그가 매일 보이기도 했고, 어떤 때는 나타나지 않았다. 그럴 때는 기분이 좋지 않았다. 그러면 모든 것이 미지근하고 혼란스러웠다. 아무 일도 일어나지 않았고 아무 일도 진척되지 않았다.

한 번은 장터에서 그가 내 앞을 달려가기에 나는 그 뒤를 따라 달렸다. 그는 광장의 커다란 분수가 있는 곳으로 뛰어갔다. 어른 키보다 깊은 분수의 수반水盤에서는 네 개의 물줄기가 솟아나오고 있었다. 그는 측면 벽에서 난간까지 잽싸게 뛰어올랐다.

나도 그의 뒤를 따랐다. 그가 물속으로 훌쩍 뛰어들자 나도 뛰어내렸다. 내게는 달리 방도가 없었다. 나는 하마터면 물에 빠져 죽을 뻔했다. 젊고 아름다운 옆집 여자가 물에서 꺼내 주어 나는 간신히 익사를 면했다. 그 후로 나는 그녀와 아름다운 우정을 나누었다. 그녀는 내게 물의 요정이었다. 그런 관계는 오랫동안 나를 행복하게 했다.

한 번은 아버지가 나쁜 행동을 했다고 나를 나무란 적이 있었다. 어른을 이해시키는 게 너무 어렵다는 사실에 괴로워하면서 나는 자꾸 변명을 늘어놓았다. 나는 눈물을 조금 흘리기도 했고, 가벼운 벌을 받기도 했다. 결국 아버지는 그 순간을 잊지 말라며 작고 귀여운 수첩을 내게 선물로 주셨다. 약간 부끄럽기도 한데다 그 일에 만족하지 않은 나는 그 자리를 떠나 강에 걸린 다리 위를 지나가고 있었다. 그때 갑자기 꼬마가 내 앞으로 달려오더니 다리 난간 위로 뛰어올랐다. 그는 몸짓으로 아버지의 선물을 강물에 던져 버리라고 명령했다. 나는 즉시 그렇게 했다. 꼬마가 그곳에 있을 때는 의심이나 망설임이 없었다. 그가 없거나 오지 않아 내가 곤경에 빠졌을 때만 그런 감정이 생겼다. 어느 날 부모님과 함께 산책하던 때의 일이 떠오른다. 꼬마가 나타나 길 왼편에서 걷고 있었고, 나도 그를 따라서 걸었다. 아버지가 자기가 있는 반대편으로 건너오라고 몇 번이나 내게 명령했지만 꼬마는 우리 쪽으로 오지 않고 고집스레 왼쪽 길로만 갔다. 그때마다 나는 즉각 그에게 다시 건너가야만 했다. 아버지는 그 일에 지쳐 마침내 내가 가고 싶은 쪽에서 걸어가게 내버려 두었다. 아버지는 기분이 상하셨다. 나중에 집에 도착해서야 비로소 왜 그렇게 말을 안 듣고 다른 쪽 길로만 갔는지 물으셨다.

그럴 때면 나는 무척 당황했다. 곤경에 빠졌다는 표현이 더 맞을 것이다. 누구에게도 그 꼬마 이야기를 할 수 없었기 때문이다. 꼬마의 존재를 누설하고 이름을 밝히며 그에 대한 이야기를 하는 것보다 더 해괴하고 나쁘고 죄스러운 일은 없었으리라. 그를 생각하고 부르거나, 또는 그가 오기를 바랄 수조차 없었다. 그가 나타나면 그것으로 좋은 일이라서, 그를 따르기만 하면 되었다. 그러나 나타나지 않으면 그가 전혀 존재하지 않았던 것 같은 기분이 들었다. 꼬마에게는 이름이 없었다. 그러나 꼬마가 앞에 나타났는데도 그를 따르지 않는 것은 세상에서 가장 있을 수 없는 일로 여겨졌다.

나는 꼬마가 가는 곳마다, 물속이든 불 속이든 따지지 않고 그를 따라갔다. 그렇다고 그가 내게 이런저런 명령을 하거나 충고를 하는 것은 아니었다. 그렇다, 그는 그냥 이런저런 일을 했을 뿐이고, 나는 그냥 그의 뒤를 따랐을 뿐이다. 그가 하는 일을 따라 하지 않는다는 것은 내 그림자가 내 움직임을 따라 하지 않는 것만큼이나 불가능했다. 어쩌면 나는 꼬마의 그림자나 거울에 불과할지도 모른다. 아니면 그가 내 그림자거나 거울일지도 모른다. 어쩌면 나는 그를 따라 한다고 생각하면서 그보다 앞서 행동하거나, 아니면 그와 동시에 행동했을지도 모른다. 하지만 그가 항상 나타나는 게 아니라는 사실만은 유감스러웠다. 그가 없을 때에는 내 행동에도 당연함과 필연성이 없었다. 그러면 모든 것이 달라질 수도 있었다. 그러면 발걸음을 한 번 내디딜 때마다 할 것이냐 말 것이냐, 망설일 것이냐 곰곰 생각할 것이냐의 가능성이 있었다. 그러나 당시의 내 삶에서 좋고 기쁘며 행복했던 때는 곰곰 생각하지 않고 발걸음을 내디뎠을 순간이었다. 어쩌면 자유의 나라는 착각의 나라일지도 모른다.

그 당시 나를 분수에서 꺼내준 유쾌한 이웃집 여자와의 우정은 얼마나 멋진 일이었던가! 그녀는 활기찼고, 젊고 예뻤으며, 바보스럽기도 했다. 그녀는 사랑스러울 정도로, 천재적일 만큼 세상 물정에 어두웠다. 그녀는 내게 도둑과 마법사 이야기를 해 달라고 했다. 때로는 나를 너무 많이, 때로는 너무 적게 신뢰했다. 나를 최소한 동방에서 온 현자들 중의 한 명으로 간주했다. 나는 그런 생각에 기꺼이 동의했다. 그녀는 내게 몹시 경탄했다. 내가 뭔가 재미있는 이야기를 들려주면, 그 농담을 미처 이해하기도 전에 큰 소리로 마구 웃어댔다. 나는 그녀의 그런 태도를 힐책하며 따져 물었다.

"이봐요, 안나 아줌마. 아직 농담을 전혀 이해하지도 못하면서 어떻게 그걸 듣고 웃을 수 있나요? 정말 바보 같은 짓이에요. 게다가 내겐 모욕적인 일이기도 하고요. 내 농담을 이해하고 나서 웃든지 하세요. 이해하지 못하는 데 마치 이해하는 것처럼 웃을 필요는 없어요."

그런데도 그녀는 계속 웃었다. "아니야." 그녀가 외쳤다. "너는 내가 여태까지 본 아이 중 가장 똑똑해. 정말 대단해. 넌 교수나 장관이나 박사가 될 거야. 내 웃음에는, 너도 알다시피, 아무런 나쁜 뜻이 없단다. 내가 웃는 것은 너를 보면 기쁘고, 네가 세상에서 가장 재미있는 사람이기 때문이란다. 그러니 이제 너의 농담을 내게 설명해 다오!"

내가 아주 상세히 설명을 해줬지만, 그녀는 또 이것저것을 묻고 나서야 농담을 정말로 이해하게 되었다. 그 전에 이미 진심으로 충분히 웃었지만 그제야 비로소 제대로 웃었다. 완전히 미친 듯이, 감동적으로 웃어 대는 바람에 내게도 웃음이 전염되었다. 얼마나 자주 우리는 함께 웃었던가! 그녀는 얼마나 내 기분을 좋게 하고 내게 경탄했으며, 얼마나 내게 매혹되었던가! 그녀에게 여러 번 읊조려 줘야 하는 어려운 발음 연습이 있었다. 예를 들어 세 번 잇따라 아주 빨리 '비너 베셔 바셴 바이세 비너 베셰'[+] 나 '디 게시히테 폼 코트부저 포스트쿠취카스텐'[++] 같은 것을 불러 주었다. 그녀도 그것을 시험 삼아 해보아야 했다. 내가 해보라고 요구하면 그녀는 웃음부터 터뜨렸고, 세 단어도 제대로 소리 내지 못한 채 도저히 못하겠다고 했다. 문장을 시작할 때마다 새

[+] Wiener Wäscher waschen weiße Wiener Wäsche. 빈의 세탁부가 빈 사람의 흰 빨래를 빤다.

[++] die Geschichte vom Cottbuser Postkutschkasten. 코트부스의 우편마차 편지함 이야기.

로 웃음보가 터졌기 때문이다. 이처럼 안나 아줌마는 내가 알고 지냈던 사람 중 가장 유쾌한 사람이었다. 소년인 내가 보기에도 그녀는 말할 수 없이 바보 같은 여자였다. 사실 그렇기도 했다. 하지만 그녀는 행복한 사람이었다. 비록 행복한 사람이 어리석어 보이긴 해도, 가끔 나는 그들을 은밀한 현자로 생각하고 싶을 때가 있다. 똑똑한 것보다 더 바보 같으며, 더 불행하게 만드는 일이 뭐가 있단 말인가!

세월이 흘렀다. 안나 아줌마와의 교류도 어느덧 끊어졌다. 나는 어느새 키 큰 중학생이 되어 있었고, 벌써 유혹과 고뇌, 그리고 똑똑해서 생길 수 있는 위험에 내맡겨져 있었다. 어느 날 나는 다시 그녀가 필요해졌다. 그러자 꼬마가 다시 나타나 나를 그녀에게 데려갔다. 나는 얼마 전부터 성별의 차이와 아이가 생겨나는 데 대한 문제에 필사적으로 매달려 있었다. 그 문제는 점점 절박해져 갈수록 나를 고통스럽게 했다. 하루는 그 문제가 너무 고통스럽고 절박해져 이 불안한 수수께끼를 해결하지 못하고 그냥 내버려 둘 바에야 차라리 더 이상 살지 않겠다고 생각했다. 학교에서 돌아오는 길에 나는 시선을 떨군 채 화가 나서 불행하고 어두운 표정으로 장터를 지나가고 있었다. 그때 갑자기 꼬마가 나타났다! 그가 나를 찾아오는 일은 흔하지 않았다. 오래전부터 그가 내게 충실하지 못했거나, 아니면 내가 그에게 충실하지 못했을지도 모른다. 그런데 갑자기 그를 다시 보게 된 것이다. 그는 잠깐 눈에 띄었을 뿐이었다. 그리고 잽싸게 내 앞을 달려가 안나 아줌마의 집으로 들어갔다. 그는 사라졌지만 나는 이미 그를 따라 이 집에 들어와 있었다. 그리고 그가 왜 내 앞을 달려갔는지 알게 되었다. 내가 난데없이 안나 아줌마의 방으로 달려들어 갔을 때 그녀는 막 옷을 갈아입는 중이었다. 그녀는 놀라서 고함을 질렀다. 그러나 나를 내쫓지는 않았다. 그래서 나는 그 당시 그토록 알고 싶었던 거의 모든 것을 알게 되었다. 내가 아직 아무것도 모르는 철부지 어린애가 아니었더라면, 아마 그때 무슨 일이 벌어졌을지도 모른다.

이 유쾌하지만 바보 같은 부인은 사실 바보 같기는 해도 자연스럽고 거리낌 없다는 점에서 다른 어른들과는 달랐다. 언제나 한결같았고 거짓말을 하는 법이 없었으며 결코 당황하지 않았다. 대부분의 어른들은 달랐다. 예외가 있기는 했는데, 생동감과 불가사의한 활력의 화신인 어머니였다. 또한 정의와 현명함의 화신인 나의 아버지, 그리고 신비로움, 박식함, 미소, 무궁무진함의 화신이나 다름없는 외할아버지가 있었다. 그러나 대부분의 어른들은, 비록 존경하고 어려워해야 할 대상이긴 하지만, 점토로 만든 우상들 같았다. 그들이 아이들과 대화할 때 보이는 어설픈 위선은 얼마나 우스꽝스러운지! 말투와 미소는 얼마나 가식적인지! 자기 자신과 업무, 사업을 얼마나 중요하게 여기고, 얼마나 과장되게 근엄한 표정을 짓는지! 도구나 서류 가방, 책을 겨드랑이에 끼고 골목길을 지나갈 때 사람들이 알아보고 인사하고 존경해주기를 얼마나 기대하는지!

가끔 사람들은 일요일에 우리 부모님을 '방문'하곤 했다. 뻣뻣하고 광택이 나는 가죽 장갑을 낀 어색한 손에 실크 모자를 든 남자들이었다. 점잔 빼고, 위엄 있으며, 순전히 위엄 때문에 어찌할 바를 모르는 남자들, 그러니까 변호사와 지방 법원 판사, 목사와 교사, 교장과 감독관들이 다소 불안해하고 기죽어 보이는 부인들을 데리고 나타났다. 그들은 의자에 뻣뻣하게 앉아 있었다. 무슨 일이든 권해야 하고, 무슨 일이든 도와주어야 했다. 예컨대 외투를 벗을 때나 방에 들어설 때, 자리에 앉을 때, 질문하고 대답할 때, 집을 떠날 때가 그러했다. 나는 이런 소시민적인 세계를 그것의 요구대로 진지하게 받아들이기가 쉽지 않았다. 내 부모는 그 세계에 속하지 않았고, 그 세계 자체를 우스꽝스럽게 여겼기 때문이다. 하지만 연기를 하지 않고, 장갑을 끼지 않으며, 방문을 하지 않더라도 대부분의 어른들은 내가 보기에 충분히 이상하고 우스꽝스러웠다. 그들은 자기 일, 자기의 직업과 관직으로 얼마나 거들먹거리고, 스스로를 얼마나 위대하고 신성하다고 여겼던가!

마부나 경찰, 도로 포장 인부가 길을 차단하는 건 신성한 일이었다. 옆으로 피하고 자리를 비켜 주거나 또는 도와주는 것이 당연했다. 하지만 자기 일을 하거나 놀고 있는 아이들, 그들은 중요하지 않았다. 아이들은 옆으로 밀려나거나 호통을 당했다. 대체 아이들이 어른보다 덜 옳고, 덜 좋고, 덜 중요한 일을 한단 말인가? 오, 그렇지 않다. 오히려 그 반대이다. 그러나 어른들은 힘이 세며, 명령하고 지배하는 존재였다. 그러면서도 아이들처럼 어른

놀이를 했다. 소방대 훈련 놀이를 했고, 병정놀이를 했으며, 클럽에 나가고 술집을 드나들었다. 그러나 모든 일이 정당하다는 듯 거드름을 피웠다. 마치 그 모든 일이 그래야 하고, 그보다 더 멋지고 신성한 일은 없다는 듯이.

그들 중에도 똑똑한 사람이 있었다. 그런 이들이 교사들 중에도 있다는 것을 인정한다. 그러나 얼마 전까지 자기들 역시 아이였던 이 모든 '다 큰' 사람들 중에, 아이란 어떤 존재이고, 어떻게 살아가고, 일하고, 놀고, 생각하고, 무엇이 좋고 무엇이 싫은지 완전히 잊지 않은 사람이 거의 없다는 사실 하나만 해도 이상하고 수상쩍지 않은가? 그런 것을 알고 있는 어른은 정말 극소수였다! 아이들에게 악독하고 불친절하게 굴고, 어디서나 아이들을 쫓아내고, 싫어하고 흘겨보고, 그러니까 때때로 아이들을 두려워하는 것처럼 보이는 폭군이나 무뢰한만 있는 것은 아니었다. 그렇다, 아이들을 호의적으로 대하고, 때때로 아이들과 대화를 나누기 위해 즐겨 자신을 낮추는 사람들도 있었다. 하지만 그들 역시 대개는 더 이상 무엇이 중요한 문제인지 알지 못했다. 그들 역시 대개 우리와 어울리고 싶을 때는 거의 모두 힘들어하고 당혹해하며 자신들을 낮추어 아이들에게 다가와야 했다. 하지만 그것은 진짜 아이가 아니라 꾸며 내고 희화화된 바보 같은 아이들이었다.

이 어른들은 모두, 거의 모두는 우리 아이들과는 다른 세상에서 살았고, 다른 종류의 공기를 호흡했다. 그들은 우리보다 현명하지 못할 때가 빈번했고, 신비로운 힘이라는 면에는 우리보다 앞서지 못할 때가 너무 많았다. 그들은 힘이 더 셌다. 그렇다, 우리가 자발적으로 복종하지 않으면, 강제로 무언가를 시키거나 때릴 수도 있었다. 하지만 그렇다고 정말로 우월한 것일까? 황소나 코끼리가 어른보다 훨씬 힘이 세지 않았던가? 그러나 어른들은 힘이 있었고, 명령했으며, 자기들의 세계와 유행을 옳은 것으로 간주했다. 그럼에도, 내게는 특히 이상하고 몇 번은 거의 끔찍해 보이기도 한 사실이 있는데—그럼에도 우리 아이들을 부러워하는 듯한 어른들이 많다는 점이다. 이따금 그들은 아주 소박하고 솔직하게, 가령 한숨을 쉬며 말하곤 했다.

"그래, 너희들처럼 어릴 때가 좋았지!"

그게 거짓말이 아니라면, (그런데 그것은 거짓말이 아니었다. 그런 말을 들을 때 나는 가끔 그렇게 느끼곤 했다) 힘세고 위엄 있으며 명령하는 어른들은 복종하고 공경을 표해야 하는 우리 아이들보다 결코 행복하지 않은 것이다. 내가 배웠던 가곡 모음집에는 다음과 같은 놀라운 후렴을 지닌 노래가 하나 있었다. "오, 복되도다, 오, 복되도다, 아직 아이라는 사실이!"

이것은 하나의 비밀이었다. 우리 아이들에게만 있고 어른들에게는 없는 무언가가 있었다. 그들은 단지 키가 더 크고 힘이 더 셀 뿐, 어떤 점에서는 우리보다 더 불쌍했다! 큰 체격과 위엄, 겉으로 보이는 자유와 자명함, 수염과 긴 바지 때문에 우리가 부러워하는 어른들이 때로는 우리 아이들을 부러워하는 것이었다!

심지어 그들이 부르는 노래 속에서까지.

그럼에도 나는 한동안 행복했다. 세상에는 달라졌으면 하는 것이 많았다. 학교도 그런 점에서는 마찬가지였다. 그렇지만 나는 행복했다. 사방에서 인간이란 단순히 즐기기 위해 지상에서 삶을 영위하지는 않는다는 사실과, 진정한 행복이란 시련을 겪고 입증된 사람에게 비로소 주어진다는 사실을 내게 주지시키고 주입시켰다. 내가 배운, 때로 너무나 아름답고 감동적으로 생각했던 수많은 격언과 시들도 그렇게 말했다. 하지만 아버지를 몹시 괴롭혔던 일들은 나를 그다지 자극하지 못했다. 일이 잘 안될 때, 아프거나 소원이 이루어지지 않을 때, 부모님과 언쟁을 벌이고 반항을 할 때면, 나는 신에게 달아나기보다는 나를 다시 환한 곳으로 이끌어 줄 다른 샛길들로 향했다. 늘 하던 놀이가 하기 싫어질 때, 기차놀이나 가게 놀이, 동화책이 시들해지고 지루해질 때면 종종 곧바로 아주 멋지고 새로운 놀이가 떠올랐다. 다름 아닌 밤에 침대에서 눈을 감고 내 앞에서 색색의 동그라미들이 만들어 내는 환상적인 광경에 빠져드는 일이었다. 그때 행복과 비밀이 어떻게 새로이 반짝였으며, 세계는 얼마나 예감에 차 있고 얼마나 전도유망했던가!

학교에 들어가서 처음 몇 년 동안 나는 그다지 변하지 않았다. 나는 신뢰와 솔직함이 해를 끼칠 수도 있음을 경험했다. 아무래도 상관없는 몇몇 선생님한테는 거짓말을 하고 자신을 위장하는 것이 가장 필요하다는 것을 배웠다. 그때부터 나는 살아가는 법을 배운 것이다. 그러나 첫 번째 전성기도 서서히 시들어 갔다. 나도 모르는 사이에 서서히 삶의 거짓 노래를, '현실'과 어른들의 법칙에 굴복하는 것을, '언젠가부터 그렇게 되었듯이' 세상에 적응하는 것을 배웠던 것이다. 나는 오래전부터 어른들의 노래 책에 왜 "오, 복되도다, 아직 아이라는 것이"와 같은 가사가 쓰여 있는지 알고 있었다. 그리고 내게도 아이들을 부러워하는 시간이 많아졌다.

열두 살이 되어 그리스어를 배워야 하는지의 문제가 생겼을 때 나는 즉석에서 그러겠다고 말했다. 시간이 흐르면서 아버지나, 될 수 있으면 외할아버지 같이 유식해지는 것이 꼭 필요해 보였기 때문이다. 이날부터 나는 삶의 계획을 세웠다. 대학에서 공부하여 목사나 어문학자가 되어야 했다. 그 분야에 장학금이 있었기 때문이다. 외할아버지도 예전에 이런 길을 걸으셨다.

얼핏 보기에 이것은 나쁘지 않아 보였다. 이제 갑자기 내게 미래가 있었고, 이제 내가 가는 길가에 이정표가 서 있게 되었다. 그 이정표는 이제 매일, 매달 거기 쓰인 목적지로 나를 이끌어 갈 것이다. 모든 것이 그쪽을 가리켰다. 나는 지금까지 의미 없이 지내지는 않았지만 목표나 미래가 없이 살아왔다. 이 시절의 쓸데없는 놀이나 한결같은 생활에서 벗어나 모든 것이 그쪽을 향했다. 나는 어른의 삶에 구속되어 버렸다. 처음에는 고수머리나 손가락 하나만큼이었다. 하지만 이내 나를 완전히 사로잡고 옭아맬 것이다. 그것은 목표와 숫자를 지향하는 삶, 질서의 삶, 관직이나 직업, 그리고 시험의 삶이 될 것이다. 내게도 곧 그런 시간이 닥쳐올 것이다. 곧 대학생이 되고, 졸업시험 준비생이 되고, 목사나 교수가 될 것이다. 실크 모자를 쓰고 사람들을 방문하고, 가죽 장갑을 낄 것이다. 아이들을 더 이상 이해하지 못할 것이고, 어쩌면 그들을 부러워하게 될지도 모른다. 나는 좋고 귀중한 이런 나의 세계에서 벗어나고 싶지 않았다. 물론 내게는 미래에 대한 아주 은밀한 소망이 하나 있었다. 한 가지 간절한 소망은, 다시 말해 마법사가 되는 것이었다.

그 소망과 꿈은 오랫동안 내게 충실히 남아 있었다. 하지만 그것은 전능한 힘을 잃어 가기 시작했다. 적들이 나타났고 다른 것의 방해를 받았다. 현실적인 것, 진지한 것, 부정할 수 없는 것이 나타난 것이다. 서서히, 서서히 전성기는 시들어 갔다. 제한이 없는 것으로부터 서서히 뭔가 제한된 것, 현실 세계, 어른들의 세계가 내게 다가왔다. 마법사가 되겠다는 소망은, 비록 나는 그런 소망을 계속 간절히 품고 있었지만, 나 자신 앞에서 서서히 무가치해졌고, 어린애 장난처럼 여겨지게 되었다. 벌써 내게는 더 이상 어린애가 아닌 징후들이 나타나고 있었다. 수천 가지나 되는 무한한 가능성의 세계가 제한되고, 영역별로 나누어지고, 울타리로 분할되기 시작했다. 나의 나날의 원시림은 서서히 변해 갔다. 내 주위의 낙원은 딱딱하게 굳어졌다. 나는 이제 예전과 달리 가능성의 나라에 사는 왕이나 왕자가 아니었다. 나는 마법사가 되지 않았다. 나는 그리스어를 배웠고, 2년이 지나면 히브리어가 추가 될지도 모른다. 6년이 지나면 대학생이 될 것이다.

끈이 눈에 띄지 않게 나를 옥죄기 시작했고, 알아채지 못하는 사이 주위에서 마법이 점차 사라졌다. 외할아버지의 책에 있는 놀라운 이야기는 여전히 아름다웠다. 그 이야기는 어떤 쪽에 쓰여 있었는데, 나는 그 쪽수를 알고 있었다. 그 이야기는 오늘과 내일, 그리고 언제나 거기에 쓰여 있었지만, 더 이상 기적은 일어나지 않았다. 인도에서 온 춤추는 청동 신도 태연히 미소 짓고 있었다. 내가 그 신을 들여다보는 일도 드물어졌고, 그것이 더 이상 사팔눈으로 보이지도 않았다. 그리고 가장 나쁜 일은 그 무서운 꼬마가 나타나는 일이 점점 드물어졌다는 사실이다. 사방에 마법을 잃은 것이 나를 에워싸고 있었다. 한때 넓었던 많은 것이 좁아졌다. 한때 귀중했던 많은 것이 초라해졌다.

그렇지만 나는 그런 것이 피부 밑에 숨겨져 있을 뿐이라고 느꼈다. 나는 아직 쾌활했고 지배욕이 강했다. 수영과 스케이트를 배웠으며, 그리스어는 일등이었다. 겉으로 보기에는 모든 것이 탁월하게 진행되었다. 다만 모든 것이 보다 흐릿해지고 보다 공허하게 울릴 뿐이었다. 다만 안나 아줌마에게 가는 것이 지루해졌을 뿐이었다. 다만 내가 경험한 모든 것으로부터 아주 서서히 무언가가 사라져 갔을 뿐이었다. 뭔가 깨닫지 못한 것, 없지만 뭔가 아쉽지 않은 것이었다. 하지만 그것은 사라져 없어졌다. 이제 다시 한 번 나 자신을 완전하게 느끼고, 열정을 불러일으키기 위해서는 더 강한 자극이 필요했다. 나를 흔들어 움직이고 도움닫기를 해야 했다. 나는 양념을 듬뿍 친 음식 맛에 길들여졌다. 자주 군것질을 했고, 독특한 즐거움을 맛보기 위해 가끔 잔돈을 훔치기도 했다. 그렇지 않으면 활기가 생기지도, 기분이 좋아지지도 않았다. 또한 소녀들이 내 마음을 끌기 시작했다. 꼬마가 다시 나타나 나를 또 한 번 안나 아줌마에게 데려다 준 직후에 그런 일이 일어났다.

(1921/1923)

픽토어의 변신

픽토어는 낙원에 발을 들여놓자마자 한 그루의 나무 앞에 서게 되었다. 그 나무는 남자인 동시에 여자였다. 픽토어는 경외심을 갖고 인사하며 물었다. "네가 생명의 나무니?"

하지만 나무 대신 뱀이 대답하려 하자 픽토어는 몸을 돌리고 계속 걸어갔다. 그는 눈을 크게 뜨고 바라보았다. 모든 것이 마음에 꼭 들었다. 그는 고향인 생명의 원천에 와 있다는 것을 분명하게 느꼈다.

다시 한 그루의 나무가 보였다. 그것은 해인 동시에 달이었다.

픽토어가 물었다. "네가 생명의 나무니?"

해는 고개를 끄덕이며 웃었다. 달도 고개를 끄덕이며 미소 지었다.

갖가지 색깔과 빛, 갖가지 눈과 얼굴을 지닌 더없이 경이로운 꽃들이 그를 바라보았다. 어떤 꽃들은 고개를 끄덕이며 웃었고, 어떤 꽃들은 고개를 끄덕이며 미소 지었다. 다른 어떤 꽃들은 고개를 끄덕이지도 미소를 짓지도 않았다. 그들은 취한 듯 침묵을 지켰고, 자신의 향기에 취한 듯 생각에 잠겨 있었다. 어떤 꽃은 연보라색 노래를 불렀고, 어떤 꽃은 암갈색 자장가를 불렀다. 그 중 하나는 크고 푸른 눈을 갖고 있었고, 다른 하나는 픽토어에게 첫사랑을 생각나게 했다. 어린 시절 뛰놀던 정원 냄새를 풍기는 꽃도 있었다. 그 꽃에서는 어머니의 음성처럼 달콤한 향기가 울려 퍼졌다. 다른 어떤 꽃은 그를 바라보고 웃으면서 빨갛고 구부러진 혀를 길게 내밀었다. 픽토어는 그것을 핥아 보았다. 강하고 싸한 맛이 났고, 송진과 꿀의 맛이 났다. 여인의 입맞춤 맛도 났다.

픽토어는 그리움과 불안한 기쁨에 가득 차 꽃들 사이에 서 있었다. 그의 심장은 마치 하나의 종鐘처럼 무겁고 격렬하게 고동치고 있었다. 그의 욕구는 미지의 것, 매혹적으로 예감된 것 속으로 애타게 타올랐다.

픽토어는 새 한 마리가 앉아 있는 것을 보았다. 새는 풀밭에 앉아 여러 가지 색깔로 아름답게 빛나고 있었다. 세상의 온갖 색깔을 다 가진 것 같았다. 그는 새에게 물어보았다.

"오, 새야! 행복은 대체 어디 있는 거지?"

"행복은," 아름다운 새는 그렇게 말하며 금빛 부리로 미소 지었다. "오, 친구여. 행복은 어디에나 있어. 산에도 골짜기에도, 꽃에도 수정 속에도 있지."

이 말을 하며 새는 즐겁게 깃털을 이리저리 움직였다. 목을 약간 움직이고, 꼬리를 위아래로 흔들며 눈을 깜박였다. 다시 한 번 웃은 뒤 꼼짝도 하지 않고 조용히 풀밭에 앉아 있었다. 그런데 보라. 새는 이제 알록달록한 꽃이 되었다. 깃털은 잎으로 변하고 발톱은 뿌리가 되었다. 새는 현란한 색으로 춤을 추면서 식물이 되었다. 픽토어는 놀란 눈으로 그 광경을 바라보았다.

그런 직후 꽃은 꽃잎과 꽃실을 움직이기 시작했다. 꽃이 된 것이 벌써 싫증 나는 듯 더 이상 뿌리를 뻗지 않았다. 조금씩 몸을 움직이며 서서히 떠오르더니 꽃은 다시 한 마리의 화려한 나비가 되었다. 나비는 몸을 이리저리 흔들며 떠돌았다. 무게도 없고, 빛도 없이 환하게 빛나는 얼굴로. 픽토어는 눈을 동그랗게 뜨고 바라보았다.

그 새로운 나비, 알록달록한 나비가 놀란 픽토어의 주위를 환한 얼굴색으로 즐겁게 빙빙 날아다녔다. 햇빛을 받아 반짝이며 눈송이처럼 사뿐히 지면에 내려앉았다. 픽토어의 발 앞에 앉아 조용히 숨을 쉬면서 화려한 날개를 약간 바르르 떨었다. 그러다가 곧장 영롱한 빛깔의 수정으로 변했다. 수정 모서리에서 붉은 빛이 반짝였다. 놀랍게도 붉은 보석은 초록색 풀과 잡초 사이에서 축제일의 밝은 종소리처럼 빛나고 있었다. 그러나 보석의 고향인 대지의 내부가 그를 부르는 것 같았다. 그러자 보석은 재빨리 더 작아지며 땅속으로 빠져 들어갈 것 같았다.

그때 픽토어는 대단히 강렬한 열망에 사로잡혀 사라져 가는 보석을 집어 들었다. 황홀한 마음으로 그는 보석의 매혹적인 빛을 들여다보았다. 그 빛은 픽토어의 마음속에 온갖 행복의 예감을 밝혀 주는 것 같았다.

말라 죽은 나무의 가지에 몸을 동그랗게 말고 있던 뱀 한 마리가 갑자기 혀를 날름거리며 픽토어의 귀에 쉬쉬 소리를 냈다.

"그 보석은 네가 원하는 대로 변신하게 해줄 수 있어. 너무 늦기 전에 빨리 소원을 말해 봐!"

픽토어는 깜짝 놀랐다. 행운을 놓칠까 봐 두려워졌다. 그는 재빨리 소원을 말했고, 한 그루의 나무로 변신했다. 그는 몇 번이나 나무가 되기를 소망했었다. 나무는 평화와 힘과 품위로 가득 찬 것으로 생각되었기 때문이다.

픽토어는 한 그루의 나무가 되었다. 그는 땅속에 뿌리를 내렸고, 하늘 높이 기지개를 켰다. 잎들이 돋아나고, 사지에서 가지들이 뻗어 나왔다. 그는 이런 것에 매우 만족했다. 목마른 섬유 조직은 서늘한 대지 깊숙이 물을 빨아들였고, 나뭇잎들은 푸른 하늘 높이 바람에 나부꼈다. 그의 껍질 속에는 딱정벌레들이 살고 있었다. 발치에는 토끼나 고슴도치가 살았고, 가지에는 새들이 둥지를 틀었다.

나무가 된 픽토어는 행복했고, 세월이 얼마나 흘렀는지 헤아리지 않았다. 무척 오랜 세월이 흘러서야 자신의 행복이 완전하지 않다는 것을 깨달았다. 서서히 그는 나무의 눈으로 사물을 보는 법을 배웠다. 마침내 그는 보게 되었고, 슬퍼졌다.

다시 말해 그는 낙원에 있는 모든 존재가 대단히 자주 변신한다는 것을 깨달았다. 그러니까 모든 것이 영원한 변신이라는 마법의 강물 속에 흐르고 있음을 깨달은 것이다. 그는 꽃들이 보석으로 변하거나, 반짝이는 벌새가 되어 날아가는 것을 보았다. 자기 곁에 있던 많은 나무가 갑자기 사라지는 것도 보았다. 어떤 나무는 샘물이 되어 흘러갔고, 어떤 나무는 악어가 되었다. 또 다른 나무는 물고기가 되어 쾌감에 넘쳐 즐겁고도 시원하게 헤엄쳤다. 활기찬 감각을 지닌 새로운 모습으로 새로운 놀이를 시작하기 위해 거기서 떠나갔다. 코끼리들은 그들의 옷을 바위와 바꾸었고, 기린들은 그들의 모습을 꽃과 바꾸었다.

그러나 나무가 된 픽토어는 언제나 같은 모습으로 머물렀다. 그는 더 이상 변신할 수 없었다. 이런 사실을 알게 된 후 픽토어의 행복은 사라져 버렸다. 그는 늙어 가기 시작했다. 오래된 나무들에서 관찰할 수 있듯이 점점 피곤하고 근엄하며 걱정에 싸인 태도를 취했다. 말이나 새, 인간뿐만 아니라 세상의 모든 존재에게서 그런 현상을 매일같이 볼 수 있다. 변신의 재능을 지니지 못하면 모든 존재는 세월이 흐름에 따라 슬픔에 빠져들고 몸이 쇠약해지며, 본연의 아름다움마저 사라지고 만다.

그러던 어느 날 금발에 하늘색 옷을 입은 젊은 소녀가 길을 잃고 헤매다가 그곳, 낙원으로 들어왔다. 금발의 소녀는 춤추고 노래하며 나무들 사이를 뛰어다녔다. 그녀는 지금까지 변신의 재능을 가지고 싶다는 생각을 한 번도 해본 적이 없었다.

영리한 원숭이들이 그녀 뒤에서 미소 지었다. 덤불들이 덩굴손으로 그녀를 부드럽게 쓰다듬었다. 나무들이 그녀의 등 뒤에 꽃과 호도와 사과를 던져 주었다. 그러나 그녀는 이에 아랑곳하지 않았다.

나무가 된 픽토어는 소녀를 보자 커다란 그리움과 행복에 대한 열망에 사로잡혔다. 그때까지 결코 느껴 보지 못했던 감정이었다. 동시에 그는 깊은 생각에 빠져들었다. 자신의 피가 이렇게 외치는 듯했기 때문이다.

"잘 생각해 봐! 이 순간 네가 살아온 날들을 떠올려 보고, 그 의미를 찾아봐. 그렇지 않으면 너무 늦게 돼. 행복이 두 번 다시 찾아오지 않을 거야."

그는 이 외침에 복종했다. 그는 자신의 출신, 인간으로 살아온 세월, 낙원으로 흘러든 과정을 모두 되새겨 보았다. 특히 나무로 변신하기 전, 그가 마법의 보석을 손에 쥐었던 그 경이로운 순간을 생각해 보았다.

무엇으로도 변신이 가능했던 그 당시에는 내면에서 어느 때보다도 뜨겁게 생명이 이글거리고 있었다! 그는 당시에 웃고 있던 새를 생각했다. 그리고 해인 동시에 달이었던 나무도 생각했다. 그는 당시에 뭔가를 소홀히 했고, 뭔가를 잊어버렸으며, 뱀의 충고가 좋지 않았다는 예감에 사로잡혔다.

소녀는 나무가 된 픽토어의 잎사귀들 사이에서 살랑거리는 소리를 들었다. 소녀는 그를 올려다보았다. 가슴속에 갑자기 아픔이 밀려들며 새로운 생각, 새로운 열망, 새로운 꿈들이 내면에서 꿈틀거리는 것이 느껴졌다. 그녀는 알 수 없는 힘에 이끌려 나무 밑으로 가서 앉았다. 나무는 고독해 보였다. 고독하고 슬퍼 보였다. 그러면서도 말없이 슬픔에 잠겨 있는 나무는 아름답고 감동적이며 고귀해 보였다. 나직이 살랑거리는 수관樹冠의 노래가 그녀를 현혹시킬 듯 울려왔다. 그녀는 거친 나무줄기에 몸을 기댔다. 나무가 깊이 몸을 떠는 것이 느껴졌다. 자신의 마음속에서도 그와 같은 전율이 느껴졌다. 이상하게도 마음이 아파 왔다. 그녀 영혼의 하늘 위로 구름들이 몰려왔으며, 두 눈에서 쓰라린 눈물이 천천히 흘러내렸다. 이게 어찌된 일이란 말인가? 왜 이다지도 괴로워해야 한단 말인가? 왜 심장이 가슴을 뚫고 나오려는 거지? 왜 저 나무에게로, 아름답고 고독한 저 나무 속으로 녹아내리려는 거지?

나무는 잎에서부터 뿌리에 이르기까지 나직이 몸을 떨었다. 그는 소녀와 하나가 되고자 하는 열렬한 소망을 품고, 그녀를 향해 내면의 모든 생명력을 격렬하게 집중시켰다. 아, 뱀의 계략에 넘어간 그는 영원히 홀로 한 그루 나무가 되어 사로잡혀 있었던 것이다! 오, 얼마나 맹목적이고, 얼마나 어리석었던가! 대체 왜 그토록 아무것도 몰랐던가? 생명의 비밀에 그토록 낯설었단 말인가? 아니다, 어쩌면 당시에 그것을 어렴풋이 느끼고 예감했을

지도 모른다. 아, 이제 그는 슬퍼하고 깊이 이해하면서 남자와 여자로 이루어진 그 나무를 생각했다!

새 한 마리가 날아왔다. 붉은색과 녹색을 띤 아름다운 새였다. 새가 대담하게 호弧를 그리며 날아왔다. 소녀는 새가 날아오는 것을 보았고, 부리에서 뭔가 떨어지는 것을 보았다. 피처럼 붉게, 잉걸불처럼 빨갛게 빛나는 그것이 녹색의 풀밭에 떨어져 너무나 친숙한 모습으로 빛나고 있었다. 빨간 빛이 너무나 확연히 눈에 띄어 소녀는 허리를 굽히고 그것을 집어 올렸다. 그것은 하나의 수정이었고, 하나의 홍옥紅玉이었다. 그것이 있는 곳은 어두워질 수 없었다.

하얀 손으로 마법의 보석을 집어 들자마자 소녀의 마음을 가득 채우고 있던 소원이 실현되었다. 아름다운 소녀는 황홀경에 빠져 푹 쓰러지며 나무와 하나가 되었다. 나무줄기로부터 강하고 싱싱한 가지를 뻗었고, 재빨리 자라나 위로 솟아올랐다.

이제 모든 것이 좋아졌다. 세계는 제대로 되어 갔다. 이제야 낙원을 발견한 것이었다. 픽토어는 더 이상 걱정에 싸인 늙은 나무가 아니었다. 이제 그는 '픽토리아, 빅토리아'를 소리 높여 노래 불렀다.

그는 변신했다. 이번에는 제대로 영원한 변신을 이루었기 때문에, 반쪽에서 하나의 전체가 되었기 때문에 그 이후로는 자신이 원하는 대로 계속 변신할 수 있었다. 생성이라는 마법의 강물이 끊임없이 그의 핏속을 흘렀다. 그는 매시간 일어나는 창조에 영원히 참여할 수 있었다.

그는 노루가 되었고, 물고기가 되었다. 그는 인간과 뱀, 구름과 새가 되었다. 하지만 그는 모든 형상 속에서 완전했고, 한 쌍을 이루었다. 그는 자신 안에 달과 해, 남자와 여자를 지니고 있었다. 그래서 쌍둥이 강물로 여러 지역을 흘러갔으며, 쌍둥이 별로 하늘에 떠 있었다.

(1922)

유왕

고대 중국 역사에는 통치자나 위정자들이 여인에 대한 애정 때문에 몰락했던 예가 가끔 등장한다. 이런 예들 중의 하나, 아주 색다른 예가 바로 주周 왕조의 유왕幽王과 애첩 포사褒姒의 이야기이다.

주나라는 서쪽으로 몽골 야만족의 여러 부족과 인접해 있었다. 수도 호경은 위험한 접경 지역 한가운데에 위치하고 있어 때때로 야만족들의 습격을 받고 약탈을 당하곤 했다. 그 때문에 될 수 있는 한 국경 수비를 강화하고, 특히 수도 방어에 늘 신경을 써야 했다.

역사서들은 유왕이 폭군은 아니었고, 신하들의 충고에 귀 기울일 줄 알았다고 전한다. 그는 적절한 성탑을 쌓아 허술한 국경을 방비했다. 하지만 이 독창적이고 경탄할 만한 시설은 한 아름다운 여인의 변덕으로 무력해지고 말았다.

다시 말해 왕은 제후들의 협조로 서쪽 국경에 국경수비대를 창설했다. 이 국경수비대는 여타의 정치적 타협과 마찬가지로 이중의 형태, 즉 도덕적인 형태와 기계적인 형태로 이루어져 있었다. 이 합의의 도덕적 기반은 제후와 관리들의 서약과 신뢰였다. 최초의 비상경보가 발생하면 모든 제후들은 의무적으로 군대를 이끌고 수도로 급히 달려와야 했다. 또한 세심한 안배 아래 건설된 서쪽 국경 탑들은 기계적이고 유기적으로 기능했다. 탑 하나하나에는 밤낮으로 보초가 서 있고, 큰 소리가 나는 북이 설치되어 있었다. 적들이 국경을 넘으면 가장 가까운 탑에서 북을 울렸다. 그러면 그 북소리가 탑에서 탑으로 이어져 최단 시간에 온 나라 안에 전달되게 만들어져 있었다.

유왕은 오랫동안 이 훌륭하고 유용한 시설에 큰 관심을 가졌다. 그는 제후들과 회담을 열고, 건축가들의 보고를 들었으며, 경비대 훈련을 지휘했다.

한편 왕에게는 포사라는 아름다운 애첩이 있었다. 그녀는 통치자로서 나라를 위해 적절한 정도 이상으로 왕의 마음과 생각에 커다란 영향력을 행사하는 법을 아는 여자였다. 활기차고 영리한 소녀가 때로 소년들의 놀이를 경탄과 질투 어린 눈으로 바라보듯이, 포사도 왕과 마찬가지로 커다란 호기심과 관심을 갖고 국경에서 벌어지는 일을 지켜보았다. 한 건축가가 그녀에게 이를 구체적으로 보여 주기 위해 점토로 국경수비대 모형을 만들어 주었다. 작고 귀여운 점토였지만 거기에는 색색으로 국경선이 그려져 있고, 탑들의 체계도 갖추어져 있었다. 또한 탑마다 점토로 만든 아주 조그만 보초가 서 있었다. 그에게는 북 대신에 아주 조그만 방울이 걸려 있었다. 왕의 애첩은 이 예쁜 장난감을 보고 무척 즐거워했다. 이따금 그녀의 기분이 좋지 않을 때면 시녀들은 '야만족의 침략'이라고 부르는 놀이를 제안하곤 했다. 조그만 탑들을 세워 놓고, 조그만 방울들을 잡아당기는 놀이로, 모두 신이 나 대단히 즐거워했다.

유왕의 치세에 있어 길이 기록될 만한 날이 왔다. 마침내 공사가 끝나 탑에 북이 걸리고, 병사들의 훈련도 끝난 것이다. 예정된 길일에 새 국경수비대를 시험하게 되었다. 왕은 자신의 위업을 자랑스러워하며 잔뜩 기대에 부풀어 있었다. 궁정 관리들도 축하를 할 준비가 되어 있었지만, 누구보다도 가장 큰 기대를 가지고 흥분에 들뜬 사람은 바로 포사였다. 그녀는 준비된 의식과 제의가 모두 끝날 때까지 기다릴 수 없었다.

마침내 때가 왔다. 포사를 자주, 그토록 즐겁게 해주었던 탑과 북 놀이가 실제로 실시되는 첫날이 왔다. 그녀는 직접 놀이에 개입해서 명령을 내리고 싶은 충동을 억누를 수 없을 지경이었다. 기쁨에 들떠 매우 흥분한 그녀는 왕이 근엄한 얼굴로 눈짓을 보내 간신히 자제할 수 있었다. 마침내 그 순간이 왔다. 모든 것이 예상대로 진행되는지 확인하기 위해, 실제 탑과 병사들로 이루어진 대규모 '야만족의 침략 놀이'가 벌어졌다. 왕이 신호를 보내자 최고위 궁중 관리가 기병대장에게 이를 하달했다. 대장은 첫 번째 감시탑으로 말을 타고 달려가 북을 치라고 명령했다. 낮은 북소리가 엄청난 굉음을 내며 울려 퍼졌다. 장엄한 울림은 사람들의 마음을 옥죄며 모두의 귀에 깊이 파고들었다. 포사는 흥분한 나머지 하얗게 질려 몸을 떨기 시작했다. 거대한 북이 거칠게 땅을 뒤흔드는 노래, 경고와 위협으로 가득 찬 노래, 장차 다가올 일, 전쟁과 비상사태, 불안과 몰락으로 가득 찬 노래를 힘차게 불렀다.

모두들 경외심을 갖고 그 소리에 귀를 기울였다. 울림이 멎기 시작하자 가장 가까운 탑에서 응답의 북소리가 들려왔다. 멀리서 희미하게 울려오던 소리는 이내 사라졌고, 더 이상 아무 소리도 들리지 않았다. 잠시 후 엄숙한 침묵이 끝났다. 사람들은 다시 입을 열기 시작했고, 이리저리 오가며 환담을 나누었다.

그 사이 낮고 위협적인 북소리가 두 번째, 세 번째, 그리고 열 번째, 서른 번째 탑으로 전해졌다. 북소리가 들리는 곳에서는 모든 병사들이 명령에 따라 즉시 무장을 하고 식량을 채운 주머니를 갖고 집합 장소에 집결해야 했다. 중대장도, 연대장도 한시도 지체하지 않고 행군 채비를 갖춘 뒤 부리나케 서두르며 정해진 바에 따라 나라 곳곳에 명령을 전해야 했다. 북소리가 들린 곳에서는 일과 식사, 놀이와 잠이 중단되었다. 사람들은 짐을 꾸리고 안장을 얹은 뒤 모여들어 행군하고 말을 달렸다. 최단시간 내에 인접한 모든 지역에서 군대가 수도 호경을 향해 급히 발걸음을 옮겼다.

호경의 궁전에서는 북소리가 울리기 시작할 때 일어났던 감동과 긴장이 얼마 지나지 않아 점차 약해졌다. 사람들은 흥분해서 담소를 나누며 궁전의 정원을 거닐었다. 시 전체가 축제일을 방불케 했다. 세 시간도 채 지나지 않아 벌써 두 지역에서 크고 작은 기마 행렬이 접근해 왔다. 그런 다음 새로운 군대들이 속속 도착했다. 그날 하루 종일, 그리고 그 후 이틀간 계속 일어난 일은 왕, 관리와 장교들을 점점 열광에 사로잡히게 했다. 왕은 거듭해서 존경과 축하의 인사를 들었고, 건축가들은 향연에 초대되어 후한 대접을 받았다. 첫 번째 탑에서 맨 먼저 북을 쳤던 고수鼓手는 화환을 목에 걸고 거리를 행진하며 사람들의 선물 세례를 받았다.

그러나 누구보다 왕의 애첩 포사가 그 장면에 마음을 송두리째 빼앗기고 도취되었다. 자신의 조그만 탑과 북 놀이가 현실로 이루어진 것은 상상 이상으로 근사했다. 명령은 마법과 같았다. 파도처럼 멀리 멀리 퍼져 나간 북소리는 텅 빈 나라로 사라져 갔다. 명령의 효과는 직접 생생하게, 어마어마한 크기로 먼 곳들로부터 역류해 왔다. 가슴을 옥죄는 북소리가 계속 울려 퍼지면서 하나의 군대, 잘 무장한 수백, 수천의 군대가 형성되었다. 이 군대는 끊임없는 물결을 이루고, 쉴 없이 서둘러 움직이며 지평선으로부터 말을 타거나 행군해 왔다. 궁수들, 경무장이나 중무장을 한 기병들, 창을 든 병사들이 몰려들며 점차 도시 주변의 모든 지역을 가득 채웠다. 그들은 주둔지를 배정받고, 따뜻한 환영과 대접을 받았다. 군사들의 야영지에 천막이 쳐지고, 불이 켜졌다. 그런 일이 밤낮으로 계속되었다. 그들은 동화 속의 도깨비처럼 회색 땅에서 솟아 나온 것 같았다. 멀리 아주 작은 모습으로 조그만 먼지구름에 싸여 있다가 마침내 이곳, 궁전과 황홀해진 포사의 바로 눈앞에 압도적인 현실이 되어 늘어서 있는 것이었다.

유왕은 매우 만족했다. 특히 애첩이 황홀해하는 모습에 만족했다. 그녀는 행복한 나머지 마치 한 떨기 꽃처럼 빛났다. 지금까지 그토록 아름답게 보인 적이 없었다.

축제란 언제까지나 계속되지 않는다. 이 커다란 축제 역시 일상에 자리를 비켜 주었다. 기적은 더 이상 일어나지 않았고, 동화 속의 꿈도 실현되지 않았다. 그러나 한가하고 변덕스러운 사람들은 이런 상태를 견디지 못하는 듯하다. 포사는 축제가 끝난 후 몇 주일이 지나자 좋았던 기분을 모두 다시 잃어버렸다. 커다란 놀이를 맛보고 난 후부터 조그만 점토 탑과 가는 끈에 매달린 작은 방울 따위는 너무 시시해졌다. 오, 그것은 얼마나 그녀의 마음을 도취시켰던가! 지금 저곳에는 자기를 행복하게 해줄 놀이를 되풀이할 모든 것이 준비되어 있었다. 탑이 서 있고, 북이 걸려 있었다. 병사가 보초를 서고, 고수가 제복을 입고 앉아 있었다. 모두들 커다란 명령을 기다리며 긴장해 있었다. 명령이 내려지지 않는다면 모두들 죽어 있고 쓸모없는 것이다!

포사는 웃음을 잃었다. 행복에 빛나는 기분도 잃어버렸다. 유왕은 가장 사랑스러운 놀이 친구이자 밤의 위안을 빼앗긴 것을 언짢게 생각했다. 단지 그녀를 미소 짓게 하기 위해 선물을 최고로 높여야 했다. 상황을 깨달은 순간이 그에게 왔을지도 모른다. 사소하고 달콤한 애정을 위해 자신의 의무를 희생시키는 순간이. 유왕은 마음이 약한 사람이었다. 포사를 다시 웃게 하는 것이 다른 어떤 일보다도 중요하게 여겨졌다.

그래서 그는 그녀의 유혹에 굴복했다. 서서히, 그리고 저항은 했지만, 굴복하고 말았다. 포사는 왕에게 의무를 잊게 만들었다. 수없이 거듭 되풀이되는 간청에 굴복하여 왕은 결국 그녀가 마음에 품고 있는 단 한 가지 커다란 소원을 들어주었다. 국경수비대에 적이 나타났다는 신호를 보내는 데 동의했던 것이다. 즉시 전쟁을 알리는 자극적인 북소리가 낮게 울려 퍼졌다. 그 울림은 어딘지 모르게 유왕을 섬뜩하게 하는 구석이 있었다. 포사 역시 깜짝 놀랐다. 그 뒤로도 이 황홀한 놀이는 몇 번이고 되풀이해 일어났다. 변경에서 조그만 먼지구름이 일었고, 군대가 달려왔다. 이런 일이 사흘 동안 벌어졌다. 야전군 사령관들이 허리 굽혀 인사를 했고, 병사들은 천막을 세웠다. 포사는 무척 행복해했고, 그녀의 미소는 환히 빛났다.

하지만 유왕에게는 힘든 시간이었다. 그는 적이 침입하지 않았고, 모든 것이 평온하다고 고백해야 했다. 심지어 그는 잘못된 비상경보를 유익한 훈련이라고 설명하면서, 그것을 정당화하려 했다. 그에게 항변하는 사람은 없었다. 다들 절을 하며 그 일을 참고 받아들였다. 장교들 사이에서는 왕이 단지 애첩을 위해 국경 전체에 비상경보를 내려서 수천 명의 군인들을 움직였다는 이야기가 떠돌았다. 그들 모두가 믿을 수 없을 만큼 어리석은 장난에 속았다는 것이다. 장교들 대부분은 앞으로 더는 그런 명령에 따르지 않겠다고 자기들끼리 의견을 일치시켰다. 그 사이 왕은 후한 대접으로 기분이 상한 군인들의 기분을 달래려고 애썼다. 그렇게 포사는 목표를 달성했다.

그러나 그녀가 새로이 변덕스러운 기분에 빠져 이 양심 없는 놀이를 또 한 번 시작하기 전에 왕과 그녀는 벌을 받게 되었다. 서쪽의 야만족이, 어쩌면 우연히, 어쩌면 저 이야기에 관한 기별이 그들의 귀에까지 들어갔기 때문인지, 어느 날 갑자기 떼 지어 말을 타고 국경을 넘어온 것이다. 탑들은 지체 없이 신호를 보냈다. 다급히 경고하는 낮은 북소리가 가장 외곽 국경선까지 전해졌다. 그러나 커다란 경탄의 대상이 되었던 탁월한 장난감, 기계장치가 이번에는 망가진 듯했다. 북소리는 잘 울렸지만, 이번에는 나라 안의 병사와 장교들의 마음속에서 아무것도 울리지 않았던 것이다. 그들은 북소리를 따르지 않았다. 왕과 포사는 사방을 주시했지만 아무 소용이 없었다. 어디서도 먼지구름이 일지 않았고, 어디서도 회색의 조그만 행렬이 다가오지 않았다. 왕을 도우러 오는 사람은 아무도 없었다.

왕은 궁정에 있던 얼마 안 되는 군대로 서둘러 야만족과 맞섰다. 그러나 적은 엄청나게 많았다. 그들은 유왕의 군대를 격파하고 수도 호경을 함락시켰으며 궁궐과 탑들을 파괴했다. 유왕은 왕국과 목숨을 잃었고, 애첩 포사도 마찬가지 신세가 되었다. 오늘날까지 역사책에서는 나라를 망친 그녀의 웃음에 대한 이야기가 전해 오고 있다.

수도 호경은 파괴되었고, 놀이는 현실이 되었다. 더 이상 북 놀이는 없었다. 유왕도, 미소 짓는 포사도 더 이상 없었다. 유왕의 후계자인 평왕平王은 호경을 포기하고 수도를 멀리 동쪽으로 옮기는 것 말고 다른 탈출구가 없었다. 그는 이웃의 여러 제후들과 동맹을 맺고 영토의 상당 부분을 넘겨주었다. 그런 희생을 감수하고서라도 그는 미래의 통치 기반을 안전하게 확보해야만 했다.

(1929)

새

예전에 월요일 마을이라는 곳에 새 한 마리가 살고 있었다. 그 새는 특별히 눈부시거나 아름답게 노래를 부르지도, 그리 크거나 위풍당당하지도 않았다. 아니, 그 새를 본 사람들은 오히려 새가 작다고 말했다. 아주 조그맣다고. 새는 사실 아름답다고도 할 수 없었고, 오히려 특이하고 괴상했다. 그러나 어떤 종이나 속屬에도 속하지 않는 온갖 동물이나 생명체가 지닌 특이함과 숭고함을 간직하고 있었다. 그 새는 매도 닭도 박새도 딱따구리도 피리새도 아니었다. 그것은 월요일 마을의 새였다. 그 같은 새는 어디에도 없었다. 오직 그곳에만 존재했다. 사람들은 역사가 시작된 아주 오랜 옛날부터 이 새에 대해 알고 있었다. 본래 월요일 마을의 사람들만 그 새를 실제로 알았지만, 멀리 인근 마을 사람들도 그 새에 대해 알고 있었다. 뭔가 아주 특별한 것을 지닌 모든 사람들이 그렇듯이, 월요일 마을 사람들도 그 새 때문에 가끔 놀림을 당하기도 했다. '월요일 마을의 사람들은 자기네 새를 갖고 있다'는 식이었다.

카레노를 넘어 모르비오에 이르기까지, 그리고 더 멀리서도 그 새에 관해 알고 있었고, 이야기를 주고받았다. 그러나 세상일이 흔히 그렇듯이, 최근에 와서야 비로소, 이제 새가 사라진 다음에야 사람들은 새에 대해 매우 정확하고 신뢰할 만한 정보를 얻으려고 했다. 많은 외지인들이 새에 대해 물어 왔다. 많은 월요일 사람들은 그들에게서 포도주를 대접받고 꼬치꼬치 질문을 받고 나서야 결국 자기도 그 새를 직접 본 적은 없다고 고백하곤 했다. 새를 실제로 보지는 못했다 해도, 직접 한 번 또는 여러 번 보았거나 새에 관해 이야기했던 사람을 누구나 한 명 정도는 알고 있었다. 이 모든 것은 이제 조사되고 기록되었다. 새의 모습과 소리, 나는 모습뿐 아니라 습성, 사람을 대하는 방식 등이. 그러나 특이하게도 이 모든 보고와 기술이 서로 너무나 달랐다.

예전에는 지금보다 훨씬 자주 그 새가 보였다고 했다. 새와 마주치는 사람은 늘 즐거움을 얻었다. 매번 그것은 하나의 체험이자 행운이며 작은 모험이었다. 자연 애호가들에게 이따금씩 여우나 뻐꾸기를 직접 관찰할 수 있는 기회가 작은 체험이자 행운인 것처럼. 그렇게 되면 잠시 생명체가 잔인한 인간에게 느끼는 두려움을 잃거나 또는 인간 자신이 다시 원인原人의 삶이 가진 순진함을 생각해 보게 되었다. 그러나 새를 그다지 대수롭지 않게 여기는 사람들도 있었다. 처음 피어난 용담을 찾아내거나 늙고 영리한 뱀을 만나도 그다지 좋아하지 않는 사람들도 있는 것처럼. 그러나 다른 사람들은 새를 무척 사랑했다. 새와 마주치는 건 누구에게나 기쁨이자 영예였다. 드물지만 새가 오히려 해로울 수도 있다거나 으스스한 기분을 들게 할지도 모른다는 견해를 밝히는 사람도 가끔 있었다. 새를 본 사람은 한동안 너무 흥분되어, 밤에 불안한 꿈을 꾸게 된다는 것이었다. 뭔가 불쾌한 기분이나 혹은 향수병 같은 걸 느끼게 한다고도 했다. 그러나 그것을 전적으로 부인하는 사람들도 있었다. 그들은 새를 만나고 난 후의 감정보다 더 소중하고 고상한 감정은 없다고 말했다. 성찬식을 치른 뒤나 아름다운 노래를 듣고 난 뒤의 기분과 같다고 했다. 온통 아름다운 것과 모범적인 것을 생각하고, 좀 더 나은 사람이 되겠다고 마음속으로 다짐하게 된다고 했다.

수년간 월요일 마을의 시장이었던 유명한 제우스터의 사촌 샬라스터는 한평생 그 새에 특히 많은 관심을 기울였다. 그는 해마다 한두 번, 혹은 여러 번 새와 마주쳤다고 이야기했다. 그때마다 하루 종일 독특한 기분에 휩싸였다고 했다. 즐겁다고는 할 수 없지만, 독특하게 흥분되고, 뭔지 모를 기대와 예감에 가득 찬 기분이었다고 했다. 그런 날이면 평소와 다르게 심장이 뛰고, 약간의 통증마저 느꼈다고 했다. 평소에는 심장이 있다는 사실을 거의 느끼지 못하지만, 어쨌든 가슴에 심장이 있구나 하는 사실을 느끼게 된다고 했다. 아무튼 그에 대해 언급할 기회가 있을 때마다 샬라스터는 이런 새가 마을에 있다는 것은 정말 사소한 일이 아니라고 했다. 새에 대해 자랑스럽게 생각해도 좋으며, 그것은 대단히 희귀한 새라는 것이다. 이 신비로운 새를 남보다 자주 보는 사람은 어쩌면 뭔가 특별하고 고귀한 것을 속에 지니고 있을 거라고 생각해야 한다고 했다.

(교양 수준이 비교적 높은 독자를 위해 샬라스터에 관해 알려드린다. 그는 어느새 다시 망각 속에 묻힌 새 현상에 대한 종말론적 해석의 주요 증인이자 수많은 인용의 근원이었다. 게다가 샬라스터는 새가 사라진 후 월요일 마을에 생겨난 조그만 모임의 대변인이기도 했다. 그 모임은 새가 아직 살아 있으며 다시 모습을 드러낼 것이라고 철석같이 믿었다.)

샬라스터가 보고했다. "새를 처음 보았을 때 나는 어린아이였고, 아직 학교에 다니지 않았지. 집 뒤 과수원에 자란 풀을 막 베고 난 뒤였어. 내가 있는 곳까지 나지막한 가지가 드리워진 벚나무 옆에 서 있었지. 딱딱한 푸른 버찌를 바라보고 있는데, 그때 나무에서 새가 날아 내려오더군. 나는 그 새가 평소에 보아 왔던 새들과는 다르다는 것을 즉시 알아챘지. 새는 풀을 베고 남은 밑동에 내려앉더니 이리저리 깡충깡충 뛰어다녔어. 나는 호기심에 차 감탄하며 그 새를 뒤쫓아 온 정원을 뛰어다녔지. 새는 가끔 반짝이는 눈으로 나를 쳐다보며 다시 계속 깡충거리며 뛰어다니더군. 마치 저 혼자 춤추고 노래하는 것 같았어. 나는 그 새가 나를 유혹하고 즐겁게 해주려고 그런다는 것을 잘 알고 있었지. 목 부근이 약간 흰색을 띠고 있었어. 새는 쐐기풀이 자라는 풀밭 뒤쪽 울타리까지 춤추며 가더군. 쐐기풀 위로 훌쩍 날아올라 울타리 말뚝에 올라앉는 거야. 그러고는 계속 지저귀며 다시 한 번 나를 매우 다정하게 바라보더군. 그러고는 갑자기 사라져 몹시 놀랐지. 후에도 나는 그런 모습을 가끔 보았지. 다른 어떤 동물도 그 새처럼 눈 깜짝할 사이에, 그리고 언제나 미처 마음의 준비도 하기 전에 순식간에 나타났다가 사라질 수는 없을 거야. 나는 집 안으로 뛰어 들어가 방금 일어난 일을 어머니에게 이야기했지. 그러자 어머니는 즉시 그것은 이름 없는 새라고 말씀해 주셨어. 내가 그 새를 본 것은 좋은 일이고, 행운을 가져다줄 거라고 하시더군."

샬라스터의 묘사는 이런 점에서 다른 많은 사람들의 묘사와는 좀 구별되었다. 즉 그 새는 거의 굴뚝새만큼이나 작았는데, 그중에서도 제일 작은 것은 새의 머리로, 놀랄 정도로 작고 영리하며 유연하게 움직였다. 새는 눈에 잘 띄지는 않지만 회색을 띤 금빛 머리털로, 그리고 사람을 빤히 쳐다보는 것으로 그 새를 금방 알아볼 수 있다고 했다. 다른 새들은 결코 그런 행동을 하지 않을 것이었다. 머리털도 훨씬 작기는 하지만 어치의 술과 비슷하고, 활발하게 위아래로 자주 까닥거렸다. 어쨌든 새는 날 때 뿐만 아니라 걸을 때도 매우 민첩했다. 그 움직임은 유연하고 인상적인 것이었다. 마치 눈으로, 머리를 까딱이는 것으로, 머리털을 움직이는 것으로, 걷고 나는 것으로 항상 뭔가를 전달하고, 뭔가를 상기시키려는 것 같다고 했다. 즉 언제나 임무를 맡은 사자使者처럼 보인다는 것이다. 그래서 새를 보게 될 때마다 한동안 새를 생각하고, 새가 무엇을 하려고 했으며 그 새가 무엇을 의미하는지 곰곰 생각해야 한다는 것이다. 새는 사람들이 자기에 대해 탐색해서 뭔가 알아내거나 숨어 엿보는 것을 좋아하지 않는다고 했다. 그리고 사람들은 새가 어디서 오는지 알 수 없다고, 새는 언제나 매우 갑작스럽게 나타난다고 했다. 근처에 앉아 마치 항상 거기 앉아 있었던 듯 행동하고, 그런 뒤 다정한 시선으로 쳐다본다고 했다. 또한 보통 다른 새들은 딱딱하고 겁먹은 무표정한 눈을 하고 사람들을 쳐다보지도 않지만, 사람들이 알기로 그 새는 아주 명랑하고, 어느 정도는 호의적인 시선으로 바라본다고 했다.

옛날부터 새에 대해서는 서로 상이한 소문과 전설이 내려왔다. 물론 오늘날엔 새에 관한 이야기를 듣는 일이 더 드물어졌다. 사람들이 변했고, 삶이 더 팍팍해진 것이다. 젊은이들은 거의 모두가 일자리를 찾아 도시로 떠났다. 가족들은 더 이상 여름날 저녁 대문 앞 계단에, 겨울날 저녁 난롯가에 옹기종기 모여 앉지 않았다. 사람들은 더 이상 뭔가를 할 시간이 없어졌다. 그래서 오늘날의 젊은이는 숲에서 피는 몇 그루의 꽃이나 나비들의 이름을 알지 못했다. 그렇지만 오늘날에도 나이 든 어느 부인이나 할아버지가 아이들에게 때때로 새 이야기를 들려주곤 했다.

이런 새의 전설 중 하나는, 어쩌면 가장 오래된 것은 이러했다. 월요일 마을의 새는 이 세상과 나이가 같아서, 아벨이 형 카인에게 맞아 죽었던 그 옛날에도 살고 있었다고 한다. 새는 아벨의 피를 한 방울 마신 뒤, 아벨이 죽었다는 전갈을 가지고 거기서 날아가 오늘날에도 그 이야기를 사람들에게 전해 준다고 했다. 사람들이 그 이야기를 잊지 않도록 하여 인간의 생명을 신성하게 받들고, 형제처럼 사이좋게 지내도록 경고하기 위해서 말이다. 이 아벨의 전설은 옛날에 이미 기록되었고, 그에 대한 노래[*]도 있다. 그러나 학자들은 아벨의 새에 관한 전설은 사실 아주 오래된 것으로, 수많은 나라에서 수많은 언어로 이야기되고 있으며, 그것이 월요일 마을의 새 이야기로 잘못 옮겨졌다고 주장했다. 수천 년이나 된 아벨의 새 이야기가 훗날 이 마을에만 정착되고 그 밖의 다른 어디서도 더 이상 나타나지 않는다면, 그것은 불합리하다는 점을 고려해 봐야 한다고 말했다.

그렇다면 우리 쪽에서는 이제 전설은 학문처럼 늘 합리적일 필요는 없다고 '고려해 볼 수' 있을지도 모른다. 그리고 새에 관한 의문에 그토록 많은 불확실성과 모순을 불러일으킨 사람들이 바로 학자가 아닌지 물어볼 수 있을지도 모른다. 예전에는 우리가 아는 한, 새와 그 전설에 관해 다툼이 생긴 적이 한 번도 없었기 때문이다. 누군가 새에 대해 이웃 사람과 다른 이야기를 할지라

---

[*] 헤세의 시 「아벨의 죽음에 대한 노래」가 있다.

도 사람들은 그냥 태연히 감수했던 것이다. 그렇게 새에 대해 상이하게 생각하고 이야기할 수 있다는 것은 오히려 새에게는 명예로운 일이었다. 이런 식으로 계속함으로써 우리는 학자들이 새에 대한 의식을 소멸시킬 뿐 아니라, 이젠 조사를 통해 새에 대한 기억과 전설마저 없애려고 애쓴다고 비난할 수 있을지도 모른다. 학자들이 하는 일이란 그 이야기를 소멸시켜 결국 아무것도 남지 않게 만드는 것이라고. 그러나 아무튼 전부는 아니지만 학문의 많은 부분이 그들의 신세를 지고 있는 마당에, 과연 누가 학자들을 그토록 심하게 공격할 용기를 가지고 있겠는가?

아니, 예전에 이야기되었던, 오늘날에도 시골 사람들에게서 그 일부가 전하는 새의 전설로 되돌아가 보자. 그들 대부분은 새를 마법에 걸려 변신한, 또는 저주받은 존재로 설명했다. 동방 순례자들의 이야기 속에는 월요일 마을과 모르비오 사이의 지역이 중요한 역할을 하고 있으며, 그들의 흔적은 거기 곳곳에서 찾아볼 수 있다. 새가 마법에 걸린 호엔슈타우펜 왕가의 한 사람이라는 전설, 다시 말해 새가 시칠리아를 다스렸으며, 아랍의 지혜를 알고 있던 그 왕가 출신의 마지막 위대한 황제이자 마법사라는 전설은 이들 순례자들의 영향 때문으로 볼 수 있을지도 모른다. 대체로 전하는 말에 따르면, 새는 이전에 왕자였거나 (예컨대 제우스터가 들었다고 주장하듯이) 마법사였다고 한다. 그는 한때 뱀 언덕의 빨간 집에서 살았고, 그 일대에서 명성을 떨쳤다. 그러다가 결국 새로운 플락센핑거 국법이 실시되면서 많은 사람이 생계

수단을 잃게 되었다. 마법 부리기, 시 쓰기, 변신과 그러한 생업이 법으로 금지되고 불명예스러운 것으로 간주되었기 때문이다. 그러자 마법사는 나무딸기와 아카시아 씨를 자신의 빨간 집 주위에 뿌렸다. 그것들은 즉시 가시로 변했다. 그리고 사라진 자기의 집과 토지를 떠나, 기다란 행렬을 지은 뱀들을 거느리고 숲 속으로 사라졌다고 한다. 그는 새의 모습으로 가끔 되돌아와 인간의 영혼을 매혹시키고 다시 마술을 부렸다고 한다. 다름 아닌 마법 사라는 직업은 많은 사람들에게 물론 독특한 영향을 끼쳤다. 하지만 마법사가 부린 마술이 선한 종류의 것인지 악한 종류의 것인지는 이야기하는 사람이 결정하지 않고 그대로 놓아두었다.

마찬가지로 모권 제도 문화의 층위를 암시하는 전설의 나머지 색다른 부분도 의심할 여지없이 동방 순례자들에게 거슬러 올라갈 수 있다. 거기서는 니논*이라고 불리기도 하는 '외국 여자'가 중요한 역할을 했다. 이런 종류의 꾸민 이야기에 따르면, 이 외국 여자가 새를 잡아 몇 년 동안 가두어 놓았다고 한다. 그러다가 결국 온 마을 사람이 격분해 들고 일어나자 새를 다시 풀어 주었다고 한다. 한편 니논이 마법사가 새의 모습으로 변신하기 오래 전부터 그를 알았고, 빨간 집에서 그와 함께 살았다는 소문도 있다. 그들은 그곳에서 검은 뱀과 푸른 공작머리를 지닌 초록색 도마뱀을 오랫동안 키웠는데, 오늘날에도 월요일 마을 위쪽 나무

---

* 헤세는 니논 돌빈과 세 번째 결혼을 했다.

딸기 언덕은 뱀으로 가득 차 있다고 한다. 그래서 오늘날에도 뱀과 도마뱀들은 한때 마법사의 작업실로 통하는 문지방이 있었던 자리에 오면 잠시 움직임을 멈추고 머리를 들어 올렸다가 내리며 절을 한다고 한다. 오래전 고인이 된 니나라는 아주 연세가 많았던 마을 할머니는 그 이야기를 들려주면서, 자기가 가시 언덕에서 약초를 캐다가 독사들이 그 자리에서 절하는 것을 여러 번 보았다며, 그 말에 대해 맹세까지 했다고 한다. 거기에는 지금도 수백 년 묵은 장미나무 그루터기가 있어 예전 마법사의 집으로 들어가는 입구를 표시해 준다고 한다. 그러나 니논이 그 마법사와는 전혀 관계가 없다고 단호히 주장하는 목소리들도 있다. 그녀는 마법사가 새로 변한 지 한참 후에야 동방 순례자들을 따라 이 지역으로 들어왔다는 것이다.

마지막으로 새를 본 이래 아직 한 세대도 완전히 지나가지 않았다. 그러나 노인들은 그 사이 하나둘 세상을 떴다. 이제 그 '남작'도 고인이 되었고, 유쾌한 마리오도 우리가 알았던 것처럼 오래전부터 똑바로 걷지 못하고 있다. 그러다가 어느 날 갑자기 새의 시대를 같이 체험한 사람은 더 이상 아무도 남지 않게 될 것이다. 그렇기 때문에 우리는 너무 혼란스러워 보이긴 하지만, 새가 어떤 상태에 있다가, 어떻게 종말을 맞게 되었는지를 기록하려고 한다.

월요일 마을은 제법 떨어져 있기도 해서, 그곳의 고요하고 작은 숲 속 골짜기들이 많은 사람들에게 알려지지는 않았다. 그곳에서는 솔개가 숲을 지배했고, 뻐꾸기가 도처에서 울고 있었다. 그래서 외지인들도 자주 새의 존재를 알아차렸고, 새의 전설을 알게 되었다. 화가 클링조어*는 오랫동안 폐허가 된 어느 궁전에서 살았고, 모르비오 골짜기는 동방 순례자 레오**에 의해 알려졌다고 한다(그가 전설을 도리어 불합리하게 변형시킨 것에 따르면, 니논이 주교 빵 만드는 요리법을 보존해 새에게 그 빵을 먹이고 길들였다고 한다). 요컨대 수백 년 동안 별로 알려지지 않았지만 평판이 좋은 우리 지역에 대한 많은 이야기가 세상에 널리 알려지게 되었다. 우리와 멀리 떨어진 대도시와 대학들에는 모르비오로 가는 레오의 길에 관한 학위 논문을 쓴 사람들이 있었다. 월요일 마을의 새에 대한 다양한 이야기에 커다란 흥미를 보인 사람들도 있었다. 이와 더불어 좀 더 진지하게 전설을 조사하려는 시도를 다시 근절시키려고 애쓰는 온갖 섣부른 말과 글이 등장했다. 특히 새가 잘 알려진 픽토어*** 새와 동일하다는 허무맹랑한 주장이 몇 번이나 제기되기도 했다. 픽토어 새는 화가 클링조어와 관계가 있었고, 변신의 재능과 은밀한 지식을 많이 가지고 있었다. 그러나 픽토어 덕분에 잘 알려진 '빨강과 초록의 아름답고 대담한 새'는 원전에서 매우 정확히 묘사되어 있으므로, 그

* 헤세의 소설 『클링조어의 마지막 여름』의 주인공 이름.
** 헤세의 소설 『동방 순례』의 주인공 이름.
*** 이 책에 삽입된 「픽토어의 변신」에서 여러 가지 모습으로 변신하는 주인공.

렇게 혼동할 가능성은 거의 없다고 할 수 있다.

마침내 학계에서 월요일 마을과 우리의 새에 대한 관심이 커졌고, 이로써 새 이야기에 대한 관심도 고조되었다. 어느 날 당시의 우리 시장에게 상급 관청으로부터 다음과 같은 공문이 발송되었다. 그때의 시장은 제우스터였다. 동고트 제국의 대사 H. G. 씨는 박학다식한 추밀 고문관 뤼츠켄슈테트의 부탁으로 그곳의 시청에 다음과 같은 내용을 전달하고 그 지역에 공고해 달라며 간곡히 권유했다.

이름은 없이 흔히 '월요일 마을의 새'라고 불리는 어떤 새는 문화부의 지원을 받아 추밀 고문관 뤼츠켄슈테트가 연구하고 조사할 것이다. 새, 새의 생활 방식이나 먹이, 새와 관련된 속담이나 전설 등에 대해 보고하려는 사람은 시청을 통해 베른의 동고트 제국 대사에게 연락하기 바란다.

나아가 시청이나 대사관에 문제의 새를 산 채로 건강하게 전달하는 사람에게는 천 두카텐의 금화를 보상금으로 수여할 것이다. 죽은 새나 잘 보존된 박제를 전달하는 경우에는 백 두카텐의 사례금이 주어질 것이다.

시장은 오랫동안 앉아서 이 공문을 꼼꼼히 살펴보았다. 그는 관청이 이런 일에 관여한다는 것을 부당하고 우스꽝스럽게 생각했다. 동고트 학자나 동고트 대사가 제우스터에게 이 같은 부당한 요구를 했더라면, 그는 답장도 하지 않고 공문을 폐기했을지도 모른다. 또는 시장인 제우스터 자신은 그런 장난을 할 생각이 없으며, 그들이 자기에게 지극히 공손하게 책임을 전가하려 한다고 간단히 둘러댔을지도 모른다. 하지만 그런 무리한 요구를 한 당사자가 상급 관청이었고, 그것은 하나의 명령이었다. 그러므로 그 명령에 따라야 했다. 시의 늙은 서기 발멜리도 원시遠視인 눈으로 팔을 길게 뻗어 공문을 읽은 뒤 조롱 띤 미소를 억눌렀다. 그에게도 이 일은 비웃음거리로 보였다. 그리고 그는 자신의 견해를 분명히 밝혔다.

"명령에 따라야지요, 시장님. 어쩔 수 없어요. 제가 공고문을 작성하겠습니다."

며칠 후 시민들은 시청 게시판에 붙은 공고문을 보고 사정을 알게 되었다. '새는 법의 보호 밖에 있다. 외국에서 그 새를 탐내 포상금을 내걸었다. 연방과 주는 전설적인 새의 보호를 중단했다.' 언제나 그렇듯이 그들은 조그만 남자와 그에게 가치 있고 사랑스러운 것에 신경 쓰지 않았다. 이것이 최소한 발멜리와 많은 사람들의 견해였다. 가엾은 새를 생포하거나 쏘아 죽이려 했던 사람에게 거액의 포상금은 큰 유혹이었다. 성공하는 사람은 부자가 될 수 있었다. 모두들 그 이야기를 했다. 모두들 시청 옆에 서 있거나 게시판 주위로 몰려들어 활발하게 자신의 견해를 밝혔다. 젊은이들은 무척 신이 나서 덫을 놓거나 마법의 지팡이를 놓아둘 결심을 했다. 백발인 니나 할머니는 매 같은 머리를 흔들며 말했다.

"이건 죄악이야. 연방 내각은 부끄러워해야 해. 이런 사람들은 돈이 들어온다면 그리스도까지 손수 넘겨줄 거야. 하지만 그들은 새를 잡지 못해. 다행히도, 새를 잡지 못할 거야!"

시장의 사촌 살라스터는 공고문을 읽었을 때도 매우 침착하게 행동했다. 그는 아무 말도 하지 않고 공고문을 주의 깊게 두 번이나 읽었다. 그러고는 그날 일요일 아침 교회에 예배를 드리러 가려다가 그만두었다. 시장의 집을 향해 천천히 발걸음을 옮겨 그 집 정원으로 들어섰다. 그러나 갑자기 생각을 고쳐 먹고 방향을 바꿔 집으로 달려갔다.

살라스터는 평생 새와 특별한 관계를 가졌다. 다른 사람들보다 자주 새를 보았고, 더 자세히 관찰해 왔다. 이렇게 말해도 된다면, 그는 새의 존재를 믿고, 진지하게 받아들이고, 새에게 일종의 좀 더 고귀한 의미가 있다고 주장하는 사람에 속했다. 그 때문에 이 공고는 그에게 매우 격렬한 마음의 갈등을 일으켰다. 처음엔 물론 다름 아닌 니나 할머니와 대부분의 연로한 사람들, 관례로 내려오는 것에 집착하는 마을 사람들을 떠올렸다. 그는 경악했고, 자신의 새, 마을과 지역의 보물이자 상징이 외국인의 탐욕스러운 손에 넘겨지고 사로잡히거나 죽임을 당해야 한다는 데 격분을 금치 못했다! 숲에서 온 이 진기하고 신비로운 손님, 옛날부터 잘 알려진 이 동화 같은 존재, 그것 때문에 월요일 마을은 유명해지고 조롱도 받았으며, 갖가지 이야기와 전설을 남겼던 것이다. 그런데 이 새가 돈과 학문 때문에, 학자의 엄청난 호기심에 희생되어야 하겠는가? 전례가 없고, 도무지 생각할 수도 없는 일 같았다. 그것은 성물 절취였고, 그렇게 하라고 요구받는 것과 같았다. 하지만 다른 한편으로, 모든 것을 고려해 보고, 이것저것을 이런저런 저울에 달아 본다면, 성물을 절취하는 사람에겐 어떤 특별하고 찬란한 운명이 약속된 것이 아닐까? 찬미받는 새를 손 아귀에 넣기 위해서는, 추측컨대 선택되고 오래전부터 미리 정해진 특별한 사람, 벌써 어릴 때부터 그 새와 보다 은밀하고 친밀하게 사귀어 왔고, 새의 운명에 얽혀 들어간 사람이 필요하지 않을까? 그렇다면 선택받은 이 유일한 사람이 샬라스터 외에 다른 누가 될 수 있겠는가? 새를 잡는 것이 성물 절취이고 범죄라면, 성물 절취가 유다의 그리스도 배반과 비교될 수 있는 일이라면—바로 그 배반과 그리스도의 죽음이나 희생은 필요불가결하고 신성하며, 아주 오래전부터 정해지고 예언된 일이 아니었을까? 그는 자신과 세상에게 물었다. 만일 유다가 도덕과 이성 때문에 자신의 역할을 회피하고 배반을 거절했다면, 신의 의지와 그리스도에 의한 속죄는 조금이나마 변하거나 방해받을 수 있지 않았을까?

샬라스터는 여러 가지 가능성을 생각해 보았고, 이는 그를 강렬하게 흥분시켰다. 어린 시절 처음으로 새를 보고 그 모험이 가져다준 기묘한 행운의 전율을 느꼈던 고향의 과수원에서 그는 집의 뒷길을 불안하게 이리저리 거닐었다. 염소 우리와 부엌 창문, 토끼장 옆을 지나갔다. 나들이옷을 입고, 헛간 뒷벽에 걸린 갈퀴와 쇠스랑, 낫을 가볍게 스치면서, 생각과 소원과 결심 때문에 취할 정도로 흥분하고 멍해졌다. 그는 무거운 마음으로 유다를 생각하면서 자루 속에 천 두카텐이나 되는 묵직한 금화가 들어 있는 상상을 했다.

그 사이 마을에서는 흥분이 계속되었다. 그 소식이 알려진 후부터 거의 모든 마을 사람들이 시청 앞으로 모여들었고, 때때로 어떤 이는 공고문을 또 한 번 보기 위해 게시판 앞으로 다가가곤 했다. 모두들 경험과 타고난 재치, 성경에서 잘 골라낸 증거를 가지고 자신의 견해와 의도를 힘 있게 표현했다. 이런 제안에 대해 된다 혹은 안 된다고 처음부터 말하지 않은 사람은 극소수에 불과했다. 그리하여 마을 전체는 두 패로 갈라졌다. 샬라스터처럼 새 사냥은 끔찍하게 여겼지만, 한편으론 금화를 갖고 싶어 하는 사람도 적지 않았다. 하지만 누구나 이런 갈등을 아주 면밀하고 복잡하게 속으로 해결할 수 있는 것은 아니었다. 젊은이들은 그것을 아주 가볍게 받아들였다. 도덕심이나 고향의 천연기념물을 보호하려는 생각이 그들의 모험심을 방해하지는 못했다. 그들은 덫으로 시험해 보아야 한다고 이야기했다. 희망을 크게 가질 것은 못 되지만, 혹시 운이 좋으면 새를 잡을 수 있으며, 어떤 미끼로 새를 꾈 수 있을지도 모르겠다고 했다. 그러나 누구든 새를 보기만 한다면 지체 없이 쏠 것이라고 했다. 어쨌거나 주머니 안의 백 두카텐이 상상 속의 천 두카텐보다 낫다는 것이다. 그들은 큰 소리로 합의를 보았고, 앞으로 할 일을 미리 즐겼다. 벌써 새 사냥의 세부적인 사항을 놓고 논쟁을 벌였다.

어떤 사람이 외쳤다. "좋은 총 한 자루를 빌려 주시오. 반 두카텐만 줘도 당장 떠나 일요일 내내 사냥에 전념하겠소!"

하지만 좀 나이 든 사람들은 거의 모두 그 말에 반대했다. 그들은 이 모든 것을 일찍이 전례가 없던 일로 여겼고, 더 이상 신성한 것을 모르며, 신의나 신뢰가 사라진 요즘 사람들에 대한 저주의 말이나 지혜로운 격언을 외치거나 중얼거렸다. 그러자 젊은 이들은 웃으면서, 이 경우에는 신의나 믿음이 문제가 아니라 총을 쏠 줄 아는지가 중요하다고 노인들에게 대꾸했다. 그러니까 덕이나 지혜 같은 것은, 반쯤 눈이 멀어 새를 겨눌 수도 없고 관절염 때문에 총을 들 수도 없는 사람들에게서나 찾아보라는 것이었다.

이처럼 활발한 논쟁이 벌어졌다. 사람들은 새로운 문제에 대해 중지를 짜내느라 하마터면 식사 시간도 잊을 뻔했다. 새와의 관계가 얼마간 가까워진 가운데 그들은 자신의 가족 내에서의 성공과 실패에 관해 열렬하게 웅변했다. 그들은 모두에게 고인이 된 나타나엘 할아버지, 늙은 제우스터, 동방 순례자들의 전설적인 행보를 인상적으로 상기시켰고, 가곡집에 나오는 시와 오페라의 멋진 대목을 들먹였다. 그들은 서로를 견딜 수 없어 하면서도 서로 헤어지지 못했다. 조상들의 좌우명과 경험에서 우러난 말을 증거로 끌어들이기도 하고, 옛날과 고인이 된 주교에 대해, 끝까지 버텨 낸 질병에 대해 독백을 늘어놓기도 했다.

예컨대 한 늙은 농부는 병상에 누워 심각한 고통에 시달리는 동안 창문을 통해 새를 보았다고 주장했다. 아주 잠깐이었지만 이 순간부터 몸이 훨씬 나아졌다고 했다. 그들은 때로는 각자 홀로 내부의 환영에 몰두하기도 하고, 때로는 마을 사람들에게 몸을 돌리고 선전하거나 비난하고, 맞장구치거나 비웃으며 이야기를 나누었다. 그들은 싸우다가 의견 일치라도 본 듯 힘과 나이, 그리고 동질성이 영원히 지속되는 것에 기분 좋은 느낌을 가졌다. 스스로를 늙고 현명하다고, 또는 젊고 현명하다고 여겼고, 서로를 조롱했다. 따스한 마음으로 완전히 정당하게 조상들의 좋은 풍습을 옹호했고, 역시 마찬가지로 그런 풍습을 의문시하기도 했다. 그들은 자기의 조상들을 내세우고, 재미있어 했으며, 자기의 나이와 경험을 칭찬했다. 자기의 젊음과 무모함을 자랑하다 거의 주먹다짐이 벌어질 정도에 이르기도 했다. 그들은 으르렁거리고 웃었으며, 일체감과 알력을 맛보았다. 모두들 자신의 견해가 옳다는 확신을 갖고 그것을 충실히 전달하느라 여념이 없었다.

모두들 패가 갈려 입씨름을 벌였다. 그런데 아흔 살의 니나가 자신의 금발 손자들에게 조상을 생각해서 이 신앙심 없고 잔혹하며 위험하기까지 한 새 사냥에 동참하지 말라고 간청하는 동안, 그리고 젊은 손자들이 무례하게 백발의 할머니 면전에서 사냥 무언극을 벌이는 동안, 즉 가상의 엽총을 뺨에 대고 눈을 가느다랗게 뜬 채 목표물을 향해 빵빵, 탕탕 외치는 동안 뜻밖의 일이 일어났다. 젊은이든 늙은이든 한참 말을 하다가 입을 다물고 마치 돌이라도 된 듯 제자리에 그대로 서 있었다.

늙은 발멜리가 소리를 지르는 바람에 모두의 시선이 그가 팔과 손가락을 뻗은 방향으로 쏠렸다. 갑자기 깊은 침묵이 흘렀다. 새, 뭇사람의 입에 오르고 있는 그 새가 시청 지붕에서 날아와 게시판 모서리에 내려앉는 것이었다. 그들은 새가 동그란 작은 머리를 날개에 비벼 대는 것을 바라보았다. 새는 부리를 갈며 짧은 가락을 불렀다. 민첩하고 조그만 꼬리를 위아래로 까딱이며 떨리는 소리로 지저귀며 노래했다. 작은 머리털을 공중으로 곤두세우고 모든 사람들이 보는 가운데 한참 동안이나 몸을 꾸미다가 마치 자기에게 얼마나 많은 돈이 걸려 있는지 알아보려고 관청의 공고문을 읽으려는 듯 호기심 어린 눈길로 머리를 숙였다. 새는 아마 잠시만 머물려는 것 같았다. 그러나 모두들 새의 출현을 경사스러운 방문이자 하나의 도전처럼 여겨 아무도 총 쏘는 시늉을 하지 못했다. 모두들 제자리에 서서 마법에 걸린 듯 이 대담한 손님을 망연히 바라보았다. 이 손님은 그들을 웃음거리로 삼기 위해 장소와 시간을 일부러 골라 날아온 게 분명했다.

사람들은 놀라고 당황해서 자기들을 그처럼 깜짝 놀라게 한 새를 뚫어지게 쳐다보았다. 그리고 행복한 기분으로 호의를 가지고 기품 있고 조그만 녀석을 응시했다. 사람들 입에 너무도 많이 오르내렸던 새, 마을을 유명하게 한 새였다. 한때 아벨의 죽음을 지켜본 증인이었거나 호엔슈타우펜 왕가의 사람이나 왕자였거나 마법사였던 새였다. 독사들이 우글거리는 뱀 언덕의 빨간 집에서 살았고, 지금도 외국 학자와 강대국들의 호기심과 탐욕을 일깨웠으며, 사로잡는 데 천 두카텐의 금화가 포상금으로 내걸린 새였다. 그들은 경탄을 금치 못했고, 모두들 그 새를 너무나 사랑했다. 엽총을 지니고 있지 않았던 것에 벌써 일 초 후에 화가 나서 욕하고 발을 굴러 댔던 사람들조차 새를 사랑하고 자랑스러워했다. 새는 그들의 것이었고, 그들의 명예이자 영광이었다. 새는 꼬리를 까딱거리면서 머리털을 곤두세우고 그들의 머리 바로 위 게시판의 모서리에 마치 그들의 제후나 문장紋章처럼 앉아 있었다. 그러고는 갑자기 홀연히 사라졌다.

모두들 쳐다보고 있던 장소가 텅 비자 사람들은 서서히 마법에서 깨어났다. 그들은 서로를 바라보며 웃었고, 브라보를 외치며 새를 찬미했다. 엽총을 달라고 소리치며 새가 어느 방향으로 날아갔는지 물어보는 이들도 있었다. 그들은 이 새가 아흔 살 된 니나 할머니의 할아버지가 알고 있었던, 언젠가 늙은 농부의 병을 고쳐 준 새였다는 것을 떠올렸다. 그들은 뭔가 기묘한 것, 뭔가 행복한 것 같은 감정과 웃고 싶은 충동을, 그러나 동시에 뭔가 비밀과 마법, 전율 같은 감정을 느끼기도 했다. 그러고는 모두들 자기 집에 가서 수프를 먹기 위해, 마을 사람들의 감정을 끓어오르게 한 이 흥분된 민중 집회를 끝내기 위해 갑자기 흩어지기 시작했다. 집회의 왕은 분명 새였다. 잠시 후 정오를 알리는 종소리가 울렸을 때 시청 앞 광장은 텅 비어 개미 한 마리 얼씬하지 않았다. 햇볕이 잘 드는 게시판의 하얀 종이 위로 새가 앉아 있던 게시판 모서리의 그림자가 서서히 드리워졌다.

그 사이 샬라스터는 생각에 잠겨 집 뒤쪽 갈퀴와 낫, 토끼장과 염소 우리 사이를 이리저리 거닐고 있었다. 발걸음이 점차 안정되고 일정해졌다. 신학적이고 도덕적인 생각도 점점 균형과 평정을 되찾았다. 정오의 종소리가 그를 일깨웠다. 그는 약간 놀라며 냉정을 되찾고는 곧 현실로 되돌아왔다. 그는 종의 외침을 알아차렸고, 이제 곧 점심을 먹으라는 아내의 목소리가 들려올 것임을 알았다. 그는 이상한 생각에 몰두했던 것을 약간 부끄러워하면서 장화 신은 발을 보다 힘차게 내디뎠다. 그런데 마을의 종소리를 확인시켜 주기 위해 아내가 목소리를 높인 바로 그 순간 갑자기 눈앞이 어른거리는 것 같은 기분이 들었다. 뭔가 강하고 짧은 바람 같은 것이 획 하고 바로 눈앞을 지나간 것이다. 벗나무에 새가 앉아 있었다. 새는 가지에 달린 꽃잎처럼 사뿐히 앉아 장난치듯 머리털을 까딱거렸다. 그러고는 조그만 머리를 돌려나직이 지저귀며 남자의 눈을 들여다보았다. 그는 어린 시절부터 새의 시선을 알고 있었다. 멍하니 바라보던 샬라스터가 심장의 고동이 더 빨라지는 것을 제대로 느끼기도 전에, 새는 어느새 다시 깡충 뛰어오르며 나뭇가지와 대기 사이로 홀연히 사라져 버렸다.

새가 샬라스터의 벗나무에 앉았던 일요일 정오 이후 사람의 눈에 띈 것은 딱 한 번밖에 없었다. 그것도 다름 아닌 시장의 사촌 샬라스터의 눈에 띈 것이다. 샬라스터는 새를 붙잡아 금화를 챙기기로 단단히 마음먹었다. 노련한 새 전문가인 그는 새를 생포하는 데 결코 성공할 수 없으리라는 것을 잘 알고 있었다. 그래서 낡은 엽총을 손질한 다음 아주 미세한 새 사냥용 산탄을 준비해 두었다. 미세한 산탄으로 쏘면 새가 죽거나 산산조각이 나서 떨어지는 것이 아니라 조그만 산탄 알갱이에 가벼운 부상을 입고 놀라 의식을 잃을 것이라고 계산했다. 그러면 산 채로 새를 손에 넣을 수 있었다. 이 용의주도한 남자는 자신의 계획을 실현시킬 만반의 준비를 갖추었고, 잡은 새를 가두어 넣을 새장까지 마련해 놓았다. 그때부터 장전된 엽총을 늘 곁에 지니고 있도록 온갖 생각을 짜내며 무진 애를 썼다. 어디를 가든 그는 총을 휴대하고 다녔다. 그럴 수 없는 경우, 가령 교회에 갈 때면 총을 지니고 갈 수 없어 아쉬워했다.

그럼에도 다시 새를 만나는 순간(그해 가을에 일어난 일이었다) 그는 엽총을 수중에 지니고 있지 않았다. 그의 집에서 아주 가까운 곳이었다. 새는 여느 때처럼 소리 없이 나타나 내려앉은 후 친밀하게 지저귀며 그에게 인사를 했다. 새는 해묵은 버드나무의 짧고 굵은 가지에 기분 좋은 듯 앉아 있었다. 샬라스터는 격자받침 위에서 자라는 과일을 묶어 올리기 위해 버드나무의 가지를 늘 잘라 주었다. 새는 채 열 발짝도 떨어지지 않은 곳에서 지저귀고 재잘댔다. 새의 적이 된 샬라스터가 마음속으로 한번 더 기묘한 행복감을 느끼는 동안(살아갈 능력이 없다고 삶에 대해 경고를 받기라도 한 것처럼 행복한 동시에 마음 아프기도 했다) 어떻게 하면 재빨리 총을 가져올 수 있을까 생각하다 보니 불안과 걱정으로 목덜미에 땀이 흘렀다. 그는 새가 결코 오래 머물지 않으리라는 것을 알고 있었다. 그는 급히 집 안으로 뛰어 들어가 엽총을 가지고 나왔다.

새는 여전히 버드나무 위에 앉아 있었다. 그는 천천히 숨을 죽이고 새에게 점점 가까이 다가갔다. 새는 아무것도 모르고 있었다. 새는 엽총에도, 흥분된 남자의 기묘한 행동에도 불안해하지 않았다. 그는 몸을 숙이고 양심의 가책을 받으며 무표정한 눈으로 아무 짓도 하지 않을 것처럼 갖은 애를 쓰고 있었다. 새는 그가 가까이 다가오도록 내버려 두었고, 그를 친밀하게 바라보며 용기를 북돋아 주었다. 새는 농부인 그가 총을 들어 한쪽 눈을 감고 오랫동안 자신을 겨누는 것을 장난스럽게 지켜보았다. 마침내 총소리가 났다. 작은 연기구름이 아직 사라지지 않은 가운데 샬라스터는 벌써 버드나무 밑에 무릎을 꿇고 새를 찾아보았다. 버드나무에서 정원 울타리까지 갔다가 돌아왔고, 양봉 통까지 갔다가 돌아왔으며, 콩밭까지 갔다가 돌아오면서 손 너비만큼씩 풀밭을 샅샅이 뒤졌다. 두 번, 세 번, 한 시간, 두 시간 동안이나 찾았고, 다음 날 아침에 다시 찾고 또 찾아보았다. 그러나 새를 발견할 수 없었다. 새는커녕 새의 깃털 하나도 발견할 수 없었다. 새는 어디론가 가버렸다. 새에게 여기는 너무 형편없는 곳이 되었고, 총소리만 너무 요란했던 셈이었다. 새는 자유를 사랑했고, 숲과 고요를 사랑했다. 이곳은 더 이상 새의 마음에 들지 않았다.

새는 가버렸다. 샬라스터는 이번에도 새가 어느 방향으로 날아갔는지 볼 수 없었다. 어쩌면 뱀 언덕의 집으로 돌아갔을지도 모른다. 청록색의 도마뱀이 문지방에서 그에게 절을 했을지도 모른다. 어쩌면 더 먼 곳으로, 나무 속으로, 시간을 거슬러 호엔슈타우펜 왕국으로, 카인과 아벨에게로, 낙원으로 날아갔을지도 모른다.

그날 이후 새는 더 이상 나타나지 않았다. 새에 대해 더 많은 이야기가 사람들 입에 오르내렸고, 이는 숱한 세월이 흐른 오늘날에까지도 수그러들지 않았다. 동고트의 어느 대학 도시에서 새를 다룬 책이 출판되었다.

옛날에는 새에 대한 온갖 전설이 이야기되었다면, 새가 사라진 후로는 새 자체가 하나의 전설이 되어 버렸다. 새가 실제로 살았고, 한때 마을의 수호천사였고, 한때 새에 거액의 상금이 걸렸으며, 한때 새를 향해 총을 쏘기도 했다는 사실을 맹세할 수 있는 사람은 곧 더 이상 아무도 남지 않을 것이다. 훗날 어느 학자가 이 전설을 다시 연구한다면, 이내 이 모든 것은 언젠가 아마 사람들의 상상력이 꾸며 낸 이야기로 증명되고, 신화 형성의 법칙에 따라 생겨난 것으로 밝혀질 것이다. 물론 이런 사실을 부인할 수 없기 때문이다. 언제 어디서나 특별하고 귀여우며 기품 있는 것으로 느껴지고, 많은 사람들이 수호천사로 존경하는 존재들이 있다. 그 존재들은 우리가 영위하는 삶보다 더 멋지고 자유로우며 활기찬 삶을 상기시켜 준다. 어디서나 그와 비슷한 상황이 벌어진다. 다시 말해 손자들은 할아버지들의 수호천사를 웃웃거리로 만들 것이고, 귀엽고 기품 있는 존재는 어느 날 붙잡혀 죽임을 당할 것이며, 머리나 박제에는 상금이 걸릴 것이다. 그런 다음 얼마 뒤에 그런 존재는 새의 날개를 달고 계속 날아가 버리는 하나의 전설이 될 것이다.

훗날 새의 소식이 어떤 형태를 띨지는 아무도 말할 수 없다. 이야기의 순서상 또 전해야 할 말이 있다. 샬라스터가 바로 얼마 전에 끔찍한 방법으로, 십중팔구는 자살로 죽음을 맞이했지만 거기에 이러쿵저러쿵 주석을 달고 싶지는 않다.

(1933)

두 형제✦

　옛날에 한 아버지가 살았다. 그에게는 두 아들이 있었다. 한 아들은 잘생기고 힘도 셌지만, 다른 아들은 키가 작은 데다 불구였다. 그 때문에 형은 동생을 멸시했다. 그것이 몹시 마음에 들지 않았던 동생은 멀고 먼 세상을 방랑하기로 결심했다. 어느 정도 걸어갔을 때 마부 한 사람을 만났다. 동생은 마부에게 어디로 가느냐고 물었다. 그는 유리산에 사는 난쟁이들에게 그들의 보물을 가져다줘야 한다고 말했다. 동생은 보답으로 무엇을 받느냐고 물어보았다. 다이아몬드 몇 개를 받는다는 대답을 얻자 동생도

✦ 이 동화는 헤세가 고향 칼프에서 열 살 때 쓴 작품으로 지금까지 알려진 헤세의 산문 중 최초의 작품이다.

난쟁이들에게 가고 싶어졌다. 때문에 그는 난쟁이들이 자기를 받아들일 것 같은지 마부에게 물어보았다. 마부는 그건 알 수 없다고 말했지만 동생을 데리고 갔다. 마침내 두 사람은 유리산에 도착했고, 난쟁이들의 우두머리를 만났다. 난쟁이는 수고한 대가를 충분히 지불하고 마부를 떠나보냈는데, 그때 우두머리는 동생을 보고 원하는 게 무어냐고 물었다. 동생이 모든 것을 말하자 우두머리는 그가 따라오기만 하면 된다고 말했다. 난쟁이들은 동생을 기꺼이 받아들였고, 동생은 거기서 멋진 생활을 했다.

이제 다른 형제에 대해서도 살펴보자. 형은 오랫동안 고향 집에서 매우 잘 지냈다. 그러나 나이가 들어 군대에 가게 됐고, 전쟁에도 나가게 되었다. 형은 오른팔에 부상을 당해 구걸하는 가련한 신세가 되었고, 언젠가 유리산에 오게 되었다. 그는 불구자 한 명이 거기 있는 것을 보았지만 그가 자기 동생인 줄은 몰랐다. 그러나 불구인 동생은 형을 즉각 알아보고 무엇을 원하는지 물어보았다.

"오, 나리. 빵 껍질이라도 좋습니다. 배가 너무 고프거든요."

"나와 함께 갑시다." 동생이 말했다. 그들은 한 동굴로 들어갔다. 동굴 벽은 진짜 다이아몬드로 반짝였다.

"저 벽의 다이아몬드를 한 움큼 가져가도 좋아요. 도움받지 않고 혼자 힘으로 보석을 가져갈 수 있다면요." 불구인 동생이 말했다.

거지는 성한 한 손으로 다이아몬드를 떼어 내려고 했지만, 물론 잘되지 않았다. 그러자 동생이 말했다.

"혹시 형제가 한 명 있겠지요. 그가 도울 수 있도록 허락해 줄 게요."

그러나 거지는 울기 시작하면서 말했다.

"한때는 동생이 한 명이 있었지요. 당신처럼 키가 작고 불구였 지요. 하지만 너무나 착하고 다정했어요. 그 애라면 분명 나를 도 왔겠지요. 하지만 제가 그 애를 매정하게 쫓아냈지요. 그리고 동 생 소식을 듣지 못한 지 벌써 오래되었어요."

그러자 동생이 말했다. "내가 바로 그 작은 동생이에요. 이젠 고생하지 않아도 돼요. 내 곁에서 함께 살아요."

(1887)

자기실현으로 더 나은 세계와
인간을 희구하는 헤세의 동화

헤르만 헤세가 1887년 열 살 때 처음으로 쓴 이야기가 동화 「두 형제」이고, 1959년 여든다섯 살 때 마지막으로 쓴 이야기가 「중국의 전설」이다. 두 작품은 한 쪽 가량의 짧은 분량으로 이루어져 있다. 헤세가 여동생 마룰라의 일곱 번째 생일을 맞아 쓴 「두 형제」에는 그림 형제의 「두 형제」, 「올드 링크랭크」와 같은 동화나 『천일야화』의 영향이 보이고, 말년에 쓴 「중국의 전설」에는 장자의 영향이 느껴진다. 1929년에 쓴 에세이 「세계 문학 총서 Bibliothek der Weltliteratur」에서 헤세는 『천일야화』와 『그림 동화』의 중요성을 지적하고 있다.

동방의 작품 중 우리의 총서에서 빠질 수 없는 것이 위대한 동화집 『천일야화』이다. 그것은 무한한 즐거움의 원천이요, 매우 풍성한 세계의 그림책이다. 비록 세계의 모든 민족이 말할 수 없이 아름다운 동화들을 지어내긴 했지만, 우리는 무엇보다 이 고전적인 마법의 책에 만족한다. 이것을 보완해 주는 것은 그림 형제가 수집한 독일의 민담밖에 없다.

두 동화집 외에도 헤세는 「세계 문학 총서」에서 중국 동화집, 인도 민담집, 아라비아의 요정 이야기, 아프리카 민담, 아일랜드 동화집처럼 자신이 애독한 민담을 열거한다. 동화의 세계는 꿈의 세계와 같다. 낭만주의 시인 노발리스가 그의 『단장斷章』에서 "모든 동화는 어디에나 존재하면서 어디서도 존재하지 않는 고향 세계에 대한 꿈"이라고 말했듯이, 동화는 고향 세계를 꿈처럼 묘사하고, 순수한 내면세계를 현실처럼 표현하는 문학이다. 헤세를 내면의 길로 이끈 사람은 노발리스이며, 그는 헤세를 마법의 길로 이끈 중요한 길잡이다. 헤세는 영혼의 세계, 즉 자기 내면에서 마법과 기적이 이루어진다고 본 노발리스를 니체와 함께 독일 근대 정신사에서 가장 고귀한 인물로 여겼다. 그래서 헤세의 작품에는 동화 형식에 전형적인 환상적인 것과 마법적인 것, 초자연적인 것과 경이로운 것의 특징이 다분히 엿보인다.

이 책의 처음에 나오는 「난쟁이」는 헤세가 동화라고 지칭했고 자유롭게 꾸며 낸 이야기이므로 창작 동화이긴 하지만, 아직 전통적인 민담 유형과 유사한 점이 있다. 헤세는 두 번째 이탈리아 여행을 가서 다시 베네치아에 머물렀을 때 그 작품을 구상했다. 1903년 4월 22일 헤세는 자신의 여행 수첩에 이렇게 기록한다.

하루 종일 베네치아 노벨레를 쓰겠다는 계획에 몰두했다. 난쟁이(영리하고 분노하며 우울한)는 주인(로레단 가문)의 잔혹함으로 인해 강아지를 잃고, 보복으로 여주인과 그녀의 연인을 독살한다. 그는 곤돌라 유람을 하면서 그들에게 사랑의 묘약을 마시게 한 뒤 이야기를 들려줘 욕정에 빠지게 한다. 하지만 연인의 재촉으로 그 자신이 독약을 먼저 맛보아야 하므로 그들과 같이 죽는다. 분위기는 기괴하고 화려하다.

실제로 쓴 이야기는 이러한 구상을 대부분 그대로 따랐고 약간만 달라졌을 뿐이다. 즉 아름다운 마르게리타 카도린은 독을 탄 포도주를 마시지 않지만, 약혼자와 난쟁이 필리포가 죽자 미쳐 버린다. 그녀는 평생 "피노를 구해 주세요!"라고 소리치며 연인이 난쟁이의 강아지 피노에게 저지른 잘못을 속죄해야 한다. 동양적 분위기가 물씬 나는 이 작품도 『천일야화』에 등장하는 이야기를 생각나게 한다. 죽음에 처한 난쟁이는 바보들의 시중이나 드는 현자의 삶, 한 편의 공허한 희극 같은 자신의 삶에 쓰디쓴 미소를 짓는다. 「그림자 놀이」의 주인공도 죽음에 처해 자신의 허망한 죽음을 끔찍하고 무의미하다고 여기긴 하지만, 그래도 매일 어디서나 일어나는 온갖 일이야말로 가장 끔찍하고 무의미하다고 생각한다.

헤세는 1912년부터 1919년까지 스위스 베른에 거주할 때 특히 많은 동화를 썼는데, 「시인」, 「피리의 꿈」, 「아우구스투스」, 「다른 별에서 온 이상한 소식」, 「팔둠」, 「험난한 길」, 「아이리스」 등이 그것이다. 이 동화들은 익명으로 나온 『데미안』과 같은 해, 같은 달인 1919년 6월에 『동화집』이라는 이름으로 발간되었다. 이 모든 동화들은 『데미안』과 마찬가지로 제1차 세계대전의 발발 이후 헤세가 겪었던 힘든 시절을 고스란히 반영하고 있다. 헤세는 1916년과 1917년 사이에 랑 박사로부터 수십 차례의 정신분석 요법을 받으며 생각과 작품 경향을 바꾸었다. 그 뒤 그는 내면으로 이르는 도정에서 자기실현을 하는 새로운 종류의 작품을 쓰게 되었다. 당시 헤세의 주된 갈등은 예술가나 사상가라는 족속이 본능적으로 살아가려고 할 뿐만 아니라 되도록 삶을 객관적으로 바라보고 서술하려는 자인지, 또는 그런 자가 대체 결혼을 할 능력이 있는지 하는 문제였다.

도가 사상의 영향으로 집필한 「시인」, 「피리의 꿈」, 「아이리스」에서도 이런 갈등을 주제로 다루고 있다. 이 작품들은 예술을 위해, 그러므로 보편적 성격을 띠는 객관적인 생활 태도를 추구하기 위해 사적인 행복 추구에 결연히 반대하고 있다. 특히 「시인」의 주인공은 세계를 완전히 시 속에 담아내는 데 성공하여, 그 영상 속에서 세계 자체를 정화하고 영원화해서 소유할 수 있을 때에만 진정한 행복과 깊은 만족감을 얻을 수 있으리라고 생각한다. 전쟁에 반대하고 비폭력을 옹호하는 동화로는 「다른 별에서 온 이상한 소식」, 「유럽인」, 「제국」이 있다. 또한 「험난한 길」, 「아이리스」, 「끝없는 꿈」은 정신분석의 영향으로 나온 작품들이다. 이 세 동화는 개인적 체험에 기초하고 있고, 전통적인 창작 동화에 비해 환상에 덜 의존하고 있다. 「아우구스투스」와 「팔둠」은 소원 성취에 관한 교훈적 내용을 담은 작품이다. 물질적이거나 외적인 행복을 노리는 소원이나 이점만을 생각하는 헛됨을 말하는 이 작품들의 주제는 시대를 초월해 가치를 인정받고 있다. 자기에게 걸맞지 않은 것을 가지려는 자나 자신의 처지에 맞지 않는 것을 바라는 자는 마법의 저주에 걸려들 각오를 해야 하는 것이다.

과부로 외롭게 살아가는 아우구스트의 어머니는 갓 태어난 아들에게 자기가 생각할 수 있는 최상의 것을 소원한다. 그것은 모든 사람들이 자기 아들을 사랑해 주기를 바라는 소원이다. 의도는 무척 좋지만 그것은 저주로 밝혀진다. 아우구스투스는 출중한 외모 덕분에 모든 것을 손에 넣을 수 있게 된다. 그래서 그는 사람들을 사랑할 줄 모르고, 자기에게 접근하는 모든 사람들을 악용해 불행하게 만든다. 하지만 결국 주지는 않고 늘 받기만 하다 탕진하고 망쳐 버린 삶의 무가치함을 느끼고 자살을 결심하기에 이른다. 그의 절망이 최고조에 이르렀을 때야 "극단에 이르기 전에는 반대 방향으로 돌아서지 않는다"라는 헤세가 자주 인용하는 법칙이 효력을 발휘한다. 「팔둠」에서도 연주로 사람들을 행복하게 하는 것에 만족하는 사욕 없는 연주자만이 꿈의 실현에 따르는 치명적인 부수 현상으로부터 자신의 안전을 지킬 수 있다. 하지만 소원하는 당사자는 이득을 얻지만, 팔둠 나라는 번영을 계속하지 못한다.

「신들에 관한 꿈」, 「다른 별에서 온 이상한 소식」, 「유럽인」, 「제국」처럼 전쟁의 외상을 주제로 다루는 동화들의 끝에 가서도 이상적인 유토피아가 서술된다. 1914년과 1915년에 나온 앞의 두 동화는 전쟁을 긍정적으로 보지 않으며, 당시의 전쟁 선전의 목적에 동조하지 않는다. 1917년과 1918년에 쓰인 「유럽인」과 「제국」에는 유럽인의 완벽한 기술, 불손함과 탐욕, 지적이고 산업적인 측면에서의 오만을 전쟁의 원인으로 서술하므로 더욱 비판적이고 구체적이다. 유럽인은 세계를 새로 재편하려 하고, 약탈로 얻은 부富를 무장으로 확보하려고 한다. 유럽의 불손함을 다루는 「유럽인」은 전쟁 중에 공표하기에 너무 위험이 따랐기에 헤세는 에밀 싱클레어라는 익명으로 발표해야 했다. 반면에 휴전 협정 직후에 쓰인 「제국」에서는 자신의 이름을 공개할 수 있었다. 그 작품은 22개의 제후국으로 이루어진 소국 분리 상태에서 비스마르크의 제국 건설을 거쳐 제1차 세계대전의 패배에 이르기까지 독일 역사를 다루고 있다.

이런 작품을 쓰기까지 헤세는 정신분석 치료가 필요했다. 제1차 세계대전 이후에 당한 언론으로부터의 공격*, 아버지의 죽음, 아내 마리아와의 갈등으로 헤세는 참기 어려운 두통과 현기증,

불안에 시달렸다. 게다가 책의 출판까지 제한당하자 경제적 어려움이 겹쳐 세 아들을 친구와 기숙학교에 맡겨야 했다. 상황이 악화되자 헤세는 1916년 4월 급기야 요양원을 찾아갈 수밖에 없었다. 하지만 거기서 자신의 증세에 대한 신체적인 원인을 찾을 수 없어 융의 제자인 랑 박사를 소개받는다. 그래서 스위스 루체른에서 1년 반에 걸친 정신분석 치료 결과 정신적 안정을 얻게 되었다. 그것은 마법적 사고라고 일컫는 환상의 세계를 통해 유년 시절을 되찾는 과정이었다. 그래서 나온 동화가 「험난한 길」이다. 거기서 헤세는 치료 과정을 등산에 비유하여 서술하고 있다. 끈기 있는 등산 안내인은 정신과 의사의 기능을 상징한다. "나는 해야 한다"는 생각이 "나는 하려고 한다"로 바뀔 때에야 비로소 산을 무난히 오르며, 전에는 불가능하다고 생각한 자유를 얻을 수 있게 된다.

헤세는 이미 「신들에 관한 꿈」과 「피리의 꿈」에서도 꿈에 동화 같은 성질을 부여한다. 환상과 마찬가지로 꿈 역시 객관적 현실과 주관적 현실, 외부 세계와 내부 세계 사이의 대립을 합일시킬 수 있기 때문이다. 「피리의 꿈」에서 주인공은 후기 낭만파 작가

✦ 1914년 11월 3일 반전 사상이 담긴 글 「오, 친구들이여, 그런 곡조로 노래 부르지 마라」를 스위스의 〈취리히〉 신문에 발표하고 독일의 극우파들로부터 배반자, 변절자로 매도당했다. 그 제목은 베토벤의 〈제9교향곡〉 4악장에서 이전의 선율을 부정하고 더 유쾌하고 기쁨이 넘치는 곡조로 노래하자는 내용의 가사에서 따온 것이다.

아이헨도르프의 소설 『어느 건달의 생애에서』의 주인공처럼 아버지의 권유에 따라 세상을 배우고 익히기 위해 아버지가 만든 상아로 된 피리를 가지고 집을 떠난다. 그는 예술을 통해 상반된 두 세계, 즉 선과 악의 세계를 접하고 그것을 수용한다. 그리하여 주인공은 순결한 상태에서 선악의 세계를 거쳐 인간 되기의 마지막 단계인 도덕과 법규를 초월하고 책임이 면제된 보다 높고 새로운 상태로 나아간다. 1916년에 탄생한 「끝없는 꿈」의 주인공은 "날 내버려 둬! 날 좀 내버려 두란 말이야! 너희들은 모른단 말이야! 내 기분이 어떤지, 내 마음이 얼마나 아픈지, 얼마나 끔찍하게 아픈지!"라고 외친다. 정신분석은 시간과 공간 사이의 한계를 지양하는 무의식이라는 혼란스러운 내면을 들여다볼 수 있게 해준다. 그리하여 과거는 현재처럼, 멀리 떨어진 것은 가까이 있는 것처럼 여겨져, 아주 먼 거리가 쉽게 극복된다. 그리하여 심지어 별 모양의 길에서도 원하는 목적지에 이를 수 있다. 그러므로 모든 길은 집으로 돌아가는 길이 될 수 있다.

자신의 세 아들의 어머니에게 바친 동화인 「아이리스」는 헤세의 첫 번째 부인인 마리아에 대한 존경의 표시로 읽을 수 있다. 아홉 살 연상인 그녀에게서 헤세는 일찍이 돌아가신 어머니의 모습을 찾았는데, 실제 그의 어머니 이름은 마리 군데르트였다. 이처럼 두 사람의 이름이 사실상 같았으므로 동화에서도 꽃이름 '아이리스'를 그대로 여주인공의 이름으로 사용했다. 헤세의 어머니와 마찬가지로, 안젤름이 연모하는 아이리스 역시 복잡한 기질을 지닌 그에게서 사라진 것 같은 모든 것을 아직 지니고 있다. 그녀에게는 삶을 극복할 뿐만 아니라 이해하고 형상화하려는 안젤름의 야심이 낯설게 느껴진다. 안젤름이 어린아이처럼 조화로운 상태로 돌아와야만, 그러므로 그의 야심으로 잃어버렸던 것을 다시 찾아야만 둘 사이의 결합이 가능하다. 이런 목표는 순진무구한 어린이 상태에서 죄와 절망이라는 미로를 지나 좀 더 세분된 단계에서 잃어버린 균형에 도달하는 발전 과정을 거쳐야 가능하다. 자연과 문화의 합일에 도달하는 과정이 안젤름에게는 너무 어려웠기에, 그가 이 과제를 이행하기 전에 아이리스는 죽고 만다. 이제 안젤름은 죽은 아이리스의 목소리를 닮은 아름다운 새를 따라 숲 속 깊은 곳으로 들어간다. 이 새는 전형적인 동화의 중간 매개 역할을 통해 주인공이 과제 해결을 하도록 도와주며, 길 안내자 역할을 하고는 시야에서 사라진다. 하지만 주인공의 마음속에 남은 새의 아름다운 노랫소리가 그를 비밀스러운 영혼의 문의 입구인 암벽으로 인도한다. 그것은 도道의 더 높은 단계에 도달하려는 사람이라면 누구나 통과해야 하는 문이다. 파수꾼은 그의 접근을 허용하지 않는다. 1914년에 쓰인 프란츠 카프카의 우화 「법 앞에서」와 달리 문지기는 안젤름을 현혹시킬 수 없다. 그의 내부의 나침반은 그를 안전하게 조종해서 내부로 이르는 문을 통과하게 해준다. 그렇게 해서만 그는 아이리스 속에서 자기 자신을 다시 발견하여, 정신과 자연, 야심과 신뢰 사이의 균형을 맞추고, 그 문을 통과하여 내면의 예감된 현실에 아름다운 외관을 부여한다.

안젤름이라는 이름은 호프만의 동화 『황금단지』에 나오는 대학생 안젤무스를 상기시키고, 푸른 아이리스[*]는 낭만주의의 중심 모티프인 노발리스의 푸른 꽃을 생각나게 한다. 호프만의 환상성과 마술성이 잘 드러난 이 동화의 주인공이 마술 세계에 빠져 푸른 뱀의 요정 '제르펜티나'에게 매혹되듯이, 헤세의 동화 주인공 안젤름은 정원의 '푸른 아이리스'에 매혹된다. 이러한 안젤름의 이야기는 미래의 행복을 가능하게 하는 조건으로서 전통적인 동화에서 알려진 과제 이행에 관한 선례를 현대화하고 있다. 안젤름이 과제를 이행하기 전 아이리스의 죽음은 7년 후 일어나는 헤세의 이혼을 동화에서 선취하며, 현실과 관계됨으로써 동화 속 이야기를 자신의 체험으로 실현한다. 따라서 「아이리스」는 헤세의 개인적 어려움을 내면 탐구로 해결하려는 문학적 시도이며, 특히 자기 극복의 문제를 주제로 사랑하는 사람들의 고뇌와 번민을 정신분석학에 의해 풀어 보려는 마법적 변신이다.

1918년에 쓰였지만 『동화집』에는 실리지 않았던 「등나무 의자 이야기」는 헤세가 1917년부터 빈센트 반 고흐를 모델로 화가의 길을 걸으면서 겪은 여러 가지 어려움을 보여 준다. 헤세는 당시

---

[*] 그리스 신화에서 아이리스는 헤라의 시녀이다. 제우스의 유혹을 뿌리치는 그녀에게 감명받은 헤라는 무지개를 선사하고 입김을 뿜어 아이리스를 축복했다. 이때 입김에 서린 물방울이 땅에 떨어져 피어난 꽃이 아이리스이며, 아이리스가 선물받은 무지개는 인간 세상에서 하늘에 이르는 다리이다.

그의 전기와 편지를 연구하면서 독학으로 수채화를 그리기 시작했다. 자화상뿐만 아니라 등나무 의자 스케치는 후에 그의 유고에서 발견되기도 했다. 동화의 주인공이 체념하는 것과는 달리 헤세는 몇 년이 흐르는 동안 수채화가로 발전해 가는 데 성공했다. 그리하여 그가 그린 2천 점 이상의 수채화가 지금까지 남아 있다.

「마법사의 유년 시절」은 1920년경 「마법사의 생애에서」라는 제목으로 계획한 동화 같은 전기를 구성하는 한 부분인데, 미완성 단편斷篇으로 남았다. 이 동화에는 외할아버지와 어머니, 아버지의 모습이 잘 그려져 있다. 헤세는 1925년에 쓴 『짧은 이력서』에서 자신의 삶을 동화에 비유한다. "고백하자면, 나는 나 자신의 삶이 바로 동화처럼 보일 때가 많다. 자주 나는 바깥 세계가 나의 내면과 연관되고 조화를 이루는 것을 보고 느낀다. 이러한 연관성과 조화를 나는 마법적이라고 부를 수밖에 없다. 삶을 마법적으로 이해하는 것은 내게 항상 친근하다. 나는 결코 현대인이 아닌 것이다."

동화 문학이 생기는 근원은 이야기하는 사람과 듣는 사람이 현실이라고 불리는 것에 만족하지 못하고, 현실을 마법화하고 변화시키며 고양시키려 하기 때문이다. 마법사의 역할은 세계에서 마법의 요소를 점점 없애는 것에 반대하는 것이다. 인간은 유년 시절에 마법이 사라지는 것을 가장 강하게 느낀다. 따라서 환상과 감동의 손실을 회복하기 위해서는 점점 더 큰 에너지가 필요하게 된다. 대체로 위험한 상황에서 '꼬마'로 나타나는 정령은 초현실적인 유령이 아니라 혼란스러운 내부 지진계의 화신이며, 융의 심리분석에서 말하는 본래적인 자아이다. 따라서 마법사의 마법은 외부 세계가 아니라 자기 자신을 변화시키는 법을 배우는 데에 그 본질이 있다.

이것은 헤세의 동화에서 전통적이지 않은 새로운 요소이다. 그의 동화는 현실에서 마법처럼 생각되는 우연과 변화 능력을 서술한다. 주석 없이는 이해하기 어려운 괴테의 상징적인 『동화』나 슐레겔의 낭만적인 혼란의 원리를 준수하는 티크, 호프만, 브렌타노의 동화와 달리 헤세의 동화는 항상 삶과 관련되어 있고, 그래서 기억에 쉽게 남는다. 사실 창작 동화이긴 하지만 결코 인위적이지는 않다. 거기서 마법적인 것은 인간의 발전과 변화 능력을 목표로 삼는다.

다음 동화인 「픽토어의 변신」에서는 이런 모티프가 중심 주제가 된다. 거기서 발전 과정을 촉진시키는 요소가 사랑이라는 사실에는 생생한 전기적 근거가 있다. 1919년 7월에 헤세는 당시 스물한 살이던 루트 뱅거를 알게 되었다. 헤세가 테신의 이웃 마을, 뱅거의 여름 별장이 있던 카로나로 소풍 간 이야기가 『클링조어의 마지막 여름』의 '카레노에서 보낸 하루' 장章에 묘사되어 있다. 그 소설에는 이런 대목이 나온다. "오늘 새가 노래하네. 동화 속에 나오는 새가. ……바람은 잠자는 공주들을 깨우고, 머릿속의 이성을 흔들어 대는 천상의 아이라네. 오늘 꽃이 피네, 동화 속에 나오는 꽃이. 이 푸른 꽃은 평생 한 번만 핀다네. 이 꽃을 꺾는 사람은 축복받은 사람이지." 헤세는 자신의 잠자는 공주 루트 뱅거를 만났을 때 이런 예감을 했다. "언제나 그러했다. 체험은 결코 혼자 오지 않았다. 언제나 새들이 그에 앞서 날아왔고, 항상 그에 앞서 사자使者와 전조가 먼저 왔다."

나무가 된 픽토어는 낙원에 있는 자기 주위의 모든 존재가 대단히 자주 변신한다는 것을 깨닫는다. 그는 확고하고 안정되며 지속적인 것은 별로 없고, 모든 것이 변화를 겪고, 변신을 꿈꾸며, 소멸과 새로운 탄생을 기다리며 숨어 있다고 생각한다. 픽토어를 가장 매혹시키는 것은 나무들이다. 몇몇 나무에는 자기에게서 사라진 것이 있고, 나무는 남녀, 해와 달, 도가에서 말하는 이원론으로 삶의 양극인 음양을 합일시키기 때문이다. 그런데 나무가 되어 더 이상 변신할 수 없다는 사실을 알게 된 후로 픽토어의 행복은 사라져 버린다. 하지만 소녀를 만나 제대로 영원한 변신을 하고, 그 이후 자신이 원하는 대로 계속 변신할 수 있었기에, 매시간 일어나는 창조에 영원히 참여할 수 있게 된다.

1922년에 루트 뱅거를 위해 쓴 이 이야기는 헤세의 작품 중 가장 즐겁고 낙관적인 동화이다. 그 동화는 두 사람의 사랑의 정점에서 생겨났기에, 그가 이 시기에 품었던 희망을 고스란히 보여 주기 때문이다. 헤세는 1923년 부활절에 그 원고를 루트 뱅거에게 선물했고, 1924년에는 그녀와 두 번째 결혼을 하게 되었다. 헤세는 이 동화에서 운을 잘 살렸으므로 친구들에게 큰 소리로 낭송해서 음악적 효과를 음미하라고 충고하기도 했다. 1922년 이후 헤세는 동화를 많이 쓰지는 않았지만, 1920, 30년대에 나온 중요한 소설에는 동화적인 특성이 분명히 나타난다. 『황야의 늑대』(1927)의 마술극장이나 『동방 순례』(1932)에서 결사에 가입하기 위한 초현실적 시험 등이 대표적인 예이다.

1929년에 쓰인 「유왕」은 '고대 중국 이야기'라는 부제를 달고 있다. 그것은 주 왕조의 유왕과 애첩 포사의 이야기이다. 야사에 의하면 포사의 어머니는 일곱 살 무렵 용의 타액에서 변신한 도마뱀과 마주쳤다가 열다섯 살에 포사를 낳게 되었다. 유왕은 잘 웃지 않는 포사를 어떻게든 웃게 하려다가 결국 나라를 망치고 만다. 주나라가 망하고 견융족 족장의 아내가 된 포사 역시 밤중에 도망쳐서 스스로 목숨을 끊는다. 헤세는 이 소재를 1913년에 출간된 『중국의 저녁』이라는 선집에서 알게 되었다. 헤세는 하이네도 이미 알고 있었던 변덕스러운 고대 중국 왕비에 관한 이 소재를 심리학적으로 연구하고 나름대로 가공해서 독자에게 신뢰할 만한 내용으로 들려주었다.

헤세가 쓴 마지막 동화인 「새」는 나치가 정권을 잡은 직후인 1933년에 쓰였다. 나치 정권은 자신의 오만한 정책에 반대하는 자를 모두 법의 보호를 받지 못하는 자라고 선언했다. 동화 「새」는 이처럼 둥지를 더럽히는 자에 대한 사냥을 미리 보여 준다. 헤세는 그 작품을 유대인 변호사의 딸로 1931년에 결혼한 세 번째 부인 니논에게 바쳤다. '새'는 그녀가 헤세를 부를 때의 애칭이었다. 작가와 인상이 유사하다는 점 이외에 헤세의 여러 작품에서 새들은 상징적인 존재이자 미래의 사자使者로서 중요한 역할을 한다. 그리고 새는 대담성과 신뢰를 대변하는 동시에 예측 불가 능성, 꺼림, 떠다니는 것, 방랑벽, 무중력 상태, 높은 곳에서의 조 망을 상징한다.

이 동화에는 헤세의 전기와 시대사의 요소가 얽혀 들어가 있 다. 그것은 우선 결혼과 이사이다. 그 무렵 헤세는 세 번째 결혼 을 했고, 그림 같이 아름다운 카사 카무치에서 '뱀 언덕'에 위치 한 비교적 안락한 신축 건물인 '카사 로사'로 이사했다. 예술 후 원자 친구가 재정 지원을 해준 덕에 헤세는 평생 그 집을 마음대 로 이용할 수 있게 된다. 그런데 동화 「새」에서 새의 친구들 중 몇 몇 새에게 거금의 현상금이 걸리자 갑자기 돌변하여 새를 잡 는 데 혈안이 된다. 정신이 돈에 매수되고 양심이 마비된 것이다. 이것은 헤세 자신의 실제 이야기에 대한 비유적인 표현이다. 학 식이 많은 추밀고문관 뤼츠켄슈테트Lützkenstett는 문필가이자 언 론인인 펠릭스 뤼츠켄도르프Lützkendorf를 암시하고 있다. 1932년 헤세에 대한 학위 논문을 쓴 그는 후에 나치에 가담한 인물이다. 새에 경탄하는 샬라스터Schlaster는 문필가인 마르틴 엘스터를 암 시한다. 엘스터의 고대 독일어가 바로 샬라스터였다. 그는 히틀러 가 권력을 장악하기 전에는 헤세를 지지하는 글을 썼지만, 1933 년 이후에는 나치 잡지의 편집자로 활동했다. 헤세는 젊은 시절 친구 핑크Finckh의 배신도 예감한 것 같다. 그는 동화가 쓰인 2년 뒤에 헤세에 반대하고 나치의 언론 선전을 지지하는 정보를 나치의 문학 기관지 〈신문학Die Neue Literatur〉 발행자에게 제공했던 것이다. 「새」는 1933년 8월 문화 잡지 〈코로나〉에 처음 실렸지만 나치가 패망한 뒤인 1945년에야 『꿈길』이라는 모음집에 책의 형태로 수록될 수 있었다. 이처럼 헤세의 동화는 헤세 자신이 한 권의 책으로 모은 것이 아니라 편집자가 전집에서 추린 것이므로 판본에 따라 수록된 작품이 달라지는 일이 발생한다. 또한 헤세의 어떤 작품을 동화로 보아야 하는가도 사람마다 다르므로 책에 따라 수록된 작품이 조금씩 달라지기도 한다. 이 책은 주어캄프Suhrkamp 출판사에서 정선해서 펴낸 『동화집』의 작품들을 실었다.

헤세의 동화는 소설에서와 마찬가지로 음악을 중요한 동기로 삼고 있다. 헤세는 실생활에서도 음악과 긴밀한 관계를 맺었다. 어머니는 음악적 재능이 뛰어났고, 첫 번째 부인은 쇼팽에 심취한 피아니스트였다. 헤세는 문단에 나선 이후 많은 음악가들과 친교를 맺고 그들로부터 직간접인 영향을 받았다. 특히 낭만주의 시인들의 서정시를 작곡한 셰크Schöck와의 우정은 그의 작품 세계에 큰 영향을 미쳤다. 그리하여 헤세는 서정시뿐만 아니라 산문에서도 서정적 음악성을 도입하려고 시도하기도 했다. 동화 「아우구스투스」에서 노인의 조그만 오르골에서 나는 달콤한 음악은 한 가지의 소원을 들어주는 마력을 지니고 있다. 음악은 주인공의 삶에 결정적인 작용을 한다. 「시인」[+]의 주인공은 시인이면서 현악기의 명인이다. 「피리의 꿈」과 「아이리스」에서도 마찬가지로 음악이 중요한 역할을 한다. 「피리의 꿈」 주인공은 「시인」의 주인공처럼 세상의 모든 것을 음악으로서 그의 내면에서 울리게 하고 노래하고자 했다. 그렇게 할 수 있다면 그는 자신이 칭송받는 신이 될 수도 있다고 여긴다. 특히 「아이리스」는 언어와 음악을 같이 취급하는 독일 낭만주의의 전통에 충실한 음악적 구조와 정신을 지니고 있다. 또한 「아이리스」의 서술 구조와 내적인 발전 단계는 전형적인 소나타 형식을 보여 준다.

헤세는 전통적인 동화 작가들처럼 이야기를 꾸며 내는 즐거움을 느꼈고, 소재를 적절한 역사적 환경과 연결시킬 줄 알았다. 뿐만 아니라 더 나은 세계, 더 나은 인간을 만들려고 희망했기에 교육적인 관심도 지니고 있었다. 그의 동화에서 대체로 실망을 안기는 현실은 환상에 의해 변화되고, 선善 마법이나 그런대로 충분한 해결 모델에 의해 견딜 수 있게 만들어진다. 이때 벌어지는 경이로운 이야기는 우리가 흔히 우연이라고 체험하는 것과 일치한다. 그리하여 우리는 겉으로 보이는 현실과는 달리 세상에는 소중한 의미와 분명한 법칙성이 존재한다는 것을 깨닫는다. 헤세는 심리적으로 상징적인 의미를 지니는 서술을 하고, 독특하고 특징적인 요소를 끼워 넣음으로써 전통적인 소박한 동화 형식을

◆ 헤세는 훗날 '일본의 어느 젊은 동료'에게 쓴 편지에서 시인의 소임을 '빛을 전하는 창'에 비유하고 있다.

뛰어넘는 새로운 동화 문학을 창조했다. 이처럼 헤세는 동화에서 자신의 길을 감으로써 인간 되기라는 자기실현을 하는 험난한 도정을 다루고 있다. 그러나 자신의 길을 간다는 것은 너무 험난하고 까다로운 일이며, 다른 사람들의 사랑과 감사를 받기는 너무 어려운 일이다. 헤세의 동화는 내면의 무의식 세계로 들어가는 신비한 길을 찾아가는 과정이며, 자아의 속죄를 통한 자기발견과 자기실현에 대한 이야기이다.

1877 7월 2일 독일 남부 뷔르템베르크 주의 소도시 칼프에서 선
     교사로 훗날 칼프 출판협회장이 된 요하네스 헤세와 그의
     부인 마리 군데르트 사이에서 장남으로 태어남. 외할아버지
     헤르만 군데르트는 인도학 학자로 유명한 선교사. 인도에서
     선교사로 활동하던 아버지는 건강상의 문제로 귀국하여 고
     향에서 헤르만 군데르트 목사의 기독교 서적 출판 사업을
     돕다가 그의 딸과 결혼함. 마리 군데르트의 첫 남편인 찰스
     아이젠버그는 영국 출신의 선교사였는데 그가 세상을 떠나
     자 32세의 나이에 요하네스 헤세와 재혼해 헤르만 외에 아
     델레, 파울, 게르트루트, 마리, 한스를 낳음.

1881-86 부모와 함께 스위스 바젤로 이주. 아버지는 바젤 선교단에
     서 교사로 활동하며 1883년에 스위스 국적을 취득.

1886–89 가족이 다시 고향 칼프로 돌아와, 헤세는 그곳에서 실업학교에 입학.

1890–91 괴핑겐의 라틴어 학교에 입학하여, 신학교에 입학할 수 있는 뷔르템베르크 주 시험 준비. 시험 자격 취득을 위해 부모는 헤르만 혼자 스위스 시민권을 포기하고 뷔르템베르크 주 정부의 시민권을 취득하게 함.

1891 6월에 뷔르템베르크 주 시험에 합격. 그해 9월에 케플러, 횔덜린을 배출한 유명한 마울브론 신학교에 입학해 6개월간 다님.

1892 3월 7일에 마울브론 신학교를 도망쳐 나옴. '시인이 되거나 아니면 아무것도 되고 싶지 않았기에' 자유로운 생활을 하려고 함. 바트 볼에 있는 블룸하르트 목사의 병원에서 치료. 6월에 짝사랑으로 인한 자살 기도. 슈테텐의 정신병원에서 약 3개월간 입원 요양.

1892–93 슈투트가르트 근교에 있는 바트 칸슈타트 김나지움(인문중고등학교)에 1년간 다님. 중등학교 자격시험을 치른 후 학업 중단. 에슬링겐에서 서점 견습사원으로 근무하지만 3일 후에 그만둠. 그 후 아버지의 조수로 일함.

1894–95	고향 칼프의 페로트 탑시계 공장에서 15개월간 견습공 생활.
1895–98	튀빙겐의 헤켄하우어 서점에서 판매원 및 서적 분류 조수로 일함.
1898	소설을 쓰기 시작함. 습작소설 『고슴도치*Schweingel*』를 썼으나 원고를 분실함. 처녀 시집 『낭만적인 노래*Romantishe Lieder*』 발표.
1899	9월에 스위스 바젤로 이주하여 1901년까지 라이히 서점에서 서적 분류 조수로 근무. 산문집 『한밤중 뒤의 한 시간*Eine Stunde hinter Mitternacht*』 출간.
1900	〈스위스 일반신문〉에 여러 가지 기사와 서평을 쓰기 시작함.
1901	3월부터 5월까지 첫 번째 이탈리아 여행. 피렌체, 제노바, 라베나, 피사, 베네치아 등지를 돌아봄. 8월부터 1903년 봄까지 바젤의 바텐빌 고서점에서 판매원으로 근무. 가을에 『헤르만 라우셔의 유작과 시*Hinterlassene Schriften und Gedichte von Hermann Lauscher*』를 바젤의 라이히 서점에서 간행.
1902	베를린의 그로테 출판사에서 시집 『시들*Gedichte*』 출간. 이 시

집은 출간 직전 사망한 그의 어머니에게 헌정됨.

1903   서적 관계 일로 두 번째 이탈리아 여행을 하여 피렌체와 베
네치아를 둘러봄. 서점 점원 생활을 청산하고 집필에만 전념
함. 그 후 베를린 피셔 출판사로부터 작품 집필을 의뢰받고
소설『페터 카멘친트*Peter Camenzind*』를 탈고함.

1904   『페터 카멘친트』를 피셔 서점에서 출간하여 신진 작가의 지
위를 확보함. 이 작품으로 빈 농민상을 수상. 8월에 아홉 살
연상인 마리아 베르누이와 결혼하여, 9월에 보덴 호수 근교
의 작은 마을 가이엔호펜으로 이주. 자유작가로 생활하며
여러 신문과 잡지에 기고. 소설『보카치오*Boccaccio*』와『아시
시의 프란체스코*Franz von Assisi*』출간.

1904–12 자유작가 생활을 하며 〈짐플리치시무스Simplicissimus〉, 〈라인
렌더Rheinländer〉, 〈노이에 룬트샤우Neue Rundschau〉지의 동인
으로 활동.

1905   12월에 첫 아들 브루노 출생. 오스트리아의 문학상 바우어
른펠트 상 수상.

1906   소설『수레바퀴 밑에*Unterm Rad*』를 피셔 출판사에서 출간. 빌

헬름 2세의 권위에 노골적으로 도전하는 진보적인 주간지 〈3월März〉 창간에 참여하여 1912년까지 공동 편집자로 활동함.

1907   중단편집 『이 세상Diesseits』 출간. 가이엔호펜에 자신의 집을 짓고 이사함.

1908   중단편집 『이웃 사람들Nachbarn』 출간.

1909   3월에 차남 하이너 출생. 취리히, 독일, 오스트리아로 강연 여행.

1910   뮌헨의 랑겐 출판사에서 소설 『게르트루트Gertrud』 출간.

1911   7월에 셋째 아들 마르틴 출생. 시집 『여행 중에Unterwegs』 출간. 9월부터 12월까지 친구인 화가 한스 슈투르체네거와 함께 인도 및 동남아시아 여행. 가정생활의 파탄을 타개하기 위해 연말에 귀국함.

1912   단편집 『우회로Umwege』 출간. 가족들과 함께 스위스의 베른 교외에 있는 세상을 떠난 친구인 화가 알베르트 벨티의 집으로 이사.

1913	인도 여행 경험을 바탕으로 피셔 출판사에서 『인도에서. 인도 여행으로부터의 스케치*Aus Indien, Aufzeichnungen von einer indischen Reise*』 출간.

1914	결혼 문제를 주제로 한 소설 『로스할데*Roshalde*』 출간. 스위스 국적을 신청했으나 거부당함. 7월에 제1차 세계대전이 일어나 자원 입대하려 했지만 시력 때문에 복무 부적격 판정을 받음. 1915년부터 1919년까지 베른 주재 독일공사관에 설치된 '독일 전쟁 포로 후생 사업소'에서 일하며 전쟁 포로와 억류자들을 위한 〈독일 억류자 신문Deutschen Interniertenzeitung〉의 공동 발행인, 〈독일 전쟁 포로를 위한 책Bücherei für deutsche Kriegsgefangene〉, 〈독일 전쟁 포로를 위한 일요일 전령Sonntagsbote für deutsche Kriegsgefangene〉의 발행인을 맡음. 전쟁 중에 전쟁을 비판하는 글을 신문에 발표하여 독일 국민의 반감을 샀으며, 또한 독일 저널리즘에서도 배척당함. 자신의 출판사를 만들어 1918년에서 1919년까지 스물두 권의 소책자를 펴냄.

1914–19	수많은 반전 내용의 정치 논평과 논문, 경고 호소문, 공개서한 등을 독일, 스위스, 오스트리아 신문 잡지들에 발표.

1915	단편집 『길가에서*Am Weg*』와 소설 『크눌프. 크눌프 삶의 세

가지 이야기_Knulp. Drei Geschichten aus dem Leben Knulps_』 발표. 신작 시집 『고독한 자의 음악_Musik des Einsamen_』 출간.

1916   3월 부친 요하네스 헤세 사망. 부인 마리아의 정신분열증 시작과 막내아들 마르틴의 발병으로 인해 자신도 심한 신경쇠약에 시달리게 되어, 루체른 근처 존마트의 요양소에서 심리학자 C. G. 융의 제자인 랑 박사로부터 정신요법 치료를 수십 회 받음. 『청춘은 아름다워라_Schön ist die Jugend_』 출간.

1917   시대 비판적 출판을 금지하라는 경고를 받고 에밀 싱클레어라는 가명으로 신문과 잡지를 출간함.

1919   정치적 팸플릿 『차라투스트라의 귀환. 어느 독일인이 독일 젊은이들에게 보내는 한마디 말_Zarathustras Wiederkehr. Ein Wort an die deutsche Jugend von einem Deutschen_』을 익명으로 발표했다가 이듬해 베를린에서 실명 출간. 『데미안. 어떤 청춘의 이야기 _Demian. Die Geschichte einer Jugend_』를 '에밀 싱클레어'라는 이름으로 발표하여 호평을 받았으며, 신인으로 오해되어 폰타네 상이 수여되었으나 이를 사양하고 9판부터 저자의 이름을 헤세로 밝힘. 이 외에 『작은 정원_Kleiner Garten_』, 『환상동화집 _Märchen_』 출간. 4월에 베른을 떠나 가족과 떨어져 테신 주의 중심 도시 루가노 근교의 어느 농가와 조렌고의 어느 숙소

에 머무르다가, 5월 11일 몬타뇰라로 이사해 카무치 별장에서 1931년까지 거주. 본격적으로 수채화를 그리기 시작.

1919–22   R. 볼테레크와 공동으로 월간지 〈생명의 절규Vivos voco〉를 발간.

1920   색채 소묘를 곁들인 열 편의 시가 수록된 시집 『화가의 시 Gedichte des Malers』와 『혼돈을 들여다봄Blick ins Chaos』이라는 제목의 도스토예프스키에 대한 에세이 출간. 수채화를 곁들인 여행 소설 『방랑Wanderung』, 세 편의 단편을 모은 『클링조어의 마지막 여름Klingsors letzter Sommer』 출간. 후고 발 부부와 가깝게 지냄.

1921   『시선집Ausgewahlte Gedichte』 출간. 창작의 위기. 취리히 근방의 퀴스나흐트에서 C. G. 융의 정신분석을 받음. 『테신에서 그린 수채화 열한 점Elf Aquarelle aus dem Tessin』 출간.

1922   '인도의 시문학'이라는 부제가 붙은 소설 『싯다르타Siddhartha』 출간.

1923   산문집 『싱클레어의 비망록Sinclairs Notizbuch』 간행. 9월 4년 전부터 별거 중이던 첫 번째 부인 베르누이와 이혼. 취리히

근방의 바덴에서 요양을 시작하여, 1952년까지 매년 늦가을
이면 이곳에 와 요양함.

1924   스위스 여류 작가 리자 뱅거의 딸인 루트 뱅거와 결혼. 스위
스 국적 재취득.

1925   소설 『요양객*Kurgast*』 발표. 루트 뱅거에게 바치는 사랑의 동
화 『픽토어의 변신*Piktors Verwandlungen*』을 친필로 써서 발표.
뮌헨, 울름, 아우구스부르크, 뉘른베르크 등지로 낭독 여행.
이해부터 베를린 피셔 출판사에서 단행본으로 된 『헤세 전
집』을 출간하기 시작함. 뮌헨에서 토마스 만을 방문.

1926   독일 프로이센 예술원 문학 분과 국제위원으로 선출됨. 감상
과 기행문집 『그림책*Bilderbuch*』을 출간. 여류 예술사가 니논
돌빈과 사귐.

1927   산문집 『뉘른베르크 여행*Nürnberger Reise*』과 히피들의 성서가
된 소설 『황야의 늑대*Steppenwolf*』 출간. 후고 발 출판사에 의
해 헤세의 50회 생일 기념으로 그의 자서전 『헤르만 헤세.
그의 생애와 작품*Hermann Hesse. Sein Leben und sein Werk*』 출간
됨. 두 번째 부인 루트 뱅거의 요청으로 합의 이혼.

1928	산문집 『관찰*Betrachtungen*』과 시집 『위기. 한 편의 일기*Krise. Ein Stück Tagebuch*』 출간. 빈 실러 재단의 메이스트리크 상 수상.
1929	시집 『밤의 위안*Trost in der Nacht*』과 산문 『세계 문학 총서*Eine Bibliothek der Weltliteratur*』 출간.
1930	소설 『나르치스와 골드문트*Narziß und Goldmund*』 출간. 단편집 『이 세상』의 증보판 출간. 프로이센 예술원 탈퇴.
1931	프랑스 귀화인으로 체르노비츠의 아우슬랜더 가 출신 예술사가이자 역사학자인 니논 돌빈과 결혼. 친구인 한스 보드머가 임대해 준 몬타뇰라의 카사 로사(일명 카사 헤세)로 이사해서 평생 그곳에서 거주. 『싯다르타』, 『어린이의 영혼』, 『클라인과 바그너』 그리고 『클링조어의 마지막 여름』을 한데 엮은 『내면으로의 길*Weg nach innen*』 출간. 소설 『유리알 유희 *Glasperlenspiel*』 집필 시작.
1932	산문집 『동방 순례*Die Morgenlandfahrt*』 간행.
1933	단편집 『작은 세계*Kleine Welt*』 출간. 나치즘과 유대인 박해에 반대.

1934	스위스 작가협회 회원이 됨. 시 선집 『생명의 나무에서*Vom Baum des Lebens*』 출간. 문학 계간지 〈노이에 룬트샤우Neue Rundschau〉에 『유리알 유희』 발표 시작. 페터 주어캄프가 피셔 출판사와 함께 〈노이에 룬트샤우〉지 인수.
1935	중단편집 『우화집*Fabulierbuch*』 출간. 동생 한스 자살.
1936	스위스 최고 권위의 문학상인 고트프리트 켈러 문학상 수상. 전원시집 『정원에서 보낸 시간*Stunden im Garten*』 출간.
1937	산문집 『기념첩*Gedenkblätter*』과 시집 『신시집*Neue Gedichte*』 그리고 『다리를 저는 소년*Der lahme Knabe*』 간행.
1939–45	제2차 세계대전 발발. 나치스의 탄압으로 헤세의 작품들은 몰수되고 출판이 금지되어 『수레바퀴 밑에』, 『황야의 늑대』, 『관찰』, 『나르치스와 골드문트』가 더 이상 인쇄되지 못함. 히틀러 집권 기간인 1933–1945년 사이 독일에는 총 20권의 헤세 저서가 나와 있었는데, 그 기간 동안 총 481권의 문고본밖에 팔리지 않았음. 주어캄프와의 합의하에 단행본으로 된 『헤세 전집』을 취리히에 있는 프레츠 & 바스무트 출판사에서 계속 간행키로 함.

1942	최초의 시 전집 『시집*Gedichte*』이 스위스 취리히에서 출간됨.
1943	장편소설 『유리알 유희』를 발표.
1944	비밀경찰이 헤세 작품의 독일 출판업자 페터 주어캄프를 체포.
1945	시 선집 『꽃 핀 가지*Der Blütenzweig*』와 미완성 소설 『베르톨트*Berthold*』 그리고 새로운 단편과 동화를 모은 『꿈길 *Traumfährte*』출간. 제2차 세계대전이 끝난 후 규칙적으로 실스 마리아에서 여름을 보냄.
1946	정치적 평론집 『전쟁과 평화. 1914년 이후의 전쟁과 정치에 대한 수상집*Krieg und Frieden. Betrachtungen zu Krieg und Politik seit dem Jahr 1914*』출간. 헤세의 작품이 다시 독일의 주어캄프 출판사에서 간행됨. 프랑크푸르트 시의 괴테 상 수상. 노벨 문학상 수상.
1947	베른 대학의 철학부에서 명예 문학박사 학위를 받음. 고향 칼프 시의 명예시민이 됨.
1950	브라운슈바이크 시의 빌헬름 라베 상 수상.

| 1951 | 『후기 산문Späte Prosa』과 『서간집Briefe』 출간. |

| 1952 | 독일과 스위스에서 헤세의 탄생 75주년 기념행사가 열림. 주어캄프 출판사에서 『헤세 문학 전집Gesammelte Dichtungen』 전 6권 출간. |

| 1954 | 산문집 『픽토어의 변신Piktors Verwandlungen』, 롤랑과 주고받은 편지를 모은 『헤르만 헤세와 로맹 롤랑의 서한집Briefwechsel. Hermann Hesse - Romain Rolland』 간행. |

| 1955 | 독일 출판협회의 평화상 수상. 니논에게 헌정된 후기 산문집 『주문Beschwörungen』 출간. |

| 1956 | 바텐 뷔르템베르크 지방의 독일 예술 후원회가 헤르만 헤세 문학상을 위한 재단 설립. |

| 1957 | 탄생 80회 기념사업으로 이미 간행된 『헤세 전집』을 증보하여 『헤세 전집Gesammelte Schriften』 전7권 출간. 마르틴 부버가 슈트트가르트에서 '헤르만 헤세의 정신에 대한 봉사'라는 제목으로 축사를 함. |

| 1961 | 시 선집 『단계Stufen』 출간. |

1962	몬타뇰라의 명예시민이 됨. 바이블러가 쓴 헤세 전기 『헤르만 헤세. 한 편의 전기Hermann Hesse. Eine Bibliographie』 간행. 8월 9일 85세를 일기로 몬타뇰라에서 뇌출혈로 세상을 떠남. 이틀 후 성 아본디오 묘지에 안장됨.
1963	『후기 시집Die späten Gedichte』 인젤 출판사에서 출간.
1964	바이마르의 실러 박물관에 '헤르만 헤세 문헌 기록 보관소' 가 설치됨.
1965	니논 헤세가 『유작 산문집Prosa aus dem Nachlaß』 출간.
1966	니논 헤세가 작가의 서간문과 여러 가지 생에 관한 기록을 바탕으로 1877년부터 1895년까지의 생애를 내용으로 하는 『1900년 이전의 유년 시절과 청소년 시절Kindheit und Jugend vor Neunzehnhundert』을 펴냄. 9월 헤세의 부인 니논 돌빈 71세로 사망.

환상동화집

초판 1쇄 펴낸날 2013년 8월 30일
초판 2쇄 펴낸날 2020년 1월 10일

지은이 헤르만 헤세
옮긴이 홍성광
펴낸이 김영정

펴낸곳 (주)**현대문학**
등록번호 제1-452호
주소 06532 서울시 서초구 신반포로 321(잠원동, 미래엔)
전화 02-2017-0280
팩스 02-516-5433
홈페이지 www.hdmh.co.kr

ISBN 978-89-7275-633-0 04850
세트 978-89-7275-622-4

* 책값은 뒤표지에 있습니다.